Du même auteur

Déjà paru

Chez ILV Editions

La Légende des Maîtres (saisons 1 à 3) (30 janvier 2013)

La Légende des Maîtres 2 (saisons 4 et 5) (12 mars 2013)

NOTE DE L'AUTEUR

Ce 3ème volume contient les saisons 6 et 7. Ainsi continue une histoire dont l'écriture commença il y a 13 ans. J'ai éprouvé un réel plaisir à construire cette histoire, à créer des personnages attachants, à vous faire voyager au rythme de ces épisodes. Cette aventure fut écrite au départ comme une série télévisée (en saisons et épisodes) pour finalement lui trouver une forme qui lui convient. Entrez dans la Légende, celle des Maîtres Druides.

Le 25 octobre 2013

Bonne lecture

Philippe SAMIER

La communauté des druides existe depuis la nuit des Temps.

Nous sommes les garants du lien indéfectible qui unit les mortels aux dieux.

Nous protégeons le Monde des êtres surnaturels terrés dans l'ombre et chassons nos frères qui ont franchi les limites en usant de la Magie sous le regard curieux des Hommes.

Nous sommes élus.

Nous sommes votre dernier recours.

Que continue la Légende…

SAISON 6
EPISODE 1

LA CHASSE
(partie 1)

Les singes
de la sagesse

21

SOUVENEZ-VOUS...

Dans la saison précédente de la collection « **L**a **L**égende **D**es **M**aîtres » :

Enningan a trouvé refuge sur l'île de Groix, avec des pouvoirs affaiblis, où il se cache avec les traîtres, attendant le moment propice pour son retour et sa vengeance.... *Abarta* et *Cernunnos* ont perdu leurs pouvoirs mais soutiennent encore l'ancien *Créateur*... En mission de sauvetage, l'équipe tombe sur l'île de Thira (l'Atlantide) 3000 ans dans le passé, faisant la rencontre de *Cillisia*, fille de Ness, piégée dans le passé par Gwenc'Phel, et qu'ils ont ramenée au *Sanctuaire*...

Une vision envoie Bron dans la *Salle du Conseil des Eternels* où il apprend qu'il doit, avec ses amis, devenir un dieu et se rendre dans l'Autre Monde afin de défier les *Créateurs,* et de les remplacer à la tête du *Panthéon*. Mais auparavant, ils doivent réunir les 3 cercles royaux, possession des *Créateurs*. Le Paradis *celte* revient alors à Elora, la porte vers l'au-delà abyssal à Tao, la sphère des épreuves à Eric, Bron devient Prophète Royal et Cythraul (l'Enfer celte) est attribué à Ed... Sauvée de *Mandragoria*, Hélène refuse de revenir à Lorient et quitte travail et amis. Profondément transformée physiquement, elle ne supporte plus la Magie et veut s'éloigner des terres celtes où elle a été torturée par les pires sorts que la Magie peut engendrer. C'est pour cette raison qu'elle a toujours eu une forte appréhension lorsqu'elle devait se rendre au *Sanctuaire*...

Désormais immortels sur Terre et sur l'Autre Monde, Eric'h, Elor'a, Bron et Seigneur Tao sont devenus des *Créateurs* après une effroyable *Bataille à Mag Tured.* Malgré leurs nouveaux titres, il leur a fallu s'imposer et se faire accepter par les dieux et les peuples de *l'Autre Monde* en effectuant plusieurs épreuves finales afin d'obtenir d'eux la signature du *Traité d'Alliance* voulu par Eric'h.... Tara dispose du pouvoir ultime grâce au *Graal*... Le *Thésauriseur* devient le conseiller des nouveaux *Créateurs*... Et Matt monte en grade, devenant *Premier Mage*...

Les *Milésiens* permettent à l'équipe de *« gagner »* la *Bataille*... Eric'h créé Meath, la 5ème île pour y emprisonner les *Tùathas Dé Danann*... Eric'h a constitué son propre *Panthéon* et a nommé ses Ambassadeurs pour chacune des principales races... Les *Fées*, *Elfes*, *Gnomes* et *Centaures* forment une nouvelle Alliance avec pour but de détruire les anciens dieux pour que les nouveaux prennent leur place...

Les *Grandes Familles* marchent vers *Mag Tured* et complotent pour faire tomber les nouveaux *Créateurs.* Mais leur révolte est étouffée dans l'œuf avec le décès de la *Matriarche*, vaincue par Tara... Ed parvient à vaincre *Diafwl* en *Enfer* pour lui prendre le trône, non sans faire deux découvertes de taille : celui qui dirige *Cythraul* voit son sang changer en *Feu Sacré*, seule arme capable de tuer un *Créateur* et ce pouvoir est un cadeau offert par *l'Eternelle Nanta,* qui a fait de *Diafwl* sa carte secrète dans son jeu de manipulation. Les *Eternels* n'interviennent jamais directement dans le cours des évènements, mais ce que tous ignorent, c'est qu'elle ne se gêne pas pour manipuler les peuples à son compte...

Sur Terre, Gwenc'Phel, Gaël et Rak-Kêr attaquent le *Sanctuaire*. Privés du Gorsedd, car prisonnier d'une sphère noire magique, les druides sont désorganisés. Lorsque Maëve est victime de l'explosion du cromlec'h, les choses s'aggravent : elle subit un vieillissement prématuré, Gaël finit par mettre la main sur son fils Ronan ; et le *Gorsedd* parvient à envoyer les *Gargouilles* au *Palais divin* pour demander des renforts. Maëve reprend sa forme originelle après un long périple à travers le Monde, mais les conséquences de l'explosion de la *Chambre Souterraine* sont dramatiques. Et comme prédit par la *Dame Endormie* à Malte, elle se retrouve avec une seule année à vivre… Hélas, les représailles contre les traîtres tournent mal et sous l'œil des mortels, un combat sanglant décime druides et humains…

Ed et les *Créateurs* se rendent à *Magaria*, la cité des *Mages*, tyrannisée par *Taranis*, le dieu du Tonnerre. A l'occasion de cet affrontement, Ed perd son âme, rongée par le Mal. Il devient le nouveau *Diable* celte et Elor'a, à contre cœur, doit l'enfermer à *Cythraul* pour toujours… Tao doit renoncer à Iguilt qui se rend à *Avallon* pour ne plus revenir, et Bron perd son corps humain pour avoir refusé de rompre avec Ben…

Miach, fils de *Diancecht*, le dieu de la médecine, rassemble à *Brug Na Boïnne* les restes des cadavres des *Tùathas Dé Danann* dans la *Fontaine de Santé*. En kidnappant les *Druides Primordiaux* (premiers druides de l'Histoire), il acquiert le pouvoir de les ramener à la vie… Quand les *Créateurs* se rendent comptent du stratagème, il est trop tard. *Danann*, première et Mère de tous les *Tùathas*, reprend vie et bloque l'accès au Palais. Sur le point d'être vaincus, Tara leur sauve à nouveau la mise et *Danann* se voit contrainte de rejoindre les siens sur *Meath*… Témoin privilégié de la guerre entre druides ayant eu lieu à l'Université de Brest, Grég parvient à écrire un article sur le point de paraître, malgré la surveillance des militaires dont il fait l'objet… Le Doyen « T-Rex », devenu Maire de Brest, veut des explications… Luna perd son fils tandis qu'Eric'h se met à dos les *Satyres* et Bron est pris d'une violente vision lui montrant l'avènement du *Crépuscule des dieux* et la fusion de la Terre avec l'Autre Monde, provoquant la déstabilisation du système solaire…

Suite…

200

Renforts

1er décembre 2008,
2 dumaannos 4576.

« A l'heure où j'écris ces lignes, l'avenir est incertain. Le trouble a envahi tout le Sanctuaire. Nous craignons que notre secret soit en péril. Néanmoins, je pense que cela devait arriver tôt ou tard. Notre guerre a pris des proportions démesurées et les *treitours*, de plus en plus confiants en eux-mêmes, ne cherchent plus à effacer les traces derrière eux lorsqu'ils commettent des meurtres. Rien de bon ne peut sortir de ce qui s'est produit à l'Université de Brest la semaine dernière. J'ai entendu dire que les Tùathas obéissent à la *« Première »*, appelée Danann. Elle a tué nos ancêtres, les Druides Primordiaux. Heureusement que mes amis les Créateurs se sont occupés d'elle en décidant de la condamner à rester vivre sur Meath, la 5ème île de l'Autre Monde. Gwyon'Bach a dit que Tara règne aux côtés des Créateurs. Cela m'a surpris, j'ignorais la réelle étendue de ses pouvoirs. Je comprends maintenant mieux pourquoi beaucoup de druides la craignaient, le Gorsedd au premier rang. Elle est tout de même parvenue à tuer la Matriarche, chef des Grandes Familles ! Ces dernières cherchent d'ailleurs à se venger. A mon avis, elles auront bien du mal étant donné qu'elles lui doivent obéissance. Ma situation personnelle n'est pas non plus très joyeuse. Il ne me reste plus qu'un an à vivre, soit jusqu'au 2 dumaannos 4577 (23 novembre 2009 pour les profanes). C'est étrange de connaître la date précise de sa mort. Cependant, la *Dame Endormie* de Malte m'a laissé un espoir assorti d'un avertissement : *méfie-toi des Mages, un jour prochain, tout comme « Leur 1er », les ténèbres auront raison d'eux. Souviens-t-en si tu veux vivre un peu plus longtemps.* La seule bonne nouvelle est l'efficacité de l'Alliance voulue et obtenue par Eric'h. Il a vraiment fait du beau boulot là-bas. Après l'attaque au Sanctuaire, les Gargouilles ont été réparées et leur Magie restaurée. Goff a envoyé des renforts d'Irlande et de toute l'Europe. Aucun druide ne veut voir les Traqueurs assurer notre sécurité trop longtemps et encore moins les militaires. Nous avons notre fierté ! Quel message envoyons-nous chaque fois que nous faisons appel à eux ? Il nous faut montrer que les druides peuvent affronter les difficultés eux-mêmes. Ces mesures doivent rester provisoires. Une semaine après la *Bataille*, leur présence devient pesante. Le Gorsedd s'est retiré depuis des jours, débattant de la situation. Le secret millénaire des druides risquant d'être révélé les a choqués bien plus que moi. J'ignore où vont nous mener ces évènements. Un sombre nuage semble s'être installé au-dessus du Sanctuaire et pour longtemps. Je sais seulement que ma détermination à le protéger est intacte et que celle de mon équipe l'est tout autant. »

Maëve,
Druidesse.

Un vent violent soufflait depuis des heures. Ce mois de décembre commençait par une tempête qui laissait craindre le retour des dégâts causés par celle de 1999. Cette fois-ci, Gwenc'Phel n'y était pour rien. Les nouvelles Sentinelles furent nommées et consacrées par Goff avant d'entrer en fonction. Othon étant surchargé de travail en s'occupant des affaires courantes délaissées par le Gorsedd en pleine réflexion, Goff s'était déplacé en personne afin d'assurer la sécurité du Sanctuaire. Selon lui : « *si ce lieu sacré tombe, alors ce sont aussi tous les autres qui cesseront d'exister* ». C'est pour cela que depuis toujours, la défense du Sanctuaire de Lorient et avant lui, celui de Brest, était si primordiale. Il s'agissait en quelque sorte d'une « Capitale » qu'il convenait de défendre coûte que coûte. Ces nouvelles Sentinelles prirent leur poste en fin de matinée, permettant aux Traqueurs Elfe de rentrer chez eux. Mais l'arrivée d'intrus allait bientôt contrarier à nouveau la quiétude des druides.

La neige commença à tomber en début d'après-midi et les enfants du Sanctuaire se réjouirent de l'évènement. Des bonhommes de neige animés et facétieux firent tourner les adultes en bourrique. Une gargouille à la vigilance limitée se prit une boule de glace en pleine face sous les rires des jeunes druides qui reculèrent lorsque celle-ci lança un cri terrifiant. Mais la statue de pierre ne put à son tour réprimer un rire. Des gargouilles toutes neuves s'installèrent en choisissant un emplacement stratégique. Gwenc'Ron avait fait modifier la position des piédestaux la nuit précédente.

Lorsque des véhicules militaires avancèrent vers l'entrée du Sanctuaire, Sentinelles et Gargouille*s* se figèrent, menaçants. Le Ministre de l'Occulte descendit d'une « Jeep » et attendit patiemment devant la grille. Celle-ci s'ouvrit non sans faire gémir ses gonds, permettant aux militaires de pénétrer au cœur du Sol Sacré sous les regards inquiets des druides. Ils s'arrêtèrent devant la porte de la Tour d'Or, attendant d'être reçus.

Université de Brest,
16 h 26.

Des barrages furent installés quelques heures seulement après le drame. Depuis une semaine, aucun étudiant n'avait pu se rendre à l'Université. Il allait en être ainsi pour plusieurs jours encore. Les militaires avaient installé leur campement afin de sécuriser le secteur. L'équipe de Maëve et les druides qui les avaient suivis étaient responsables du carnage. Les cadavres furent emportés au « secteur 48 » (équivalent français de la « zone 51 » américaine). Les ruines de l'immeuble, théâtre du drame, furent déblayées.

Cillisia, fille de Ness, eut accès au lieu grâce à son statut de druide et obtint de reprendre le poste de professeur d'Histoires Anciennes d'Eric'h. Elle observa un instant le parc dont la pelouse cramoisie avait déjà été remplacée par des carrés de verdure pas vraiment naturels. Elle souleva l'un d'eux et remarqua qu'ils avaient juste été collés par-dessus le sol en cendres. Une larme perla sur sa joue blanche, se souvenant du nombre de morts dû à cette guerre interne.

Sanctuaire,
1er décembre 2008,
2 dumaannos 4576,
16 h 38.

Le Ministre de l'Occulte fut reçu directement au sommet de la Tour d'Or, où se réunissait habituellement le Gorsedd pour prendre d'importantes décisions. En montant les escaliers, il se demanda si les marches étaient, elles aussi, constituées d'or. En les inspectant rapidement de plus près, il fut effaré par la quantité du précieux métal qu'il avait fallu faire fondre pour obtenir ce résultat.

- Monsieur le Ministre, nous vous attendions. Nos bardes nous ont avertis de votre arrivée.
- Des terroristes ont attaqué l'Université avec une bombe expérimentale de nouvelle génération, suivis de près par la Défense, qui n'a hélas put intervenir à temps. Le Ministère remercie les jeunes espions infiltrés qui ont prêté leur concours et sont parvenus à neutraliser les terroristes. Voilà ce que sera l'explication officielle donnée aux médias.
- C'est un peu facile Monsieur le Ministre, répondit Gwenc'Ron tandis que les autres membres du Conseil semblaient dépités.
- Qu'est-ce qui vous a pris de les attaquer de front ? En public qui plus est ! Vous êtes irresponsables !
- Ils avaient une fois de plus attaqué le Sanctuaire ! Ce lieu est sacré pour les druides du Monde entier. Nous avons suffisamment subi d'affronts ! Comment diriger les druides si nous nous montrons incapables de maîtriser cette rébellion ? Cette fois nous avons anéanti leur territoire ! s'emporta Pat.
- C'est juste, mais à quel prix ? Ils se sont réfugiés sur l'île de Groix auprès d'Eningann. Ils sont intouchables là-bas, répondit Ness.
- Nous ne pouvons qu'espérer que les journalistes croiront à votre annonce. Où sont les corps des nôtres ? Pouvons-nous les récupérer ? demanda Bann.
- Non, je suis désolé. La plupart des cadavres sont incomplets. La violence et la chaleur provoquées par la Magie furent telles, qu'il ne restait pas grand-chose. Cependant, seize corps sur soixante-huit décédés ont été emportés au « Secteur 48 ».
- Secteur 48… Je ne connais pas cet endroit. Où est-ce ? interrogea Ness.
- Le lieu militaire le plus secret et gardé de France. Vous connaissez sans doute la célèbre « zone 51 » des américains ? Une aire géographique du Nevada où se trouve une base militaire secrète testant entre autres des appareils expérimentaux. Ceux qui croient aux extraterrestres la reprennent fréquemment à leur compte pour élaborer des théories suggérant des relations secrètes entre l'armée américaine et des

extraterrestres. Dès qu'ils voient une forme bizarre voler dans le ciel, ils crient aux Ovnis. Le « secteur 48 » est notre équivalent français.

- Et où se trouve-t-il ?

- Sur l'île Longue, voisine de Lorient. Il s'agit d'une Base opérationnelle des sous-marins nucléaires lanceurs d'engins. Le choix s'est porté sur ce lieu, à la fois proche des installations militaires de Brest mais suffisamment éloigné pour limiter l'impact en cas d'accident, et facile à contrôler, de par sa configuration en presqu'île. Cette Base fut construite de 1967 à 1972. L'île Longue assure la maintenance des sous-marins entre deux patrouilles et l'entreposage des éléments nucléaires associés (têtes des missiles, combustible des réacteurs). La pyrotechnie de Guenvénez située à 4km accueille les corps des missiles nucléaires et les missiles classiques, mais est libre de toute matière nucléaire. Lorsque les cartes internet sont nées, nous avons flouté les images satellites. Ce que tous ignorent, c'est qu'il y existe une base sous-marine que l'on nomme « secteur 48 », simplement parce que la latitude de la presqu'île commence par le chiffre 48. La latitude complète est 48.303366 et la longitude est - 4.506841. Nous y gardons des créatures venues de l'Autre Monde qui n'ont pas pu retourner là-bas ou qui n'ont pas voulu. Nous y élaborons des armes magiques susceptibles de protéger les humains. Nous savons qu'un jour où l'autre ils tenteront de venir sur Terre. Eningann n'est sûrement pas le seul à essayer. Nous devons nous préparer.

- Il me semblait que notre accord incluait de partager nos secrets ! s'emporta Pat.

- Ne me dîtes pas que vous nous avez communiqué tous les vôtres !

- Il nous faut la liste de toutes les créatures que vous détenez ! J'en reviens pas d'apprendre qu'il existe une base où vous expérimentez l'usage de la Magie. Vous vous comportez en apprentis sorciers ! Vous ne connaissez rien à la Magie ! Vous manipulez des forces qui vous dépassent ! Nous avions convenu que les druides s'occuperaient de protéger l'humanité, pas le gouvernement ! cria presque Bann.

***

201

Nouvelles Menaces

Sanctuaire,
Tour d'Or,
1er décembre 2008,
2 dumaannos 4576.

- Le Président a eu vent de l'existence de la Magie sur Terre. Il a ordonné que nous menions une surveillance parallèle à la vôtre tout en renforçant notre collaboration. J'ai passé des heures à expliquer au Président votre action, votre bravoure ainsi que celle de vos équipes. Il sait peu de choses sur nos programmes de recherches, les évènements passés et en cours. Il m'a cependant donné toute sa confiance que j'ai dû obtenir de haute lutte. La pilule a été dure à avaler. Entre votre existence et le budget secret du Ministère de la Défense utilisé pour nos projets, croyez-moi, le Président était furieux ! Il va devoir cacher à ses députés le plus lourd secret de sa vie.

- Par tous les dieux ! Le Président est au courant ! s'exclama Ness la gorge serrée, sa voix partant vers des aigües improbables.

- Il prévoit une visite secrète, dans les prochaines semaines, de nos installations au « Secteur 48 » et du Sanctuaire. Il refuse qu'une parcelle de terre échappe au territoire de la République. Il va donner un statut au Sanctuaire qui ne sera pas d'ordre religieux, mais militaire.

- C'est un scandale ! Vous avez signé un traité vous obligeant au secret. Qui est au courant en dehors du Président ? Ses proches collaborateurs le savent forcément ! objecta Bann en brandissant son sceptre.

- Ses ministres ne savent rien. Seuls ses plus proches collaborateurs et le Ministre de la Défense bien entendu.

- C'est déjà trop !

- Il est trop tôt pour cela, intervint Gwyon'Bach qui apparut dans la pièce dans un flash de lumière douce et apaisante. Le Ministre le reconnut à son allure atypique.

- Eternel ? Que fais-tu ici ? demanda Ness.

- La précipitation ne jouera pas en ma faveur. Le crépuscule des dieux ne va pas tarder à se produire mais il est trop tôt pour avertir le Président. Mon plan ne saurait être mis à mal par trop d'empressement humain.

- Quel plan ?

- Monsieur le Ministre, je prends des risques depuis la naissance d'Eric'h, Elor'a, Bron et Tao. Il est hors de question que l'avenir soit compromis. J'exhorte le Président au plus grand silence. Vous ne devez avoir de contacts que dans des conditions garantissant la sécurité des informations. Lorsque les dieux tomberont, j'aurais une annonce à vous faire, mais pas avant. Tenez-vous en au traité qui a été signé entre le gouvernement et les druides. Vous collaborez, mais les druides sont et restent les seuls intermédiaires entre la Terre et l'Autre Monde. Ils sont habilités à manipuler la Magie, pas vous ! Est-ce bien clair ?

- Vous n'avez pas d'ordres à donner à un Ministre de la République ! Le Président accepte de respecter le traité que j'ai signé mais il ordonne malgré tout une surveillance parallèle des traîtres. A ce sujet, j'ai une information importante à vous communiquer et qui prouve notre volonté de collaborer avec les druides. Mes services ont découvert l'existence d'une Société secrète nommée « *HADAR* », menée par le frère de Bron Delorme, Yann. Elle est composée d'une vingtaine de membres qui semblent manipuler la Magie Noire avec excellence. Elle s'est mise en « chasse ».

- Que voulez-vous dire ? questionna Gwenc'Ron.

- Ils recherchent tous les druides, traîtres ou non, pour les exterminer. Je sais que vos druides travaillent comme tous les civils à des postes comme médecin, ingénieur, chercheur et j'en passe. Ils sont vulnérables dès qu'ils quittent le Sanctuaire. Six druides sont déjà morts assassinés. Etant donné que les traîtres se sont réfugiés à Groix pour un certain temps, ce sont vos frères et sœurs druides qui sont menacés. Vous avez un nouvel ennemi. Humain, cette fois.

- Nous savons que six d'entre nous ont été tués, mais nous avons supposé que des *treitours* traînaient encore dans les parages, réagit Bann.

- Nous avons eu tort. La situation ne cesse de s'aggraver. Nous avons souffert lors de la chasse aux sorcières au Moyen-âge. Il ne faut pas que ces mortels extrémistes continuent de massacrer les nôtres en toute impunité. Vous avez vu ce dont nous sommes capables à l'Université. Il me semble que nous devrions agir de concert. Yann est le frère d'un des Créateurs. Et selon vos informations, il dirige ces hommes. Bron sera furieux lorsqu'il va apprendre cela et il voudra certainement demander à se détacher de ces obligations pour venir ici.

- J'obtiendrai cela pour lui, s'engagea Gwyon'Bach qui partit sur le champ dans un nuage de vapeur.

- Je suis d'accord. Mes militaires vous aideront à mettre fin aux activités de Yann. Votre Créateur peut sans doute neutraliser sa Magie ?

- Oui, mais il n'a pas le droit d'utiliser ses pouvoirs sur Terre. C'est trop dangereux pour l'équilibre de nos deux Mondes. Le voile qui les sépare est fragile lorsque la Magie d'un Créateur est utilisée sur Terre. Ce serait long à vous expliquer mais, en gros, Bron ne peut pas utiliser ses pouvoirs ici. Mais c'est son frère et il se chargera de l'empêcher de nuire.

20 h 13.

Bron venait d'arriver au Sanctuaire où il n'avait pas remis les pieds depuis longtemps. Il se souvint alors des années passées, et notamment les évènements en rapport avec son frère Yann. (…) *Allongé dans son lit, Bron Delorme, (…) avait un sommeil agité. Couvert de sueur, tremblant, se mouvant rapidement d'à-coups, son cauchemar le rendait nerveux. Ses paupières s'agitaient, sa respiration s'accélérait, tout comme son pouls. Dans ce songe, Bron voyait un adolescent d'environ quinze ans, le torse nu. Ses muscles d'éphèbe commençaient à gonfler, lui donnant un physique plus mature que celui d'un enfant de son âge. Il portait un tatouage sur le dos. Cependant, il ne parvenait pas à distinguer le dessin, bien trop trouble pour le mémoriser. L'enfant fuyait à travers une forêt. Il était poursuivi par des hommes vêtus d'une tunique mauve et dont la capuche cachait le visage. Ces étranges individus étaient accompagnés de deux loups. Ceux-ci, robustes et tenaces, avaient pris quelques mètres d'avance sur leurs maîtres. Fait étrange, que ces animaux obéissent à des hommes. La pauvre victime trébucha, se foula la cheville et tomba lourdement au sol. Il lui fallut quelques secondes pour se relever et reprendre sa course infernale en boitant. A chacun de ses pas, le sol boueux s'enfonçait. La pluie battait son visage et ruisselait le long de son frêle corps. A hauteur d'un arbre, il se retourna et vit les loups se rapprocher dangereusement. Le gamin finit son parcours dans un ravin. La chute le priva de l'usage de la jambe gauche qui s'était cassée lors du choc avec un rocher, au fond du précipice. Au-dessus de lui, les traqueurs passèrent sans le voir et la pluie empêcha les loups de suivre sa piste. C'est alors qu'il pensa avoir, pour le moment, la vie sauve. Hélas, l'un des poursuivants s'arrêta et lança une corde pour le remonter.*

La seconde partie du rêve de Bron montrait un lieu bien plus sombre que la forêt. Il s'agissait d'un vieux temple dont les hautes colonnes étaient recouvertes de lierre aux racines adventives à crampons qui envahissaient les toits et les murs. De larges fissures finissaient de rendre branlant l'édifice. Un autel en jade, d'un vert étincelant, se dressait au centre de l'immense pièce centrale. Bron entendit des cris, ceux d'un homme et d'une femme. Des individus portant la même tunique que celle des traqueurs de la forêt, tenaient des cierges et des chaînes. Au bout des maillons d'acier était attaché un couple. Ils furent allongés sur la table de pierre et encerclés par les ténébreux personnages. Malheureusement, le rêve de Bron s'acheva et ses yeux, d'un bleu océan, s'ouvrirent avec soudaineté. Ses pupilles se dilatèrent vite et ses paupières battirent avec frénésie. Le jeune homme se releva, assis sur le lit. Il recouvrit son torse nu musclé et velu d'un tee-shirt blanc et inspira de l'air afin de se calmer et de reprendre ses esprits. (...) **(Extrait de la saison 1 - épisode 1)**

(...) Bron se plia en deux, émit un cri et s'immobilisa. Il vit l'adolescent poursuivi dans la forêt, le torse nu, portant un tatouage sur le dos. Des hommes vêtus d'une tunique mauve étaient accompagnés de loups. Ils cherchaient l'enfant. Ce rêve, il le faisait souvent. Mais cette fois, il l'entendit prononcer un nom : « Bron, mon frère ! »

- J'ai un frère ! Mon Dieu ! J'ai un frère ! dit-il avant que sa vision ne reprenne. Il vit un couple enchaîné et reconnut leur visage. C'était ses parents. Des hommes en saie mauve s'apprêtaient à les sacrifier. Il se vit, avec l'équipe, assister à la scène sans bouger. Puis, Bron reprit ses esprits. (...) Celui-ci se précipita sur son téléphone portable et appela ses parents.

- Maman ! J'ai un frère. Est-ce vrai ?

- Mon Dieu. Comment l'as-tu appris ? Oui, c'est la vérité. Il a été enlevé étant bébé. On ne l'a jamais retrouvé. La police a conclu qu'il était mort.

- Pourquoi ne m'avoir rien dit ?

- C'était trop dur ! Nous voulions te préserver.

- Comment s'appelait-il ?

- Yann. Bron raccrocha en colère.

- Ils m'ont menti. Mais si mon frère a été enlevé, il est peut-être au Sanctuaire ! réfléchit-il à haute voix. Dans le jardin de la maison de Ben, un homme observait Bron lors de sa vision.

- Cher Bron, tu ignores l'essentiel. Ta famille mettra fin à l'existence de ce monde. J'ai pitié pour toi. Bien des souffrances t'attendent ; c'était Théodorus qui le laissa à ses interrogations. (...) **(Extrait de la saison 1 - épisode 3 - page 116)**

(...) Profondément endormi avec son compagnon, Ben, Bron frissonna et ouvrit brusquement les yeux. Une vision envahit son esprit. Il vit son frère, Yann, essayant de le tuer. Cela le surprit. Quelque temps plus tôt, il demandait son aide. Mais le Yann de sa vision avait changé. Il était plus vieux. Il atteignait son âge. Était-il devenu un traître lui aussi ? Cette pensée traversa sa tête mais il refusa d'y croire. Puis, le devin eut la vision la plus effroyable de sa vie. Le Sanctuaire était anéanti, il entendait des cris, des hurlements, des gémissements. Il ressentait leur peine, leur douleur. Une odeur de sang figea sa respiration. Il vit des dizaines de corps inertes. Il ne pouvait plus supporter une telle image. Il se releva, transpirant, le thorax se relevant et s'abaissant à une allure effrénée. Son cœur battait si fort qu'il eut la sensation que sa poitrine allait exploser. Ses sens étaient surmultipliés. (...) **(Extrait de la saison 1 - épisode 4 - page 133)**

(...) Au Temple, Gwémana se présenta. Gwenc'Phel entra avec Elodie, Gaël, un Gargwa et un couple enchaîné par Kox, le Maître Druide Assassin.

- Papa ! Maman ! Lâche-les ! Traître ! Ou je te tue de mes mains ! hurla Bron.

- Oh mon dieu. Vous avez osé ! s'exclama Kéra.

A l'extérieur, le chaos total régnait. Tous fuyaient en tous sens. Bron fut pris de violents maux de tête. Kox brandit son arme et terrifia les parents de Bron. Madame Delorme crut être recouverte de serpents et de mygales. Une crise cardiaque la terrassa. Elle porta une main à sa poitrine et la crispa contre son cœur en criant sa souffrance. Monsieur Delorme eut l'illusion d'être étranglé. Une ligne de sang se dessina sur son cou, sa tête devint bleue et il s'écroula, mort, à côté de sa femme. Bron fut déchiré de chagrin.

- Non ! Pourquoi ?

- Vous allez le payer ! dit Eric furieux. (...) **(Extrait de la saison 1 - épisode 4 - page 140)**

(...) Hors du Temple, Bron vit un homme de son âge, aussi beau que lui, portant un tatouage sur l'épaule qu'il aperçut à travers sa chemise déchirée lors de la bataille. Il le reconnut.

- Yann ! Je te vois dans mes rêves prémonitoires depuis des années. C'est toi mon frère ?
- Oui Bron. J'ai attendu cet instant durant des mois. Le jour où mon frère mourra de mes mains.
- Quoi ? Ne me dis pas que tu travailles pour ce traître répugnant !
- Bien sûr ! Il m'a tout appris. Je lui dois toute ma connaissance.
- Que t'est-il arrivé ? Où as-tu grandi ? Et ce rêve ?
- Tu n'auras pour seule réponse, que la mort !

Yann sauta sur son frère et l'étrangla. Bron se dégagea, lui donna des coups de poings qui le firent reculer. Yann reprit le dessus. Plus habile, Bron ne parvint pas à le maîtriser.

- Pourquoi les as-tu laissé tuer nos parents ?
- Je l'aurais fait de mes propres mains, mais j'ai laissé ce plaisir à Kox. Le pauvre avait grand besoin de se défouler.
- Tu es un monstre !

Bron usa de ses connaissances en magie. Il se souvint d'un tour de passe-passe que lui avait enseigné Gwenc'Ron. Mais, trop faible, il se replia, laissant à Yann la victoire. (...) **(Extrait de la saison 1 - épisode 4 - pages 147 et 148)**

Carnac,
Parc des mégalithes,
1er décembre 2008,
2 dumaannos 4576,
20 h 17.

Un jeune homme de vingt-deux ans, le torse nu, portant un tatouage sur l'épaule représentant une croix celtique dans un cercle, avait réuni ses amis.

- Gwenc'Phel et Gaël se sont retirés sur Groix. Les *treitours* se sont éloignés de la cause. Ils cherchent toujours à faire revenir les dieux parmi nous ! La Magie est trop dangereuse pour la Terre ! Nous avons puni six druides et ce n'est que le début ! Tous ceux qui nous barreront la route paieront de leur vie ! Que la chasse commence ! Trouvez tous les druides et tuez-les ! Seuls ceux portant la « marque » survivront. Exterminez les autres ! dit-il à ses amis en désignant son propre tatouage, devenu symbole d'immunité. Parmi les *treitours*, Gwenc'Phel avait choisi, dans leur enfance, ceux qui constitueraient son « corps d'élite ». Il les avait marqués à l'aide d'un tatouage pour les reconnaître parmi les autres membres du groupe. Gaël étant devenu son bras droit, il avait confié à Yann la charge de diriger ce « corps d'élite » qui excellait dans l'art de la Magie Noire. Ils étaient redoutés même par les traîtres. Maintenant que Gwenc'Phel s'était retiré pour un temps, Yann y avait vu l'occasion d'atteindre son but. Les Hadars, tels qu'ils se nommaient eux-mêmes, se mirent en chasse. Si un druide ne portait pas la marque, il était de fait condamné à mort.

Un téléphone portable posé sur l'autel du Temple au Sanctuaire sonna. Maëve répondit à l'appel et raccrocha, l'air inquiète.

- Un problème ? demanda Matt.
- C'était le docteur Morvan de l'hôpital général de Carnac. Il a reçu plusieurs druides en mauvais état avant qu'ils perdent la vie sans qu'il ne puisse rien y faire. Selon lui, les blessures n'avaient rien de naturel. Il a besoin d'aide pour étouffer cette affaire et trouver la cause de ces plaies. Cela fait une semaine qu'il cache ces décès au rythme d'un par jour. Tout le service est sous notre contrôle, mais il ne pourra plus garder le secret longtemps. Elodie, tu contactes Ben, nous avons besoin de lui. Au passage, avertis le Gorsedd que nous avons une nouvelle mission.
- Je ne sais pas s'ils vont accepter de nous laisser sortir du Sanctuaire tant que les militaires seront là. Ils vont plutôt compter sur nous pour les surveiller.
- Quels militaires ?
- Il faut sortir un peu le nez dehors de temps en temps ma belle ! Le Ministre de l'Occulte a débarqué. Je crois que nous avons attiré son attention en bottant l'arrière-train des *treitours*.
- Ils vont nous compliquer la tâche. Nous devons de toute façon prendre nos ordres auprès du Gorsedd.
- Pourquoi leur demander l'autorisation ! L'équipe d'Eric'h intervenait directement et ne demandait leur aide qu'au besoin ! Prend des initiatives Maëve ! Le docteur Morvan ne peut pas se permettre d'attendre ! l'encouragea Matt.
- Je suis d'accord. Prends des responsabilités et contactons-les seulement en cas d'urgence, approuva Elodie.
- Va chercher Ben et rejoins-nous à l'hôpital.

***

202

Les Maitres Chasseurs

Sanctuaire,
Tour d'Or,
1er décembre 2008,
2 dumaannos 4576,
21 h 26.

Tandis que la soirée commençait, le Ministre fut invité à dîner avec le Gorsedd directement au sommet de la *Tour d'Or*. Les tables se dressèrent toutes seules et le service fut assuré par des élèves. La Magie embaumait la pièce toute entière. Bron venait d'arriver et se joint à eux.

- Ce plat est délicieux. De quelle viande s'agit-il ?
- Du *Gargwa* au curry et au vin blanc. Le Ministre recracha aussitôt une bouchée dans son assiette.
- Si la moitié de ce que j'ai lu sur ces horreurs est vrai, comment pouvez-vous en manger ?
- Ces dernières années, nous avons affronté ces chiens difformes gigantesques. Les cadavres ont été laissé sur place par Gwenc'Phel. Nous les avons donc congelés, puis cuits à un intervalle de trois mois, ce qui est nécessaire pour obtenir ce goût unique. Ils sont comestibles ! Les druides en mangent depuis des siècles ! C'est juste que nous n'y avions plus accès depuis longtemps c'est tout, expliqua Ness.
- Mangez ! Cette viande devient infecte une fois froide, dit Bann portant sa fourchette à la bouche.
- Je suis venu vous dire aussi que pendant que votre équipe était occupée à attaquer Gwenc'Phel à l'Université, des druides et des civils se sont faits exterminés par ceux que l'on nomme les « Maîtres Chasseurs » de la Société Secrète Hadar.
- Des *Maîtres Chasseurs* vous dites ? s'exclama Gwenc'Ron. Hum… Oui, oui, ils ont été créés par nos prédécesseurs il y a seize siècles dans le but d'anéantir toute Magie si cela devenait nécessaire. On les appelle les « Videurs » ou les « Hadars ».
- J'ignorai que Gwenc'Phel avait nommé mon frère à leur tête. Comment se fait-il que vous ne soyez au courant de rien ? Depuis des années, les évènements vous dépassent ! Vous êtes le Gorsedd oui ou non ! s'emporta Bron.
- Nous savons. Des siècles de paix ont eu cet effet sur nous. Mais je te rappelle que nous avons tous les Sanctuaires du Monde à gérer et pas seulement celui-ci, à Lorient ! répondit sont ancien Maître, Gwenc'Ron.
- Vous vous doutez bien que je veux retrouver mon frère. A partir de maintenant, c'est mon affaire. Me suis-je bien fait comprendre ?
- Ce sera plus difficile que cela Bron. Gwyon'Bach t'interdit d'utiliser tes pouvoirs de Créateur sur Terre. Il va te falloir de l'aide. Nous avons pensé envoyer

Maëve et son équipe à la recherche de Yann. Tu dirigeras la mission si tu le désires, avertit Pat.

- Gwyon'Bach !

- La situation est compliquée. Tu ne peux pas utiliser tes pouvoirs ici pour une bonne raison. Lui seul sait pourquoi. C'est un Éternel à qui tu dois obéissance, même si tu es un Créateur.

- Il n'a pas le droit d'intervenir Pat, vous le savez ! C'est la ligne de conduite des Eternels. Il ne peut m'interdire quoi que ce soit. Sans toutefois le dire, Bron savait que sa précédente vision sur la « fusion des deux Mondes » pourrait être précipitée s'il utilisait ses pouvoirs sur Terre. Il était donc impuissant et démuni. Mais il ne pouvait rien dire au Gorsedd, ni au Ministre.

- Oh Bron, tu sais bien que Gwyon est à l'origine de la déchéance des Créateurs qui vous ont précédé ! Il n'est plus à une intervention près ! S'il ne veut pas que tu utilises tes pouvoirs ici, alors tu dois lui obéir. S'il te plaît, demanda Gwenc'Ron.

- D'accord, je dirigerai l'équipe de Maëve, concéda-t-il après une brève réflexion.

- Attention, il vous faudra être très prudent, les « Videurs » ont la capacité de priver les druides de leurs pouvoirs. S'attaquer à eux risque d'être très périlleux. Ne faites pas trop de vagues. N'obligez pas mes soldats à intervenir pour effacer vos traces ou vos imprudences.

- Hadar est le nom d'un système d'étoiles doubles de la constellation du Centaure dont la composante principale est une géante bleue. Or, à l'origine, les Créateurs dominaient une planète se trouvant dans cette constellation, près de la géante bleue. Elle s'appelait Hadara, marmonna Ness entre deux bouchées.

- Les Créateurs viennent d'une autre planète ? interrogea le Ministre.

- Non. Ils l'ont dirigé durant une courte période après un long ennui sur Terre. Ils cherchaient à s'occuper. Ils y ont trouvé Mandragoria. Puisqu'il n'était pas en leur pouvoir de la domestiquer, ils sont revenus sur Terre pour y rester.

- Alors Mandragoria venait d'une autre planète ?

- Oui. Et les anciens Créateurs sont seulement parvenus à l'envoyer dans un endroit secret d'où elle était prisonnière.

- Jusqu'à ce qu'Eningann la libère dans l'espoir de vaincre les druides.

- Vous comprenez pourquoi la libérer était une folie, Monsieur le Ministre. Et les membres de la Société secrète Hadar utilisent une seringue contenant un composé chimique qui a la propriété de détruire les pouvoirs naturels d'un druide une fois injecté dans le sang. Mais ce produit empoisonne aussi la victime jusqu'à la tuer en l'espace de trois secondes. L'hadnium est extrait du sang de Mandragoria. D'où le nom de cette Société secrète. Had…nium, Hadar.

- Par tous mes dieux ! Nous n'en avons pas encore fini avec ce monstre ! Elle est pourtant morte ! s'emporta Bron.

- Oui, mais elle a été vaincue sur l'île de Groix et des *treitours* sont sûrement parvenus à s'emparer de son sang, expliqua Ness.

- C'est exactement ce que je disais ! Vous êtes des incapables ! Après la défaite de Mandragoria, vous aviez la responsabilité de sécuriser l'île et de la nettoyer !

Des *treitours* n'auraient jamais dû y avoir accès ! Il faudra un jour que vous répondiez de vos négligences ! finit Bron qui se leva de table et quitta la Tour.

- Monsieur le Ministre, nous vous demandons de ne rien faire. Laissez les druides s'occuper de ce problème. Bron se chargera d'arrêter son frère, dit Pat avant de quitter à son tour la table.

- Je ne suis pas certain que vous soyez en mesure d'assurer le succès de cette mission après ce que je viens d'entendre !

- Merci de ne pas intervenir Monsieur le Ministre, insista Ness du regard.

***

203

Ingerance

Université de Brest,
2 décembre 2008,
2 dumaannos 4576,
8 h 36.

La neige tombait à gros flocons. Ben glissa à plusieurs reprises mais parvint à garder l'équilibre. Il aperçut Cillisia qui tentait de récupérer des objets antiques des mains des militaires. Ceux-ci avaient retrouvé des reliques ayant échappées à l'explosion. Ben arriva au milieu de la dispute.

- Rendez-moi ces objets ! Vous n'avez pas le droit de les garder ! Ils ne représentent pas une menace pour la sécurité publique que je sache !
- Mademoiselle, j'ai des ordres. Ces objets sont sous scellés.
- Bonjour Cillisia. Il y a un problème ?
- Le Capitaine ne veut pas me rendre les lots 5 à 10. Tu connais leur valeur toi ! Dis-lui que l'armée n'a aucune raison de les garder. Je suis sûre qu'il le fait exprès pour m'embêter !
- Voyons Cillisia, tu exagères. Capitaine, ces reliques ont beaucoup d'importance pour nous. Je sais que vous avez des ordres mais, je connais personnellement le Ministre et je suis sûr…
- *Ben voyons*, entendit Ben dans sa tête sans que le Capitaine n'ait bougé les lèvres. Ben fronça les sourcils avant de reprendre.
- Il me donnera sûrement l'autorisation de les récupérer.
- J'ai des ordres Monsieur…
- Appelez-moi Ben.
- *Ben, vous êtes sexy*, entendit encore le jeune homme dans sa tête.
- Merci, c'est…
- Merci de quoi ?
- Je… pense que mon amie peut attendre un peu. N'est-ce pas Cillisia ?
- Non, pas du tout !
- Mais si ! En plus, je dois te parler de quelque chose d'important, tenta-t-il de botter en touche. Il emmena son amie à l'écart.
- Voyons Ben, qu'est-ce qui te prend ?
- Je crois que je suis devenu télépathe.
- Quoi ?
- Pendant la conversation, j'ai entendu les pensées de ce militaire. Il ne bougeait pas les lèvres !
- Alors… Tu as un nouveau pouvoir.

- Mais, je ne suis pas un druide depuis longtemps et je suis né sans pouvoirs. Je manipule la Magie oui, mais… Je ne suis pas comme les autres membres de l'équipe moi ! C'est Bron qui m'a fait entrer dans le monde des druides. Je ne fais que donner un coup de main !

- Tu plaisantes j'espère ? Ben, tu es bien plus que ça ! Ce n'est pas seulement Bron qui t'a choisi. Tu as prouvé au Gorsedd à plusieurs reprises ta bravoure et ton héroïsme. Combien de vies as-tu contribué à sauver lors la *Fête de Samain* en 2001 par exemple ? Tu es un druide Ben ! Et en plus, tu fais partie de l'élite depuis que tu as intégré l'équipe d'Eric'h, puis maintenant celle de Maëve. Ne te sous-estimes pas.

- Mais alors d'où vient ce nouveau pouvoir ?

- A ton avis ? Qui distribue ce je genre de capacité ?

- Je ne sais pas !

- Seul un Créateur choisit les élus pour qu'ils servent leur volonté.

- Bron ?

- Oui. Il veille sur toi depuis l'Autre Monde. Mais apparemment, il veut que tu continues la lutte même si cela est risqué.

- Comment sais-tu tout cela toi ?

- Je te rappelle que j'ai été prisonnière sur Thira, à Atlantis, pendant plusieurs siècles sous forme de fantôme ! Gwenc'Phel m'avait envoyé dans le passé pour punir ma Mère, Ness. J'ai pu y consulter les archives de la célèbre bibliothèque. Celle qui contenait tout le savoir de cette civilisation extrêmement avancée avant qu'Argallus ne détruise tout. **(Voir saison 4 épisode 4)** Une si grande civilisation. Quand j'y pense, je suis prise de nostalgie. Grâce à mes recherches dans cette bibliothèque, j'y ai acquis une énorme connaissance. Mais… Je rêve où le militaire te reluque ? Une petite minute, quel genre de pensées as-tu surprises ? demanda Cillisia avec un petit sourire en coin.

- Disons que… Bon, oui, d'accord, il me drague et alors.

- Ben, Bron n'est plus là. Tu as le droit de continuer à vivre. Il ne reviendra plus tu sais. En tant que Créateur, il a été obligé de t'abandonner. C'est triste mais tu dois aller de l'avant. Donc, si ce militaire te plaît, je ne vois pas pourquoi tu refuserais… d'aller de l'avant.

Université de Brest,
Locaux du journal « Le Prophète »,
2 décembre 2008,
3 dumaannos 4576,
9 h 14.

Grég Trémazon reçut une visite inattendue. Un cadreur au jean usé, une casquette vissée sur la tête, entra dans son bureau et le logo gravé sur la caméra attira son attention.

- Vous travaillez pour la première chaîne de télé de France ?

- Si vous êtes Monsieur Trémazon, la rédaction du journal de 20 h m'envoie. J'ai une lettre pour vous. Le rédacteur en chef a trouvé votre travail intéressant et lit votre papier régulièrement. Il veut un reportage sur ce qui s'est passé ici. Il vous confie ce travail.

- Le 20 h ? C'est… Stupéfiant ! Je boucle mon édition de demain et je suis à vous. J'en ai pour cinq minutes.

- Très bien, je vais prendre quelques plans dehors en attendant.

- D'accord. Je n'en ai pas pour longtemps. A tout de suite. Deux heures plus tard, Grég et son cadreur se rendirent au Sanctuaire. Seuls en pleine forêt de Lorient, le caméraman s'impatientait et ne comprenait pas ce qu'ils faisaient au milieu de nulle part. Puis, sous leurs yeux ébahis, l'immense Sanctuaire apparut à la place de la brume épaisse qui enveloppait les arbres. La grille surmontée du logo des druides (deux croissants de lune positionnés l'un au-dessus de l'autre, formant un « S ») s'ouvrit et l'allée centrale menant au Temple parut plus large que la dernière fois qu'il l'avait vue. La Tour d'Or s'élevait à droite du bâtiment. Le cadreur posa sa caméra sur l'épaule et enregistra leur progression sur le chemin. A peine la grille franchie, des militaires saisirent l'objet et encerclèrent les deux hommes. Le Ministre descendit de la Tour et leur fit face.

- Monsieur Trémazon ! Je croyais pourtant avoir été clair !

- Monsieur le Ministre.

- Je le connais pas celui-là ! Il est Ministre ? chuchota le caméraman à l'oreille du journaliste, qui l'ignora.

- Que faites-vous ici ?

- Une chaîne de télé veut un reportage sur les derniers évènements. Mais afin de comprendre comment est survenu le drame de Brest, il faut commencer par le début de l'histoire. Et si je ne me trompe, c'est ici que se trouvent les réponses.

- La télé. Et bien entendu, vous ne les avez pas contactés.

- Pas besoin ! Les druides ont été assez discrets pour attirer l'attention des médias tout seuls. Vous ne pensiez tout de même pas que l'explosion d'un immeuble universitaire allait passer inaperçue !

- Non, bien sûr, répondit le Ministre en baissant la voix. Il ordonna de mettre le cadreur à la porte et invita Grég à monter au sommet de la Tour où Ness les attendait, non sans mémoriser quelques détails au passage.

- Bienvenue Grég. Je suppose que mon accueil doit vous surprendre, cependant, sachez que les druides n'ont rien de dangereux. Hélas, ce sont ceux qui ont trahi notre cause et notre engagement que nous nous efforçons de combattre dans l'ombre. Le Ministre et moi-même avons longuement conversé à votre sujet et à propos de l'avenir. Nous avons conclu que passer un accord avec vous était sûrement une bonne idée. Je n'irais pas par quatre chemins. La situation requiert votre concours. Dans les mois et années à venir, des évènements hors du commun se produiront sur Terre et pas seulement en France. Les humains ne sont pas préparés à cela mais… Vous aurez l'exclusivité sur les évènements à venir. En échange, nous vous demandons d'être patient. Les choses ne se dérouleront pas dans l'heure mais surviendront petit à petit. Si vous précipitez les choses, nous obtiendrons le contraire de ce que nous voulons.

- La panique ?

- Exactement Grég. Nous avons souhaité vous tenir à l'écart jusqu'alors pour une bonne raison. Les médias risquent d'entraver notre action. Nous protégeons les mortels de dangers dont ils ignorent l'existence.

- Les connaîtrai-je ? Avant les autres ?

- Je peux vous obtenir un direct au vingt heures du « JT », révéla le Ministre.

- Pardon ?

- Vous avez bien entendu. La « messe » du soir sera sous vos ordres si vous acceptez notre marché. Nous voulons contrôler l'information afin de ne pas laisser de dangereuses rumeurs circuler. La situation nationale deviendra trop délicate pour se permettre de laisser des journalistes mettre la nation en péril.

- A ce point-là ?

- Le Président de la République en personne a validé votre… nomination.

- Je ne veux pas être manipulé. Je veux la primeur de l'information et la traiter comme bon me semble.

- Nous ne voulons pas vous brider. Nous avons besoin d'un journaliste en qui nous aurons confiance. Quelqu'un qui fera du vrai travail de journalisme sans tomber dans la caricature et le sensationnel qui ferait basculer la nation dans le chaos. Nous avons suivi votre travail de près depuis quelques années et nous vous avons choisi pour ces raisons. Vous êtes un journaliste qui ne lâche pas son sujet et le traite avec respect. Vous avez les qualités que nous recherchons, mais nous savons aussi que votre entêtement pourrait nous causer du tort si nous vous laissons les rênes sans vous parler auparavant. Grég, vous conserverez votre liberté mais nous tenions à vous faire part de nos inquiétudes quant au traitement des informations dont vous aurez connaissance. Pour vous prouver notre bonne foi, nous allons vous expliquer ce qui s'est produit à l'Université. Mais pour cela, vous aviez raison, c'est ici que se trouvent les réponses. Vous allez visiter notre Sanctuaire et vous constaterez que les druides ne se contentent pas de cueillir du gui et de faire des prières.

- Je me réserve le droit de rompre notre accord si je découvre que je ne suis pour vous qu'un pantin. Je dois commencer par révéler votre existence Monsieur le Ministre de l'Occulte.

- Je sais. Vous m'interviewerez au journal de vingt heure, en direct. Nous préparerons les questions ensemble. Il est hors de question pour moi de vous imposer un texte. Mais nous devrons nous mettre d'accord sur les questions que vous me poserez. Etant donné qu'il s'agira d'un direct, toute improvisation de votre part entraînera l'annulation de notre accord. Même si vous ignorez beaucoup de choses pour l'instant, je peux vous assurer que rompre notre contrat ne pourra engendrer chez vous que des regrets. Je comprends que cela suppose d'avoir confiance en moi, mais c'est tout ce que je peux vous dire pour vous convaincre.

- Si vous nous trahissez, vous condamnerez le peuple à paniquer. Cela provoquerait des dégâts irréversibles.

- Je vois. Je suis d'accord. Quand prévoyez-vous votre intervention télévisée ?

- Patience Monsieur Trémazon. Patience.

A l'île de Groix, sur une langue de sable en bord de mer, Gaël enseignait à son fils Ronan un sort de mort violente. Aujourd'hui âgé de six ans, l'enfant d'Elor'a était très doué en Magie. Gwenc'Phel était fou de joie de voir ce petit apprendre aussi vite à tuer. Après le kidnapping survenu au Sanctuaire une dizaine de jours auparavant (voir saison 5 épisode 3, « Alliance partie 1 »), Gaël l'avait emmené sur l'île dans le but d'empêcher sa Mère de l'approcher. Depuis, il profitait de l'occasion pour passer du temps avec son fils et le préparer à devenir un druide.

- Gaël ! Laisse-moi le petit, un autre groupe vient d'arriver. Mène-les près d'Eningann.
- Il en reste encore beaucoup, Gwenc'Phel ?
- Oui, notre Maître n'est pas prêt à punir le Gorsedd d'avoir détruit la Chambre Souterraine. Il a besoin de nous ici. Des *treitours* viennent de toutes les régions et affluent sur l'île. Continuons de les accueillir.
- J'aime bien la déco. Tous les cadavres qu'il y a eu ici m'excitent.
- Oui, Mandragoria a fait du bon boulot. C'est dommage de ne pas l'avoir à nos côtés. Mais ce n'est pas grave. Nous préparons une belle surprise pour Maëve et son équipe. Quant à Elor'a, avoir votre fils est déjà une punition.
- Gwenc'Phel, promets-moi de les empêcher de le récupérer.
- Je les tuerai jusqu'au dernier. Ne te fais pas de souci. Continue de le former et il refusera lui-même de revoir sa maman, termina-t-il dans un éclat de rire qui entraîna celui de Gaël.

Au Sanctuaire, Gwyon'Bach rendit visite à Bron tandis que Ben avait rejoint l'équipe de Maëve à l'hôpital de Brest.

- J'ai eu une vision tout à l'heure. Qui est ce militaire ? C'est curieux, je devrai le savoir ! Sur l'Autre Monde, je sais tout ce qui se passe mais ici…
- …tu es privé de tes pouvoirs de Créateur pour une bonne raison. Tu restes un dieu, mais je te rappelle que tu ne dois pas user de ta Magie sur Terre. Et pour info, le militaire s'appelle Nathan. Il semblerait qu'il s'intéresse à Ben. Tu as renoncé à ta vie d'être humain pour devenir un Créateur. Ben doit refaire sa vie et te considérer comme mort. Il vaut mieux éviter de te montrer. Apparais-lui sous la forme d'un fantôme si tu veux, mais je te le déconseille. Cela ne ferait qu'alimenter l'espoir que la Magie puisse te faire revenir à lui d'une manière ou d'une autre. Or, c'est impossible et tu le sais. Ce sera plus difficile pour vous deux de vous quitter si tu vas le voir. Tu attiserais en lui un espoir qui ne pourra qu'être déçu. Laisse-le vivre sa vie… sans toi. Je lui parlerai si tu veux. Mais c'est tout ce que les Eternels t'accordent.
- Je me fous des Eternels ! Vous n'avez pas à me dicter ma conduite !
- Tu t'es engagé Bron ! Je suis aussi là pour veiller à ce que tu respectes ta parole.

Cillisia fut prise de chagrin en sentant rôder des âmes perdues dans le parc. Elle chanta alors une chanson que Ness lui avait apprise dès son plus jeune âge. Une chanson qui parlait de dieux capable de voler dans les airs. Ses larmes perlant sur ses joues devinrent de grands sanglots.

204

Les 3 Singes Sages (1)

Parc de l'Université de Brest,
2 décembre 2008,
3 dumaannos 4576,
23 h 24.

La nuit était froide et la lune, masquée par les nuages. Yann fut informé que des druides se trouvaient au parc. Il lui fallait donc agir. Sous les feuilles d'un chêne centenaire, espionnant ses proies, il était sur le point de mettre à mort ceux qu'il chassait, quand Yann fut arrêté dans son élan par Gaël. Celui-ci avait bien l'intention de faire un pacte avec lui afin d'être plus efficace.

- Pas tout de suite mon ami. Patience ! J'ai une proposition à te faire qui devrait t'intéresser.
- Qui es-tu ?
- Gaël, le…
- Disciple de Gwenc'Phel. Ainsi, le bras droit de la rébellion m'offre ses services ! J'ai entendu parler de toi et de tes… exploits.
- Ma réputation me précède !
- J'ai quitté le service des *treitours* comme tu dois le savoir. Nous n'avons pas les mêmes objectifs.
- Certes, mais des ennemis en commun à n'en pas douter. Je peux t'aider.
- Je n'ai pas besoin de toi. La secte que je préside existait avant ta naissance. J'ai repris la direction des « chasseurs » et ils se suffisent à eux-mêmes. Laisse-moi avant que je décide de te « chasser » aussi.
- Tu aurais tort. Eningann aussi veut faire revenir les dieux sur Terre.
- Faux ! Il veut seulement préserver ses intérêts !
- Yann, ton frère est revenu. Il te cherche. Eningann a senti sa présence.
- Bron ? Ici ? Alors peut-être des renforts ne seraient pas inutiles finalement.

L'équipe de Maëve au complet, accompagnée de Cillisia et de Bron, fouillaient le parc à la recherche d'ennemis. Bron, qui transgressait les directives des Eternels, se jeta dans les bras de Ben, ravi des retrouvailles. Mais la situation ne leur permit pas d'en profiter et ils se mirent aussitôt au travail. Toujours sécurisé par les militaires, l'université n'était pas en danger. Bron avait informé Maëve et ses amis de la menace que représentait la société secrète Hadar pour les druides. Ils avaient décidé de les affronter au seul endroit dont ils maîtrisaient la sécurité, le parc universitaire, à l'abri des regards, et à l'insu des autorités locales tenues écartées. Après avoir offert leurs services au docteur Morvan, ils se rendirent compte des dégâts causés en secret par Yann à l'encontre des druides. Il fallait agir. Curieusement, au lieu d'attaquer par surprise, Gaël, Yann et leurs hommes firent face à l'équipe, de front. Comme sur un champ de bataille, les deux lignes s'opposèrent. L'air sembla s'alourdir soudainement, chargé de l'énergie des Magies qui allaient s'affronter.

- Gaël ! Que fais-tu ici ?

- J'aide un… ami, lâcha-t-il en jetant un regard de côté à Yann qui ne sembla pas d'accord sur le terme employé. Mais il y avait bien plus important à faire que de se quereller sur un mot.

- Yann, mon frère, dit Bron les point serrés.

- J'ai dérobé un objet antique d'une grande valeur dans l'appartement de Tao lors de ma visite au Sanctuaire la semaine dernière, annonça Gaël fier de lui.

- C'est bien d'avouer ses crimes. C'est un bon début. Te rendre serait un pas de plus vers le droit chemin, mais quelque chose me dit que c'est en sens inverse que tu le feras, je me trompe ? lança Maëve.

- Bien vu ma jolie. Ce totem est très intéressant, dit-il en le posant au sol à ses pieds tandis que les soldats commençaient à les encercler, attendant les ordres. Le totem représentait trois singes assis, mais chacun présentant une attitude différente. Ils s'animèrent et quittèrent le socle sur lequel ils étaient sculptés. Des ondes magiques émanèrent des animaux et s'éparpillèrent dans toutes les directions du parc. Tous ceux qui étaient présents et qui ne se trouvaient pas à proximité du totem furent frappés par l'onde et tombèrent ainsi dans le piège. Druides et militaires en subirent directement les conséquences. Maëve perdit instantanément la vue, Matt sentit l'usage de la parole l'abandonner, Ben devint sourd, mais Elodie échappa au sortilège grâce à l'intervention de Bron, qui l'avait blotti dans ses bras dès qu'il s'était rendu compte de la situation. La Magie du Créateur immunisa la druidesse, ce qui provoqua une réaction dans le ciel, se couvrant et se zébrant d'éclairs. Gwyon l'avait prévenu de ne pas user de ses pouvoirs au risque de provoquer un évènement pour l'instant incontrôlable. Mais protéger son amie fut un réflexe et malheureusement, Ben était trop loin sur sa gauche pour pouvoir l'attirer dans ses bras et le sauver. Hélas, malgré tout, Yann parvint à injecter l'hadnium à Elodie. Il avait profité de la confusion pour lancer une seringue qui vint pénétrer la peau de la jeune femme. Le produit se diffusa dans son sang, provoquant la disparition de ses pouvoirs naturels et l'affaiblissant au point de ne plus pouvoir se défendre. Gaël ricana et étendit les pouvoirs des « trois singes sages ». Tous les habitants de Lorient et les militaires présents à l'université de Brest perdirent l'usage de leurs sens. Yann jeta un regard haineux vers son frère avant de partir. Bron ne réagit pas au risque de provoquer d'autres dégâts, laissant ses ennemis prendre la fuite. Curieusement, Cillisia semblait ne pas avoir été affectée par l'onde de Magie. La panique s'empara des militaires et ensuite de la ville.

Lorient,
Commissariat de police.

La nuit allait être longue. Le téléphone n'arrêtait pas de sonner et seuls les agents devenus aveugles étaient en mesure de répondre. Les autres ne pouvaient, soit entendre, soit réagir. Le Maire T-Rex avait déboulé dans le bureau du commissaire en hurlant sans que le moindre son ne sorte de sa bouche. Finalement, rendre le Maire muet était peut-être une bénédiction. Le commissaire étant devenu sourd, la conversation s'avérait pour le moins… difficile. Les policiers en pleine panique, quelques malfrats profitèrent de la situation, malgré la perte de l'un de leurs sens, pour saccager des boutiques ou dévaliser des banques.

Au Sanctuaire, tandis que le chaos faisait son œuvre, les « chasseurs » exterminèrent leurs cibles plus facilement. L'équipe de Maëve se replia en direction du Sol Sacré afin d'y trouver refuge. Malgré les défenses magiques renforcées, les habitants du Sanctuaire furent eux aussi victimes du sortilège. Bron devint alors le seul apte à agir. Il s'inquiéta du sort d'Elodie, de plus en plus faible, avant de se précipiter au bosquet.

Bosquet,
2 décembre 2008,
3 dumaannos 4576,
23 h 48.

Bron ouvrit le Livre des Eléments et ressentit de la nostalgie. Il aurait été bien incapable de dire depuis combien de temps il n'avait pas effleuré les pages rugueuses et jaunies par le Temps, à l'odeur reconnaissable de ce livre magique. Alors qu'il feuilletait l'ouvrage, un militaire d'une trentaine d'années avança vers lui.

- Bron ? C'est ça ?
- Vous ! cria Bron en se jetant sur lui, flanquant un coup de poing en pleine face, mais le Capitaine esquiva adroitement l'attaque.
- Hé ! Je ne suis pas un ennemi ! Ness m'envoie vous prêter main forte ! Bron le plaqua au sol et les deux hommes roulèrent sur le côté, chacun tentant de se libérer. Le Capitaine Nathan parvint à se dégager et envoya le Créateur valser. Mais celui-ci se releva prestement et réitéra la prise.
- Mais voyons ! Qu'est-ce qui vous prend ?
- Je vous ai vu ! Depuis le Palais ! Je ne laisserai pas Gwyon avoir raison !
- Mais que dites-vous ? demanda Nathan, se relevant avec difficulté après avoir reçu de nombreux coups.
- Ne vous approchez pas de Ben !
- Et vous de moi ! cria Nathan qui sortit une arme de première dotation (arme de combat). Expliquez !
- J'étais au Palais Divin de l'Autre Monde lorsque je vous ai vu draguer Ben.

- C'est donc ça. Je suis au courant de tout. Ness m'a expliqué que Ben était votre compagnon avant que vous ne deveniez un dieu. Elle a eu une visite de Gwyon qui vous interdit de le revoir. Il ne s'est rien passé entre nous… Pas encore. Je crois que vous devez vous parler. Mais pour l'instant, il est plus important de trouver une solution que de perdre du temps à nous battre, dit-il en désignant le livre du regard. Il rangea son arme. La menace écartée, les deux hommes consultèrent le Livre.

Une page était décorée de plusieurs couleurs et un dessin ressemblant étrangement au totem y figurait. Ainsi les noms Kikazaru, Iwazaru et Mizaru (le sourd, le muet et l'aveugle) y figuraient.

Les ***singes de la sagesse*** sont au nombre de trois.
Dans la mythologie japonaise,
ce sont trois petits singes
dont le premier cache ses oreilles (le sourd),
le second cache sa bouche (le muet)
et le troisième cache ses yeux (l'aveugle).

Ne rien voir, ne rien entendre et ne rien dire.

Leur légende commença vers le 7eme siècle.
Selon la croyance, les trois singes sages sont considérés
comme des messagers divins.
Ils représentent le ***Santai (les trois vérités).***

Leurs noms veulent dire :
" **je ne dis ce qu'il ne faut pas dire** ",
" **je ne vois ce qu'il ne faut pas voir** ",
et enfin " **je n'entends ce qu'il ne faut pas entendre** ",
car selon le principe,
si l'on respecte ces trois conditions, le mal nous épargnera.

- Apparemment, chacun des trois singes a transmis le handicap qu'il représente. Mais le Livre des Eléments ne dit pas comment annuler le sort, commença Nathan.

- Il y a cependant un indice subtil. Les trois phrases : ***« Je ne dis ce qu'il ne faut pas dire, je ne vois ce que je ne dois pas voir et je n'entends ce qu'il ne faut pas entendre. »***

- Et cela signifie…

- Que je dois aller voir mes amis, esquiva Bron qui se rendit au Temple, où Maëve et son équipe tournaient en rond en l'attendant. Nathan resta sur ses talons, ne lui déplaise.

Temple.

- J'ai trouvé quelque chose Maëve !

- C'est pas trop tôt ! Il a beau faire nuit, j'aimerai quand même voir quelque chose ! La cécité me pèse déjà.

- Gaël a subtilisé un totem représentant trois singes sages issus de la mythologie japonaise. Le Livre ne dit pas comment se débarrasser du sort, mais il laisse un indice. Il s'agit de trois phrases en rapport avec l'un des trois sens que vous avez perdu.

- Qu'est-ce que tu dis Bron ? cria Ben incapable de l'entendre.

- Maëve, ta phrase est « *je ne vois ce que je ne dois pas voir* ».

- C'est tout ! Comment te dire Bron… en ce moment je ne vois rien du tout ! Alors ce que je ne dois pas voir, je ne le verrai pas ! hurla presque la pauvre jeune femme.

- Réfléchis Maëve. Aurais-tu vu quelque chose que tu n'aurais pas dû voir dernièrement ?

- Je ne sais pas !

- Fais un effort !

- Peut-être… euh, j'ai surpris Ness en train d'embrasser Gwenc'Ron, ça compte ?

- Je ne crois pas. Soit sérieuse !

- D'accord ! J'ai fait un rêve il y a trois nuits. J'ai vu Cillisia au milieu du parc de l'Université en train de se battre avec… rien. Dans le vide. Elle gesticulait dans l'herbe en frappant dans l'air. Je n'ai pas vu ses agresseurs. Je me suis dit que ce n'était qu'un mauvais rêve un peu idiot. Je n'en ai pas parlé mais c'était peut-être cela que je n'étais pas sensée voir !

- Tu m'as vu me battre au parc ? De jour ou de nuit ?

- De jour… je crois. Attendez ! Je vois une lueur ! Vous êtes flous mais je vois des formes ! Ca y est ! Ça revient ! Je vois !

- Très bien. Tu as découvert une chose importante sur toi-même. Lorsque je suis devenu un Créateur, il a fallu que je choisisse quelqu'un à qui transmettre mon don de druide. Tu hérites de mes visions, Maëve. Je ne pensais pas que ton nouveau pouvoir allait se révéler à toi si tôt. Mais, comme tout pouvoir, il n'intervient que lorsque cela est vraiment utile. Bravo Maëve, tu as défié le pouvoir du totem et l'a vaincu. A ton tour Matt. *« Je ne dois dire ce qu'il ne faut pas dire »*. Tu n'as pas tenu ta langue Matt ?

Le jeune homme réfléchit un long moment avant d'écrire sur un papier : le silence.

- Je ne comprends pas, dit Bron en voyant Matt réfléchir un court instant et écrire un paragraphe sur son calepin pour leur éviter de lire sur ses lèvres. Ses amis étant peu doués en la matière. « En ce qui me concerne, il faut prendre cette phrase à l'envers. Il y a bien une chose que je n'ai pas dite. Et c'est certainement ce que me reproche la Magie. Si j'ai bien compris, comme pour Maëve, le sortilège a lu en mon cœur, ce qui dicte ma conduite. Pour Maëve, le sortilège a trouvé son silence au sujet de son nouveau pouvoir. Pour moi, il s'agit de quelque chose que je n'ai pas dit à Maëve. D'ailleurs, c'est plus facile pour moi de l'écrire que de le dire. Je t'aime Maëve. » Soudain, Matt toussa et sa voix retentit clairement dans la pièce.

- Je t'aime. Je ne te l'ai jamais dit. Je te taquine souvent mais avec légèreté, sans dire vraiment les mots qu'il faut. Mon amour pour toi est sincère, mais je gardais toujours le silence de peur d'essuyer un refus.

- Eh bien ! Ça, c'est une déclaration ! lâcha Cillisia les larmes aux yeux.

- Je crois que le singe m'a choisi pour ça.

- C'est très juste. Ça fonctionne ! Tu as retrouvé la parole Matt ! continua Bron. Le jeune Mage prit alors Maëve dans ses bras et l'embrassa. Mais celle-ci sembla gênée et s'écarta un peu trop tôt de lui.

- D'accord… Je crois que je n'avais finalement pas vraiment tort.

- Ce n'est pas ça Matt. Je…

- Ne te fatigue pas. J'ai compris. Et je crois que je l'ai toujours su, même si j'essayais.

- Ben, « *je n'entends ce qu'il ne faut pas entendre* » avait écrit Bron à son compagnon. Tous deux surent instantanément le sens de cette phrase dans leur cœur. La sensation fut étrange pour Ben. Il n'entendait pas ce qu'il disait mais savait que les autres le comprenaient. Alors il s'adressa à Bron à cœur ouvert.

- Tu es parti si longtemps. Pas un mot, pas une lettre ! Oh, je sais qu'il y a l'intérêt supérieur des autres qui compte plus que moi ! Mais, je n'en pouvais plus d'attendre ! Je me suis interdit de céder. Capitaine, vous n'êtes pas le premier que je rejette, dit-il au militaire.

- Je m'appelle Nathan, dit-il en s'efforçant d'articuler pour qu'il lise sur ses lèvres.

- Bron, ce que je ne dois pas entendre, c'est de ne pas rester avec toi ? C'est ça ? Là-haut, sur ton nuage, ils t'ont interdit de me revoir ? Ils veulent que je fasse ma vie avec quelqu'un d'autre ? C'est pour ça que mon nouveau pouvoir de télépathie s'est révélé il y a peu ?

- Pour ton pouvoir, s'il vient de se manifester, ce n'est pas une coïncidence. Tu hérites de celui d'Elor'a. En ce qui concerne les Eternels, ils n'ont pas leur mot à dire, Ben ! Je refuse de te quitter ! Oui, le temps s'écoule différemment là-bas et je ne me suis rendu compte de rien. J'ai repris mon corps humain pour revenir et je pense rester.

- Tu sais très bien que tu ne peux pas et qu'ils ne te laisseront pas faire, dit-il se rendant soudain compte qu'il avait entendu Bron.

- Et dire que je pensais avoir eu une vie compliquée, murmura Cillisia à Othon, caché dans l'ombre d'un pilier depuis le début de la conversation.

- J'ai… Je suis libéré du sort ! Je t'ai entendu, finit-il en se détournant et en quittant le Temple. Othon posa une solide main sur l'épaule du Créateur pour l'empêcher de le rattraper.

- Laisse-le. Il doit être seul un moment.

- Il a justement été seul trop longtemps Maître Othon ! Et qu'avez-vous tous à me dire ce que je dois faire ?

- Bron ! Ne pars pas ! Nous sommes peut-être libérés du sort, mais il faut remettre la main sur le totem très vite. Les habitants de la ville doivent aussi être délivrés de leurs fardeaux. Sans ton intervention, il aurait été plus long de nous libérer. Un temps précieux aurait été perdu, durant lequel nos ennemi auraient fait des dégâts supplémentaires.

- Nous allons nous y prendre différemment avec les autres. D'une part, parce qu'il serait trop long de tous les rencontrer et ensuite parce que tous ne pourront peut-être pas lire en leur cœur aussi clairement que nous l'avons fait, continua Matt.

- Tu as une idée ? demanda Maëve au Créateur.

- La bonne vieille méthode. Suivez-moi, ordonna Bron à l'équipe.

Parc de l'Université de Brest,
01 h 29.

Bron avait raison. Même si Gaël avait quitté les lieux, Yann était revenu pour admirer son œuvre sur les militaires désorientés. Avec des « chasseurs », il riait de bon cœur en voyant les soldats tomber les uns après les autres, assassinés par ses acolytes. Des druides étaient sur place pour aider l'armée à sécuriser les lieux à l'aide de la Magie. Ils furent exterminés jusqu'au dernier. Vingt-cinq druides furent tués cette nuit-là. L'équipe arriva au moment où le dernier druide présent à l'Université rendait son ultime souffle. L'attention de Bron se posa sur le petit singe aux pieds de Yann. Mizaru, le singe aveugle, riait lui aussi aux éclats. Le Créateur sortit une petite bourse de sa poche et en tira une poignée de poudre composée de thym et de diverses feuilles séchées. Il jeta la potion aux yeux de l'animal qui eut aussitôt son pouvoir « bridé » et qui reprit position sur le totem avant qu'une onde de Magie ne recouvre la ville. A en croire la réaction de certains militaires, les personnes ayant momentanément perdu la vue retrouvèrent l'usage de leurs yeux. Yann entra alors dans une rage qu'il laissa éclater en poussant un cri à faire frémir.

***

205

Les 3 Singes Sages (2)

Parc de l'Université de Brest,
3 décembre 2008,
3 dumaannos 4576,
01 h 32.

Bron et Yann échangèrent des amabilités. Ils avaient enfin le face à face tant attendu. Au fond de son cœur, la colère de Bron s'embrasa. Des souvenirs de son père remontèrent à sa mémoire : sa gentillesse, son rire, son amour, leur profonde complicité, les heures passées ensemble, des milliers de moments à l'inappréciable valeur. Ces images, ces sons, se brouillèrent dans son esprit pour laisser place aux douloureux souvenirs de l'exécution de ses parents et des visages blêmes des témoins. Son père avait eu peur, à la fin. Le chagrin jaillit du plus profond de son âme. Penché sur le corps de leur père, une lame au poing et du sang sur les mains, il reconnut Kox, le Maître Druide Assassin, qui avait égorgé ses parents sur l'ordre de Yann. Cette vision d'horreur, il l'avait gravée dans son esprit. Il la sonda, la retourna dans tous les sens. La porte qui protégeait sa colère vola en éclat. Matt lui prit le poignet pour l'empêcher de faire une bêtise. Fou de colère, Bron foudroya du regard (au sens figuré heureusement) celui qui osait s'interposer entre sa fureur et son frère. Maëve le prit de court. Elle tendit ses mains, doigts écartés, paumes en avant. Des flammes magiques jaillirent et volèrent vers la cible en sifflant comme des serpents. Elles illuminèrent la nuit et grandirent, puis s'unirent pour former une boule incandescente. Le projectile percuta le torse de Yann, provoquant un éclair et de la fumée. Aussitôt, l'odeur de chair brûlée s'éleva alentour. Le chasseur se releva, chancelant mais indemne.

- Il va falloir faire mieux ma belle.

Tandis que Bron et Yann se jaugeaient toujours du regard, Maëve fit un pas en arrière. Nathan et Ben cherchèrent Kikazaru, le singe sourd. Celui-ci s'acharnait sur deux militaires dont les oreilles sanguinolentes avaient été arrachées. A l'origine symboles de sagesse, Gaël avait rendu ces singes malfaisants et enragés. Ils attaquaient tous les humains à leur portée. Nathan parvint, non sans difficultés, à saisir le petit singe par le dos, ce qui lui valut une griffure au visage. Ben se pressa de verser la poudre de Bron dans l'une des oreilles de l'animal. Kikazaru perdit son pouvoir et lâcha une onde qui libéra ses victimes, avant de s'immobiliser à son tour, sur le totem.

Enfin, Iwazaru le muet fut également maîtrisé et la Magie du totem prit ainsi fin. Lorsque le dernier singe retrouva sa place sur la sculpture, une porte de lumière verte s'ouvrit. Bron éloigna Yann pendant que Ben la jetait dans la porte. Mais le chasseur profita de l'occasion pour s'échapper par cette ouverture. Le *shinto* (chemin des dieux, en chinois) sur le point de se refermer, Nathan ne put le laisser fuir.

- Je vais le chercher !
- Quoi ? Non ! cria Maëve pour couvrir le bruit émis par l'ouverture magique. Le visage de Tao apparut dans une flaque d'eau toute proche, ses traits se dessinant à la surface. Sa voix raisonna dans le souffle d'un vent.
- *Laissez-le faire ! Cette porte mène en Chine. Yann est un Maître Chasseur, ce qui veut dire qu'il a le pouvoir de priver les moines chinois de leurs pouvoirs. Une équipe doit être envoyée sur ma terre natale pour prêter main forte aux miens. Nathan, je te confie la mission de partir au secours de mon peuple. Retrouve Yann et ramène-le vivant au Sanctuaire où Bron viendra le chercher et décidera de son sort. Les druides ont trop à faire ici et ne peuvent donc pas le neutraliser. Je viens d'apprendre que les membres de sa Société Secrète sont en route pour la Chine*, commença le Créateur.
- Capitaine, j'expliquerai la situation au Ministre. Fais ce que Tao a dit, approuva Bron.
- L'éloigner de moi t'arrange, non ? intervint Ben.
- J'ai besoin de toi ici. Les druides ont besoin de toi.
- Bien sûr, lâcha-t-il en s'éloignant. Nathan croisa le regard de Ben avant passer le *shinto*. Une feuille de chêne vint se poser sur la flaque d'eau, effaçant le visage de Tao.

Lorient,
Forêt du Sanctuaire,
3 décembre 2008,
3 dumaannos 4576,
20 h 03.

Grég ne respecta pas ses engagements. Alors qu'il devait attendre les informations lâchées au compte-goutte par le Ministère de l'Occulte, le journaliste débarqua avec les caméras de télévision au Sanctuaire. La courte visite des lieux, la veille, l'avait dissuadé de patienter. Ness se présenta à l'entrée et tomba dans le piège.

- Monsieur Trémazon ! Que faites-vous ?
- Madame, nous sommes en direct du vingt heure. Quel est cet endroit qui n'est indiqué sur aucune carte et qui se trouve au milieu de la forêt de Lorient ? Pouvez-vous dire à nos téléspectateurs ce que font les druides ici ? Un sourire se dessina sur le visage de Grég, et Ness, visiblement embarrassée, ne put répondre.

***

206

La Fin D'un Secret (1)

Lorient,
Forêt du Sanctuaire,
3 décembre 2008,
3 dumaannos 4576,
20 h 13.

Six cadreurs suivirent Grég et Ness sur l'allée principale du Sanctuaire. Les druides qui s'amassaient sur les côtés du chemin ne cachaient pas leur inquiétude. Habillés comme au temps du Moyen-âge, les druides paressaient avoir traversé le temps sans avoir évolué. Mais cela cachait bien entendu leurs véritables activités. A la porte du Temple, Gwyon'Bach et les autres Éternels (H'Coma, Bitom et Nanta) attendaient le journaliste et à travers lui, les téléspectateurs français. Ce soir-là, la chaîne battît des records d'audiences. Là où dix millions de téléspectateurs représentait un niveau élevé pour la première chaîne de télévision française, ce fut quinze millions sept cent mille téléspectateurs qui furent frôlés, les « aficionados » de la concurrence ayant déserté le journal, au profit de la seule qui avait obtenu l'exclusivité de l'information. Gwyon'Bach portait pour la première fois le costume rituel dans lequel il ne se sentait pas à l'aise, se plaignant qu'il grattait. Bitom avait lourdement insisté sur l'aspect solennel de leur intervention, eux, les Eternels, qui jamais au grand jamais n'intervenaient dans la vie des êtres vivants. Se condamnant eux-mêmes à observer sans agir.

- Je me nomme Gwyon'Bach. Je suis le chef des druides. Nous utilisons la Magie pour protéger l'humanité du Mal et de ceux qui usent de leurs pouvoirs surnaturels pour dominer les Hommes. Oui, la Magie existe sur Terre et elle a été confiée à une communauté capable de la maîtriser et qui s'oppose à ceux qui l'emploient à des fins personnelles. L'homme qui se trouve à côté de moi est le Ministre de l'Occulte. Il s'agit d'une branche du Ministère de la Défense qui se charge de surveiller l'usage de la Magie sur le territoire national, l'armée intervenant chaque fois que la sécurité des citoyens est en danger. Il existe des Sanctuaires comme celui-ci partout dans le Monde. Hélas, nous avons pris connaissance de l'action de traîtres, parmi nous, ayant quitté notre communauté avec leurs pouvoirs. Ils sont dangereux et nous les traquons depuis des années. Sachez que nous assurons votre sécurité et que cette vérité a été cachée par le gouvernement dans le but de vous protéger. D'autres informations vous seront communiquées par moi-même plus tard. Ce sera tout, je vous remercie de votre attention.

- Mais… Ce n'est pas ce qui…

- J'ai dit, ce sera tout, Monsieur, insista lourdement l'Éternel.

- C'était Grégory Trémazon en direct de Lorient. Les caméras s'éloignèrent alors et Gwyon'Bach saisit Grég par le bras avec une telle force que celui-ci gémit de surprise.

- Nous vous avions averti Grég ! Vous n'avez pas respecté le marché !

- Vous avez menti ! Ce n'est pas vous le chef des druides !

- En quelque sorte, je suis effectivement le chef des druides, mais nous avons dû protéger d'autres secrets à cause de vous. Vous avez précipité le cours des évènements à venir et nous perdons déjà peu à peu le contrôle de la situation ! Le Ministre lui-même vous a expliqué les choses, vous n'avez pas écouté ! Cette traîtrise va vous couter très cher ! Vous venez de perdre votre âme et Ed vous attend déjà à Cythraul (en enfer) ! C'est pour bientôt ! Vous ne pouvez vous en prendre qu'à vous-même ! Vous êtes si inconscient ! Vous n'avez pas idée des dégâts que vous venez de causer ! Des curieux ne tarderont pas à envahir la forêt pour chercher cet endroit. Comment voulez-vous que nous protégions les mortels des *treitours* si nous sommes occupés à éloigner les importuns d'ici ! Le Gorsedd arriva en trombe, l'air sinistre.

- Grég, les mots me manquent pour vous dire à quel point vous nous décevez ! Gwyon, à quoi devons-nous nous attendre ? La Fin est-elle anticipée ? demanda Pat, rouge pivoine.

- Qu'est-ce que la Fin ?

- Grég, quittez ces lieux et n'y remettez jamais plus les pieds ! ordonna Gwenc'Ron, l'air très menaçant, les yeux d'une couleur qu'il n'avait jamais vue.

- Un instant ! Je décide de laisser à cet humain une chance de récupérer son âme. Je ne sais pas si vous croyez en l'existence de l'âme et d'un Enfer, mais… Si vous êtes un tant soit peu intelligent, vous saisirez l'occasion d'éviter le pire et, dans le doute, préfèrerez tenter de la récupérer. Grég, jamais les Éternels n'ont donné ainsi cette possibilité à un mortel. D'habitude, nous préférons rester à l'écart et ne pas intervenir. Vous venez de nous forcer à briser cette tradition qui dure depuis plusieurs millénaires. Il y aura des conséquences pour vous et les autres mortels. Pour l'instant, nous avons besoin d'un journaliste de talent qui saura nous écouter et qui sera patient. Le marché tient toujours. Mais c'est la dernière fois que nous vous le proposons, dit Bitom qui provoqua la surprise générale.

- Je… Devant les visages des Eternels et du Gorsedd au complet, Grég se crut face à un tribunal. Il n'osa pas les défier.

- Je m'excuse. Je crois que je viens de réaliser mon erreur. Vous croyez que ce lieu est en danger ? C'est irréversible ?

- Oui. Des centaines ou des milliers de curieux vont converger ici. Nous allons épaissir le brouillard qui masque le Sanctuaire depuis toujours, mais nous allons devoir prendre d'autres mesures, répondit Ness.

- D'accord. J'accepte de coopérer.

- C'est une sage décision et venant de lire dans votre esprit, cette fois-ci je sais que c'est sincère. Mais vous ne réagissez ainsi que parce que vous vous sentez directement menacé. Alors cette sincérité est relative. Je sais que les prochaines informations dont vous aurez l'exclusivité finiront de vous convaincre. La direction de la chaîne va vous convoquer sous peu. Il n'est nullement nécessaire de vous rappeler que vos sources d'informations doivent rester secrètes. Maintenant, quittez cet endroit et ne revenez pas sans notre… invitation, termina Nanta. Grég quitta le Sanctuaire, croisant déjà des curieux se massant à l'entrée de la forêt.

- L'avenir devient sombre. Je sens des menaces qui pèsent sur le Sanctuaire.

- Oui Ness. Les mortels rendront les druides responsables de tout. Nous avons dû nous faire passer pour vous afin de garder secrète l'existence des dieux et de l'Autre Monde.

- Je comprends Gwyon. Pour la Fin ?

- Elle sera en effet précipitée. Nous devons nous rendre au Palais Divin au plus vite. Je crains hélas que les nouveaux Créateurs ne soient pas prêts à temps.

- Vous parlez de moi ? dit Bron en arrivant avec l'équipe de Maëve. Que se passe-t-il ? Nous avons croisé des inconnus dans la forêt.

- Tu as utilisé tes pouvoirs Bron ! Je te l'avais interdit.

- Je sais. Je n'ai pas pu me contrôler face à mon frère. Il fallait que je protège Elodie du sortilège.

- Je comprends, mais tu as certainement dû voir la réaction du ciel.

- Oui.

- Les symptômes de la « Fusion » apparaissent déjà. Il nous faut partir. Il n'est pas prudent qu'un Créateur et tous les Éternels soient présents sur Terre en même temps. Gorsedd, gérez au mieux la situation. Laissez les mortels évoluer seuls, vous ne pouvez rien faire pour eux désormais, si ce n'est les protéger des *treitours* comme d'habitude. Ne les laissez entrer ici sous aucun prétexte. Masquer le Sanctuaire ne suffira pas. Trouvez une solution pour le mettre en sécurité. Sur ces mots les Eternels et Bron retournèrent sur l'Autre Monde.

Lorient,
Route de la forêt,
3 décembre 2008,
3 dumaannos 4576,
20 h 58.

Grég avait quitté le Sanctuaire et roulait en direction de l'Université avec une idée en tête. Le téléphone portable du jeune homme sonna et celui-ci lâcha le volant d'une main pour prendre l'appel.

- Félicitation Monsieur Trémazon ! Ce direct est un excellent début. Il nous en faut un autre pour demain. Vous conservez le même sujet et il faut en apprendre plus sur ces druides. Racontez-nous leur vie, faites une visite de leur Sanctuaire avec vos cadreurs.

- J'ai mieux que ça Monsieur. Je dois me rendre à l'Université de Brest. Je vais prouver que les druides ne sont en rien étrangers à l'explosion récente d'un immeuble du campus.

- Génial ! Vous avez carte blanche ! Je vous prédis un bel avenir chez nous. Appelez-moi demain en fin de matinée pour me dire où vous en êtes. Bonne soirée !

- A demain Monsieur, raccrocha-t-il à la fin de sa conversation avec le rédacteur en chef du journal du soir. Tandis que le journaliste se rendait à Brest, le Président de l'Université avait décidé de mettre les étudiants en vacances pour deux semaines, le temps que partent les militaires. Les examens de mai seraient alors repoussés à juin. Tandis que Grég avançait sur une route paisible et déserte à cette heure de la nuit, le visage de l'Eternelle Nanta apparut dans le ciel obscur. Ses traits se durcirent et de ses yeux jaillirent deux éclairs qui s'abattirent directement sur la voiture de Grég. Perdant le contrôle du véhicule, ce dernier fit des tonneaux et explosa, ne lui laissant aucune chance de survie. Le corps carbonisé était encore rongé par les flammes une demi-heure plus tard, à l'arrivée des secours. L'âme de Grégory Trémazon s'éleva lentement au-dessus de la scène du drame, l'observa d'un regard inquiet, puis se sentit attiré avant de se retrouver l'instant d'après dans un endroit qui lui était totalement inconnu. Un visage cependant familier se présenta à lui. Mais Ed avait terriblement changé depuis la dernière fois qu'il l'avait vu à l'Université. La torture du Sidh ne tarda pas à commencer, se prolongeant pour Grég pour l'éternité.

Au Sanctuaire, en réunion de crise, le Gorsedd décida de taire l'existence de l'Autre Monde, selon les recommandations des Éternels.

- J'ai une idée à vous soumettre. Si nous faisions passer l'équipe de Maëve pour des héros aux yeux de l'opinion publique, peut-être que les mortels aideront les druides ou au moins soutiendront-ils notre action.

- Je ne sais pas s'il est prudent de jouer à ce jeu, Bann. Je suggère plutôt de transférer le Sanctuaire dans le « Plan Astral ». Ainsi, personne ne le trouvera. Les gens qui se rendront dans la forêt à l'endroit exact où il se situe, passeront à travers comme s'il s'agissait d'un bâtiment fantôme. Lorsque nous déciderons de convier quelqu'un à entrer, comme le Ministre par exemple, il suffira de le faire venir dans le « Plan Astral ».

- C'est une bonne idée Elodie, mais le problème est que pour cela, il faut que nous nous concentrions à temps plein pour conserver le Sanctuaire et tous ses habitants là-bas, répondit Ness pour le Gorsedd.

- Ce n'est pas simple. Le « Plan Astral » a été conçu pour les morts. Si nous transférons le Sanctuaire et ceux qui y vivent dans ce « Plan », il faudra aussi tenir les âmes qui y errent à l'écart. Venir au secours de ton équipe au besoin deviendra impossible. C'est une chose très risquée, renchérit Gwenc'Ron.

- Je vois. Mais il faut pourtant faire quelque chose. Les curieux sont de plus en plus nombreux à nous chercher. Les Sentinelles sont à bout de nerfs. Eric'h a envoyé cette nuit des Traqueurs Elfes en renfort, mais si l'entrée est découverte… Certains ont même installé des tentes pour camper au Nord et à l'Est. La porte Sud a failli être trouvée à trois reprises. Le temps joue contre nous.

***

207

La Fin D'un Secret (2)

Lorient,
Forêt du Sanctuaire,
4 décembre 2008,
4 dumaannos 4576,
09 h 36.

- Alors nous n'avons pas le choix. C'est décidé ! Nous allons entrer dans le « Plan Astral ». Prévenez tous les druides. Ceux qui sont à l'extérieur et voudront venir devront utiliser le rituel de passage. Faites passer le mot, dit Gwenc'Ron.

- Bien, au travail, ordonna Maëve à son équipe. Le Ministre de l'Occulte entra dans le Temple l'air soucieux.

- Vous avez de bonnes nouvelles pour changer j'espère ? l'accueillit Gwenc'Ron.

- Je crains le contraire. Je viens d'apprendre le décès de Grégory Trémazon. Je ne sais pas ce qui s'est passé mais il a été retrouvé carbonisé dans sa voiture. Il se rendait à l'Université. Les Éternels sont probablement responsables. En se rendant là-bas, il a délibérément désobéi à nos ordres.

- J'ai reçu un message de Gwyon il y a vingt minutes. Nanta a envoyé Grég au Sidh. En Enfer si vous préférez, traduisit-il devant l'air dubitatif du Ministre.

- Je ne suis pas convaincu que ce meurtre résolve nos problèmes. Quand la télé va l'apprendre, ils feront le lien avec vous. Un journaliste qui force les druides à sortir de leur trou et décède le soir même, ne peut que vous être préjudiciable.

- Mais qu'est-ce qui lui a traversé l'esprit ? Par tous les dieux ! Comment allons-nous sortir de ce pétrin ? s'énerva Matt.

- Je dois aller à Paris. Le Président de la République m'a convoqué à l'Elysée. Il n'a pas dû apprécier mon passage à la télé sans en être informé.

- Mais il s'agissait d'un piège !

- Un Ministre qui a les renseignements généraux à sa disposition n'est pas censé se faire piéger de la sorte. Je n'aurai jamais dû faire confiance à un journaliste. Je ne sais pas ce qui va en ressortir mais, attendez-vous au pire. Peut-être qu'il me demandera ma démission et que mon successeur sera moins… coopératif. Je vous contacterai sous peu, dit le Ministre en sortant du Sanctuaire en douce.

Ness, Pat, Bann et Gwenc'Ron se rendirent au sommet de la Tour d'Or depuis laquelle ils lancèrent un sort extrêmement puissant et compliqué, qui fit disparaître le Sanctuaire tout entier, sauf aux yeux entraînés des druides. Ness se balada sur l'allée centrale à la recherche de brèches ouvertes dans le voile fragile qui séparait la Terre du « Plan Astral ». Ses collègues aussi devaient passer leur temps à chercher ces trous qui risquaient de laisser passer un intrus, rendant ainsi le Gorsedd impuissant face à toute autre tâche. L'agitation extérieure s'amplifia. La foule de curieux grandit même si le Sanctuaire était désormais à l'abri, invisible. Gwenc'Ron pensa que pour assurer la sécurité et garder les autres secrets intacts, il fallait se débarrasser de ce problème. Mais Pat était contre l'idée de se faire passer pour des héros qu'il faut aider à traquer des traîtres. Certes, ceux-ci étaient cloîtrés sur l'île de Groix mais plus tard, lorsque l'opinion publique se rendrait compte que la Magie peut être dangereuse, elle se retournerait contre les druides sans faire de différence. La chasse aux sorcières deviendrait alors inévitable et générale, le gouvernement se voyant obligé de cesser toute coopération pour se protéger, politiquement.

Paris,
Palais de l'Elysée,
Antichambre présidentielle.
4 décembre 2008,
4 dumaannos 4576,
12 h 08.

Le Ministre de l'Occulte fut convoqué par le Président de la République. Lorsque sa voiture entra dans la cour centrale, des journalistes par dizaines tentèrent d'obtenir une rapide interview, mais il s'esquiva.

- Bonjour Sébastien. Asseyez-vous. Quatorze milliards d'euros. Comment expliquer que quatorze milliards d'euros disparaissent chaque années du budget de la Défense qui en compte quarante-huit ? Avez-vous pensé une seule minute qu'une mission parlementaire pouvait enquêter sur vos activités dans le but de savoir exactement où sont passés les quatorze milliards d'euros utilisés par le Ministère de l'Occulte ?

- Je vous ai déjà expliqué l'existence de mon Ministère il y a peu et...

- Oui. Vous êtes passé à la télé, au journal ! Expliquez-moi tout Sébastien !

- Comme vous le savez depuis peu, la Magie existe, Monsieur le Président. Et un groupe de druides dissidents utilise ses pouvoirs surnaturels à des fins malfaisantes dans le but de prendre de force la direction de la communauté druidique et ensuite celle du pays. Notre mission est d'assurer la sécurité de la nation en surveillant de près les activités des druides et d'intervenir quand ceux-ci ont besoin d'un coup de main. Mon Ministère a été créé il y a quinze ans et les Présidents successifs n'ont jamais eu connaissance de son existence. La discrétion est indispensable. Nous ne pouvions pas nous permettre qu'un Président supprime ou réduise notre budget, car la population n'est pas prête à connaître toute la vérité.

- Tu avais peur que je supprime ton budget ? On se connaît depuis trente ans tous les deux et tu n'as jamais partagé cette information avec moi ?

- Je ne pouvais pas ! Monsieur le Président, je...

- Oh, pas de ça avec moi. Je veux lire tous les rapports d'activités de ton Ministère. Sois certain que ton avenir et celui des druides dépend de ce que je vais y lire. Il ne peut y avoir de zone de non droit sur le territoire national. Je te reverrai après ma séance de lecture. Le Ministre fut alors conduit dans une pièce à l'écart en attendant que le Président et ses conseillers épluchent les cartons qui arrivaient par dizaines.

Chine,
Himalaya,
Monastère de Lamayuru.

Yann et ses acolytes commirent leurs premiers meurtres sur des moines chinois. Yung-dung Thapa Ling, plus connu sous le nom de Monastère Yuru est le plus ancien et le plus grand du Ladakh avec plus de deux cents moines. Situé à 4500 mètres d'altitude sur les hauteurs de l'Himalaya, le Monastère fut pris d'assaut par les « chasseurs » de Yann. Le sol sacré fut mis à sac et les moines, une fois réunis au centre de la place, furent ignoblement assassinés. Le Conseil de l'Ordre apprit le carnage et tenta d'entrer en contact avec Tao.

Sur l'Autre Monde, le Thésauriseur révéla à Elor'a que son fils avait été kidnappé et se trouvait actuellement sur l'île de Groix dans les griffes d'Eningann. Elle entra dans une telle rage que le ciel s'obscurcit au-dessus du Palais Divin, mauvais présage pour tous les peuples. Eric'h parvint à la calmer et lui expliqua qu'elle ne pouvait pas se rendre sur Terre. Il fut obligé de lui barrer le passage durant des heures pour l'en empêcher. Gwyon parvint à la raisonner et évita de justesse que l'arrivée d'Elor'a sur Terre ne précipite davantage encore la Fin.

***

208

PRESSIONS

Ile de Groix,
4 décembre 2008,
4 dumaannos 4576,
16 h 18.

Rak Kêr était toujours blessé, poignardé juste au-dessus du cœur par Elodie lors de l'attaque du Sanctuaire treize jours plus tôt **(voir saison 5 épisode 4 « Alliance (partie 2) »).** Gwenc'Phel, furieux de la tournure des évènements, obligé de rester prisonnier de l'île afin de ne pas attirer l'attention sur les traîtres, voulut se défouler sur quelqu'un. Devenu inutile, Gwenc'Phel acheva Rak-Kêr qui souffrait de sa blessure. Les *treitours* ne pouvaient plus quitter l'île en toute sécurité. Et leur chef savait que si le gouvernement décidait de s'associer davantage avec ses ennemis, sa tâche deviendrait alors bien plus compliquée et délicate. Des navires de la marine nationale encerclaient l'île sans pouvoir l'approcher. Quelques heures plus tôt, à la lecture des rapports sur les activités du Ministère de l'Occulte, le Président de la République avait ordonné que des navires de guerre débarquent sur l'île. Les amiraux contactèrent le Président pour l'informer qu'une tempête étrange interdisait toute approche.

Sanctuaire,
Plan astral.

Maëve reçut une étrange vision. Elle vit Gwenc'Phel sur l'île, demandant qu'elle serve d'intermédiaire pour dialoguer avec le Gorsedd. Les dirigeants des druides se réunirent au Temple avec l'équipe de la jeune femme.

- *J'ai choisi ce moyen pour vous contacter pacifiquement.*

- Ce mot n'existe pas dans ton vocabulaire, lança Matt à Maëve qui avait les yeux fermés et parlait pour le chef des traîtres, la laissant très mal à l'aise. Que veux-tu ?

- *Je propose de collaborer pour nous débarrasser du problème que posent les mortels.*

- Hors de question ! Nous avons trouvé un moyen d'échapper au problème, du moins pour l'instant, répondit Ness en colère.

- Rend-toi et raisonne Eningann, qu'il parte en retraite avec les autres.

- *Impossible Gwenc'Ron ! Si vous rejetez ma demande, ne vous étonnez pas si la situation tourne à la « chasse aux sorcières ». Et sachez que vous aussi serez pris pour des ennemis de la nation ! Croyez-vous qu'ils feront la différence ? Vous venez de leur apprendre votre mensonge ! Qui croiront-ils ? Le gouvernement se mettra lui aussi à vos trousses ! Les militaires viennent d'encercler l'île mais ne peuvent pas approcher.*

- Tiens donc ! On se sent piégé Gwenc'Phel ? ironisa Matt.

- *Que nous nous opposions est une chose, que les mortels entrent en jeu en est une autre !*

- Tu devais t'y attendre ! C'est toi qui es à l'origine de tout ça ! cria presque Bann.

- *Bien. Je prends acte de votre refus*, finit-il en libérant Maëve de sa vision.

- La prochaine fois qu'il me prend pour un téléphone je le tuerai à distance.

11 décembre 2008,
11 dumaannos 4576,
14 h 20.

Une semaine plus tard, l'Université rouvrait ses portes plus tôt que prévu. La pelouse du parc était toute neuve et les gravats du bâtiment détruit avaient disparu. La thèse d'une attaque terroriste semblait avoir bien fonctionné. Tout rapprochement avec les druides avait pu être écarté. Mais ceux-ci avaient d'autres problèmes bien plus inquiétants en tête. Un terrain de sport remplaçait la bâtisse et les étudiants, bien que réticents, revinrent peu à peu remplir les amphithéâtres. Cillisia remplaça Hélène et Eric'h en assurant elle-même les cours et l'analyse des reliques. Elle se demanda presque si elle pouvait assurer tous ses devoirs.

L'armée encerclait toujours l'île de Groix, cherchant un moyen d'y accéder. Toutes les tentatives se soldèrent par des échecs. Mais le Président ne baissait pas les bras et faisait pression pour obtenir des résultats. Il avait ordonné que l'un de ses conseillers accompagne le Ministre dans tous ses déplacements et surveille ses activités. Il demanderait sa démission à la suite de tout refus de sa part.

Autre Monde,
Cité de Brug Na Boïnne.

La Compagnie des Courageux Gnomes partit à la recherche du trésor de Myrddin (Merlin, en celte). Les Gnomes avaient besoin d'argent pour réparer la cité endommagée. Selon une légende bretonne, l'Autre Monde sous-marin abritait une maison de verre où Myrddin avait entreposé les treize trésors de Bretagne, raconta Seamus à Tim. C'est à la recherche de ce trésor que partit la petite troupe. Seamus ne laissait jamais pousser sa barbe au-delà de trente centimètres, trouvant cela indécent et laid. Il portait une étoffe brune comme la terre et des vêtements en cuir. Le groupe composé de Tim, Pouf, Seamus, Luna et Raphy entra dans les galeries menant au Palais sous-marin détruit lors de la *3ème Bataille de Mag Tured*. De là, un autre boyau sous-terrain menait directement à Myrddinville, une cité sous-marine créée par Merlin il y a des siècles et dont la taille dépassait celle de la Cité de Brug Na Boïnne, déjà immense. Aujourd'hui, plus de mille individus Gnomes vivaient dans la ville, dont la moitié était des femelles et des enfants. Le Clan des profondeurs était très riche mais également très radin. Le Chef partageait rarement sa fortune avec les autres Clans et refusait depuis toujours d'aider celui des Dunes. Myrddinville était composé de plusieurs secteurs : armement, pêche, création, philosophie, science et marché. En arrivant, la première chose que Tim constata était que ces Gnomes étaient organisés avec beaucoup de niveaux de responsabilité. Une fête fut organisée pour accueillir la Compagnie des Courageux Gnomes qui faisait la fierté de tous les Clans. Enfin un sujet sur lequel ils étaient tous d'accord. Ils se souvinrent des exploits réalisés lors de la *3ème Bataille de Mag Tured* et reconnurent le courage, l'audace de chacun de ses membres. Les adultes jouèrent pendant que les plus jeunes écoutaient avidement les récits des fabuleuses aventures devenues des légendes, racontées par un Seamus prodigieux sous sa casquette de conteur. Tim fut étonné par son talent et rit de bon cœur ou frémit aux moments où les enfants sursautèrent durant le récit. Son ami Gnome n'avait rien enjolivé. Leur histoire se suffisait à elle-même.

Après les festivités, les Gnomes se réunirent au centre de la ville et prièrent le dieu des voyages Tethra, afin qu'il veille sur la Compagnie. Mais à la fin de la prière, le Chef convoqua Tim et son groupe.

- Ambassadeur Seamus, je souhaiterais que tu parles aux Créateurs, de notre peuple. Nous avons trop longtemps été le peuple oublié des Royaumes. Nous ne supportons plus ce surnom. Dans l'intérêt de la récente Alliance, obtiens-nous une reconnaissance.

- Je ferai de mon mieux Chef.

- Qu'il en soit ainsi, acheva-t-il en tournant le dos.

- Seamus ? Qu'est-ce que cela veut dire ?

- Oh, depuis toujours, les Gnomes se sont éloignés du Palais Divin et des dieux. Au point de ne plus y être représentés. C'est autant de notre faute que la-leur. Les petits peuples des Royaumes (appelés ainsi non par le nombre mais par la taille) ont vite été oubliés par les dieux. Nous ne représentions pour eux aucun intérêt stratégique. Si d'autres races ont été asservies, nous avons été délaissés. Je crois que, puisque la situation au Palais a changé, le Chef veut s'assurer que j'obtienne une bonne place auprès des Créateurs. Cela permettrait d'obtenir une protection et d'autres avantages politiques et militairement stratégiques. Depuis que je suis devenu Ambassadeurs des clans Gnomes, je suis très sollicité.

- Je l'ai constaté. Ils te mettent la pression pour que tu fasses ton travail au mieux.

- Je m'en serai bien passé. Et si nous allions nous sustenter ?

- Seamus, tu ne penses vraiment qu'à ton estomac !

Parc de l'Université de Brest,
4 décembre 2008,
16 h 18.

Cillisia se rendit à l'amphithéâtre où ses étudiants l'attendaient.

Le trac la submergeait et un nœud dans l'estomac rendait difficile sa respiration. Elle se concentra et inspira à plein poumon pour se calmer. Son corps enfin serein, elle s'apprêtait à sortir du parc lorsqu'un bruit étrange arrêta son élan. Elle se retourna et ne vit rien. Mais elle entendit alors son nom. Quelqu'un l'appelait.

- Ça suffit ! Qui êtes-vous ? J'ai été un fantôme durant des siècles alors vous ne me faites vraiment pas peur ! Montrez-vous ! Plusieurs halos sortirent alors de l'ombre. Elle reconnut les druides et les traîtres décédés ici il y a peu.

- Par tous les dieux ! Vous n'avez pas quitté ce Monde ? Vous êtes piégés ici ?

- Mademoiselle ! L'amphithéâtre est plein et tout le monde s'impatiente, l'invectiva un étudiant surpris par son comportement.

- J'arrive ! Je reviendrais vous aider. Pour l'instant, je suis occupée, murmura-t-elle rapidement aux fantômes.

Cillisia monta les marches jusqu'à la porte d'entrée et fut accueillie par trois beau jeunes hommes.

- Bonjour professeur. Je m'appelle Brian et voici mes frères Iuchar et Iucharba.

- Des prénoms celtes peu courants par ici ! Ravi de faire votre connaissance. Entrez, je vous suis, finit-elle en jetant un regard derrière elle en direction des fantômes qu'elle était obligée d'abandonner… pour l'instant.

***

209

Amie, Ennemie

Sanctuaire d'Irlande,
5 décembre 2008,
5 dumaannos 4576,
11 h 11.

Une jeune femme proche de la trentaine marchait en se cachant. Elle longeait les murs d'enceinte du Sanctuaire de Goff, sachant comment échapper à la surveillance des Sentinelles. Ici aussi, la télévision et les curieux encerclaient le Sol Sacré que nul ne pouvait trouver car, comme en France et partout dans le Monde, les Sanctuaires avaient été déplacés dans le « Plan Astral » afin de les protéger. Vêtue d'une longue robe en velours vert à capuche, elle masquait son identité autant qu'elle le pouvait. Mais Goff avait élevé des sécurités magiques très développées et elle eut bien du mal à échapper la vigilance du Maître Druide. Elle fit hélas une erreur en approchant trop près d'une gargouille. Sentant une menace ennemie, la statue de pierre s'anima et poussa le hurlement caractéristique de ces créatures qui sonna ainsi l'alerte dans tout le domaine. Goff sortit de son bureau et scruta les alentours avec minutie.

- Hélène ! C'est toi ?
- Je suis très impressionnée par votre talent, Maître Goff.
- Tu as traversé le voile qui sépare la Terre du « Plan Astral », seuls les druides en sont capables ou… ceux qui l'ont été par le passé.
- Dans une autre vie, dit-elle, nostalgique.
- Pourquoi te couvres-tu ainsi ? C'est curieux, je sens que tu as… changé.

Hélène fit tomber sa cape et révéla un corps qui fit sursauter Goff et toutes les Sentinelles. Il ne restait presque rien de son corps humain. Elle ressemblait plus à une plante à forme humaine couverte de mousse et de fines branches, qu'à la belle jeune femme qu'elle était avant sa transformation.

- Mandragoria, souffla Goff prit de panique.
- Elle m'a… transformée. C'est pour cette raison que je suis partie. Elle a trouvé en moi une femme intérieurement torturée. Elle a développé ma colère pour la transformer en haine. A mesure que le bulbe dont j'étais prisonnière grandissait, mon corps changeait et mon esprit est devenu corrompu. J'ai besoin d'aide Maître Goff. Si j'étais allé voir le Gorsedd, ils m'auraient exterminée par crainte de ce que je représente. J'espérais que vous… verriez les choses différemment.

- Mais non, voyons ! Mes collègues ne t'auraient pas tuée ! Ils auraient cherché une solution…

- Avant de se rendre compte qu'il n'en n'existe aucune. Pouvez-vous m'aider Maître Goff ? Je suis perdue. Je ne sais pas ce que je suis devenue. Mais je crois que j'ai déjà tué des innocents.

- Nous trouverons ensemble, mon enfant.

Hangzhou,
Chine,
Sanctuaire de l'Ordre.

Le *shinto* (le chemin des dieux, en chinois) se referma dans la cour. Une silhouette venait de traverser et avançait vers un bâtiment d'une envergure colossale. A l'abri d'une forêt, le monastère de l'Ordre était situé loin de la civilisation. A l'intérieur du Temple s'étaient réunis les membres fondateurs de l'Ordre, Tao ayant repris son corps humain pour rendre visite à ses anciens maîtres. Avant de monter les marches, il indiqua à Nathan et à ses trois militaires d'attendre près du *shinto*. Tao entra et fit face à Naja, mince jeune femme aux cheveux bruns relevés en un chignon parfait, portant la tenue traditionnelle de l'Ordre et chaussée de sandales au bout relevé en arrondi. Gracieuse, les traits soigneusement dessinés, elle ne cachait pas sa déception et regardait Tao d'un air presque méprisant. Gen, à sa droite, était le plus âgé du groupe de dirigeants. Il était réputé pour sa bravoure, sa simplicité et sa gentillesse. Ses pouvoirs très puissants semblèrent se déchaîner, la colère lui rougissant le visage. Tai'Shan, le plus jeune chef de l'Ordre, beau, robuste, pratiquait les arts martiaux les plus violents et mortels en parallèle de pouvoirs capables de défier des dieux. Il avait souvent eu à combattre des démons chinois de toutes natures. Derrière eux, une imposante sculpture représentant la déesse Nügua était éclairée pour la mettre en valeur.

- Tao, tu nous reviens bien tard, commença Naja.

- Mes Maîtres, je suis venu vous donner des explications.

- C'est le moins que nous attendons de ta part Tao ! cria presque Tai'Shan.

- Je ne suis plus le moine qui a quitté la Chine il y a sept ans. J'ai vécu parmi les druides comme vous me l'aviez demandé, mais les évènements ont complètement été précipités. Je suis devenu un dieu, et maintenant je suis un Créateur ! Je suis au-dessus de vous.

- Comment oses-tu ! hurla Gen. Moine ! A genoux !

- Non, Maître. Je viens vous annoncer que l'un de vos meilleurs moines est devenu bien plus que ce que vous attendiez de lui.

- C'est juste. Mais est-ce une bonne chose pour nous ? La déesse Nügua nous avait fortement conseillé de t'envoyer en France parce que l'avenir du Monde se jouait là-bas. La Chine devait être de la partie. Nous avons longuement réfléchi. L'Ordre demande officiellement aux Créateurs de la nouvelle génération de dieux une place au Palais Divin. Tao, tu nous dois de faire de nous des dieux. Nous signerons le traité d'Alliance de ton ami Eric'h. Tu devras nous consulter chaque fois que les Créateurs auront une importante décision à prendre.

- Je ne suis pas votre espion ! Je n'ai plus à vous obéir ! Je vous suis reconnaissant de m'avoir enseigné comment devenir un bon moine et j'ai renoncé à l'amour d'une elfe pour devenir un Créateur. J'ai évolué et je ne m'éloigne pas de ma patrie natale. Mais comprenez que je suis désormais votre supérieur et que vous me devez le respect comme je l'ai fait pour vous jadis. Je ne ferai pas de vous des dieux. Mais je représenterai la Chine depuis le plus haut sommet de la hiérarchie divine.

- Tao, tu as traqué des traîtres durant des années. Ne crains-tu pas d'en être devenu un ?

- Maîtresse Naja ! Comment osez-vous m'accuser de la sorte ? Je suis venu vers vous pour vous annoncer que j'ai achevé la mission que vous m'avez confiée…

- …Mais désormais, il en aura une autre bien plus ambitieuse. Représente la Chine à mes côtés, Créateur Tao. Je suis si heureuse que tu aies réussi. Je sais les sacrifices qui t'ont torturé. Mais sache que je suis fière du petit moine devenu si grand ! coupa la statue qui prit soudain vie. Nügua avait donc observé durant toutes ces années l'évolution du jeune moine qu'elle avait choisi et en qui elle avait tant d'espoir.

- Merci déesse. Mes Maîtres, je vous demande votre attention. Je suis venu avec une équipe de quatre militaires français qui ont pour mission de traquer le frère de Bron.

- Le Créateur ?

- Oui. Yann est l'un des traîtres parmi les plus dangereux. Il est venu en Chine pour poursuivre sa « chasse ». Il cherche tous les moines nés avec des pouvoirs surnaturels pour les priver de leur avantage avant de les tuer.

- Il est un peu tard, un monastère a subi une attaque dans l'Himalaya. Plus d'une centaine de moines ont péri. Y compris des enfants.

- Par tous mes dieux ! Il n'a donc aucune limite ! Cette équipe de militaires est venue l'arrêter.

- Tu nous demande de laisser des français s'occuper de cette tâche ?

- Obéissez, Ordre. Des évènements très graves vont bientôt se produire et Tao doit retourner sur la *terre des dieux*. Comprenez que ces hommes ont acquis de l'expérience dans le domaine de la Magie et sauront faire face à ce nouvel ennemi. Joignez un ou deux moines parmi votre élite à cette équipe.

- Oui déesse. Mais… commença Gen.

- Ne discutez pas ! La situation requiert l'urgence de décisions difficiles à prendre. J'ai besoin de vous ici, en Chine, pour continuer la mission qui vous a été confiée : veiller sur les moines et les protéger.

- Oui Nügua. Il en sera selon votre désir. Tao, nous sommes fier de tes… progrès, acheva Tai'Shan les dents serrées, la mâchoire prête à se déboîter.

- Maîtres, la Fin des dieux est pour bientôt. Elle n'aura pas lieu sans résistance de la part de ceux-ci.

- Que dis-tu ? Les dieux que nous vénérons depuis des siècles ne sauraient disparaître ! s'emporta Naja paniquée.

- Il en sera pourtant ainsi. Une nouvelle génération de dieux va bientôt voir le jour.

- C'est inacceptable ! Imagine un seul instant le traumatisme du peuple s'il apprend que tous ceux en qui il croit sont voués à être remplacés !

- Je sais que ce sera difficile. Mais si vous aviez vu ce à quoi j'ai assisté, ces dieux qui asservissent des peuples et n'attendent qu'une chose, pouvoir revenir sur Terre pour agrandir leurs territoires et faire subir aux Hommes les mêmes châtiments ! Non, je ne les laisserai pas faire ! Ils ont régné trop longtemps et cela a eu des conséquences sur leur comportement. Je n'ai pas le choix. L'endroit où les dieux se sont retirés avant leur retour les a profondément changé. Je dois les en empêcher, répondit Tao en quittant le monastère.

Irlande,
11 h 26.

Hélène changea d'expression en un instant. Des bulbes poussèrent au bout de ce qui aurait dû être des bras. Goff, pris par surprise, tomba dans le piège. Le Maître Druide se retrouva prisonnier d'un bulbe et cessa très vite de se débattre quand il sentit que cela ne faisait qu'accélérer le processus de transformation. Hélène, devenue un monstre aussi puissant et dangereux que l'était Mandragoria, commença à saccager le Sanctuaire d'Irlande et les Sentinelles tombèrent les unes après les autres. Les cadavres, par dizaines, jonchaient un sol devenu glissant et poisseux, recouvert du sang de ses victimes. Des tentacules végétales glissèrent vers les morts et s'enfoncèrent dans leur thorax pour se nourrir de leurs nutriments. Devenus exsangues, elle se détourna des corps dont elle ne pouvait plus rien tirer, se concentrant sur des victimes potentielles, enfants compris.

***

« Lorsque j'ai revu mon frère, une colère profonde et endormie a ressurgi du plus profond de mon âme sans que je ne puisse la contrôler. Les atrocités qu'il a commises ne peuvent donner lieu au moindre pardon de ma part. Lorsque je croiserai à nouveau son chemin, ce sera la dernière fois, et avec lui disparaîtra ce qu'il me reste de famille. La Fin approche, je le sens. J'ai commis une erreur en la précipitant. Peut-être ne serons-nous pas prêt pour affronter cet évènement ? Je sens déjà vibrer les parois de la prison des Tùathas. Le terme de leur captivité approche et j'ignore si nous avons réussi à les changer. Après la Fin ne viendra pas l'aube mais les ténèbres dans lesquelles deux Mondes seront précipités, risquant de les engloutir à jamais. Nous ferons rempart à nos ennemis, mais devrons aussi affronter une amie. »

BRON DELORME, CRÉATEUR.

SAISON 6
EPISODE 2

LA CHASSE
(partie 2)
Jeu de piste

22

Un homme n'est pas malheureux parce qu'il a de l'ambition, mais parce qu'il en est dévoré. »

MONTESQUIEU

Souvenez-Vous...

Dans les épisodes précédents de la collection « **L**a **L**égende **D**es **M**aîtres » :

Eningann a trouvé refuge sur l'île de Groix avec des pouvoirs affaiblis où il se cache avec les traîtres, attendant le moment propice pour son retour et sa vengeance.... *Abarta* et *Cernunnos* ont perdu leurs pouvoirs mais soutiennent encore l'ancien *Créateur*...

Sauvée de *Mandragoria*, Hélène a été profondément été transformée physiquement ; elle revit les tortures que lui ont infligées les pires sorts que la Magie peut engendrer.

Tara dispose du pouvoir ultime grâce au *Graal*... Eric'h a créé *Meath*, la 5ème île, pour y emprisonner les *Tùathas Dé Danann*...

Ed parvient à vaincre *Diafwl* en Enfer pour lui prendre le trône, non sans faire deux découvertes de taille : celui qui dirige *Cythraul* voit son sang changé en *Feu Sacré*, seule arme capable de tuer un *Créateur* et ce pouvoir est un cadeau offert par *l'Éternelle Nanta,* qui a fait de *Diafwl* sa carte secrète dans son jeu de manipulation. Les *Éternels* n'interviennent jamais directement dans le cours des évènements, mais ce que tous ignorent, c'est qu'elle ne se gêne pas pour manipuler les peuples à son compte...

Sur Terre, Gwenc'Phel, Gaël et Rak-Kêr attaquent le *Sanctuaire*. Lorsque Maëve est victime de l'explosion du cromlec'h, les choses s'aggravent : elle subit un vieillissement prématuré... Gaël finit par mettre la main sur son fils Ronan... Maëve reprend sa forme originelle après un long périple à travers le Monde, mais les conséquences de l'explosion de la *Chambre Souterraine* sont dramatiques. Et comme prédit par la *Dame Endormie* à Malte, elle se retrouve avec une seule année à vivre...

A la suite de cette énième attaque, les druides n'en peuvent plus et décident de riposter. A l'Université, la guerre prend des proportions démesurées. Un immeuble tout entier s'effondre sur les combattants, sous les yeux de nombreux témoins... Le Ministre de l'Occulte débarque au *Sanctuaire* peu de temps après le drame. Les militaires sécurisent le campus et effacent les traces du carnage, envoyant les cadavres au *Secteur 48* (équivalent de la *zone 51américaine*)...

Cillisia reprend le poste d'Eric'h, professeur d'Histoires Anciennes... Le Président de la République apprend l'existence du Programme « *Sanctuaire* », mené par une branche secrète du Ministère de la Défense et dirigée par un Ministre dont il ignore l'existence : le *Ministre de l'Occulte*. Il demande des explications et suit de près les évènements sans toutefois mettre fin au Programme…

La société secrète HADAR, menée par Yann Delorme (le frère de Bron), traque les druides, traîtres ou non, depuis plusieurs jours et les exterminent à l'aide de la Magie Noire. La « *Chasse* » est ouverte… Bron débarque sur Terre afin de stopper les actions de son frère… Les *Hadars* utilisent une seringue contenant un composé chimique qui a la propriété de détruire les pouvoirs naturels d'un druide une fois injecté dans le sang. Mais ce produit empoisonne aussi la victime jusqu'à la tuer. L'*hadnium* est extrait du sang de *Mandragoria*… Vaincue sur l'île de Groix, les *Hadars* sont parvenus à récupérer son précieux sang…

Ben se découvre un nouveau pouvoir, la télépathie, confié par Bron qui veille sur lui depuis l'Autre Monde… Le Gorsedd et le *Ministre* proposent à Grég l'exclusivité sur les évènements à venir s'il renonce à accepter un poste au journal télévisé du soir, la chaîne lui ayant demandé de couvrir l'information sur le drame de l'Université et le lien avec les druides…

L'équipe affronte Yann, mais Gaël est présent et leur réserve une surprise : il recourt à la Magie du *Totem des 3 Singes Sages* qui ont la faculté de priver leurs victimes de leurs sens (vue, ouïe et parole)… Maëve a une vision (pouvoir qu'elle a hérité de Bron) dans laquelle Cillisia se bat à l'Université contre… rien, dans le vide, gesticulant et frappant dans l'air…

Matt avoue aimer Maëve, qui le repousse… Grég piège Ness et se présente au *Sanctuaire* en direct du journal télévisé. Gwyon'Bach et les autres *Eternels* sont contraints d'intervenir, révélant au Monde l'existence de la Magie sur Terre, le conflit des druides avec les traîtres, l'existence du Ministre de l'Occulte et des *Sanctuaires* implantés dans tous les États. *Bitom* menace Grég mais lui offre une chance de récupérer son âme même s'il les a obligé à briser la tradition consistant à ne pas intervenir dans la vie des mortels. Mais *Nanta* met violemment fin à sa vie...

Pour empêcher les curieux de se rendre au *Sanctuaire* après les révélations faites au Journal, le Gorsedd décide de transférer tous les *Sanctuaires* du Monde, ainsi que leurs habitants, dans le *Plan Astral.* Mais cela impose au Gorsedd une concentration de tous les instants, afin d'y conserver une position stable, et tenir à l'écart les âmes damnées qui y errent…

Yann prend la fuite face à son frère et se rend en Chine, suivi par le militaire *Nathan* qui se voit confier par Tao, la mission d'aller le chercher et de le ramener au *Sanctuaire*. Tandis qu'Élor'a apprend le kidnapping de son fils…

L'armée encercle l'île de Groix où Eningann et les traîtres sont inaccessibles... Cillisia se présente à son premier cours et fait la connaissance de trois beaux jeunes frères *Brian*, *Iuchar* et *Iucharba*… Hélène attaque le *Sanctuaire* d'Irlande et Goff se retrouve prisonnier de l'un de ses bulbes. Elle cherche de l'aide...

Tao retourne en Chine, il est temps pour lui de faire un rapport de ses activités, sur les sept dernières années, à l'Ordre... Luna a perdu son fils…

Eric'h se met à dos les *Satyres* et Bron est pris d'une violente vision lui montrant l'avènement de la *Fin des dieux* et la Fusion de la Terre avec l'Autre Monde, provoquant la déstabilisation du système solaire…

Suite...

210

AMBITION

10 décembre 2008,
10 dumaannos 4576.

« Je ressens tant de choses depuis que je suis revenu sur Terre que cela me bouleverse. Sur l'Autre Monde, j'étais tout puissant, avec des pouvoirs sans limites. Ici, je dois me contrôler car je risque de mettre fin à l'existence de deux mondes si je ne prends pas garde à mes agissements. Je marche sur des œufs, comme si je me trouvais dans le passé et que chacun de mes actes pouvait avoir des conséquences inattendues. Je suis néanmoins satisfait de mon retour sur ma terre natale. C'est étrange, il s'est produit tant d'évènements que j'ai l'impression que mon départ a eu lieu dans une autre vie. Ce qui n'est pas tout à fait faux puisque je suis mort, en tout cas sur Terre. Revoir mon frère m'a fait un choc et le savoir mon ennemi en est un autre. Si nos parents voyaient ce que nous sommes devenus… Et Ben. Le quitter fut un déchirement. J'ai insisté pour qu'Elor'a lui transmette son don de télépathie dans l'espoir de lui donner un avantage qui lui sauverait la vie en cas de danger. Ce pouvoir peut être bien utile. Je sais que, sous peu, un drame colossal interviendra et que nous tentons de nous y préparer. Les peuples de l'Autre Monde sont tendus et la fin d'une époque arrive. Nous espérons l'avènement d'une nouvelle ère mais, serons-nous tous en vie à ce moment-là ? Je me souviens d'une berceuse que ma Mère me chantait pour m'endormir… C'est si loin. Je suis fatigué de toutes les querelles et je suis en première ligne. Ma dernière vision me hante encore et je sais que le changement à venir sera douloureux… pour nous tous. »

BRON,
CREATEUR.

Université de Brest,
Centre aquatique,
19 h 14.

Un brouillard flottait au-dessus de la piscine olympique, suggérant un contraste entre la chaleur de l'eau et la fraîcheur de l'air. Couverte, à l'abri de gros flocons qui tombaient sans discontinuer depuis le début de la matinée, elle accueillait les nageurs toute l'année. Seule une jeune femme s'aventura à faire quelques longueurs en cette soirée hivernale. Les cheveux noués, les formes avantageuses, elle entra dans l'eau et observa les alentours afin de s'assurer que nul ne pouvait la voir. C'est alors que son maillot disparut pour la laisser dans le plus simple appareil. En tenue d'Eve, Cillisia se sentit alors à son aise et ne ménagea pas ses efforts pour se maintenir en forme. Elle nagea ainsi une dizaine de minutes sans être le moins du monde dérangée. Cependant, un léger bruit à peine audible l'immobilisa. Cherchant sa provenance, tournant la tête de gauche à droite et inversement, Cillisia ne parvint pas à trouver l'origine du son qui l'avait ainsi troublée. Elle eut alors une sensation familière en laquelle elle ne put croire. La jeune femme s'apprêtait à sortir de la piscine lorsque l'eau ondula à une dizaine de mètres. Trois formes s'élevèrent alors du remous ressemblant à des silhouettes humaines, mais composées exclusivement d'eau. Une fois entièrement sortis de la surface, les trois intrus se changèrent en hommes diaphanes dont elle reconnut la substance.

- Des fantômes, souffla-t-elle pour elle-même. Tandis qu'elle s'apprêtait à sortir, elle reconnut les trois nouveaux étudiants assistant à ses cours dont elle avait fait brièvement connaissance une semaine plus tôt.

- Ne t'en vas pas ainsi sans nous amuser un peu ma jolie, lui lança l'un des trois esprits qui semblait la retenir sans même la toucher. Prise au piège, nue, elle fit appel à ses pouvoirs et sans faire le moindre effort, son maillot apparut, recouvrant sa silhouette renversante.

- Elle est prude la druidesse ! s'exclama l'un des autres intrus.

- Brian ! Iuchar ! Iucharba ! Vous êtes… des esprits !

- En effet. Ce bon vieux Diancecht a fait de nous des spectres, répondit Brian en colère.

- Le dieu médecin ?

- Lui-même ! C'est étrange, tu sembles être à la fois humaine et fantôme. Je le sens. Tu as été morte durant des siècles mais tu es pourtant vivante. Quel paradoxe !

- Oui, c'est une longue histoire.

- Mais nous avons tout le Temps du monde, l'éternité à vrai dire.

- Pour punir ma Mère, un druide m'a envoyé trois mille ans dans le passé où j'ai fini par perdre la vie. Je suis restée prisonnière d'une cité engloutie durant des siècles, fantôme errant dans les rues avec tous les habitants de la ville qui ont été noyés. Heureusement pour moi, une équipe de druides est venue à mon secours sans même le vouloir. Ils ont juste… croisé mon chemin et m'ont ramenée dans le Présent. Etant donné que c'est la Magie qui m'a tué dans une époque qui n'était pas la mienne, l'équilibre s'est rétabli en me redonnant la vie. J'ai cependant gardé mes pouvoirs de télékinésie qu'ont tous les fantômes, finit-elle en les prenant par surprise. Elle les fit valdinguer à plusieurs mètres avant de sortir de l'eau, tremblant de tous ses membres. Elle courut vers la porte de sortie et traversa le parc en trombe. Son maillot de bain se changea en vêtements et ses cheveux, volant au vent, séchèrent en quelques secondes. Cillisia se concentra malgré sa course effrénée, et la robe qui épousait sa taille se relâcha. Le tissu gonfla pour devenir un manteau de fourrure qui la protégea du froid.

- Désolée, souffla-t-elle en se rendant compte du genre de manteau qu'elle portait. Certainement confectionné à partir de peau d'ours. Dans la panique, Cillisia n'avait pas obtenu toute la concentration nécessaire pour faire d'elle une bonne styliste. Tandis qu'elle s'éloignait de la piscine, la baie vitrée partit en éclat et les montants, puis le toit, subirent le même désastre. Les trois fantômes venaient subitement de grandir dans des proportions dantesques, si bien que le bâtiment recouvrant la piscine était devenu trop petit.

Ile de Groix.

Une tempête faisait rage autour de l'île depuis des semaines. L'armée ne pouvait approcher les côtes et cela arrangeait bien la situation des traîtres. Depuis quelques jours, Cernunnos et Abarta étaient devenus insupportables. Les deux dieux déchus, privés d'immortalité et de pouvoirs par Tara lors de la *3ème Bataille de Mag Tured*, demandaient à Eningann l'autorisation d'agir, ne supportant plus l'inaction. L'ancien Créateur finit par céder à leurs suppliques. Puisant dans les réserves de pouvoirs qu'il lui restait et qu'il s'employait à régénérer, Eningann parvint à donner naissance à un arbuste qui ne portait qu'un seul fruit. Une fois le fruit cueillit, l'arbuste dépérit et devint cendres. Avec d'infinies précautions, l'ancien Créateur pressa le fruit au-dessus d'une coupe. Remplie à ras bord d'un nectar d'une extrême rareté, la relique fut observée avec envie par tous les traîtres présents. Cernunnos se jeta presque vers son Maître qui calma aussitôt son ardeur en mettant le récipient hors de portée. Ce fut Abarta qui eut le privilège de se servir en premier. Le dieu réalisateur de prouesses retrouva ses pouvoirs et son immortalité dès qu'il avala une gorgée d'hydromel, le nectar des dieux. Cernunnos, dieu du règne animal, retrouva à son tour la prestance qu'il avait autrefois.

- Mes fidèles, ce cadeau vous rend redevable. Votre loyauté est récompensée et j'espère compter sur votre soutien.
- Bien entendu Maître, sourit Abarta en se léchant les lèvres.

Palais de l'Elysée,
20 h 23.

Le Président de la République, assis dans un canapé, retira les lunettes de son nez, le regard stupéfait. Il posa deux pages sur la table basse avant de se lever pour prendre un « remontant ». L'un de ses proches collaborateurs lui servit un whisky avant de sortir de la pièce. Le Président venait de terminer la lecture des aventures d'Eric'h et son équipe ces sept dernières années et n'en revenait pas. Il inspira profondément avant de convoquer son Ministre de l'Occulte.

Chine, quelque part dans les Montagnes de Wudang,
11 décembre 2008,
11 dumaannos 4576.

Les Monts Wudang, chaîne de montagne au Sud de la ville de Shiyan culminaient à 1 612 mètres à Tiānzhù. Ce relief était le berceau des arts martiaux internes taoïste comme le « taiji quan » que pratiquait Tao depuis l'enfance. Ces Montagnes étaient très connues et visitées pour les nombreux monastères qui s'y trouvaient. Cependant, la face Est étant abrupte et quasi inaccessible, les Temples qui y furent construits par l'Ordre étaient protégés par l'isolement. Les monastères de Wudang étaient célèbres pour leur recherche d'apprentissage et de pratique de la méditation, des arts martiaux et de la médecine traditionnelle. Ses Monts abritaient également les sept Maisons Astrales du zodiaque chinois.

Tao, Nathan et l'équipe de militaires français gravirent les dernières marches menant à la Maison Astrale Xuanwu (guerrier noir ou sombre militaire). L'entrée prenait la forme d'une tortue géante dont la carapace était le symbole de l'armure. Selon les informations de Shiga (Maîtresse de l'Ordre), Yann, le frère de Bron, devait passer par cette Maison Astrale dans un but inconnu.

- Nous y sommes. Entrons, ordonna Nathan.

- Attendez, quelque chose ne va pas ! J'ai un mauvais pressentiment. Avancez avec prudence, avertit Tao, très soucieux. Dès que la porte s'ouvrit sur une immense pièce, les militaires investirent les lieux pour le sécuriser. Des centaines de cadavres de moines jonchaient un sol poisseux couvert de sang. Ils avaient tous été égorgés proprement et sans ménagement. Tao rougit de fureur alors que Nathan se couvrit le nez pour échapper à la puanteur.

- Ce type n'a rien d'humain, parvint à dire Tao les dents serrées.

Un seul moine avait survécu au drame. Nathan soigna ses blessures avant de recueillir son témoignage.

- Seigneur Tao ! Les Immortels vous envoient. Il a… volé le Yin et le Yang. Sur ces derniers mots, il lâcha son dernier souffle.

- Que veut-il dire Tao ? demanda Nathan perdu.

- Il s'agit d'une arme cachée ici depuis des millénaires. Ce sont deux croissants de lune en or, identiques au symbole du Sanctuaire. Sauf qu'au lieu de former un « *S* », ils s'entremêlent pour prendre la forme d'un disque. Il a la capacité de créer l'élixir de vie et peut ainsi donner la vie comme il peut la reprendre. C'est l'arme absolue, capable de détruire l'immortalité et donc, de retirer aux dieux leurs pouvoirs. Toutes les mythologies parlent d'une arme comme celle-ci sous différentes formes. Pour les Chinois, c'est ce disque. Yann sait que le Graal a fourni ce pouvoir à Tara. Il a cherché à s'approprier une arme tout aussi redoutable. Avec le disque, il pourra imposer sa volonté aux dieux. Même s'il est isolé ici, loin de ses acolytes, il a loué les services des Gardiens.

- Comment le sais-tu ?

- Le poignard planté dans le cœur du Moine Supérieur. Il porte la marque des Gardiens. On les reconnaît grâce à un tatouage sur la main droite, une croix dans un cercle.

- Comme les « Chasseurs » qui l'ont sur l'épaule ?

- Oui. Ici, les « Tigres Tang » sont une secte qui a pour mission de garder et protéger les deux croissants de métal. Si les deux morceaux étaient ici, cela veut dire que la secte a perdu tous ses membres. Maintenant, je sais ce que Yann veut faire. Il franchira les cinq Monts Wudang pour atteindre Tiānzhù. C'est le nom du Mont le plus haut de cette chaîne de Montagnes. Là-bas se trouve la Maison Astrale des huit Immortels (divinités chinoises au sommet de la hiérarchie, équivalent d'un roi des dieux). De là, Yann aura accès à l'Autre Monde.

- Tu plaisantes ?
- J'aurais préféré.

Dans un coin, caché dans l'ombre d'un pilier, un moine les menaça de ses pouvoirs. Il leur tourna autour, cherchant une ouverture. Il s'immobilisa cependant devant Tao.

- Soo ? C'est toi ?
- Tao ? Tu es en Chine ?
- Mon ami ! Oh Soo ! Les deux hommes tombèrent dans les bras l'un de l'autre. Des années avaient séparé les deux amis d'enfance. Tao prit une bonne heure pour lui conter ses aventures de moine, de druide, de dieu puis de Créateur. Le visage de Soo passa par toutes les étapes de l'étonnement. Soo était venu en France des années plus tôt lors de la fuite de Lia, leur ennemie de toujours. Mais cette mission avait été de courte durée et les deux amis avaient subi une nouvelle séparation. Tao, Soo et Nathan décidèrent de prendre Yann en chasse. Les militaires qui les accompagnaient rentrèrent en France, laissant cette tâche à des professionnels. Afin de rejoindre Tiānzhù, la petite équipe utilisa un *shinto*, trois blocs de pierre formant une porte gigantesque, se trouvant derrière la Maison Astrale de la Tortue.

Chine, Montagnes de Wudang,
Mont Tiānzhù,
15 décembre 2008,
15 dumaannos 4576.

Quatre jours plus tard, arrivés à la Maison Astrale des huit Immortels, Tao, Soo et Nathan s'attendaient à y trouver Yann. Il fallait en effet organiser une cérémonie avant d'entrer dans ce bâtiment sacré. Yann avait dû affronter la résistance des moines protégeant l'entrée. Il avait mis trois jours pour exterminer les religieux jusqu'au dernier. Mais entrer dans la Maison Astrale était bien plus compliqué. Sur la porte, une gravure de P'an Ku prenait toute la surface. Ce nain, vêtu d'une peau d'ours et de feuilles autour de la taille et du cou en passant par les épaules, avait une tête cornue. Il portait entre ses mains le disque Yin Yang. En dessous, une inscription interpellait le visiteur.

« Ici demeurent les dieux.
Respect, vertu et sagesse vous permettront d'y entrer. »

Yann sortit le disque d'un sac et le déposa sur le dessin creux où il s'emboîta parfaitement. Une fois la porte ouverte, le « chasseur » ne put traverser l'entrée. Il cherchait une solution depuis plusieurs heures déjà. Mais celle-ci vint hélas caresser son esprit. Il prit le cadavre d'un des moines et le poussa dans l'entrée. En effet, qui d'autre qu'un moine pouvait être respectueux, vertueux et sage. Le bouclier laissa passer le corps et Yann en profita pour déjouer le piège avec une rapidité stupéfiante. A l'intérieur, un parchemin posé sur un pilier en pierre demeurait depuis des siècles à l'abri des regards. A sa lecture, Yann comprit que le moyen d'accéder à l'Autre Monde se trouvait dans le jardin Sud du Temple. Tao, Soo et Nathan arrivèrent à peine une minute avant que Yann accède au jardin. Ils passèrent la porte et s'immobilisèrent devant huit individus que reconnut Tao.

- Les Immortels.
- Amis ou ennemis, demanda Nathan sur ses gardes.
- Amis. Je me présente devant vous humblement, respectueux et vertueux.
- Il est inutile pour toi de respecter le protocole. Tu es différent de ce que tu étais jadis. Tu nous domine par tes pouvoirs et ton rang. Tao, un grand destin s'ouvre devant toi. Tu nous remplace déjà avec tant de talent. Oui, les anciens dieux ont leur avenir derrière eux. Notre ère est révolue. Une nouvelle génération se prépare à régner. Mais le Grand Plan peut encore être mis en échec par un humain désireux de nous voir tous nous éteindre. Tu dois l'en empêcher Tao, répondit Li Tieguai, le premier chinois à avoir atteint l'immortalité, portant une béquille. A sa gauche Zhongli Quan, soldat bedonnant, toisait Soo et Nathan, trouvant étrange le choix de Tao pour ses amis. Lü Tongbin portait une épée magique, Zang Guolao, Han Xiang, He Xiangu (flottants dans les airs à leur guise), Lan Caihe (musicien) et Cao Guojiu restèrent silencieux.
- Dans le jardin se trouve l'arbre de Jianmu qui relie les royaumes de la Terre à ceux du ciel (en fait, l'Autre Monde). L'humain est sur le point de le trouver. S'il cueille l'un des fruits, son tronc sera éventré et par cet orifice, l'accès au chemin des dieux s'ouvrira. C'est à cet instant tragique, dans le jardin, qu'une main arracha délicatement un fruit de l'arbre magique.

***

211

Anomalies

**Université de Brest,
10 décembre 2008,
10 dumaannos 4576,
19 h 23.**

Cillisia reprit son souffle. Les trois géants la poursuivaient toujours. Afin d'effacer les traces de la piscine détruite, la druidesse prononça une formule qui répara les dégâts.

« Par l'eau et par le vent, que cette bâtisse rennaise à l'instant ! »

Il lui fallait trouver une solution pour remédier à son problème. Si elle laissait quelques secondes aux trois frères, elle serait impuissante.

*« Que ces fantômes perdent substance,
Que ces Géants apprennent la prudence ! »*

Brian, Iuchar et Iucharba perdirent l'équilibre et se rendirent compte qu'ils n'avaient plus d'influence sur les corps solides.

- Que nous as-tu fait ? hurla Brian de rage. Ils perdirent ensuite leur taille de Géants. Cillisia put ainsi prendre aisément la fuite, débarrassée de ses poursuivants.

Lorient.

Les « Chasseurs » passèrent la nuit à traquer des druides pour les tuer. Les meurtres se multiplièrent et les choses s'aggravèrent lorsqu'ils cherchèrent à s'en prendre aux familles des druides, sous prétexte qu'ils pourraient engendrer des enfants avec des dons. Les autorités étaient impuissantes face à la Magie. Ne laissant pas de trace ordinaire, la police ne disposait d'aucune piste. Ils reçurent l'ordre de remettre les corps aux militaires sans poser de questions.

La « Fusion des Mondes » approchant, le réseau de dolmens et de cromlec'hs commença à s'activer tout seul, de façon erratique, sans recourir à la « Grande Incantation ». Une ouverture stable ne dépassa pas quinze secondes. Mais ce fut suffisant pour qu'un Leprechaun parvienne à passer sur Terre.

Carnac,
10 décembre 2008,
10 dumaannos 4576,
19 h 30.

Caché derrière les pierres, le Leprechaun se sentit attiré par une énergie colossale. Il commença à voyager jusqu'à Lorient où la Magie lui sembla plus intense et présente. Il y croisa le Maire T-Rex qu'il trouva bien amusant. Il lui jeta un sort de baraka. Le Maire se baissa alors pour nouer son lacet et vit un billet de cinq cents euros au sol qu'il ramassa en hâte et plongea dans sa poche. Sa voiture en panne une fois sur deux démarra sans virer au supplice. La journée commençait décidément bien, surtout lorsqu'il évita de justesse une fiente lâchée par un oiseau farceur.

Autre Monde,
Myrddinville.

La Compagnie des Courageux Gnomes était épuisée après les longues festivités en leur honneur. L'accueil avait été chaleureux. Mais ils ne s'y trompèrent pas, le chef du Clan sous-marin n'avait pas organisé un festin uniquement en raison de leur visite mais plutôt afin de plaire à Seamus, Ambassadeur Gnomes au Palais Divin. Et c'était ce titre que leurs « frères » venaient d'honorer. Dans l'espoir d'être représentés au Palais, le Chef avait insisté pour leur offrir bien des cadeaux. Tim semblait outré par cette corruption, mais ne refusa pas le tonneau de bière qu'on lui tendit.

Au petit matin, il fut difficile de réveiller Pouf qui ronflait encore, faisant sursauter un écureuil installé près de sa fenêtre. Une fois la petite troupe prête, la Compagnie demanda au Chef où ils pouvaient trouver le fameux trésor de Myrddin.

- Les monstres aquatiques ont détruit le château de cristal comme vous le savez. Lorsque nous avons su qu'une guerre se préparait, nous avons eu la bonne idée de transférer le trésor ici.

- Vous voulez dire qu'il est ici ? ICI ! s'excita Raphy.

- Chef, Brug Na Boïnne a été sérieusement endommagée. Vous savez qu'il s'agit de notre Capitale à tous ? Vous avez le devoir de venir au secours de votre peuple. Il nous faut ce trésor pour réparer les dégâts.

- C'est bien là le comportement des Gnomes de Terre ! Vous avez dilapidé vos ressources et nous voilà contraints de recourir à une fortune pourtant mise en sécurité depuis des siècles !

- Chef ! La guerre qui a fait rage a été d'une ampleur jamais égalée. Nous ne pouvions rien faire contre de telles forces ! Des dieux se sont même battus dans la Capitale ! Quelle action aurait donc pu les arrêter ? Je vous assure que nous avons tout tenté. Sans l'intervention de cette Compagnie, les choses auraient été beaucoup plus graves et il n'y aurait sans doute plus rien à reconstruire aujourd'hui, s'emporta Tim.

- Je vois. Nôtre isolement ne nous a pas permis de participer à la *Bataille* et nous le regrettons. Le trésor se trouve dans ma hutte.

- C'est çà votre cachette ? Avez-vous perdu l'esprit ? s'énerva Pouf.

- Il y a été en sécurité !

- Heureusement !

- Il nous le faut.

- D'accord Tim, mais respectez notre accord ! Nous devons peser au Palais. L'un des nôtres sera votre secrétaire d'Ambassade.

- Quoi ? Vous allez trop loin ! Le Chef de la Capitale n'acceptera jamais !

- Il le faudra bien car c'est la condition pour obtenir de moi le trésor de Merlin.

- C'est scandaleux ! Dans ce cas, nous le prendrons de force !

- Euh, Seamus, c'est comme ça que tu négocies au Palais ? Je ne voudrais pas te dicter ta conduite mais, ça semble un peu... abrupt.

- Tout au plus un attaché diplomatique qui assistera à des réunions de partage d'informations. Il me fera part de vos... revendications et je déciderai s'il est opportun d'intervenir au Palais en votre nom ou pas.

- C'est peu ! Nous devons peser vous dis-je !

- Ce sera le cas. C'est ma dernière offre.

- Si je refuse ?

- Vous serez le premier Chef de l'Histoire à déshonorer la Capitale en refusant de lui porter assistance. Plus aucun Clan ne traitera avec vous.

- Bien. Je pense que... dans ce cas... le trésor est à vous. La moitié aujourd'hui, le reste lorsque j'aurai obtenu ce que je veux du Palais.

- J'accepte le contrat. Sur ces mots, les deux Gnomes se frottèrent nez contre nez pour conclure l'accord. Tim emporta la moitié du trésor en fin de journée et la Compagnie des Courageux Gnomes s'apprêta à quitter le Clan lorsqu'ils furent convoqués à nouveau par le Chef.

- Seamus, je viens de recevoir un message des elfes. Selon eux, la « Fusion des Mondes » approche et des anomalies apparaissent déjà sur tous les territoires. Ils ont peur que des créatures profitent de la situation pour traverser les passages menant sur Terre. Il est trop tôt pour cela. Ils demandent votre aide et celle de tous les Gnomes pour surveiller nos ennemis et les empêcher d'approcher les dolmens.

- Si nous leur faisons obstacle, ce sera considéré comme un acte de guerre ! Nous ne pouvons pas nous permettre de menacer qui que ce soit en ce moment. Il faut nous rendre au Palais au plus vite ! Les Créateurs et les dieux doivent...

- Ils sont au courant. Ils comptent faire appel à l'Alliance pour surveiller nos ennemis. Nous faisons partie de l'Alliance ! Ils font ce qu'ils peuvent pour contrôler les opposants. Mais des peuples isolés ou très éloignés du Palais peuvent échapper à leur vigilance. C'est pourquoi vous devez intervenir.

- Nous partons immédiatement ! ordonna Tim à ses amis.

Cernunnos et Abarta quittèrent l'île de Groix pour se rendre à la Forêt de Lorient. Ils approchèrent du Sanctuaire sans prendre la moindre précaution. Ils attaquèrent les curieux à la recherche du Sol Sacré et parvinrent à franchir les grilles de l'entrée principale. Pour des dieux, il n'était pas compliqué de passer dans le Plan

Astral pour rejoindre les druides qui s'y cachaient. Sans la présence des militaires, le Gorsedd, trop occupé à maintenir le Sanctuaire stable dans un autre plan d'existence, de nombreux druides affairés à tenir les âmes errantes à distance, la sécurité semblait compromise. Les premières têtes commencèrent à tomber. Le massacre prit de l'ampleur avant que Maëve et son équipe sortent du Temple, hébétés.

- C'est pas possible ! Les dieux s'y mettent aussi ! cria la jeune femme. Matt, Ben et Elodie chargèrent. Maëve mit quelques druides à l'abri avant de se joindre à la fête.

- Que faites-vous ici ? Vous ne devez pas utiliser vos pouvoirs sur Terre !

- Nous voilà de nouveau en pleine forme ! ricana Abarta.

- Vous allez précipiter la « Fusion » si vous continuez !

- Continue de les faire parler Elodie, j'ai une idée, proposa Ben qui se précipita vers le bosquet. Sur place, il ouvrit le Livre des Éléments à l'avant-dernière page. Un avertissement, écrit à l'encre rouge, défiait quiconque d'y recourir. Des conséquences désastreuses risquaient d'être déclenchées si un druide prononçait cette formule.

- Aux grands maux, les grands remèdes, se contenta de réagir le jeune homme.

Cernunnos étranglait Matt lorsque Ben revint, la formule en tête.

« Pour protéger ce lieu sacré,
Qu'apparaisse un Bouclier.
Que les dieux ici présents soit chassés immédiatement !
La vie des druides est en danger,
Que des cieux la Magie vienne nous protéger,
Et supprime nos dons sacrés. »

Une onde de choc propulsa les deux dieux hors du Plan Astral et du Sanctuaire. Dans un cri de surprise, ils décollèrent du sol pour atterrir dans des arbres dix mètres plus loin. Furieux, ils pestèrent, alors qu'à l'intérieur du Sanctuaire la Magie disparut. Plus aucun druide n'avait accès à ses dons naturels. Le Gorsedd n'en fut cependant pas privé occupé à stabiliser les forces autour de lui et suffisamment puissant pour échapper au sort lancé par Ben.

- Es-tu devenu fou ? Qu'est-ce qui t'as pris ? s'insurgea Matt.

- Je n'avais pas le choix ! Ce sont des dieux ! Nous n'avions aucune chance contre eux !

- Tu parles d'une idée ! marmonna Elodie.

- Est-ce que c'est bien ce que je crois ? J'ai entendu la même chose que vous ? Tu as banni la Magie de l'intérieur du Sanctuaire ? réagit Maëve sur le point d'exploser de colère.

- Je suis désolé. J'ai cru bien faire. C'était la seule solution.

- Si je me souviens bien, il y avait un avertissement écrit en rouge Ben, en ROUGE ! A l'intérieur du bouclier la Magie ne peut exister. Ceux qui s'y trouvent perdent leurs pouvoirs. Pire, le Livre des Eléments n'est pas supposé supporter la Magie des Éternels !

- Quoi ? Les Eternels ? Qu'ont-t-ils à voir dans cette histoire ?

- Cette formule a été écrite par les Eternels le jour même où le Livre a été créé, dans le but de chasser les dieux du sol des druides. Ce bouclier nous protège, ça oui ! Mais nous sommes maintenant en quarantaine ! Abruti !

- Maëve ! Parle-moi sur un autre ton ! Nous étions condamnés à morts ! Nous n'aurions pas pu les vaincre ! Ils étaient deux ! Deux dieux parmi les plus puissants ! La dernière fois, il a fallu les pouvoirs de Tara pour les mettre hors course. Au moins, nous avons gagné du temps. Nous trouverons une solution plus tard !

- Je l'espère Ben, je l'espère, dit Maëve qui lui tourna le dos.

***

212

Le 1er Pic

Forêt de Lorient,
10 décembre 2008,
10 dumaannos 4576,
20 h 44.

Cillisia apprit que le Sanctuaire était injoignable. A l'endroit où aurait dû se trouver ce qu'elle cherchait, seul un brouillard insistant masquait la piste. Elle sentait cependant que les druides n'étaient pas très loin. Elle-même ayant été un fantôme, une âme errant dans une ville morte, Cillisia comprit que le Gorsedd avait eu recours à un stratagème ingénieux pour échapper à la curiosité des badauds. Seule face à son problème, la jeune femme décida de se rendre à la bibliothèque dans l'espoir de trouver des informations sur les trois fantômes qui l'avaient agressée.

Chine,
15 décembre 2008,
15 dumaannos 4576.

La main de Yann tenait le fruit lorsque le tronc de l'arbre Jianmu se craquela avant d'être éventré. Une lumière verte s'en échappa et le jeune homme traversa le *shinto* (chemin des dieux) avant que Tao ne puisse l'en empêcher.

Autre Monde,
Montagnes Sacrées.

Lors de l'explosion de Méduse, les Montagnes Sacrées avaient été désintégrées. Seuls les Temples des cinq pics avaient été épargnés. Or, les Monts de Wudang étaient reliés aux cinq pics de l'Autre Monde. Yann se retrouva alors à l'intérieur du Temple du premier Pic. Tandis qu'il s'employait à sortir, il se retrouva nez à nez avec un dragon vert particulièrement retors et de mauvaise humeur.

A ses trousses, Nathan, Tao et Soo passèrent à leur tour par le « chemin des dieux ». Une fois dans le Temple, ils constatèrent avec stupeur que le dragon venait de perdre sa tête, proprement tranchée.

- Yann était ici il y a peu. D'après ce que j'ai appris du Thésauriseur, les cinq pics sont protégés. Le dragon vert qui avait la garde du premier pic vient d'être neutralisé, commença Tao.
- C'est incroyable ! Comment a-t-il fait ? se demanda Soo.

- Le Disque. Il a utilisé la Magie du Disque, comprit rapidement Nathan.
- Il faut le trouver très vite ! S'il quitte les pics et qu'aucun des Gardiens ne l'arrête, alors nul n'y parviendra et il prendra le pouvoir de l'Autre Monde.
- Ce serait terrible Tao. Tu es un Créateur, tu peux maintenant utiliser tes pouvoirs !
- Je sais, mais je n'arrive pas à le localiser.
- Le Disque a été créé pour tuer les dieux. C'est cet objet qui le protège de toi.

Sanctuaire.

Cillisia croisa Cernunnos et Abarta en pleine forêt. Les dieux se relevèrent furieux et avancèrent vers la jeune femme.

- Pourquoi moi ? dit-elle en faisant la moue.
- Parce que tu es à notre portée jeune idiote, ricana Abarta. En danger, elle réagit sans réfléchir. Sortant la boule de cristal de Bron qu'elle portait sur elle, confiée par Maëve pour éviter que leurs ennemis ne mettent la main dessus, Cillisia la présenta à ses ennemis qui rirent à pleins poumons. Paniquée, elle lâcha la sphère en la jetant aux pieds des dieux et ferma les yeux, terrifiée. Tandis que Cernunnos et Abarta éclataient de rire à nouveau, une fumée se dégagea de la boule de cristal une fois brisée. Elle enveloppa les deux ennemis et un instant plus tard, ils se retrouvèrent enfermés dans la boule de verre, prisonniers. Cillisia n'en crut pas ses yeux et remercia Bron en prière. La jeune femme se précipita vers le Sanctuaire et hésita avant de passer dans le Plan Astral. A l'intérieur du bouclier, Maëve se rua sur le Livre des Eléments en train de se consumer.

- Que faut-il faire ? Il est en train de brûler !

« Je renonce au bouclier, que mon souhait soit exaucé.
Les druides la liberté ont retrouvé, le danger est écarté.
Que les Eternels reprennent leur Magie,
De leur protection n'ont plus besoin nos vies. »

L'avant-dernière page du Livre devint vierge et cette formule récitée par Ben eut un effet immédiat. Le bouclier s'estompa, la Magie revint dans l'enceinte du Sanctuaire, et un mot de Gwyon'Bach apparut à la place de l'incantation.

« Heureusement que je suis là pour sauver vos fesses ! La prochaine fois que vous renoncerez aux dons que je vous ai offerts, je les reprendrai et vous pourrez faire une croix dessus. Pour info, les autres Eternels sont trop occupés pour entendre votre appel. Vous avez de la chance d'être tombés sur moi, les autres n'auraient sans doute pas rétabli les choses. Pensez-y ! »

DE LA MAIN DE GWYON'BACH

- Merci Gwyon, si tu m'entends, lâcha Maëve un peu honteuse.

Cillisia comprit qu'elle pouvait enfin entrer. Elle se présenta au Gorsedd et confia ses prisonniers à Ness. Tous furent stupéfaits par sa réussite.

- J'ai besoin de vous, les amis. Tout à l'heure j'ai été agressée par des fantômes géants.

- Tu es sérieuse ?

- Oui ! J'étais à la piscine lorsque trois de mes étudiants, des frères, m'ont attaquée.

- C'est normal qu'il y ait des esprits à l'Université après ce qui s'est passé.

- Je suis d'accord avec toi Élodie, mais ils étaient nouveaux. Non, ils ne sont pas morts le jour de l'attaque.

- Des fantômes géants ? Décris-les ma fille, demanda Ness, approchant, intéressée.

- Brian, Iuchar et Iucharba. Ce sont leurs noms.

- Par tous les dieux ! Ils sont sur Terre ?

- Oui, tu les connais Mère ?

- Ce sont des Tùathas De Danann, petits-fils de l'ancien roi des dieux, Dagda. Ils ont tué un dieu mineur et ont été châtiés pour ce crime. Dagda les a privés de substance, faisant d'eux des fantômes. S'ils sont géants, c'est parce qu'ils sont des Tùathas !

- Je les ai semés et leur ai jeté un sort. Ils ne peuvent plus agir sur les corps solides. Les humains sont en sécurité, mais je ne sais pas combien de temps ils seront neutralisés et ils peuvent toujours agir en faisant peur aux gens.

- C'est juste. Il faut les renvoyer dans l'Autre Monde. Je demanderai à Eric'h de les envoyer sur Meath rejoindre leur peuple.

Autre Monde,
Montagnes Sacrées.

Yann prit de l'avance sur ses poursuivants. Se savoir « chassé » lui déplaisait fortement, mais il pensait que si son plan fonctionnait, il n'aurait plus à passer sa vie à exterminer druides et dieux. Arrivé au second pic, Yann lança le Disque Yin-Yang dans les airs. La tête d'un tigre blanc fut tranchée sous les rires du jeune homme.

Terre,
Lorient.

Assis dans son canapé, devant un téléviseur allumé, le Maire T-Rex suivait le tirage du loto. Son billet entre les doigts, il frémit à chaque bon numéro, jusqu'au dernier. Il bondit alors en hurlant et sauta dans les bras de sa femme. Il venait de gagner cinq millions d'euros. Le sortilège du Leprechaun fonctionnait à merveille… pour l'instant. Car à chaque cadeau offert, un prix devait être payé. Et Monsieur le Maire ne tarderait pas à s'en rendre compte.

Le téléphone sonna et son adjoint lui annonça la signature de dix contrats parmi les plus importants pour la ville. Après cette réussite, il ne lui serait pas difficile de se faire réélire. Folle de joie, sa femme lui demanda de l'emmener une seconde fois en voyage de noces. Mais le Leprechaun n'était pas loin et observait son bonheur par la fenêtre. La créature magique fit un geste de la main et quelque chose changea, imperceptiblement. Une marque sur la nuque du Maire s'effaça. Et avec elle, la chance s'envola.

- Il est l'heure de payer mon ami, dit-il avant de s'éloigner.

Mairie de Lorient,
11 décembre 2008,
11 dumaannos 4576,
10 h 27.

- Monsieur le Maire ! Monsieur ! accourut un adjoint.
- Mes chers collaborateurs, fêtons aujourd'hui la réussite... Quoi ? Qu'est-ce qu'il y a ?
- Tous les contrats Monsieur !
- Quoi les contrats ? Parle donc ! Tu m'agaces !
- Caducs ! Ils sont caducs !
- Tu plaisantes ?
- Chéri ! Je suis au courant ! entra sa femme en trombe, une cassette vidéo à la main.
- Tu... Pourquoi es-tu là ? balbutia la Maire, sa main autour des hanches de sa secrétaire.
- Tu me trompes avec cette pouffe ! C'est fini tu m'entends ! Je demande le divorce !
- Mais... Non, mon lapin ! Ne pars pas !
- Monsieur le Maire ! C'est terrible ! Votre fils !
- Quoi mon fils ! Mais fini tes phrases à la fin ! Tu m'agaces !
- Un accident Monsieur, il est mort. La femme du Maire s'effondra dans les bras d'un agent de sécurité tandis que T-Rex blêmit et tomba à genoux en hurlant, mais pas de joie cette fois. En bas des escaliers menant à la salle du banquet, le Leprechaun sourit de toutes ses dents pointues. Le prix venait d'être payé. Et seule la détresse humaine le ravissait. Un Traqueur Elfe arriva soudain et attrapa la créature. Avant qu'elle ne pousse un cri, il l'assomma et l'emmena. Mais les dégâts dans la vie du Maire étaient importants. Avec un regard de compassion, l'elfe versa une larme pour cette nouvelle victime d'une guerre qui les dépassait tous.

***

213

Renégat

Autre monde,
15 décembre 2008,
15 dumaannos 4576,
15 h 19.

Dans l'affrontement avec le Phœnix rouge du troisième pic, Yann ne parvenait pas à prendre l'avantage. Perdant du temps, Nathan, Tao et Soo parvinrent à le rejoindre. Tao fit apparaître sa tenue de Créateur et se rendit compte que ses pouvoirs n'avaient pas d'effets sur le renégat.

- Que se passe-t-il ? Je suis censé être tout puissant !
- C'est le Disque. Fais attention Tao, il peut te neutraliser ! Le Créateur fit un pas de côté pour éviter une attaque. Furieux de l'avoir manqué, Yann décapita aussitôt le Phœnix. Des gerbes de flammes empêchèrent l'équipe de passer et la blessure ne cicatrisa pas, interdisant à l'animal de renaître de ses cendres.
- Un Phœnix ! Tu viens de tuer une créature magique exceptionnelle. Monstre ! Ton âme est désormais à moi. Tu passeras l'éternité en compagnie d'Ed ! Il n'aura aucune pitié !
- Encore faudrait-il m'arrêter ! lança Yann, défiant le Créateur.

Au Palais Divin, le Thésauriseur était dans tous ses états. Le bâtiment était pris d'assaut par les Ambassadeurs. Très inquiets au sujet des évènements à venir et paniqués par les incidents en cours un peu partout sur leurs territoires, les diplomates vinrent en nombre pour demander des explications et s'assurer de la protection des Créateurs.

Dans une antichambre, le trac gagna Bron, Eric'h et Elor'a, qui venaient de laisser d'anciennes émotions prendre le dessus. Certains représentants fêtaient déjà leur libération, le jour glorieux autorisant un accès à la Terre. Il fallait déployer d'importants efforts pour répondre aux attentes de tous.

Montagnes Sacrées.

Yann réussit à fausser compagnie à Tao et accéda au quatrième pic dans l'heure suivante. Une ombre observait sa progression depuis le pied du Pic. Plus il montait, plus la présence était pesante. Un danger rôdait malgré ses tentatives pour le semer. Soudain, l'ennemi qui s'avérait être le Gardien, lui fit face. Le guerrier noir, hybride mi tortue, mi serpent, se dressa prêt à bondir. Avec une rapidité fulgurante, le Gardien mordit Yann à la cuisse et injecta un venin qui l'affaiblit rapidement. Mais le jeune homme usa du Disque pour se débarrasser de la créature. Une quatrième tête tomba.

Au sommet du cinquième et dernier pic, Tao, Soo et Nathan le rattrapèrent. Les huit Immortels les attendaient dans le dernier Temple qui celui-ci n'avait pas de Gardien. De justesse, Tao s'empara du Disque et sépara les deux morceaux en forme de lune. Soo frappa Yann par derrière et l'envoya valser jusqu'aux pieds des Immortels.

- Tu as perdu *treitour* ! Il faut payer maintenant ! cria Tao furieux.
- Il est à toi Créateur, son âme t'appartient, dit Zhongli Quan.
- Dans ce cas, Ed recevra vite une visite des plus intéressantes.

***

214

Négociations

**Autre monde,
Montagnes Sacrées,
15 décembre 2008,
15 dumaannos 4576.**

Le vent soufflait depuis des heures. La neige, ou plutôt de la glace, tombait et redessinait les parois du pic durement attaqué. Dans la bâtisse conçue pour accueillir les huit Immortels chinois, Tao devait avoir une conversation avec eux sur leur avenir.

- Je dois vous parler de la « Fusion ».
- Nous le savons, répondit Zhongli Quan.
- Vous devez passer la main.
- Sûrement pas ! Nous n'avons pas attendu tous ces siècles à l'écart des Hommes pour être remplacés au dernier moment !
- Je suis un Créateur. Vous me devez obéissance ! Vous n'êtes que des dieux, rien de plus. Vous n'avez rien à m'imposer ! Les autres Créateurs ont leur mot à dire pour décider du sort de la Chine et surtout de ceux qui en auront la charge.
- Nous souhaitons une place dans le Panthéon qui regroupera les nouveaux dieux de toutes les mythologies et les territoires que chacune des religions obtiendra sur l'Autre Monde et sur Terre. Nous voulons la charge de la Chine bien entendu et de nos fidèles.
- Je ne prendrai pas cette décision seul. Rendez-vous au Palais pour y déposer votre requête comme le font les autres anciens dieux. Nous examinerons votre demande avec la plus grande attention, soyez-en certains.
- C'est inadmissible ! Arrogant !

Soo, qui gardait Yann avec des liens, fut pris par surprise lorsque le renégat le piqua avec une seringue d'hadnium. Involontairement, la présence bienfaitrice des huit Immortels neutralisait le venin qui le rongeait et ferma la plaie. Yann s'empara du Yang, le morceau sombre du Disque qui, à lui seul, peut tuer un dieu mais pas un Créateur. Il assassina un à un les huit Immortels chinois sous les yeux effarés de Tao qui n'avait pût intervenir à cause de la Magie du Yang, ayant la capacité de masquer son propriétaire à ses yeux omniscients. Furieux, Tao fit trembler les cinq pics qui entrèrent tous en éruption en même temps. L'arbre Jianmu s'embrasa et accéléra encore davantage la « Fusion ».

- Qu'as-tu fait vermine ? Tu viens de provoquer le courroux d'un Créateur et pire encore !

Terre,
11 décembre 2008,
11 dumaannos 4576.

La météo hivernale se mit soudain à changer. Les flocons laissèrent place aux foudres et à une pluie battante. Des tempêtes démesurées prirent naissance au-dessus d'océans déchaînés. Des cendres et des roches incandescentes tombèrent près des volcans en réveil. Les trois frères Tùathas prirent forme physique, libérés des sorts qui les muselaient depuis des siècles.

Sur l'Autre Monde, Tao mit Soo et Nathan à l'abri au Palais Divin et Yann fut maintenu inconscient par Magie afin de le neutraliser.

***

215

Conversion

Sanctuaire,
12 décembre 2008,
12 dumaannos 4576.

De retour en France, Yann fut confié à son frère.

- Yann ! Je ne comprends pas.
- C'est pourtant simple. Vous êtes dangereux pour l'humanité !
- Je suis ton frère ! Et nos parents ?
- Un sacrifice, c'est tout.
- Un sacrifice ! Bron se retint de le frapper.
- Des martyrs ayant laissé leur vie pour la bonne cause. Cette fois Bron ne put s'en empêcher. Une bonne droite lui déboîta la mâchoire. Ben intervint pour l'éloigner et le calmer.
- Bron ! Ça suffit ! Il va payer pour ce qu'il a fait.
- Ca c'est sûr ! Allez chercher les militaires. Je le laisse sous la garde du Ministre de l'Occulte. Il trouvera un moyen de le garder en prison tout en le mettant définitivement hors état de nuire sans le tuer. Je ne veux plus jamais te revoir frangin !
- Tu es sûr de ta décision. Les militaires ont des méthodes particulières. J'ai visité le secteur 48. C'est pire que la prison. Il n'aura aucun droit, pas de procès. Il sera considéré comme disparu. Là-bas, c'est… terrible Bron.
- Ce ne sera pas pire que ce qu'il a fait ! Pour payer, il paiera ! cria Bron qui quitta la France, se changeant en tornade.

Sanctuaire d'Irlande,

Goff se dégagea du bulbe qui le retenait prisonnier. Il utilisa son sceptre pour transpercer la paroi et subit bien des douleurs. Mais la prise se raffermit, le privant de la fuite. Goff savait que seul le pouvoir de l'Élémental de Feu avait réussi à venir à bout de Mandragoria. Il en serait sans doute de même avec Hélène. Hélas, le Superviseur n'avait pas le moyen de faire appel à ce genre de pouvoir.

Hélène était venue chercher de l'aide, mais il semblait être trop tard pour la sauver. Le Mal était profondément ancré en elle et elle devenait aussi dangereuse que Mandragoria. La Terre ne supporta pas une telle concentration de pouvoirs en plus des actions magiques ponctuelles mais indispensables dont il avait fallu user pour résoudre bien des problèmes. Entre Hélène et Eningann, qui s'employait encore à ressourcer ses pouvoirs, l'accumulation de Magie fut insupportable. Le processus de Fusion commença alors, devenant inéluctable et surtout irréversible. Pas même les Créateurs ne pouvaient désormais arrêter l'avènement d'une nouvelle ère, précédé de la chute des anciens dieux.

Le Ministre de l'Occulte envoya un message. Ne pouvant se déplacer en personne, toujours retenu par le Président de la République depuis plusieurs jours déjà, le Ministre informa le Gorsedd que la société secrète HADAR ayant perdu son chef venait d'être dissoute, ses membres arrêtés et envoyés rejoindre Yann au Secteur 48.

Hélène étendit ses branches, puis sa mousse venimeuse et mortelle sur tout le Sanctuaire d'Irlande maintenant perdu. Ayant appris la nouvelle peu avant son départ, Bron se rendit en pays celte et usa de son Elémental pour se frayer un chemin vers son amie.

- Hélène ! Arrête ! Ça suffit ! Mon frère, maintenant toi ! Mais qu'avez-vous tous ?

- Bron… Je… ne peux pas m'empêcher…

- Il va pourtant falloir !

- Créateur ! Tu ne m'as pas vaincue ! La voix de l'ancienne druidesse avait changé et cela le fit frémir.

- Mandragoria ? hésita-t-il à prononcer.

- Ahhhhhh !!! hurla le monstre avec la voix d'Hélène. L'expression de son visage changea et le regard qu'elle avait l'horrifia.

- Elle vient de te quitter Créateur ! La femelle est morte ! J'ai pris sa place !

- NON !!! hurla Bron qui déchaîna l'Elémental et ses propres pouvoirs. La mousse s'embrasa et tout le Sanctuaire d'Irlande brûla, les colonnes de fumées montant des kilomètres dans le ciel bleu. Les premières branches cédèrent et les bulbes libérèrent les prisonniers, dont Goff. Le Superviseur vint en aide au Créateur lorsque ce qui restait de Mandragoria et qui avait survécu dans l'âme d'Hélène jusqu'à la dévorer, tenta de trouver refuge dans un autre hôte, tel un parasite. Mais le déchaînement de Magie contre elle s'amplifia et tout son corps devint cendres. Le visage d'Hélène apparut furtivement, croisant le regard de Bron avec une infinie tristesse. Les bâtiments s'écroulèrent et les dernières Sentinelles furent balayées par l'explosion de l'âme de Mandragoria dont il ne restait enfin plus rien.

- J'espère que la Fusion n'aura pas de pareilles conséquences, sinon c'est la fin du Monde qui est en train de se dérouler ! cria Goff pour couvrir le bruit assourdissant de l'incendie.

Autre Monde.

Hélène se retrouva dans un endroit qu'elle ne connaissait pas. Mais les visages qui se présentèrent à elle lui semblaient familiers. Une jeune âme auréolée approcha et la salua.

- Salut mon amie de toujours.
- Kéra ! Par tous les dieux ! Kéra ! Alors… je suis morte, c'est ça ?
- Oui Hélène. Nous sommes à Avalon, la terre où les âmes trouvent le repos éternel, loin du tumulte de la Terre et même de l'Autre Monde. C'est aussi ici que se trouvent les anciens dieux et…
- Bienvenue Hélène.
- Mew ? C'est vous ? L'ancien Créateur.
- Oui, c'est ici que nous officions désormais. En retraite.
- J'étais comme Mandragoria, dit-elle honteuse.
- C'est fini ma belle ! Pour toujours. Tu n'as plus rien à craindre. Bron t'as envoyé ici pour être en compagnie de ceux que tu aimes et qui ont disparu. Nous ne serons plus jamais séparées Hélène.
- Promis ?
- Promis.

Sur cette promesse de quiétude, les portes d'Avalon se refermèrent alors qu'au contraire, le désordre et peut-être le chaos menaçaient deux Mondes.

A SUIVRE…

« Tout commence ou tout fini. Le changement est en cours et rien ne peut l'arrêter. Je profite de ces derniers moments de calme avant la tempête pour écrire ces quelques lignes qui risquent d'être les dernières. Car si les druides ne survivent pas à cet évènement, nous ne pourrons plus rédiger ces Chroniques. Le ciel s'obscurcit. J'ai entendu dire que trois Géants mettent Lorient à sac, que le Sanctuaire d'Irlande est tombé et que la tempête au-dessus de Groix s'est dissipée, promesse d'une attaque en règle à venir. Mais quand tout ceci prendra-t-il fin ? Tous les druides sont fatigués de se battre. A chacune de nos victoires, nos ennemis trouvent des ressources inattendues. Maintenant que les Créateurs vont pouvoir agir sur Terre, j'espère que les choses vont s'améliorer. A ceux qui liront ces mots, pensez à votre chance d'appartenir à un monde meilleur. Mon plus cher souhait est de parvenir à bâtir un avenir radieux. Que les Génies m'entendent et exaucent cette prière.

ARCHI DRUIDE,
MATT.

SAISON 6
EPISODE 3

FUSION
(partie 1)

ENTRE DEUX TEMPS

23

« Il y a des gens qui croient arrêter le temps en arrêtant les pendules. »

PAUL JEAN TOULET

Souvenez-Vous...

Dans les épisodes précédents de la collection « La Légende Des Maîtres » :

Cillisia est attaquée par *Brian*, *Iuchar* et *Iucharba*, trois frères qui s'avèrent être des fantômes *Tùathas*...

L'île de Groix encerclée par l'armée, *Cernunnos* et *Abarta* obtiennent d'*Eningann* l'immortalité et la restitution de leurs pouvoirs... Le *Sanctuaire* pourtant en sécurité dans le *Plan Astral*, à l'abri des curieux, est attaqué par les deux dieux. Ben les expulse mais le bouclier utilisé pour les chasser prive les druides à l'intérieur du périmètre de leurs pouvoirs... Cillisia croise *Cernunnos* et *Abarta* et parvient à les faire prisonniers d'une boule de cristal tandis que Maëve résoud le problème des druides...

Le *Palais Divin* est pris d'assaut par les *Ambassadeurs* inquiets au sujet des évènements en cours sur l'Autre Monde, en vue de la *Fusion*...

Le Président de la République prend connaissance des activités de son Ministère de l'Occulte et de celles des druides depuis sept ans et convoque son Ministre...

En Chine, Tao, Nathan et Soo poursuivent Yann mais ne parviennent à l'arrêter qu'une fois l'arme suprême obtenue (le Yin-yang) et les huit Immortels chinois sont exterminés un à un... Yann est confié à son frère, Bron...

Les premiers effets de l'imminence de la *Fusion* des deux Mondes à venir font surface (le réseau de dolmens s'active tout seul)... Un *Leprechau*n profite de l'occasion pour passer sur Terre. Il lance un sort de chance sur le *Maire T-Rex* mais le prix à payer est élevé, sa vie s'écroule...

Sur *l'Autre Monde*, la Compagnie des Courageux Gnomes obtient le trésor de Merlin et peut désormais commencer les réparations de *Brug Na Boïnne*...

Les trois frères *Tùathas* prennent forme physique, libérés ses sorts qui les entravaient et en Irlande, Goff se libère du bulbe d'Hélène. Bron arrive lui prêter main forte pour la neutraliser... Elle perd la vie, consumée par *Mandragoria,* elle-même ensuite vaincue... Hélène rejoint Avalon auprès de son amie de toujours, Kéra.

Tara dispose du pouvoir ultime grâce au *Graal*... Eric'h a créé *Meath*, la 5ème île pour y emprisonner les *Tùathas Dé Danann*...

Sur Terre, Gwenc'Phel, Gaël et Rak-Kêr attaquent le *Sanctuaire*. Lorsque Maëve est victime de l'explosion du cromlec'h, les choses s'aggravent : elle subit un vieillissement prématuré et reprend sa forme originelle après un long périple à travers le Monde. Mais les conséquences de l'explosion de la *Chambre Souterraine* sont dramatiques. Comme prédit par la *Dame Endormie* à Malte, elle se retrouve avec une seule année à vivre… Matt avoue l'aimer avant qu'elle ne le repousse…

Elor'a apprend le kidnapping de son fils et l'armée encercle l'île de Groix où *Enningan* et les traîtres sont inaccessibles...

Bron est pris d'une violente vision lui montrant l'avènement de la *Fin des dieux* et la *Fusion* de la Terre avec l'Autre Monde, provoquant la déstabilisation du système solaire… La *Fusion* commence : la concentration de pouvoirs de Mandragoria et Eningann présents sur Terre suffit à la déclencher…

Suite...

216

Renforts

13 décembre 2008,
13 dumaannos 4576.

« Mon nouveau pouvoir me perturbe. J'entends dans ma tête une multitude de pensées. Quelles soient bonnes ou mauvaises, c'est leur intensité qui m'est difficile de supporter. Ces dernières heures, je me sens attiré par Nathan, le militaire qui joue un rôle d'intermédiaire entre le monde des druides et celui de l'armée. Je ne parviens pas à lui laisser une place dans mon cœur, encore trop meurtri par le départ de Bron. J'ignore où pourrait m'entraîner une nouvelle relation, mais ce que je sais, c'est que les évènements en cours ne risquent guère de m'en laisser le temps. »

BEN,
DRUIDE TELEPATHE.

Sanctuaire,
8 h 13.

- Allez ! Debout ! le houspilla-t-il en lui donnant un coup de pied amical. Lève-toi !
- Ca va, ça va, je me lève ! Il s'assit en se mettant, comme il pouvait, hors de portée des coups. Il était perclus de courbatures. Il prit soudain conscience qu'il était totalement nu, ses vêtements éparpillés autour de lui. Il ramassa ses affaires tant bien que mal en essayant de couvrir son intimité.
- Je t'attends au Temple. Othon veut nous voir, lui lança Elodie qui quittait déjà la pièce, lui lançant un œil accusateur.

Elle avait à peu près son âge, constata-t-il, et son visage bronzé était constellé des tâches de rousseurs. Ses longs cheveux capturaient toutes les nuances du brun, du châtain le plus sombre et du blond le plus lumineux. Matt venait de tromper Maëve, se levant après une torride nuit dans les bras de cette jeune druidesse qui lui avait appris de nouvelles positions, le laissant encore troublé. Il remarqua, une fois rhabillé, à quel point la poitrine de la jeune femme remplissait son corsage et à quel point ses hanches étaient plantureuses. L'Univers peinait à reprendre sa place autour de lui. Il se frotta les yeux pour chasser les derniers lambeaux de sommeil.

A la Tour d'Or, Ness se tenait debout au centre d'un cercle formé par ses pairs,

Pat, Bann et Gwenc'Ron, qui s'efforçaient, tant bien que mal, de maintenir des forces magiques d'une puissance inouïe, stables. Servant de catalyseur, Ness devait supporter les éléments mystiques les plus puissants de leur répertoire afin de stabiliser les Sanctuaires les plus importants du Monde. La *Fusion* en cours risquait de pulvériser les terres sacrées des druides à partir desquelles ils pouvaient protéger les Hommes. Sans les Sanctuaires, nul ne pourrait ensuite instaurer l'ordre après le chaos en cours. La Grande Druidesse tenait dans une main une boule de cristal et dans l'autre un faisceau lumineux aveuglant, source de l'énergie protectrice qui enveloppait le réseau des Sanctuaires.

- Que vais-je faire de vous ? dit-elle en criant à la boule, couvrant le vacarme qui tourbillonnait autour d'elle.

- Nous ne pourrons pas tenir longtemps Ness ! Je sens déjà mes entrailles brûler. La douleur se fait grandissante ! se plaignit Bann.

- Alors peut-être nous faut-il une nouvelle source d'énergie ? Qu'en dites-vous ? répondit-elle en s'adressant à ses compagnons. Ness venait implicitement de proposer de se servir des prisonniers de la boule de cristal, dans laquelle Cillisia était parvenue à enfermer Abarta et Cernunnos, pour y extraire leurs pouvoirs et leurs essences divines. Si tout se passait comme elle le souhaitait, les pouvoirs des deux dieux, en lien direct avec Eningann (d'où eux-mêmes s'approvisionnaient en Magie), serviraient à augmenter l'énergie nécessaire à la stabilisation des Sanctuaires, devenant ainsi invulnérables aux conséquences liées à la *Fusion* des deux Mondes. Tandis qu'elle entendait les suppliques des deux captifs, Ness n'éprouva aucun remord lorsqu'elle mit définitivement fin aux vies des deux dieux. Leurs pouvoirs et leurs essences divines furent consumées. La réaction en chaîne ainsi obtenue dépassa les espoirs des Grands Druides. Le Sanctuaire de Lorient vit son bouclier doubler de volume, ainsi que ceux des autres terres sacrées.

Ile de Groix.

La flotte navale encerclant l'île fut balayée par un tsunami provoqué par Eningann. L'ancien Créateur s'éleva au-dessus de l'île et se dirigea vers l'intérieur des terres. Derrière lui, l'ancien Créateur laissa des navires sombrer. Parmi eux, le « Mystique » subit de multiples avaries. Le détecteur de radars fut arraché, l'antenne radio HF fut elle aussi emportée. L'avant du sous-marin, du sonar de coque aux ballasts avant, fut enfoncé. Au poste central de navigation et des opérations, les hommes de l'équipage furent terriblement secoués. Le moteur électrique de propulsion tomba en panne. Les multiples voies d'eau rendirent le lest largable inutile. En un quart d'heure, le « Mystique » sombra, emportant avec lui les cent cinquante hommes et femmes dans les profondeurs sombres et glaciales de l'océan.

La vague traversa la flotte de combat, renversant les bateaux les uns après les autres. Le « Faucon », navire de deux cent mètres de long, embarquant quatre cent vingt hommes, construit avec un budget de quatre cent vingt millions d'euros fut littéralement retourné, les hélices se retrouvant à l'air libre. Les canots de sauvetage ne quittèrent jamais le « Faucon ». Une explosion sous-marine acheva d'exterminer les survivants.

Palais Divin.

Eric'h et Elor'a se concentraient afin de trouver le Maire T-Rex. Le tyran perçut leur message dans son esprit.

- *C'est Eric'h qui vous parle. Protégez votre ville ! Que vos policiers soutiennent les actions des druides et des Traqueurs elfes ! Si nous perdons Lorient, nous perdons des chances de restaurer l'ordre. Nous vous savons capable de gérer une crise.*

- Encore vous ! Comment est-ce possible ?

- *Ne posez pas de question Doyen.*

- Je suis Maire maintenant. Et ce n'est pas le moment ! J'ai perdu mon fils !

- *Nous avons tous perdu quelqu'un de proche, Monsieur le Maire. Vos administrés ont besoin de vous. Courage et bonne chance.* Tandis que la voix d'Eric'h s'éloignait, le Maire aboya ses ordres sans perdre une minute.

Terre,
Lorient.

Dehors, le chaos s'installa. Un bus tombé du ciel s'écrasa sur l'hôtel de ville après que le Maire et ses hommes en furent évacués par les Traqueurs elfes. Lorsque Roc'h leva les yeux, il vit un Troll, affolé, ramasser des véhicules et les lancer en tous sens. Au port, un triton gigantesque s'amusait avec les bateaux, tel un enfant dans une baignoire.

Palais Divin.

- Ca ne suffira pas Eric'h. Je crois que j'ai une idée un peu folle, dit Gwyon'Bach en arrivant.

- Allez-y, nous vous écoutons, répondit le Thésauriseur à la recherche d'idées.

- Transformez le Maire en Marchand de Sable.

- Vous n'êtes pas sérieux ?

- Au contraire, c'est une excellente idée ! réagit Elor'a.

- Je suis perdu, bouda Eric'h.

- En tant que Marchand de Sable, le Maire disposera du pouvoir d'influencer les rêves. L'idée, c'est de faire en sorte qu'il calme le subconscient des citoyens paniqués. Il atténuera leurs peurs et fera d'eux des héros. Imagine une armée de héros qui viendrait en renfort des Traqueurs Elfes et des druides ! Sans compter sur la coopération des dieux qui nous sont fidèles, expliqua Gwyon'Bach.

- Je vois, nous n'avons pas le temps de les former à guerroyer. Alors la Magie du Marchand de Sable peut nous aider à transformer les citoyens en héros, répondit Bron intéressé.

- Sans leur consentement, insista Eric'h qui n'était pas très à l'aise avec cette idée.

- Nous n'avons pas le choix. Et ne disposons que de très peu de temps.

- C'est d'accord. J'espère ne pas avoir à le regretter.

- Je te comprends, finit Elor'a, tout à coup moins sûre du plan, tandis que les choses commençaient à devenir sérieuses. Le Palais Divin trembla sur ses fondations.

Terre,
Désert du Sahara.

Un tourbillon prit naissance dans le silence du désert. Une pointe de pierre dépassait du sol. En moins d'une minute, un immense bâtiment s'éleva à quelques pas d'une oasis jusque très haut dans le ciel, déchirant au passage des nuages. Ses formes reconnaissables à des kilomètres à la ronde indiquèrent que le Palais Divin venait d'élire domicile sur Terre.

Paris.

La Tour Eiffel vibra à peine avant d'être pliée comme lorsqu'on froisse une feuille de papier. A la place du symbole de la capitale, un dôme étrange prit place. Même si en apparence extérieure, le dôme semblait petit, il n'en demeura pas moins qu'il était craint de toutes les créatures habitant l'Autre Monde. Lorsqu'un essaim de fées passa au-dessus, des hurlements de terreur assourdirent les environs. La célèbre prison Caër Sidi venait de se poser sur les ruines du monument, maintenant à l'intérieur du Dôme.

Désert du Sahara,
13 décembre 2008,
13 dumaannos 4576.

Lana, la messagère des dieux, fit irruption dans la Salle du Panthéon où Eric'h, Bron, Elor'a et Tao avaient installé leur cellule de crise.

- Mes Créateurs, il vous faut former le Panthéon définitif immédiatement. Les nouveaux dieux doivent recevoir le Sacre afin de prendre leur poste. Ils pourraient perdre leurs pouvoirs ou être pulvérisés par la « *Fusion* ». Je vous informe que toutes les Magies viennent d'entrer en activité intense. Les Éternels ignorent les conséquences qu'entraînera cet événement.

- Merci Lana. La liste vient d'être gravée sur les « Pierres de Dagda ». Ainsi, c'est officiel. Nous avons désigné un roi des dieux et sa cour, qui demeureront à notre service, dit Eric'h, élevant la voix afin que tous les dieux entendent. Contre toute attente, Roc'h est désigné roi.

- Un elfe ! Vous nommez un elfe ! s'insurgea le Thésauriseur. Par les Créateurs ! Avez-vous perdu l'esprit ?

- Tempère tes mots ! Prends garde ! s'emporta Tao.

- Toutes mes excuses. C'est juste que… un elfe… Oh, les Grandes Familles ne vont pas du tout apprécier.

- Ce ne sont pas elles qui gouvernent que je sache ! J'en ai assez des Grandes Familles !

- Peut-être, mais vous ne contrôlerez jamais vos sujets sans elles. C'est ce qui fait leur force.

- Roc'h est le nouveau roi des dieux et nous assumons notre choix. Il n'y a qu'en lui que nous plaçons notre confiance, précisa Tao.

- Roc'h doit venir au Palais dès que possible. Ben est désigné nouveau chef des Traqueurs elfes pour le remplacer, continua Elor'a.

- C'est impossible ! Ce n'est pas un elfe ! Et il ne connaît rien à la chasse ! Il faut des siècles à un elfe pour ne serait-ce que postuler au poste de *Traqueur* ! De là à le devenir, il faut encore d'autres siècles d'expérience ! Il ne peut pas les diriger ! C'est le monde à l'envers !

- Justement ! C'est un humain et le Président de la République ainsi que le Ministre de l'Occulte apprécieront que ce soit un humain qui dirige la « *police du surnaturel* » que sont les Traqueurs.

- Je vous demande pardon ! Que vient faire le Président dans cette histoire ?

- Thésauriseur, nous devons tenir compte des humains. La Terre leur appartient après tout ! Notre Monde est en train de s'installer sur un sol qui lui est étranger ! Faire accepter notre présence est une chose, décider qui va diriger la Terre après la *Fusion* en est une autre. Nous devrons faire des compromis. Ben est quelqu'un de confiance. Nous devons garder la main et non laisser des bureaucrates instaurer ensuite leur domination.

- La Magie les fera plier.

- Ce n'est pas par la force que… Bron fut interrompu par un évènement incongru. Las Vegas venait de se déplacer des Etats-Unis, au Sahara, à une dizaine de kilomètres au Sud du Palais.

- Tu vois ce que je vois ? demanda Tao à Bron, ahuri. Les lumières éclairant les tours étaient visibles depuis le balcon de la pièce.

Ile de Groix.

Un adolescent se tenait debout face à une troupe de traîtres. Il hurla des ordres avant de les voir s'élancer vers des embarcations avec la ferme intention de gagner la côte. Il prit soudain la tête dans ses mains et cria de douleur. Une moustache et une barbe lui poussèrent en quelques secondes. Son corps et sa musculature s'élargirent et l'adolescent devint un homme grand, fort et viril quelques minutes plus tard.

- C'est fini Glovinna ! (reine des fées qui avait transformé Ronan (fils d'Elora) en bébé lorsqu'il s'était révélé dangereux pour la Terre et l'Autre Monde, ayant directement défié ses parents). A la mort de la reine (**voir saison 5 épisode 01**) le sortilège perdit de l'effet jusqu'à ce jour, où Ronan redevint un homme. Où que tu sois, reine des fées décédée, saches que ta magie n'agit plus sur moi. Je suis redevenu un homme et mes pouvoirs me sont rendus. Que ce monde tremble ! Que les hommes périssent ! Sur ces derniers mots d'arrogance, Ronan fléchit les genoux avant de s'élancer dans les airs, à la suite d'Eningann.

Lorient
13 décembre 2008,
13 dumaannos 4576.

Dans une rue, les larmes coulant sur les joues, le dieu Loch (soutenant les nouveaux Créateurs) chanta l'hymne des alliés.

REFRAIN

Druide écoute,
Leurs pas lourds sur nos terres.
Druide écoute,
Les colères sourdes et leurs prières.

La *Fusion* s'accéléra. Si Loch chantait avec une telle mélancolie, c'est parce qu'il savait le prix que cela coûterait pour les deux mondes. Des drames s'enchaînaient sous ses yeux emplis d'une tristesse infinie. Un bus passa devant le dieu qui marchait lentement sur le trottoir. Un Troll mesurant quatre mètres de haut fut fasciné par cet engin et donna un coup de poing sur le côté du véhicule. Retourné par la violence du choc, les vingt-huit passagers périrent en un instant. Seul le chauffeur, sonné, survécut au drame avant d'être happé par la gueule dégoulinante de bave d'un Gargwa (espèce pourtant censée être éteinte) créé par Eningann, qui sourit depuis le ciel.

COUPLET 1

Levez-vous créatures !
Ecrivez votre futur !
Aujourd'hui la défaite connaîtra l'ennemi.
Dans le sang, ils payeront le prix.
Quittez tertres et collines,
Créatures,
Sortez du silence,
Que triomphe notre puissance.

Une troupe de Traqueurs elfes passant par-là, décocha ses flèches sur le Troll qui vacilla avant de s'effondrer. Eningann enragea mais était, sembla-t-il pressé, laissant le Troll à l'agonie derrière lui. A quelques pas, une église subit les assauts répétés de plusieurs dragons. Une gigantesque cloche qui faisait la fierté de la bâtisse, tomba sur des passants, les tuant tous sur son passage. Les dragons fondirent en piquet et avalèrent en une bouchée trois humains qui ne comprenaient pas ce qui se passait. Se léchant les babines, ils cherchèrent d'autres proies faciles pour terminer leur repas.

REFRAIN

Druide écoute,
Leurs pas lourds sur nos terres.
Druide écoute,
Les colères sourdes et leurs prières.

COUPLET 2

Levez-vous créatures !
Montrez-leur votre courage.
Que la liberté nous soit rendue,
Et qu'ils périssent de leur rage.
Que des pierres fendues,
Jaillissent les Mages.
Il y a des territoires volés,
Il est temps de les récupérer.
Par nos vies sacrifiées,
Nos descendants vivront dans la paix.

Sur ces paroles, des Mages surgirent, arrêtant la course folle de la cloche à l'aide de leurs pouvoirs.

REFRAIN

Druide écoute,
Leurs pas lourds sur nos terres.
Druide écoute,
Les colères sourdes et leurs prières.
Druide écoute,

Leurs pas lourds sur nos terres.
Druide écoute,
Les colères sourdes et leurs prières…

Ben regarda le ciel et comprit que quelque chose d'inquiétant était en train de se dérouler sous ses yeux. Le soleil accéléra sa course et le jeune homme comprit que cela indiquait un changement important dans l'écoulement naturel du Temps. Il regarda sa montre et observa les aiguilles s'agiter. Il ramassa un journal au sol et la date ne cessa de changer. A quelques mètres de lui, il observa une silhouette qu'il eut du mal à reconnaître. Les traits avaient sensiblement changés.

- Benoît ! cria-t-il, reconnaissant enfin le traître qui avait fait ses études avec Eric'h et que ce dernier avait dû faire enfermer à Caër Sidi, la célèbre prison de l'Autre Monde de laquelle personne ne revient.
- Mais alors… C'est impossible !

Une voiture folle finit sa course contre un arbre et Benoît fut écrasé par la chute de celui-ci. Ben accourut près de l'homme sur le point de mourir.

- Benoît !
- Ben ! Que fais…
- Comment t'es-tu évadé ? Personne ne revient jamais de Caër Sidi.
- C'était vrai jusqu'à ce que la porte Est ne s'effondre. Je me suis retrouvé à Paris. J'ai traversé le premier tunnel ouvert par un cromlec'h pour venir ici, à Lorient.
- La prison se trouve à Paris ?
- Oui, avec une porte ouverte. Toutes sortes de créatures s'en échappent à chaque minute. Cet endroit… Ah… finit-il sur un dernier souffle. Le traître n'eut le temps de décrire la prison. Ben frémit à l'idée de savoir Caër Sidi au cœur de la Capitale.

Une heure plus tôt, à Paris, un dôme trônait à la place de la Tour Effeil. De l'extérieur, scintillante, la surface miroitait avec la lumière du soleil. L'air venait de s'électriser un court instant avant l'apparition de l'édifice. La Tour s'était effacée sous les yeux ahuris des passants et touristes. La panique se généralisa lorsque des sons étranges s'intensifièrent à l'intérieur du dôme. La porte Est fut grandement ébranlée par la puissance magique qui venait de se déchaîner. Des bruits sourds et féroces semblèrent indiquer que de l'autre côté de la porte, quelque chose tentait de sortir. Lorsque celle-ci explosa, une multitude de monstres en tous genres déferlèrent sur Terre. Les humains proches du lieu du drame furent les premières victimes. Les Diwallers (gardiens) eurent bien du mal à sécuriser la porte avant que les pires créatures ne s'échappent de Caër Sidi. L'un d'eux jeta un coup d'œil alentour et, tandis qu'ils étaient un modèle de calme et de puissance, celui-ci semblait paniquer. Il entra en trombe à l'intérieur du Dôme à la recherche de son supérieur pour l'alerter. Une alarme magique sonna, entendue des Créateurs et des dieux.

217

Au Chat et A la Souris

Lorient,
14 décembre 2008,
14 dumaannos 4576,
8 h 25.

Les Gobelins, par groupes de trois, jubilèrent et s'attaquèrent à la chair humaine. Les Traqueurs Elfes eurent bien des difficultés à juguler les attaques simultanées des créatures surnaturelles issues de l'Autre Monde. Un jeune homme, la vingtaine énergique, de corpulence athlétique, courrait à vive allure au milieu de l'avenue Faouëdic, un Troll sur les talons. La créature écrasait les voitures sur son passage et parvint, non sans mal, à gober le pauvre malheureux avant de lancer un rot tonitruant. Un énorme pieu vint embrocher le Troll qui s'écroula au milieu de l'avenue, la satisfaction de huit Traqueurs elfe.

Sanctuaire.

Un homme brun, vingt-cinq ans, les muscles très dessinés, se présenta aux portes du Sanctuaire après être parvenu à passer le bouclier de protection. Ce druide irlandais, Liam, venait donner des nouvelles du site d'Irlande, tombé deux jours plus tôt. Capable de contrôler la flore, Liam était connu de tous les druides pour être l'un des meilleurs et des plus puissants jeunes druides après l'équipe d'Eric'h et de Maëve. Seul survivant avec Goff, resté sur place pour continuer de se battre, fut-ce seul, Liam était venu chercher de l'aide avant de retourner dans son pays natal. Il fut reçu par Othon avec bienveillance.

Matt enfonça son coude dans les côtes de Ben et le tira à l'abri d'un banc de pierre au moment où un druide, baillant à s'en décrocher la mâchoire, tournait au coin du couloir en direction de la blanchisserie. Ness était mal lunée depuis la veille et il y avait peu de chances qu'elle se soit radoucie pendant la nuit, débordée de toutes parts par le maintien de l'ordre au Sanctuaire pendant la durée de la *Fusion* des Mondes. Le claquement de ses sandales diminua. Il jeta un regard rapide de chaque côté du couloir et ils s'élancèrent vers le vestibule qui menait aux cuisines. Contre le mur perpendiculaire, à leur droite, étaient alignés des sacs de victuailles et des cageots de pomme de terre. Des chapelets d'oignons y étaient suspendus, ainsi que des paniers remplis de fruits. Ils coururent se cacher derrière un tonneau et progressèrent à l'abri des cageots. La porte qui faisait face à l'âtre s'ouvrit brusquement pour laisser entrer Ness qui, elle aussi, cherchait à chasser les kérions du Sanctuaire. Elle portait une coiffe en lin qui retenait ses cheveux. Une douzaine d'autres druides, des mâles jeunes comme vieux, pénétrèrent dans la pièce. Ils portaient tous un sceptre. Le Kérion se recroquevilla du mieux qu'il pût dans une anfractuosité du mur derrière lui, tous les sens en alerte. Ness avait le teint aussi cendreux que sa saie grise. Les épaules basses, elle avança avec détermination vers la table, s'y appuya comme un chef de guerre et submergea littéralement les hommes de questions. Le Kérion risqua un œil et vit qu'elle avait levé la main pour imposer le silence. Tout le monde à présent cherchait dans un coin, soulevant les tonneaux et les caisses. Un dernier Kérion qui se cachait dans la cuisine était activement recherché. Il voulait se cacher dans une fissure du mur, un trou de souris, n'importe quoi, pourvu qu'il échappe à ses poursuivants.

- Là ! Je l'ai vu ! Il est ici ! cria un apprenti druide, d'une voix haut perché qui glaça le sang du Kérion, dont les yeux sortirent de leurs orbites. Il se recroquevilla et se cacha la tête dans ses mains, mais un cri triomphant retentit soudain et, avant qu'il n'ait eu le temps de s'enfoncer profondément dans le mur, une main gigantesque le saisit par le bras tandis que des doigts énormes se refermaient sur son cou.

- Je l'ai ! s'exclama Ben tenant le Kérion dans ses mains.

- Fais attention ! lui cria Ness. Je veux savoir où se trouve son chef !

Les kérions avaient beau être solides, un humain pouvait facilement les blesser. Le jeune homme le saisit par le bras et le Kérion cracha, siffla, essayant de le mordre et de le griffer. Ness prit la serviette que lui tendait un cuisinier et en enveloppa le Kérion avant d'en nouer solidement les bords.

- Ils ne sont jamais seuls. Continuez de chercher, il doit y en avoir au moins trois ou quatre autres, ordonna Ness.

- Ça brûle ! Ça brûle ! s'égosilla le Kérion avec des hurlements de chat écorché. Son visage était déformé par la douleur et son dos était tendu.

- Ho ! feula-t-il tandis qu'un autre Kérion émergeait de sous le banc de pierre en rampant et se tordant lui aussi de douleur.

- Mais qu'est-ce qui leur arrive ? s'étonna Ben.

- Capturés, le sort de Gwenc'Phel mit fin à leur vie.

Ness fit appel à sa « vision druidique » pour explorer l'âme des créatures et se heurta à un bouclier physique fait d'une douleur telle qu'elle se sentit vaciller.

- Ce n'était pas une ruse.

Le visage du Kérion était déformé par la souffrance, sa langue devenue violette sortit de sa bouche. A l'agonie, il ruait et tremblait comme une feuille. Dans un dernier spasme, les créatures tombèrent en cendres après une violente combustion. Un silence pesant s'installa dans la pièce pendant lequel les druides se regardèrent sans un mot.

Chine,
Temple de l'Ordre.

Au seuil du monument millénaire, de petits soldats d'argiles avaient été déposés à même le sol. La matière dont ils étaient constitués se changea en chair humaine. Une armée colossale était maintenant aux pieds de l'Ordre.

- Allez ! Soutenez les Créateurs ! Devenez notre fierté ! Traversez les pays, les océans, terrassez les ennemis ! Partez ! cria Naja à ses nouveaux soldats. Les membres fondateurs de l'Ordre étaient présents : Naja, Tai'Shan, Shiga et Gen.

- Avec ces forces, nous damerons le pion aux Grandes Familles.

- Oui Shiga, c'est une opportunité qui se présente à nous. Une victoire nous assurera une place privilégiée au Panthéon des nouveaux dieux. Cette *Fusion* de nos deux mondes redistribue les cartes. Nous devons maintenir notre domination sur nos propres terres. Ne laissons pas des créatures venues d'ailleurs pendre ce qui nous appartient depuis la nuit des Temps, ajouta Gen.

- Eric'h et Tao devraient nous être reconnaissants de maintenir les Tùathas là où ils les ont installés. D'après nos informations, la *Fusion* se passe mal un peu partout. Les Créateurs et les dieux débordés, nul ne se rend compte que les sceptres druidiques qui assurent la stabilité de la frontière qui isole les cinq îles ne tarderont pas à céder. Libre, les Tùathas reprendront leur campagne contre les dieux. Danann (Mère de tous les Tùathas), unissant ses forces aux Grandes Familles, devrait parvenir à exterminer les dieux un à un. Il ne faut pas que cela arrive. Notre armée veillera à fermer les brèches des frontières, continua Tai'Shan.

- Ils doivent se hâter, notre action doit rester discrète pour mieux prouver notre soutien à Tao, conclut Naja.

Paris,
Elysée.

- Faites venir les Ministres de la Défense et de l'Occulte ! La situation nous échappe, chérie. Vas te mettre à l'abri, dit le Président à sa femme terrorisée, en aparté.

- Je n'étais pas loin Monsieur le Président, répondit le Ministre de l'Occulte.

- Marc ! Dites-moi que nous gérons la crise. Nous ne perdons pas la main ?

- Monsieur le Président, nous ne pouvons rien faire. Tout nous dépasse. Comment lutter contre la Magie ? Je vous suggère de faire confiance aux druides que j'ai approchés récemment. Ils disposent d'armes que nous n'avons pas. Ils connaissent mieux que nous les créatures qui envahissent notre monde.

- Je dois parler aux autres dirigeants de la Terre et je ne sais absolument pas quoi leur dire.

- Les druides sont des intermédiaires entre nous et leurs dieux et sont bien réels. Laissons-les remettre de l'ordre. Ils ont déjà mobilisés les elfes et je dois dire qu'ils sont très efficaces. Ils soutiennent la police dans ses combats et l'armée est déployée. Je suggère de protéger en priorité les lieux sensibles et vitaux de notre pays. L'armée doit venir en renfort des elfes et non l'inverse.

- Je ne connais ni les elfes, ni les druides. Laisser reposer sur leurs épaules l'avenir de la nation m'est impossible !

- Dans ce cas, laissez-les au moins agir à leur guise sans interférer.

- Vous rendez-vous compte de ce que vous me demandez ? Ces... créatures doivent retourner de là où elles...

- Il s'agit d'une *Fusion* ! Il n'y a plus la Terre d'un côté et leur Monde de l'autre ! Nous allons devoir cohabiter quoi que nous en pension. Alors, autant faire en sorte que la transition se passe le mieux possible. Notre fourmilière humaine ne pourra plus vivre comme hier. Il y aura des dieux au-dessus des Présidents. Ne perdons pas le pouvoir ! Imposons nos positions par les actes que nous faisons aujourd'hui ! Montrer aux druides que nous les soutenons, c'est nous assurer les bonnes grâces des dieux.

- Tout ceci dépasse ma compréhension et sûrement celle de mes homologues. Je ne laisserai pas les druides décider de notre avenir. Je ne les empêcherai cependant pas d'agir tant qu'il me sera prouvé qu'ils protègent nos compatriotes. Le Ministre de la Défense est chargé de maintenir l'ordre dans les rues. Un couvre-feu va être instauré dans les prochaines heures. Marc, vos services devront apporter aux militaires les armes dont vous disposez contre ces... choses. Votre ministère existe depuis plusieurs années, vous avez probablement accumulé des connaissances et des armes, je les veux ! Que militaires et druides agissent séparément, mais la sécurité des humains doit passer avant celle des créatures.

- Monsieur le Pré...

- Marc, vous avez bien œuvré pour les druides. Vous obtenez déjà beaucoup de moi. Vous n'aurez pour l'instant rien de plus. Que les druides sachent que je surveille leurs faits et gestes. Si leur concours me convient, je vous convoquerai à nouveau. Au travail !

***

218

Le Marchand De Sable

Lorient,
15 décembre 2008,
15 dumaannos 4576.

Le Maire « T-Rex » déambulait dans les rues de la ville lorsqu'il tomba sur une silhouette qu'il reconnut aussitôt.

- Tao ! Que faites-vous ici et qu'arrive-t-il à ma ville ? Je suis sûr que vous savez quelque chose ! Chenapan hier, devenu je ne sais quoi aujourd'hui. Il y a toujours eu des évènements étranges autour de vous et vos amis. La mairie a été incendiée par… un dragon. Je n'en reviens toujours pas.

- Vous avez raison, je sais bien des choses. Eric'h vous a choisi pour jouer un rôle essentiel dans cette ville. Ici et maintenant.

- Que voulez-vous dire ?

- Nous avons besoin d'un « marchand de sable ». Une personne qui aurait le pouvoir d'agir sur le subconscient des gens, en manipulant leurs rêves. La Terre a besoin de héros pour soutenir l'action des dieux, dans le but de remettre de l'ordre dans ce chaos. Imaginez tous les lorientais se transformant en héros. Une légion de braves venant en renfort de la police, de l'armée et des elfes.

- Des elfes ?

- Peu importe. L'essentiel, c'est d'arriver à changer les gens. De plus, je crois que vous avez commis des péchés : les expulsions sommaires, les séparations d'enfants enlevés à leurs parents, des intimidations et j'en passe.

- Moi ? Non.

- Je ne plaisante pas Monsieur le Maire. Votre âme est en jeu dans cette histoire ! Si vous ne faites par d'efforts pour nous aider, nous ne vous protégerons pas. Devenir un marchand de sable vous confèrera de surcroît, l'immortalité.

- Vous dites ? répondit-il interloqué.

- Vous avez bien compris.

- Tout ceci n'est que balivernes ! Je ne crois pas un mot…

- Silence !

Par ces paroles sages, que cet homme devienne un Marchand de Sable !
Par ces rîmes répétées, je lui confère l'immortalité.

Dans son combat contre les forces du Mal,
Que ce nouveau Marchand de Sable réveille les héroïques âmes !

Sur cette formule, le Maire T-Rex vit ses vêtements se transformer. Son costume sur mesure se changea en saie de laine jaune cassé. Une bourse remplie de sable attachée à la ceinture finissait de lui donner une allure et une aura divine.

- Qu'avez-vous fait ? paniqua T-Rex.
- Vous sauverez votre âme en sauvant celles de vos administrés Monsieur le Maire, termina Tao en disparaissant dans un nuage de sable qui s'éleva dans les airs.

Désert du Sahara,
Tadrart Acacus,
Ouest de la Libye,
Palais Divin.

Le Palais, imposant, s'élevait désormais au beau milieu du désert. Des dunes de sable s'étalaient à perte de vue. A l'intérieur, une panique sourde régnait. Dans la salle du Panthéon, les Grandes Familles furent reçues par les Créateurs.

- Eric'h, j'ai le pouvoir de libérer les Tùathas de leurs îles si vous ne donnez pas aux Grandes Familles ce qu'elles réclament !
- Le chantage ? J'ignore pourquoi, mais je m'attendais à cela. Matriarche, les Grandes Familles sont indispensables au bon fonctionnement du jeu politique. Néanmoins, vous reconnaîtrez que vous avez perdu bien de votre superbe à la fin de la *3ème Batille de Mag Tured*. Cela rend votre menace moins importante.
- La défunte Matriarche n'avait pas mes pouvoirs, prononça-t-elle clairement malgré les dents serrées de colère.
- Nous avons examiné votre demande avec le Thésauriseur. Je conviens que les dieux ne sont pas en position de force sur certaines terres. La nouvelle carte est devant vous. Prenez le temps de la consulter. La Matriarche baissa le regard sur la carte et émit un son sourd avant de quitter la pièce, furieuse.
- Une fois encore nous ne sommes pas écoutées ! Sachez que les Tùathas ne resteront plus longtemps sur les îles !
- Modérez vos menaces ! cria soudain Bron excédé.

Baie de San Francisco.

Les cinq îles de Meath furent elles aussi victimes de la *Fusion* des Mondes. Tel des champignons dans une forêt, elles s'élevèrent au milieu de l'étendue d'eau, provoquant un raz-de-marée élargissant la baie de plusieurs centaines de kilomètres carré. Les frontières magiques installées par les druides se déstabilisèrent encore un peu plus. Des corps humains par milliers flottaient à la surface une fois le tumulte passé. Du côté des créatures de l'Autre Monde, une quantité innombrable d'entre elles fut pulvérisée. Le passage d'un monde à l'autre ne se fit pas sans dégâts. Le Thésauriseur avait même avancé un chiffre insoutenable, ayant fait couler des larmes à Elor'a. Il avait estimé qu'un dix millième d'êtres vivants sur l'Autre Monde ne survivrait pas à la *Fusion*, portant à douze milliards le nombre de victimes. Ce sont les créatures qui payèrent le plus lourd tribut.

Paris,
Place de la Concorde.

Au pied de l'Obélisque, Ronan ressentit que quelque chose d'important allait se produire.

- Maman ! Je t'attends ! Sans réponse depuis plusieurs minutes, le jeune homme s'énerva.
- Je sais que tu m'entends ! Fou de rage, Ronan poussa un hurlement qui déchaîna ses pouvoirs. L'obélisque vibra avant de se changer en colonne de poussière, puis de s'effondrer. Les témoins du massacre en furent bouleversés.
- Et maintenant ! Tu vas venir ?

Lorient,
Centre-ville,
15 décembre 2008,
15 dumaannos 4576,
12 h 23.

Ben avait quitté le Sanctuaire tout comme Matt, afin de mettre leurs pouvoirs au service de la population. Le jeune druide marchait dans les rues de la ville en observant les conséquences de la *Fusion*. Il sentit une larme couler sur sa joue gauche qu'il écrasa rapidement. Il entendit dans sa tête les complaintes des hommes, des femmes, des enfants torturés ou mourants sur son chemin. Il en sauva quelques-uns, donnant des coups de foudre avec son sceptre de druide sur les créatures coupables de ces crimes, ou terrassant directement certaines d'entre elles. A vingt mètres de lui, Ben aperçut Olivier, un ami qu'il avait présenté à Bron lors d'une fête huit ans plus tôt (**voir saison 1, épisode 2, pages 60 et 61**).

- Olivier ? Que fais-tu ici ?
- J'étais au resto avec des potes quand le plafond s'est écroulé sur nous.
- Tu saignes à la tête.
- J'ai reçu un violent coup. Les autres ne s'en sont pas sortis. Ils sont tous mort Ben. Merde ! Ils sont tous morts ! Que se passe… Sur ces mots, le sort s'acharna sur le pauvre jeune homme. Le pied d'un gigantesque Troll l'écrasa au point d'enfoncer le cadavre dans la terre humide. Ben entra dans une telle colère qu'il pénétra dans la

tête de la créature par la pensée, si profondément qu'il parvint à le paralyser avant de faire exploser son crâne, étalant sa matière grise sur des mètres à la ronde. Il pleura brièvement ses amis perdus, pensant à Bron et ce qu'il pouvait bien faire à ce moment-là pour aider les humains en détresse. Puis il se mit en route pour rejoindre les Traqueurs qu'il dirigeait.

Paris,
Place de la Concorde.

Elor'a n'ayant toujours pas répondu, Ronan ferma les yeux et se concentra. Il perçut la présence de sa mère au milieu des dunes de sables. Reconnaissant un désert dès qu'il ouvrit les yeux, il se retrouva devant les hautes portes du Palais Divin. Il entra avec violence, faisant voler les portes en confettis. Lorsqu'il entra dans la salle du Panthéon à la surprise générale, Elor'a se leva de son trône d'un bond. Les gardes royaux avancèrent avant d'être figés par Ronan.

- Ronan ! Mon fils ?

- Gentil de te souvenir de moi, Mère ! Il envoya un jet de magie pure sans le moindre avertissement, frappant de plein fouet Eric'h qui s'était interposé. Tout Créateur qu'il soit, la magie de Ronan parvint à faire disparaître Eric'h à l'incompréhension générale. Le Thésauriseur fut bouleversé, paniquant devant cet évènement sans précédent. Comment cet enfant avait-il put agir ainsi sur un Créateur ? Eric'h se réveilla, allongé au sol, dans la Salle du Conseil des Éternels, à Avalon, lieu d'où nul ne revient. Elor'a et les autres dieux paniquèrent. Bron, entendant le chaos ainsi généré, se précipita aux cotés de la Créatrice. Selma, nouvelle Matriarche des Grandes Familles, tenta de profiter de la situation.

- C'est bien mon garçon ! Je te propose une alliance contre ta mère. Je peux t'aider à…

- A quoi ? Vous débarrasser d'elle ? Ouvrez les yeux ! Je n'ai pas eu besoin de vous pour faire disparaître votre précieux Créateur ! Du balai, insecte ! A peine eut-il prononcé ce mot, Selma, la plus puissante sorcière que l'Autre Monde n'ait jamais connu se changea instantanément en papillon. Après trois battements d'ailes, Selma retrouva sa forme physique normale mais fut saisie par la puissance du jeune homme qui était le seul capable de défier ses pouvoirs. C'est avec de très grandes difficultés, et à deux doigts d'être prisonnière à jamais du corps d'un papillon, qu'elle parvint, haletante, à retrouver son apparence. La Matriarche prit la fuite, non sans jeter un regard furieux vers son nouvel ennemi.

***

219

Ingerence

Centre-ville de Lorient,
15 décembre 2008,
15 dumaannos 4576,
12 h 54.

Liam venait de rejoindre Maëve lorsque tous deux croisèrent Ben, Matt et Elodie. L'équipe au complet (Liam en renfort) attaqua un groupe de Trolls près de la Mairie.

- Je ne comprends pas qu'il y ait autant de Trolls par ici ! s'exclama Matt.
- J'ai croisé un Maître Druide tout à l'heure. Sa saie était en très mauvais état, mais je suis parvenu à reconnaître le symbole de son clan.
- Qui est-ce ? demanda Elodie.
- Le clan des Maîtres Contrôleurs.
- Je suis perdu, lâcha Ben.
- Ce sont des druides ayant le pouvoir de psychokinésie. Ils ont la capacité d'ordonner à quelqu'un ou à une créature, en l'occurrence les Trolls, de faire ce qu'ils demandent. Ce Maître-Druide contrôle le corps de ces Trolls. Je suppose même qu'il a lancé un *sort d'Appel.* Tous les Trolls présents sur le territoire français se dirigent vers notre ville.
- Nous voilà bien ! Il faut trouver ce Maître Druide ! C'est le seul de son clan qui maîtrise parfaitement cette capacité. Si on se débarrasse de lui, les Trolls seront moins dangereux, affirma Elodie.
- Je savais bien qu'ils avaient une taille bien plus grande que la normale pour des Trolls. Je suis persuadé que Gwenc'Phel est dans les parages. Ca fait huit ans que chaque fois qu'un Maître Druide attaque, c'est pour le compte de ce *treitour*, cracha Matt.
- Olivier est mort, tout comme de nombreux Lorientais. Il doit payer pour ces crimes, termina Ben à l'arrivée de Cillisia.
- Je vous ai retrouvé grâce au portable de Maëve que j'ai pu localiser. Liam posa ses yeux sur Cillisia et ressentit des émotions longtemps oubliées.
- Liam, enchanté. Je viens du Sanctuaire d'Irlande qui est récemment tombé.
- Je suis au courant. Nous avons perdu au moins quinze sites aux dernières nouvelles. Quarante sont néanmoins sécurisés mais nous ignorons pour combien de temps.
- Oui, la situation est catastrophique… commença Maëve avant d'être coupée.

- Je me disais bien que vous ne seriez pas loin ! lança Gwenc'Phel à ses ennemis.

- Par tous les dieux ! répondit Matt.

- Tu dois avoir une maîtrise exceptionnelle de la « *Brume de l'Esprit* » petit, pour faire croire à tous mes hommes qu'ils vous connaissent, mais tu ne peux pas me berner aussi facilement ! Tu ferais cependant une bonne recrue. Comment as-tu fait ?

- De quoi parle-t-il Matt ? demanda Maëve.

- A votre avis, pourquoi les *treitours* et les Trolls qui pourtant pullulent ici, ne nous ont pas attaqués ? J'ai lancé un sort de *« Brume de l'Esprit »* sur toute la ville. Ça nous permet de chasser tes « chiens » en toute liberté, *treitour* !

- Remarquable ! De quel clan viens-tu ?

- Tu aimerais le savoir ? Je ne te ferai pas ce plaisir.

- Oh non ! fit remarquer Cillisia en montrant les trois frères Brian, Iuchar et Iucharba de l'index. Les trois Géants prirent la tête d'un groupe d'une cinquantaine de Trolls.

- On est fichu, termina Elodie toute tremblante.

Dans leur dos, une centaine de civils approchèrent, le « Marchand de Sable » et Tao à leur tête.

- T-Rex ! Je ne comprends plus rien, dit Ben.

- Eric'h et Elor'a ont estimé que vous auriez besoin d'aide. Ils ont transformé le Maire en « Marchand de Sable » afin qu'il puisse entrer dans l'esprit des habitants de cette ville et faire ressurgir le héros qui sommeille en chacun d'eux. Je l'ai aidé ces dernières heures à visiter chacun de ces hommes et femmes qu'il a jadis persécuté afin qu'il obtienne leur pardon. Contre le rachat de son âme, T-Rex, comme nous l'avons toujours appelé, leur a insufflé le courage et la bonté. Voici une armée à ta disposition Maëve ! Ils sont prêts à mourir pour toi. Ils savent que ton équipe est la seule capable d'affronter…

- Mes disciples, termina Gwenc'Phel. Ravi de te revoir, Tao.

- Tu m'excuseras de ne pas être aimable. ***Que ces Trolls retrouvent leur taille !*** Sur cette formule basique, les créatures rapetissèrent de moitié.

Palais de l'Elysée.

Les Ministres de l'Occulte et de la Défense se rencontrèrent en réunion de crise avec le Président.

- Dans quelle situation nous trouvons-nous à cause de vous Sébastien !

- Monsieur le Président, je vous rappelle que les druides représentent notre meilleure défense.

- Sébastien et moi ne sommes pas de cet avis. Nous perdons le pays ! Des milliers de crimes me sont rapportés. Ces monstres massacrent la population et les militaires…

- …sont inefficaces car ils ne sont pas armés pour combattre des créatures issue du monde de la Magie ! Je viens d'apprendre que les druides ont bien du mal à rétablir l'ordre, mais acquièrent de nombreuses victoires. Quelle est la situation de tes hommes, Sébastien ?

- Je… Il est vrai que…

- Tu n'as pas les armes qu'il faut. Tes généraux se perdent dans des actions sans résultats.

- Sébastien ? insista le Président.

- Oui. J'admets que nous ne sommes productifs qu'en renfort de ces druides.

- Marc, à la lumière de ces nouveaux éléments, je te donne ma confiance. Je veux que tu ouvres les portes du *Secteur 48*. Après lecture des dossiers que tu m'as fournis, je sais que tu as capturé un certain nombre de créatures. Tu as dompté certaines d'entre elles. Je veux que tu les libère et que tu les envoies près des druides. J'exige de soutenir la seule force qui, visiblement, représente notre seul espoir. Mets des écrans et des cartes dans cette pièce. Nous resterons tous les trois ici pour coordonner toutes les missions. Je veux être en contact avec les chefs de ces druides.

- C'est faisable bien que difficile. Le Gorsedd mobilise tous ses pouvoirs pour protéger son principal Sanctuaire et les lieux les plus importants du Monde.

- Je veux pouvoir décider moi-même des endroits à protéger en priorité.

Centre-ville de Lorient,
15 décembre 2008,
15 dumaannos 4576,
13 h 09.

L'armée fit irruption au moment où les forces de Gwenc'Phel et celles de Maëve s'opposaient. Le Ministre intervint par radio afin de préciser aux militaires leur mission. Aux côtés des citoyens de Lorient, l'armée vint grossir les rangs.

Désert du Sahara,
Tadrart Acacus,
Ouest de la Libye,
Palais Divin.

Ronan fut expulsé par le Thésauriseur qui retrouva ses esprits. Ses pouvoirs semblaient étonnamment plus puissants que ceux du jeune homme. Celui-ci devint fou de rage.

- ASSEZ ! Ronan ! Tu n'es pas le bienvenu en ce lieu ! Je fais appel aux pouvoirs de tous les dieux pour te chasser d'ici ! Ne reviens jamais ! Tu es banni du Palais ! Fils d'Elor'a ou non, je ne veux plus de toi en ce lieu !

- Ronan, qu'as-tu fais mon fils ? Où est Eric'h ? Il est comme un père pour toi.

- Non, il ne l'est pas. Je…

- Vas-t-en ! hurla le Thésauriseur. Ronan fut physiquement expulsé du Palais et se retrouva devant les cendres de l'obélisque à Paris. Il sentit la tension de Magie qui émanait de Lorient et s'y rendit aussitôt.

Avalon,
Salle du Conseil des Eternels.

Eric'h se leva, l'air hagard. Ses yeux étaient encore embrumés et il avait du mal à se concentrer pour avoir au moins une idée de l'endroit dans lequel il se trouvait. Après s'être plusieurs fois frotté les yeux, Gwyon'Bach entra dans son champs de vision. Il se tenait à ses côtés et attendait son réveil.

- Gwyon ? Qu'est-ce que je fais ici ?
- Tu ne te souviens pas ?
- Comment est-ce possible ? Tu m'as dit qu'un Créateur ne craignait plus rien !
- Sauf les Éternels, oui c'est ce que je t'ai dit, effectivement.
- Alors ?
- Tu es à Avalon.
- Quoi ? Je ne peux plus en sortir alors !
- Ronan a utilisé un pouvoir pour le moins surprenant. Les autres Éternels sont surexcités et vont converser sur le sujet un bon moment. Ronan est parvenu à t'envoyer ici. Je doute même qu'il sache comment il a fait. Le fait est que tu es apparu ici dans un déchaînement de Magie. Et comme tu le sais, nul ne ressort d'Avalon.
- Je me suis fait piéger.
- C'est-à-dire que c'est plutôt Elor'a qui était visé par le sort. Tu as interféré dans le déroulement des choses. Les autres se sont retirés pour délibérer sur ton sort.
- Pourquoi tu chuchotes ?
- Il y a une solution que les autres Éternels n'ont pas envisagée. Mais si je le fait, ce sera un cadeau pour eux. Ils pourront plus facilement m'influencer et mettre à mal mon Grand Plan.
- Que veux-tu dire ?
- Tu sais que depuis que je suis tombé dans le Chaudron de Cerridwen il y a des millions d'années, deux personnalités résident dans mon corps : Gwyon'Bach, irréductible adolescent indomptable, et Taliesin le Sage, que les autres Éternels risquent de pouvoir influencer en mon absence.
- Tu comptes partir ?
- En quelque sorte oui, pour te sauver. Tu sais que je dispose de la *Connaissance Ultime.*
- Oui, tu sais tout sur le passé, le présent et l'avenir. Et tu as accès à toutes les formes de Magie.
- Exact. Je sais que pour te permettre de sortir d'ici et de retourner sur Terre, je dois me sacrifier.
- Quoi ?

- Les Éternels ne permettront jamais de te libérer. Tu connais la règle. Une fois à Avalon, nul n'en repart. Je vais devoir m'effacer un certain temps pour permettre à Taliesin de faire surface. Lui seul pourra te libérer lorsque j'aurais fusionné nos pouvoirs respectifs. Il sera obligé de le faire parce qu'il ne pourra pas maîtriser l'association de nos Magies. Tu auras très peu de temps. Si tu laisses du temps aux autres pour te retenir, ce sera fichu. Dès mon signal, plonge dans le vortex que j'ouvrirais. Je dois cependant t'avertir qu'une telle expérience n'a jamais été tentée. Les Éternels se sont contentés de dire que c'était impossible parce qu'ils l'avaient décidé. Mais étant un des leurs, je peux décider du contraire.

- Je vois. Tu pourras revenir n'est-ce-pas ?

- Ce n'est pas une certitude. Mon accès au futur est déjà troublé parce que je laisse la possibilité à Taliesin de prendre ma place. Lorsqu'il prendra le contrôle, il se peut qu'il complote avec les autres pour m'interdire de revenir. La lutte sera terrible. Il se peut que les effets se fassent sentir sur Terre. Ils n'ont jamais pu se débarrasser de moi, je les ai obligés à me faire entrer dans leur cercle. Tu peux comprendre pourquoi ils sauteront sur l'occasion.

- Oui. Pourrai-je t'aider d'une manière ou d'une autre à ce moment-là ?

- C'est ma botte secrète. Si mon Grand Plan fonctionne, oui. Toi et les autres Créateurs êtes nés pour me sauver le moment venu.

- Tu as tout prévu depuis notre naissance ?

- Oui. Tu sais bien que, connaissant mon avenir, il fallait que je trouve une solution ! Dépêchons-nous. Tu es prêt à sauter ?

- A ton signal.

Gwyon se concentra et la vision d'Eric'h se troubla. Il entendit une voix très lointaine, sourde, lui crier un ordre, mais il ne parvint pas à savoir lequel. Ce ne fut que son instinct qui le sauva des griffes d'une Magie bien plus grande que la sienne, qui tentait de le retenir. Il sauta sans savoir vraiment pourquoi et une fois dans le vortex, les ténèbres l'envahirent. Ce fut noir, vide, avant qu'une lumière aveuglante lui brûle les yeux. Il se retrouva dans un corps physique, ne sachant ni où il était, ni qui il était. Il se rendit compte qu'il se trouvait au fond d'un bus scolaire sans savoir comment il y était monté, la main dans celle d'une fille de quinze ans, morte, qu'il ne connaissait pas. Le car bringuebalait sur une route cahoteuse. Derrière les vitres, le désert défilait sous un ciel bleu. Eric'h était certain de ne pas habiter le désert. Il tenta de fouiller dans son dernier souvenir, en vain.

***

220

Le Sablier Des Dieux

Désert du Sahara,
Tadrart Acacus,
Ouest de la Libye,
Palais Divin.

Après le trouble provoqué par la disparition d'Eric'h, le Thésauriseur était parvenu à persuader Elor'a d'achever, avant de le secourir, la cérémonie du sacre sans laquelle les dieux qu'ils avaient choisi ne pourraient obtenir leur immortalité et leurs pouvoirs. Or, pour agir sur Terre et combattre Eningann, il leur fallait toutes leurs armes. Se faisant violence, Elor'a avait fini par accepter à la condition d'expédier cette formalité indispensable. Le sacre obtenu, les dieux se dispersèrent sur Terre, venant au secours des druides. Mais avant que les Créateurs ne quittent la pièce, le Thésauriseur les informa de la disparition du sablier des dieux.

- En quoi est-ce si terrifiant ?
- Le sablier permet de remonter dans le passé. Sachant que c'est Gaël qui se trouve être le commanditaire du vol, je crains le pire. De plus, sachez que le Marchand de Sable tire ses pouvoirs de ce sablier.
- Gaël peut contrôler T-Rex avec cet objet, c'est ça ?
- Oui Bron, et avec lui, l'armée de courageux héros qu'il a recruté. Notre plan tombe à l'eau. Gaël a été suffisamment rusé pour détourner le plan des Créateurs ! Cela est intolérable !
- Par tous mes dieux ! Gaël ! Encore ce poison ! Il est temps de lui régler son compte à celui-là ! s'emporta Elor'a.
- Un instant ! Sais-tu si Gaël est déjà en possession du sablier ?
- Il ne l'a pas entre ses mains, non. Mais cela ne saurait tarder.
- Nous avons alors une chance de le devancer. Il faut intercepter le colis, ordonna Bron.
- J'envoie les dragons tout de suite. Le dieu qui a volé le sablier pour son compte peut encore être rattrapé.
- Bien, je vais chevaucher l'un d'eux, décida Bron déjà parti pour la volière.

Le voleur en possession du sablier manipula l'artefact, provoquant le découragement général de l'armée du Marchand de Sable. T-Rex sentit ses forces l'abandonner et tomba à genoux.

- Un problème Marchand ? ricana Gwenc'Phel. Tao posa sa main droite sur l'épaule de T-Rex qui se releva momentanément. Tao parvint difficilement à maintenir la stabilité des pouvoirs du Marchand de Sable désormais privé de la source de son pouvoir. Le sablier des dieux se renversa et le sable qu'il contenait se figea. Aussitôt, le Temps sur Terre s'arrêta et la *Fusion* fut interrompue. Tao fut surprit de voir Gwenc'Phel, Gaël et son armée de Trolls se soustraire à l'effet du sablier. Ronan prit ainsi l'avantage et écrasa les citoyens de Lorient, massacrés les uns après les autres. Tao protégea un millier d'entre eux mais ne put agir davantage. Le Créateur ne parvint à libérer que l'équipe de Maëve et quelques Traqueurs Elfes qui prirent eux aussi un revers.

- Tao ! Que se passe-t-il ? cria Maëve en panique.
- Je ne sais pas comment ils ont fait ! Le Temps s'est arrêté. Je n'ai pu libérer que vous.
- Comment, tu ne sais pas ? Tu es un Créateur, non ? Tu es censé tout savoir ?
- Nous discuterons plus tard de cet incident. Arrêtez d'abord ces *treitours* !

A cause des trois frères Tùathas, l'équipe de Maëve recula face aux Trolls toujours plus nombreux.

Sanctuaire.

Toujours dans le « Plan Astral » pour protéger le Sanctuaire, le Gorsedd se rendit compte des dégâts. Le Palais Divin se déplaça de nouveau du Sahara aux plaines Sibériennes. Pris dans les glaces, le Palais devint plus splendide encore. La moitié de la Russie devint une partie du pôle Nord de la Terre. Brug Na Boïnne et les anciennes montagnes abritant le Château de Carboneck en ruine, s'élevaient désormais à la place de Madrid en Espagne.

- Comment allons-nous nous relever d'un tel désastre ? se demanda Ness du haut de la Tour d'Or.

***

221

De Mal
En Pis

Centre-ville de Lorient,
15 décembre 2008,
15 dumaannos 4576,
13 h 22.

Alors que les mortels restaient figés dans le Temps en suspension, la guerre opposant les druides aux forces de Gwenc'Phel continuait. Ne baissant pas les bras, l'équipe de Maëve et les Traqueurs Elfes affrontaient toujours les Trolls. Liam observait la scène et aperçut Matt en difficulté. Cillisia lui demanda de le secourir, elle-même aux prises avec les trois frères qu'elle maintenait à distance à elle seule.

- Que fais-tu Liam ? Aide Matt ! Mais le jeune druide se déplaça pour rejoindre les rangs de Gwenc'Phel.
- Liam ? Qu'est-ce que ça veut dire ? demanda Maëve.
- Je suis le fils d'Hélène.
- Quoi ? cria Cillisia stupéfaite.
- Mandragoria avait pris le contrôle de ma mère lorsqu'elle a violé un homme. Je suis né dans l'un des bulbes de ce monstre.
- Qu'elle horreur.
- Les druides ont assassiné Hélène.
- Elle n'était plus humaine ! cria Matt.
- Est-ce à vous de décider qu'elle forme de vie doit être éliminée ?
- Mais voyons, Liam ! Tu sais bien qu'Hélène est morte depuis le jour où Mandragoria l'a contaminée ! Elle s'est éteinte à mesure que cette monstruosité revenait à la vie. C'est Mandragoria que les druides ont tué, pas ta mère !

Pendant la conversation, Elodie sortit un poignard de sa ceinture. La gaine était en cuir noir usé, ceint de bronze, simple, sans fioritures. La poignée prenait merveilleusement sa place dans la paume de sa propriétaire. Lorsqu'elle le dégaina, elle découvrit une lame longue de sept centimètres. Elodie fit le tour d'un groupe de Trolls immobiles, et frappa l'épaule gauche de Liam qui poussa un cri.

- *Treitour* ! hurla Elodie en enfonçant davantage son arme dans la chair. Gaël bondit, arracha le poignard et coupa la main gauche d'Elodie qui tomba à genoux en hurlant à glacer le sang. Maëve, Matt et Ben, horrifiés, poussèrent des cris de stupeur. Elodie perdait son sang et nul ne pouvait lui venir en aide, tous occupés à rester en vie. Sur le point d'être décapitée, Tao intervint, laissant ainsi mourir vingt mortels pour sauver Elodie, en fracassant le crâne de Gaël qui mit quelques minutes à s'en remettre.

Un Gobelin émergea d'une maison, l'air hagard. Il était aussi haut qu'un homme, sa peau jaspée de gris et de blanc, le manche d'une fourche dépassant de son dos. Maëve recula d'instinct, les jambes arcboutées, tandis qu'un second Gobelin arrivait de l'arrière. La première flèche siffla à l'oreille de Maëve. Elle jeta un coup d'œil en arrière et une seconde flèche alla se perdre dans l'herbe aux pieds de Gaël. Une dague vint se planter dans le mollet du traître qui poussa un cri de surprise.

- Goff ! s'étonnèrent Ben et ses amis. Elodie profita de la confusion pour se mettre à l'abri.

- Vieille canaille ! Je ne m'attendais pas à ta visite Goff ! Je te croyais en terre irlandaise !

- Je n'allais pas manquer cette fête ! Liam, quelle déception, dit-il en l'observant aux côtés du chef des *treitours*. Que les choses soient claires Gwenc'Phel ! Je t'ordonne de partir loin d'ici ou l'un de nous deux ne survivra pas à un duel.

- C'est un défi ? Vieille canaille ! Et tu crois que c'est toi qui y survivras ? rit-il, moqueur, tandis que Liam prenait la fuite.

- Je dois vous laisser. Un dieu fait des siennes et Bron a besoin de moi, dit Tao, forcé de s'éloigner.

- Pas maintenant ! supplia Maëve.

- Alors vieille canaille ! Te décides-tu à m'attaquer ? Te crois-tu capable de protéger trois mortels à la fois ? Sur ces mots, Gwenc'Phel pointa du doigt Matt et un entonnoir nuageux se matérialisa autour de lui. Le jeune homme fut projeté à plusieurs mètres. Il parvint toutefois à se retourner en plein vol mais s'écrasa sur le toit d'un camion, cherchant désespérément une prise, avant de se relever perclus de douleurs.

Une massue fusa droit vers Gwenc'Phel et obliqua quand ce dernier se baissa. Mais touché, il tomba à genoux. Elodie dessina un sourire malgré la douleur, sa main valide ayant lâché l'arme. Elle était moins sonnée qu'elle le laissait paraître. Quand un gourdin de Troll roula près d'elle, elle s'en empara aussitôt, mais elle n'eut pas le temps de s'en servir. Le *treitour* se relevait déjà.

Ronan se matérialisa à deux mètres de Gwenc'Phel. Puis, son corps se réduisit en fumée, comme si ses molécules se disloquaient. Il avait toujours le même visage, le même sourire à la blancheur éclatante, mais son corps entier était à présent composé de vapeur noire et ses yeux brillaient comme des étincelles au cœur d'un nuage d'orage. Il déploya des ailes sombres et vaporeuses avant de s'élever au-dessus du sol. Son rire raisonna comme un tonnerre. Deux autres nuages en forme de cône se posèrent de part et d'autre de Ronan. De jeunes gens fantomatiques avec des ailes de fumée et des yeux qui lançaient des éclairs remplacèrent ces cônes.

Elodie resta à terre en faisant semblant d'être dans les vapes, le gourdin à la main. Elle était très pâle, mais elle adressa un regard déterminé à Matt qui comprit le message : « occupe-les, je vais attaquer par derrière. » Le jeune homme serra le sceptre et se prépara à charger, mais fut pris de cours. Ronan ouvrit une bouche monstrueuse, une boule de fumée parcourue d'arcs électriques à l'intérieur, qui vola vers Matt, le foudroyant en plein torse. Un son sec se fit entendre. Le druide tomba sur le dos, un gout de brûlé dans la bouche. Il leva la tête, sa nuque le faisant grimacer, et vit que ses vêtements fumaient. L'éclair avait traversé son corps et carbonisé son pied gauche.

Elodie lança des cris de défit. Debout, elle faisait de vigoureux moulinets avec le gourdin pour les repousser tandis qu'ils se moquaient d'elle. Ses coups traversaient leurs corps comme s'ils n'étaient pas là. Ronan s'apprêta à fondre sur Matt, mais ce dernier se releva, les jambes flageolantes et au moins aussi surpris par sa réaction que ses ennemis.

- Comment se fait-il que tu sois encore en vie ? Il y avait assez de jus pour griller vingt druides ! Mais… j'y pense ! Tu n'es pas seulement un druide ! Mais aussi un Mage, dit Ronan d'une voix désincarnée.

- A mon tour ! obtint-il pour réponse. Matt changea son sceptre en épée à double tranchant, redoutablement affutée. Le pommeau lui tenait parfaitement au creux de la main et il était en or massif, tout comme la garde et la lame. Ronan recula avec un mauvais rictus.

- Eh bien ! hurla-t-il en toisant deux comparses. Qu'est-ce que vous attendez pour le tuer ? L'air peu enthousiaste, deux acolytes se jetèrent sur Matt. Le bout de leurs doigts étincelait. Matt porta une botte au premier des deux et le corps de fumée se désintégra. Le second décocha un éclair mais la lame de Matt en absorba la charge. Il avança d'un pas et l'ennemi vola en poussière. Le vent dispersa leurs vestiges, Ronan mugissant de rage.

- Impossible !

- Esprit ! Tremblez ! tonna Goff reprenant ses esprits. Bon sang mon garçon, tu aurais pu m'en laisser au moins un ! Moi aussi, j'aime bien en découdre. Et si on en finissait ?

- Oh, j'ai une meilleure idée. Rendez-vous ! imposa Gwenc'Phel, emprisonnant Goff par surprise dans un cercueil de glace d'où il ne put sortir.

Sanctuaire.

Ness inspectait ses Sentinelles, laissant courir son regard sur chaque visage. Dans la lumière diaphane du « Plan Astral », les druides avaient les traits tirés, les cernes visibles, les saies sales, leurs pieds et leurs muscles meurtris.

- Qu'est-ce que c'est que ça ? se demanda-t-elle intérieurement. Que va-t-il encore nous tomber dessus ?

- Vous devriez écouter ce garçon, Très Vénérée. Il nous apporte de bien funestes nouvelles, déclara une Sentinelle.

- Les Trolls… balbutia le jeune garçon les yeux écarquillés.

- Réfléchis bien mon petit, c'est important. Tu es bien sûr ? Des Trolls à l'Université ?

- J'ai de la merde de Troll plein mes grolles.

- C'est le genre de saleté qui prouve bien que tu les as croisés, dit Ness faisant la grimace.

- Notre plan est en danger. Sentinelle, contacte Gwenc'Ron et dit lui que si les Trolls prennent l'Université, tout est perdu.

Une corne sonna l'alarme, les kérions, venaient d'entrer dans le Sanctuaire, pourtant protégé dans le « Plan Astral ». L'inquiétude de Ness devint alors réalité, un évènement majeur venait de se produire.

En centre-ville, Maëve, Matt, Cillisia, Ben et Elodie furent contraints de baisser les armes et de se rendre, devenant prisonniers. Gaël, sous les ordres de Gwenc'Phel, prit l'apparence d'un corbeau pour rejoindre Eningann. Il survola en rase motte la ville qui commençait à être entièrement incendiée, la fumée visible à des kilomètres à la ronde. Il tenta de se poser à différents endroits, mais la chaleur extrême l'en empêcha. Il vola en cercles concentriques aussi bas qu'il put, à la recherche de restes calcinés. Il sourit à la vue des dizaines de cadavres de druides massacrés ici et là. Avec un coassement qui sonnait comme une malédiction, il s'éleva à coups d'ailes, observant les flammes en contrebas. Tandis que Bron trouvait le dieu qui avait volé le sablier, ce dernier manipula l'objet et la *Fusion* reprit son œuvre avec une conséquence pour le moins troublante : le 15 décembre 2008 devint le 5 novembre 2010 et ce, sans que le Présent n'en soit affecté. Comme si tous ces mois avaient tout simplement disparu, sans faire vieillir qui que ce soit.

***

« J'en ai maintenant la certitude. Quelqu'un œuvre dans l'ombre et ce n'est pas Eningann. Une personne ourdit un complot et si elle parvenait à ses fins, je n'ose en imaginer les conséquences. Si la *Fusion* s'est mal déroulée, ce n'est pas un hasard. Des intérêts majeurs sont en jeu en ces moments de troubles. Le Gorsedd s'est isolé pour maintenir les Sanctuaires en sécurité, du moins, officiellement. En réalité, notre occupation est tout autre. Gwenc'Ron s'est rendu à l'Université, théâtre d'un drame à venir. Pat risque de mourir à Paris où il doit, seul, entrer dans la prison de Caër Sidi, à la recherche d'une créature céleste déchue. Bann a franchi les portes de Cythraul (l'Enfer Celte) pour convoquer Ed. Moi je suis restée au Sanctuaire où je suis loin d'être en sécurité. Je sais qu' « IL » nous a demandé de prendre ces risques mais je suis inquiète. Pas pour moi. Mais pour l'humanité. » **NESS, GORSEDD.**

A SUIVRE…

SAISON 6
EPISODE 4

FUSION
(partie 2)

UNE NOUVELLE ÈRE

24

« Changement de prairie donne appétit aux veaux. »

SOUVENEZ-VOUS...

Dans les épisodes précédents de la collection « **La Légende Des Maîtres** » :

Pour protéger les *Sanctuaires du Monde*, le Gorsedd les a déplacés dans le *Plan Astral*. Mais le bouclier servant à protéger les druides du *Monde Astral* les prive de leurs pouvoirs…

Cillisia est parvenue à emprisonner *Cernunnos* et *Abarta* dans la boule de cristal de Bron… Ness et les autres Grands Druides du Gorsedd détruisent les deux dieux pour se servir de leurs pouvoirs, afin de maintenir les *Sanctuaires* stables…

Tara dispose du *Pouvoir Ultime* grâce au *Graal*… Eric'h a créé *Meath*, la 5ème île pour y emprisonner les *Tùathas Dé Danann*…

Ed parvient à vaincre *Diafwl* en Enfer pour lui prendre le trône, non sans faire deux découvertes de taille : celui qui dirige *Cythraul* voit son sang changé en *Feu Sacré*, seule arme capable de tuer un *Créateur* et ce pouvoir est un cadeau offert par *l'Eternelle Nanta,* qui a fait de *Diafwl* sa carte secrète dans son jeu de manipulation. Les *Eternels* n'interviennent jamais directement dans le cours des évènements, mais ce que tous ignorent, c'est qu'elle ne se gêne pas pour manipuler les peuples à son compte...

Sur Terre, Gwenc'Phel, Gaël et Rak-Kêr attaquent le *Sanctuaire*. Lorsque Maëve est victime de l'explosion du cromlec'h, les choses s'aggravent : elle subit un vieillissement prématuré… Maëve reprend sa forme originelle après un long périple à travers le Monde, mais les conséquences de l'explosion de la *Chambre Souterraine* sont dramatiques. Et comme prédit par la *Dame Endormie* à Malte, elle se retrouve avec une seule année à vivre…

Cillisia reprend le poste d'Eric'h, professeur d'Histoires Anciennes… Le Président de la République apprend l'existence du Programme « *Sanctuaire* », mené par une branche secrète du Ministère de la Défense et dirigée par un Ministre dont il ignore l'existence : le *Ministre de l'Occulte*. Il demande des explications et suit de près les évènements sans toutefois mettre fin au Programme…

Bron est pris d'une violente vision lui montrant l'avènement de la *Fusion* de la Terre avec l'Autre Monde, provoquant la déstabilisation du système solaire…

Ben se découvre un pouvoir de télépathie, confié par Bron qui veille sur lui… Matt trompe Maëve à de nombreuses reprises… Autour de l'île de Groix, le tsunami créé par *Eningann* provoque la destruction de plusieurs navires…

Les *Traqueurs Elfes* travaillent activement à la protection des Hommes… Les *Créateurs* décident de transformer le *Maire T-Rex* en *Marchand de Sable*. Son action entrave efficacement l'invasion des créatures surnaturelles sur Terre jusqu'à ce que Gwenc'Phel s'en mêle…

La *Fusion* change considérablement la carte du Monde : dans un premier temps, le *Palais Divin* se retrouve au Sahara avant de s'installer en Sibérie ; la prison *Caër Sidi* remplace la *Tour Eiffel* à Paris et les *5 îles* se retrouvent à San Francisco, aux Etats-Unis…

Ronan défie sa mère et attaque Eric'h par erreur (sa mère étant visée). Le *Créateur* se retrouve dans la *Salle du Conseil des Eternels* où Gwyon'Bach le libère en se sacrifiant. Mais, une fois sur Terre, Eric'h perd pouvoirs et mémoire… *Taliesin* prend la place de Gwyon'Bach et Ronan est banni du Palais… La porte Est de *Caër Sidi* subit des dommages. Des prisonniers s'évadent et les *Diwaller* (Gardiens) paniquent…

L'Ordre Chinois envoi son armée de soldats d'argile sécuriser Meath (la 5ème île). Un acte non dénué d'arrières pensées… Le Président de la République veut que les armes du *Secteur 48* soient utilisées…

L'équipe affronte Ronan, Gaël et Gwenc'Phel avant d'être faits prisonniers… Goff est emprisonné dans un *Cercueil de Glace*…

Suite...

222

Captifs

Université de Brest,
5 novembre 2010,
5 samonios 4578.

« Je ressens tant de dangers pour nous tous. Depuis que la fusion a commencé, je ne peux m'empêcher d'être terrorisé. Bien sûr, un Grand Druide ne doit pas ressentir un tel sentiment, au risque de contaminer les autres druides. Je sais qu'un jour prochain, humains et magies cohabiteront en harmonie, mais avant cela, un chaos est susceptible d'envahir les cœurs. Eningann est parvenu à ses fins : créer le trouble sur Terre afin de faciliter son arrivée. Mais tant qu'il me restera un souffle de vie, je lutterai contre lui et ses intérêts. Mes protégés ont beaucoup évolué. Quand je pense à eux lorsqu'ils étaient enfants, arrachés à leurs parents pour assurer l'avenir, ils sont devenus druides, puis dieux, et maintenant Créateurs. Que je suis fier d'eux aujourd'hui ! Ils se sont laissé guider par leurs intuitions, souvent en désaccord avec le Gorsedd. Quel talent et quels dons ! Mais aujourd'hui plus que jamais, le nuage sombre qui a toujours plané au-dessus de leur tête menace encore notre futur. »

GWENC'RON,
GORSEDD

La neige tombait à gros flocons. Bann se souvenait d'avoir vu la météo la veille, annonçant plusieurs centimètres de neige sur Brest. Il s'était rendu compte que la *Fusion* des deux Mondes avait entraîné un changement important dans l'écoulement du Temps. Près d'une année s'était envolée, disparue, cependant sans effet sur le Présent. Il importait pour lui, aujourd'hui, de quérir une aide extérieure à la communauté des druides. Il s'était donc rendu à l'Université où il retrouva Gwenc'Ron qui l'attendait aux côtés d'une jeune femme. Ronde, rousse, le teint un peu pâle, la trentaine énergique, Zita était une diseuse de bonne aventure. Mais l'intérêt que les Grands Druides lui portaient soudain, avait une raison cachée. Zita était la fille unique de Selma, la Matriarche des Grandes Familles.

- Zita, c'est bien vous ?
- Oui, Très Vénéré Bann.
- Il a été très difficile de la rencontrer sans attirer l'attention de sa mère, dit Gwenc'Ron à son aîné, inquiet.

- Je n'ai plus de lien avec ma mère depuis longtemps. Nous sommes en froid… polaire, ajouterai-je. Disons qu'elle espérait autre chose de moi que d'être une simple diseuse de bonne aventure.

- Voyons Zita, il est inutile de nous faire croire que vos compétences sont moindres que celles de votre mère. Nous savons que vous savez faire bien plus que prédire l'avenir dans une fête foraine. Je ne sais pas si vous avez remarqué, mais le chaos qui règne partout a déjà fait fermer tous les cirques du pays, dit Bann un peu irrité.

- Que voulez-vous ?

- Une de nos disciples les plus dévouée et douée vient de perdre la vie.

- J'en suis navrée, mais je ne vois pas ce que je peux y faire.

- J'y viens. Maëve a été victime d'un accident l'année dernière… ou plus exactement il y a deux ans, je m'y perds un peu avec le trou dans le Temps qui vient d'avoir lieu. Bref, l'explosion d'un cromlec'h et la combinaison de plusieurs pouvoirs ont accéléré son vieillissement naturel. Grace à l'intervention de la Dame Endormie de Malte…

- La déesse ? coupa Zita, regrettant déjà sa question.

- Oui. Maëve a obtenu un sursis d'une année de vie. Une année s'étant écoulée, notre chère druidesse est morte. Nous savons qu'elle est décédée à cause de la Magie. Ne s'agissant pas d'une mort naturelle, elle peut encore être ramenée parmi nous. Mais le problème, c'est qu'il a fallu faire appel aux pouvoirs d'une déesse pour la ramener une première fois, et cela pour un résultat très limité. Zita, votre mère dispose de pouvoirs illimités en matière de sorcellerie. Nous avons besoin d'elle pour sauver Maëve et cette fois, lui rendre une vie entière.

- Encore une fois, je ne vois pas comment je puis vous être utile ! Je viens de vous dire que je ne parle plus à ma mère et quand bien même je pourrais la contacter, elle refuserait de vous rendre service ! C'est votre plus ancienne ennemie !

- Nous le savons. Nous vous avons dit que nous désirons utiliser les pouvoirs de votre mère.

- Nous n'avons pas précisé que ce serait avec son consentement, continua Gwenc'Ron avec une sourire aux lèvres.

- Je vois. Comment voulez-vous faire pour la piéger ?

- Nous vous demandons seulement de l'amener au centre d'un cromlec'h, plus précisément celui de notre Sanctuaire, là où tout a commencé. Une fois prisonnière à l'intérieur du cercle de pierres, une formule suffira à déchaîner ses pouvoirs. Si le corps de Maëve absorbe une telle quantité d'énergie, elle reviendra à la vie.

- Vous voulez reproduire l'accident de manière artificielle ? Avez-vous perdu la raison ? La Matriarche ! A l'intérieur du Sanctuaire ? La jeune femme réprima un fou rire spontané.

- Nous savons à quel point c'est risqué.

- Risqué Bann ? C'est du suicide ! Je ne pourrai jamais la piéger de cette façon ! La faire venir sur vos terres sacrées, c'est facile. Mais le reste, impossible !

- Zita, Maëve est indispensable. Depuis le départ de notre ancienne équipe, devenue des Créateurs, elle seule maîtrise la *Grande Incantation*.

- Que dîtes-vous ? Vous avez perdu l'être élu ? Il fallait le dire tout de suite ! Je comprends mieux pourquoi vous avez besoin de moi ! Il nous faut un plan en béton armé. Une fois ma mère à l'intérieur du Sanctuaire, elle ne doit en aucun cas avoir une seconde pour agir. Tout doit s'enchaîner très vite. Si elle remarque qu'un piège lui est tendu, votre Sanctuaire sera perdu. Les Créateurs…

- Nous ne pouvons pas compter sur eux. La Matriarche a des oreilles partout. Les Créateurs ne pourront rien faire sans attirer son attention. Il est bien plus prudent et raisonnable d'agir seuls. Pouvons-nous compter sur vous, Zita ? demanda Bann craignant une réponse négative.

- Ma mère est en partie responsable de tout ce carnage. C'est la plus puissante sorcière de tous les temps et elle a refusé d'aider les Créateurs et les dieux à gérer cette crise. Elle doit payer.

- Soyons clair, ce n'est pas une vengeance. Vous commettriez des erreurs fatales. Vous avez vous-même souligné que notre plan devait être parfait. Non, ce n'est pas d'une vengeance dont il s'agit. Elle aura un procès, plus tard. Pour l'heure, nous devons nous concentrer sur le retour de Maëve.

- Vous avez mon soutien, termina Zita maintenant déterminée.

France,
Tarnos.

Après plusieurs heures de voyage dans le désert, le bus dans lequel avait mystérieusement atterri Eric'h entra à Tarnos, dans le Sud-Ouest. Il fouilla dans ses pensées, chercha des souvenirs, mais ne put reconnaître l'endroit où il se trouvait. Il s'était endormi pendant le long trajet et à son réveil, la jeune femme assise à côté de lui était toujours là, morte. Il avait un cours moment espéré qu'il s'agissait d'un rêve, cruel il est vrai, mais un rêve. Il n'en n'était rien. Il eut un sentiment de puissance, il crut qu'il était important pour quelqu'un, voir pour tout un Monde. Mais cela lui parut vite idiot et il chassa cette hypothèse de son esprit bien embrumé. Comment avait-il put se retrouver ici, amnésique ? Un tas de questions se bousculèrent dans sa tête sans qu'il puisse en effleurer la moindre réponse. Après un instant d'inquiétude et d'hésitation, il se décida enfin à descendre du bus et entra dans le Parc de Castillon.

Composé d'un bois, d'un lac et d'un château, le Domaine de Castillon s'étendait sur vingt-deux hectares. Il traversa l'allée des platanes qui menait au château, en observant la hauteur des soixante-huit arbres qui bordaient le chemin. Son regard s'arrêta un instant sur le Cèdre du Liban qui trônait sur la prairie surplombant l'allée. Le majestueux cèdre côtoyait un magnifique hêtre à grandes feuilles. Sur sa gauche, le lac de Castillon, un plan d'eau artificiel, était richement habité de plusieurs espèces aquatiques. Eric'h fut émerveillé par l'embarcadère. Le Château était réputé dans les années vingt pour l'élégance de ses salons.

Lorient,
Parc public de Tréfaven.

Le visage de Matt ruisselait de larmes, le corps sans vie de Maëve dans les bras. Le temps de vie que lui avait alloué la Dame Endormie de Malte s'était écoulé plus vite que prévu à cause de la *Fusion* des Mondes. Du sang coulant de son nez, Matt tenta désespérément d'arrêter l'hémorragie de celle qu'il aimait plus que tout.

Au sang d'Ed est née la mort !
Au sang des Créateurs est né la vie !
***Oh sang, arrête-toi* de couler !**
Epargne celle que j'ai toujours aimée !

Sa supplique amusa Gwenc'Phel qui le laissa faire. Il ne réagit pas non plus lorsque le jeune druide fut emporté par la rage, massacrant des Trolls par centaines, malgré le pied encore douloureux. Le chef des traîtres empêcha son lieutenant Gaël d'intervenir. A mesure que Matt hottait la vie à des créatures, son costume et ses pouvoirs changeaient. A cet instant, Elodie vit l'expression du visage de Gwenc'Phel changer, y lisant de la peur. Un geste suffit pour que ses acolytes viennent en aide aux Trolls en panique. Mais il n'en restait déjà qu'une poignée. Quelque chose changea aussi dans la tête de Matt. Il vit défiler dans son esprit le visage de ses amis et l'écho d'anciennes leçons. Goff indiquait à l'époque à ses élèves ce qu'était un Mage.

- *Le mot Mage vient du Persan Magis qui signifie « flamme éternelle ». À l'époque mède, les mages pratiquaient le culte solaire, la divination et l'oniromancie. Prêtres officiels perses, pour les Grecs, les mages étaient des spécialistes de la magie et de l'astrologie,* entendit Matt. Le jeune homme secoua la tête, effaçant ce lointain souvenir.

Rade de Lorient.
5 novembre 2010,
5 samonios 4578,
17 h 26.

Un morceau de terre flottait à quelques mètres de la surface de l'eau. Ce n'était pas une île, mais un minuscule territoire inaccessible. Avalon s'était installé ici à l'insu de tous. Dans la Salle du Conseil des Éternels, Taliesin avait pris le contrôle du corps physique qu'il partageait avec Gwyon'Bach. Ce dernier le supplia de ne pas détruire ce qu'il restait du jeune perturbateur, mais les autres Éternels encouragèrent Taliesin à faire le contraire.

- Il est grand temps que ce jeune impudent soit châtié ! Taliesin ! Prend le contrôle et supprimes-le ! ordonna Nanta.
- Il s'est imposé à nous, forçant son entrée dans notre cercle. C'est intolérable et nous disposons aujourd'hui d'une chance de nous en débarrasser, précisa Bitom.

- Quelle chance s'offre aujourd'hui, exulta H'Coma.
- NON ! Laissez-moi exister ! supplia la voix de Gwyon'Bach qui déjà s'éloignait.

Sanctuaire,
17 h 46.

La restauration du cromlec'h s'était achevé depuis trois semaines. Pat avait insisté sur le fait d'avoir à disposition un cercle de pierres actif, afin de pouvoir emprisonner les créatures et les traîtres coupables de crimes perpétrés sur des humains comme sur d'autres créatures magiques. Le Gorsedd avait reçu du Palais Divin l'assurance de relier le cromlec'h du Sanctuaire à Caër Sidi.

Il neigeait depuis plusieurs jours et Ness aimait se promener le soir. Malgré le tumulte et la crise que les druides traversaient, la Grande-Druidesse avait gardé cette habitude durant les courtes périodes d'accalmie. Lorsqu'elle passa tout près du cromlec'h, elle sentit une énergie faisant vibrer les pierres. Consciente que quelqu'un se servait du réseau pour venir au Sanctuaire, elle ne sonna cependant pas l'alerte, se pensant apte à gérer cette surprise, seule. Une jeune femme nue apparut au centre du cercle et Ness n'eut pas le temps de réagir, surprise par la queue de poisson de la jeune femme. Une main lui saisit la cheville avec force et Ness ne put se dégager. Elle se sentit rapidement se vider de son énergie. A mesure que la queue de poisson de la sirène devenait des jambes, ce sont celles de Ness qui se transformaient en échange.

- Je me nomme Séréna. Apprends ce texte que tu réciteras chaque fois que tu entraîneras un homme dans les profondeurs :

Ecoute mes paroles.
Dans les eaux profondes découvre mes geôles.
Eternellement prisonnier et fécond,
D'enfants tu me feras don.

La sirène perdit la vie dès que Ness tomba au sol, ne tenant plus sur des jambes humaines.

Des ténèbres, Ed cherchait à quitter Cythraul, les Enfers celte, mais Elor'a tenta de l'en empêcher. Après un affrontement vite avorté, Ed quitta ses souterrains et se rendit à la surface de la Terre.

Tour d'Or.

Pat, affaibli par ses multiples tentatives de sauvetage du patrimoine humain français, dont il avait la charge, après un partage des tâches avec ses pairs, usa de magie pour se redonner du courage, puisant dans des ressources insoupçonnées.

Le Grand-Druide chassa sa déprime en rassemblant quelques ingrédients sur la table ronde devant lui : une chandelle violette, de l'encens de myrrhe, deux tasses de jus de citron, trois feuilles de laurier, un quart de tasse d'aiguille de pin, quelques gouttes de vinaigre et un litre d'eau bouillante. Pat alluma ensuite la chandelle et l'encens, embaumant ainsi la grande salle avant de verser dans un grand bol tous les autres ingrédients les uns après les autres avec énormément de précautions. Car même s'ils paraissaient inoffensifs, dans les mains d'un druide, des effets indésirables risquaient de faire leur apparition. Tim en savait quelque chose, le pire gaffeur de toute la Création avait mainte fois commis des désastres. Il ajouta le litre d'eau chaude et laissa infuser le mélange pendant cinq minutes, le laissant refroidir. Lorsqu'il fut tiède, Pat récita une incantation de forte puissance.

« Ce liquide me purifie,
Ma dépression s'enfuit.
Je me sens léger,
Je me sens libéré.
Par ces paroles sacrées,
Que se vident mes pensées. »

Une fumée très épaisse enveloppa le liquide avant de s'échapper du bol. Le récipient se renversa, le druide n'y prêtant pas attention. Après une danse lente et majestueuse, le brouillard vert entra par les narines du Grand-Druide qui se détendit soudain. Il se rappela des paroles de Gwenc'Ron au sujet de cette mixture. L'ingestion de cette vapeur pouvait vite devenir une drogue dont la dépendance ne pourrait jamais être supprimée. Ils avaient tous deux connu des druides ayant perdu toutes leurs pensées et mémoire à la suite d'une pratique trop soutenue de cette incantation. Il était en effet facile de se laisser aller à employer cette formule permettant, pour un temps, de libérer le corps et l'esprit des tortures de la vie. Des sentiments trop durs à supporter causés par le stress permanent de ces derniers jours. Pat savait que s'était la sixième fois depuis le début des hostilités lancées par Gwenc'Phel, neuf ans auparavant, qu'il utilisait ce sort. Cette fois, il sentit nettement une différence. Des douleurs cardiaques firent leur apparition et les effets secondaires plus présents. Après un instant de perte d'équilibre, Pat retrouva sa force et sa puissance. Mais combien de temps pourrait-il encore supporter une telle épreuve ? Après sa visite à Caër Sidi, d'où il put sortir dans le plus grand secret et contre toute logique, il avait pris soin de cacher la créature céleste déchue qu'il avait aidé à fuir. Mais cette incursion au sein de la prison divine ne fut pas sans conséquence sur son mental.

Dans le Temple, Tim se présenta à Othon dès son arrivée. Après un long voyage depuis le repère des Gnomes, désormais installés en Alaska, Afrique et Equateur en fonction de leur origine, Tim seconda son ancien professeur pour calmer les novices.

- Te voilà enfin mon garçon ! J'ai grandement besoin de toi.

- Une Sentinelle m'a tout expliqué. J'aimerai voir mon Père avant de vous aider.

- Je regrette mais Gwenc'Ron n'est pas ici. Il est parti en mission.

- Où exactement ?

- Je ne peux pas te le dire. Son activité est secrète, même pour moi. Je sais seulement que s'il réussit à mettre en œuvre le plan du Gorsedd, il y a peut-être une chance de ramener Maëve à la vie.

- C'est possible ?

- Il semblerait que oui. Pour l'instant, tu seras très utile en prenant ma place à l'école. Je dois administrer le Sanctuaire et cela prend tout mon temps.

- Vous plaisantez j'espère ?

- Est-ce que j'en ai l'air ? demanda Othon d'un air dur.

- Non, de toute évidence, vous êtes très tendu comme un…

- Tim ! Si d'habitude je supporte tes gamineries, ce n'est pas le cas aujourd'hui ! La situation est très inquiétante.

- Je suis désolé. Bien sûr, je suis à votre service.

- Merci. Tu devras accélérer le rythme des cours. Les novices doivent devenir des druides aguerris très vite. Nous avons besoin de tous les druides pratiquant la Magie, des apprentis aux experts. Commence par les voyages astraux pour qu'un groupe de druides puisse sortir le Sanctuaire du « Plan Astral ». Le Gorsedd n'a pas le temps de s'en occuper. Tu pourras le faire, mais il te faudra des appuis. Et, te connaissant, je te suggère de ne pas faire l'impasse sur les détails, ou je te garantis que tu auras de mauvaises surprises. Sache que la *Fusion* des Mondes a rendu l'usage de la Magie très instable. Alors la précision est plus que jamais de rigueur. Je sais que c'est fastidieux, mais nous n'avons pas le choix.

- Bien, professeur.

- Au travail mon garçon. Ils t'attendent.

- Déjà ! s'exclama-t-il avant de rejoindre ses premiers élèves. Après avoir difficilement obtenu le silence et réveillé quatre filles évanouies, Tim commença le cours, consciencieusement préparé par Othon.

- Il n'y a aucun doute que la croyance en l'existence du « corps astral » ait été conservée par les druides dans l'Histoire du monde Celte. Les druides ont toujours été en mesure d'user de la « Projection Astrale ». Lorsque son esprit s'échappe du corps, un « lien » subsiste, lui permettant de s'y accrocher pour un possible retour. L'esprit est capable de transcender ses liens et, comme une lumière qui s'échappe d'une lanterne, de s'étendre dans l'espace. Appelée « bilocation » par les Chrétiens, qui ne la reconnaissent qu'à moitié, elle est considérée comme l'évidence d'une possible sainteté. Mais lorsqu'elle était pratiquée par ceux qui étaient suspectés d'hérésie (dont les druides et les sorcières), elle était regardée comme une preuve de la coopération avec Satan ou d'une présence délibérée au Sabbat des sorcières... Guydion ! cria Tim à l'oreille d'un petit rouquin perturbateur. Silence ! Lorsqu'il vous sera demandé de quitter le « Plan Astral », le passage de la barrière au Monde réel pourrait vous pulvériser si vous ne connaissez pas votre leçon sur le bout des doigts ! J'ai participé à plusieurs guerres ces dernières années et je peux vous dire que la pratique de la Magie ne peut être optimale sans les connaissances qui vont avec. Alors, en cette période d'instabilité et de volatilité de la Magie, la moindre erreur vous sera fatale. Et je ne compte pas perdre l'un d'entre vous ! Je reprends. Des sorcières eurent affaire à des inquisiteurs n'ayant rien d'humains. Plusieurs furent brûlées vive. Plus tard, au XVIIIème siècle, la croyance en l'existence du « corps astral » et la possibilité de la projection, ne survécut que parmi les initiés. L'une des techniques s'appelait « la porte pinéale », et une autre consistait à se mettre dans un état très proche de celui de la mort physique. Le danger guette les pratiquants du « voyage astral » car des projections, incontrôlées et sans protection, peuvent provoquer la perte du druide dans le *Plan Astral*, laissant parfois une entité intruse habiter son corps physique.

- Il faut bac plus huit vies pour comprendre son truc, chuchota Guydion à un voisin de table. Tim poursuivit son cours deux heures durant.

Lorient,
Parc public de Tréfaven,
5 novembre 2010,
5 samonios 4578,
17 h 47.

Cillisia profita du déchaînement de Matt pour attaquer les trois frères Tùathas. S'arrêtant un instant pour reprendre son souffle, elle vit la boule de cristal de Bron apparaître dans sa main. Instrument hypnotique, lunaire, la boule dessina dans sa main un mouvement ascendant, symbole de réussite. A l'intérieur de la boule, une volute de fumée blanche, indiquant un bon présage, fut trouée par l'image d'un aigle, présage indiquant que sa puissance était capable de mettre ses ennemis à terre. Elle-même surprise, Cillisia lança la boule dans leur direction et les trois Géants furent pulvérisés, avant de réapparaître sur Meath. Gwenc'Phel prit alors une mesure disciplinaire et lia ses captif par la Magie d'Eningann, dont jamais ils ne pourraient désormais se défaire.

***

223

Résistance

Lorient,
Parc public de Tréfaven,
5 novembre 2010,
5 samonios 4578,
17 h 59.

Gwenc'Phel exultait. Toute l'équipe de Maëve était à sa merci et le chef de la bande avait perdu la vie sans qu'il n'ait à faire le moindre effort. Ce fut presque trop facile et l'attente qu'il avait dû subir en valait finalement la peine. Il avait confié la garde de ses captifs à un métamorphe. Créature mythique aux yeux globuleux, vitreux et exorbités, dans sa véritable apparence, le métamorphe était réputé pour avoir la capacité de prendre n'importe quelle forme, vivante ou non. Inexpressif, les mains légèrement palmées et décharnées, la peau putréfiée, se décomposant, il lui restait malgré tout quelques endroits de chair fraîche à vif. Aussi appelé le Néphilim, il sentait fortement le poisson putride, en plus infect. Il parlait d'une voix très grave, de façon hachée et sans sentiment. Il prit un malin plaisir à maltraiter ses prisonniers. Il se souvint d'avoir affronté Ben lors de la *3ème Bataille de Mag Tured* et il était bien décidé à lui faire payer d'avoir dégradé son corps. Des brûlures infectées étaient encore présentes, mais immortel, le Néphilim ne pouvait que supporter la douleur, sans pouvoir soigner ses plaies.

- Te souviens-tu, garçon, de notre rencontre ? Te souviens-tu, garçon, d'avoir meurtri mon pauvre corps ? Vois-tu, garçon, pourquoi il m'est indispensable de passer mon temps à changer de forme pour cacher l'horreur que je suis devenu ?

- Oui, mais tu n'as pas besoin d'être mutilé pour être moche !

- Ne me pousse pas, garçon ! éleva-t-il la voix.

- Pourquoi ? La vérité est-elle si difficile à entendre ? Ne te fais pas d'illusion ! Ton âme est aussi pourrie que l'est actuellement ton corps. J'entends dans ta tête tes suppliques, tes plaintes, ta douleur. Mais tu la changes en haine et en reproches.

- Télépathe ! Tu es télépathe ! cria-t-il presque en secouant la tête, comme s'il pouvait extraire le visiteur de son esprit.

- Oui, et je peux lire en toi que tu ne recherches en aucun cas à te faire pardonner tes crimes. Tu es perdue, créature.

- Assez ! Maître, laissez-moi le dévorer.

- Non. Eningann veut les tuer lui-même. Ne t'en fais pas, j'ai trouvé un festin pour toi. Tu as bien œuvré et ta récompense arrivera sous peu.

Lorient,
Centre hospitalier Bretagne Sud,
18 h 06.

Roc'h, roi des dieux, conduisit une attaque contre les Gobelins qui s'étaient mis en mouvement vers l'hôpital. Connus pour leur morgue, les Elfes se refusèrent à perdre l'hôpital après avoir subi une première défaite cuisante. Le sang coula à flot et les remugles entêtants s'étendaient dans tous les couloirs. Roc'h portait un tartan, une étoffe de laine à carreaux de diverses couleurs employée couramment en Ecosse, usé et maculé de sang séché. La réserve de grains et d'herbes médicinales des elfes s'épuisa rapidement. La garnison extérieure montait chevaux au pelage blanc et brun rouge. Après être parvenu à les attirer vers la forêt de Lorient, le massacre commença.

Les combats s'étaient calmés au fur et à mesure de la tombée de la nuit. Roc'h s'était isolé quelques heures près du lac de Tréfaven pour souffler un peu. Assis au pied d'un saule, Roc'h admira une jeune femme qui se baignait nue au bord du lac. La Sirène l'observa à son tour, comprenant qu'il s'agissait d'un Elfe. Fatigué, Roc'h tenta d'oublier la pression croissante qu'il ressentait entre ses cuisses. La Sirène se mit à chanter un air doux et lent, quasi inaudible, qui se confondait avec la mélopée des arbres alentours. Roc'h ressentit, malgré tout, la caresse de la mélodie et cette invitation, douce et enivrante, qui allait le submerger. Ness était là, nue. Elle-même sentit cette envie physique d'emmener l'Elfe avec elle dans les profondeurs du lac. Plus loin, de l'autre côté, s'étendait une magnifique arcade de la futaie, forêt où l'on n'a conservé que les arbres destinés à atteindre leur pleine croissance. Un instant, Ness tenta de lire dans le regard de Roc'h, que la fatigue envahissait avant de voir ses yeux émerveillés par sa beauté. Il se leva et se dirigea vers elle, le désir parcourant son corps. Roc'h avait un corps musclé, sans une once de graisse superflue. Ses avant-bras étaient puissants et sa poitrine ample. Ness aussi sentit une chaleur lui envahir le bas-ventre, les joues rougissantes. Ses seins vinrent enfin frôler le bras de Roc'h lorsqu'elle s'approcha pour prendre ses mains entre les siennes. Elle prit les mains de l'Elfe et les posa sur ses seins. Elle se plaça à califourchon sur lui et quelque chose s'était embrasé en Roc'h, un besoin instinctif, une faim absolue que seule Ness pouvait contenter. Leur relation sexuelle achevée, Ness, perturbée, s'échappa au fond du lac. Roc'h n'essaya pas de la rattraper, sachant pouvoir plus tard la retrouver. Il s'endormit profondément au pied du saule.

Au petit matin, Roc'h reprit la tête des Traqueurs pour les guider. Il avala un frichti (repas rapidement préparé) composé d'un fricot (viande fricassée d'agneau). Il tenta de dissiper l'atmosphère tendue qui saturait les lieux sans y parvenir. Lorsqu'il vit nombre des siens à terre, torturés, décapités, déchiquetés, des larmes virent ourler ses cils de petites perles brillantes. Un orage survola la forêt et des éclairs illuminèrent sporadiquement les arbres. Un Gobelin balança une torche dans sa direction et le brûla superficiellement au bras droit. Un autre Elfe au torse brûlé depuis plusieurs jours, libéra quelques squames. Roc'h ramassa un bouclier recouvert de boue et de sang mêlé. Ses jambes commencèrent déjà à le faire souffrir au bout de deux heures de combats acharnés, en plus des crampes qui lui tétanisaient les épaules à force de recevoir des coups de massue sur le bouclier. Il sentit la sueur lui dégouliner sur les flancs et lui tremper le front en longues rigoles intarissables. La situation devint vite inextricable. Malgré la puanteur environnante, Roc'h s'éloigna pour prendre un Gobelin à revers. Cette partie de la forêt était vierge de toute trace de combat. Un parfum flottait parmi les branches, une odeur sucrée de terre fraîchement retournée et d'herbe humide. Un groupe de jeunes femmes, vierges et nues, avait été rassemblé au centre d'un cercle de cadavres. Une dizaine de lutins participaient à la macabre fête. L'un d'eux s'approcha, fit trébucher une jeune femme et glissa sa tête entre ses cuisses.

- Elle sent bon ! lança-t-il aux autres qui vinrent en masse mutiler la pauvre captive.

Roc'h, aux côtés de ses dieux, acheva le Gobelin qu'il visait depuis longtemps, facilitant la suite de la bataille. Une odeur de viande pourrissante flotta alors rapidement dans l'air, faisant grimacer les dieux de dégoût. La mort était omniprésente et effrayante à mesure qu'elle approchait. Pourtant endurci, un Traqueur tourna les talons et chancela avant de rendre son dernier repas. Les vierges venaient d'être brûlées vives. Roc'h devint fou de rage et demanda à ses dieux de décocher leurs flèches. Une pluie de pointes s'abattit sur les Gobelins qui reculèrent avant de perdre l'équilibre et de tomber. Il ne restait plus qu'à les achever au sol.

De l'autre côté de la forêt, Ben, Matt, Elodie et Cillisia étaient toujours liés par la Magie. Le Néphilim poursuivait ses actes de torture. Matt était décomposé. Privé de l'amour de sa vie, le jeune homme était recroquevillé au pied d'un arbre, le regard absent. Une colère sourde montait en lui et commença à lui ronger l'âme. Ben tenta de se rassurer en vérifiant si son sceptre était à portée de main, mais il était introuvable.

Lorient,
Parc public de Tréfaven,
6 novembre 2010,
6 samonios 4578,
8 h 24.

Roc'h suivit une route qui faisait un coude. Il laissa derrière lui les cadavres des Gobelins, mais il savait que d'autres rôdaient dans le coin. Le soleil était encore haut dans le ciel, mais il n'y avait à l'extérieur de la forêt pas le moindre signe d'activité : pas d'enfants jouant devant les maisons, aucune cheminée ne laissait échapper son panache de fumée. Le vent changea soudain de direction et l'ancien Elfe fut assailli par l'odeur. La puanteur était abominable. Elle le prit à la gorge, à le faire vaciller. Malgré son nouveau statut de dieu, les larmes lui montèrent aux yeux et son estomac se révulsa avant qu'il ne tombe à genoux, vomissant son petit déjeuner par saccades violentes. Pourtant habitué aux guerres, celle-ci n'avait rien d'habituel. Lorsque la nausée reflua, il s'essuya la bouche d'un revers de manche. Dans les rues, il n'y avait pas grand-chose à voir, si ce n'était des tâches de sang partout. La puanteur était presque palpable. Les portes des maisons avaient été dégondées et les fenêtres arrachées. Roc'h déglutit avec difficulté et serra son arc plus fort.

- Mais qui a pu faire une chose pareille ? se demanda-t-il à voix haute. A cet instant, un Gobelin se jeta sur lui, griffes en avant, la gueule suintante d'une bave épaisse et jaunâtre. Alors que son sort semblait scellé, Roc'h sauta en arrière et coupa le Gobelin en deux à hauteur des hanches. Un coup violent à l'avant-bras lui emporta cependant un lambeau de peau et la douleur lui fit temporairement perdre l'équilibre. Un autre Gobelin s'élança alors, courut droit sur lui, lacérant l'air de ses griffes. Roc'h se releva, haletant, le front couvert de sueur, de poussière et de sang. Puis, il cribla son ennemi de flèches empoisonnées. Epuisé, Roc'h essuya un peu de boue qui maculait son visage et repoussa une mèche rebelle. Dans son esprit, affluaient des souvenirs d'enfance qui allégèrent la tension. Il se revit courant sur un champ après une vessie de cochon gonflée. Il n'était pas mauvais à ce petit jeu à l'époque. Une autre odeur nuisible lui sauta aux narines. L'air pestilentiel le prit de nouveau à la gorge. Il improvisa un masque fait de lambeaux de vêtements pour se couvrir la bouche avant que des nausées ne le prennent. Une multitude d'yeux minuscules fixés sur lui, Roc'h frissonna et fit un pas en arrière. Il devait y avoir des centaines de créatures maigrichonnes, aux oreilles pointues et velues, et aux yeux globuleux, qui ricanaient, réunies en cercle autour de lui. Au moment où les lutins malicieux étaient sur le point de l'attaquer, un cri surpuissant déchira leurs oreilles et ils furent aussitôt désintégrés jusqu'au dernier. Ness se tenait près d'une fontaine toute proche et se précipita sur Roc'h. A la vue de la Grande Druidesse devenue sirène, le jeune dieu sentit le désir le reprendre. Malgré l'épuisement, c'était presque animal. Ness effleura son visage du bout des doigts, dessinant le contour de son menton avant de caresser ses cheveux. Chaque frôlement mit Roc'h en ébullition. Il émit un grognement de désir, plaquant sa bouche contre la sienne. Il passa ses bras autour du cou de Ness et l'attira dans ses bras. Les corps fusionnèrent, roulant sur le dos, dans une demi-conscience, et laissèrent le désir s'exprimer dans la chaleur de physiques en feu.

Le Néphilim s'acharnait sur Ben. Le jeune homme ressentit une douleur atroce. C'était comme si une sorte de tentacule s'était accrochée à son crâne. Il se griffa l'arrière de la tête, mais rien n'y fit. Il tomba à genoux et vit à travers le voile de ses yeux inondés que Matt vivait le même calvaire.

Une file continue de réfugiés qui se dirigeaient vers le Sanctuaire, grossissait à mesure que parvenait aux druides le bruit de nouvelles incursions gobelines dans tout le pays. Othon suivit des yeux la file ininterrompue de réfugiés qui venaient se réunir en un camp de fortune devant les portes du Sanctuaire. Gwenc'Phel avait fait courir chez les Hommes la rumeur que le Sanctuaire pourrait les protéger, dans le but d'occuper les druides.

- Nous allons tâcher d'organiser le chaos croissant qui s'amasse devant la porte Sud.

Quelqu'un éleva la voix du haut de la Tour d'Or et d'autres torches et globes lumineux s'allumèrent. On s'agitait, les Sentinelles aux aguets, malgré l'épuisement. Dans le *Plan Astral*, la lumière était différente. Elle pénétrait à flot par chaque fenêtre, faisant scintiller la fontaine, au centre de la Cour. Dans la cuisine, il y avait du poisson, des jambons entiers, des paniers remplis de pain et de gâteaux, des saladiers débordants de baies, et des grappes de raisin, provisions protégées en cas de siège.

Tim rassembla ses élèves au centre de la Cour et rassembla les ingrédients nécessaires pour lancer le sort le plus puissant de sa vie. L'appréhension le gagna. Il n'avait jamais réussi à lancer un sort sans que cela ne tourne à la catastrophe. Il se souvint des erreurs qu'il avait commises avec Tara. Mais il se concentra malgré tout. En cercle, les pouvoirs cumulés de dizaines de druides se mêlèrent.

Ici et maintenant,
La Magie des Éternels nous appelons.
Que le Sanctuaire sorte du Plan Astral,
Afin que les druides construisent un Monde idéal.

Le voile astral tomba et quatre élèves de Tim furent emportés par le flot des âmes perdues qui résident dans le *Plan*. La terreur l'envahit, perdant ainsi définitivement ces jeunes adolescents. Othon arriva en trombe, brandissant son sceptre audessus de sa tête et criant sur les âmes se jetant déjà sur eux. Les éloignant suffisamment, Tim eut le temps de les récupérer avant qu'il ne soit trop tard. La peur passée, la réussite gagna les cœurs. Le Sanctuaire venait de revenir sur Terre, échappant aux conséquences de la *Fusion* des Mondes. Certains druides avaient déjà commencé à danser au son des flûtes et des percussions, profitant de ce que les musiciens s'accordaient pour s'essayer à quelques pas, sans grand enthousiasme après les combats.

- Tu es bien trop maigre pour être utile à quoi que ce soit, lança Othon à une Sentinelle qui recherchait des soldats valides, avant de tourner les talons et de se perdre dans la foule.

***

224

Espoir

Lorient,
Parc public de Tréfaven,
6 novembre 2010,
6 samonios 4578,
10 h 01.

Le ciel était d'un violet improbable. Il s'agissait là d'une conséquence inattendue de la *Fusion* des Mondes. Tandis que la douleur dans son crâne continuait de le faire souffrir, le cœur de Ben s'affola dans sa poitrine et il devait faire de gros efforts pour maîtriser sa respiration. Un brouillard avait envahi son esprit, les pensées confuses. Elodie et Cillisia ne pouvaient qu'assister au calvaire de Ben et Matt sans pouvoir agir de quelque façon que ce soit.

Jardin Cosmao Dumanoir,
11 h 05.

Le roi des dieux avait reçu un message indiquant qu'Eningann avait été repéré au jardin. Il s'était donc rendu sur place avec une grande escorte et quelques druides. Arrivé sur place, il saisit sa gourde et avala une rasade d'eau pour s'hydrater. Il ne savait plus depuis combien de temps il n'avait eu l'occasion de boire. C'est avec avidité que sa bouche engloutit l'eau au point de la laisser ruisseler sur son menton, avant d'aller se perdre sur ses pectoraux.

- Je ne me souviens pas d'avoir jamais vu ce bâtiment à cet endroit, remarqua un druide, la mine sombre. En effet, au milieu du grand jardin de la ville, une bâtisse aux contours étranges s'était installée, à la place d'un complexe très vaste de serres. Avant que quiconque n'ait le temps d'ajouter quoi que ce soit, un vieil homme apparut dans l'embrasure de la porte d'entrée et claudiqua dans leur direction. Il portait une étoffe grossière, faite de laine rousse crasseuse, qui avait dû être blanche lors de sa confection et il s'accrochait à un bâton noueux. Il agita son sceptre et le druide fut conscient de la menace, pour l'instant implicite, que le vieil homme faisait peser sur le groupe. Ils reculèrent tous d'un pas.

Une épaisse fumée noire commençait à sortir du bâton, porteuse d'exhalaisons putrides et d'un hurlement macabre qui fit dresser le peu de cheveux que le druide avait sur le crâne. Soudain, ils eurent tous la tête lourde et les mains abîmées, couvertes de sang séché. Leur corps n'était que douleurs. Sans un mot, comme s'il s'agissait d'insectes, Eningann s'était débarrassé d'eux. Il les laissa gémir sur place, au seuil de la mort, s'envolant littéralement dans les airs.

Au Sanctuaire, les réfugiés commencèrent à entrer en masse dès que le sol sacré revint sur Terre. Ness se réfugia au sommet de la Tour d'Or, tentant de retrouver ses esprits. Elle lança plusieurs sorts, espérant se débarrasser de ses écailles, en vain. Les Ministres de la Défense et de l'Occulte demandèrent audience et furent reçu par Pat.

- Que me vaut cette visite ?

- Vous représentez, à vous seul, les druides ? J'ai cru comprendre que vous aviez une sorte de Conseil, demanda le Ministre de la Défense.

- C'est exact. Mes collègues ne sont pas au Sanctuaire en ce moment.

- Et où sont-ils ?

- Je ne vois pas pourquoi je devrai répondre à cette question, trancha Pat, virulent.

- Peut-être parce que le Président en personne nous ordonne de vous surveiller de très près. Nous sommes mandatés pour estimer si vos actions sont nuisibles ou non.

- Pat, nous devons savoir si vous avez un plan pour sortir le pays de cette galère. Nos militaires sont impuissants face à la Magie, radoucit Marc.

- Vous n'êtes pas devant le membre du Gorsedd le plus conciliant sachez-le ! Et venir sur mon territoire m'insulter n'arrangera pas nos relations.

- Il n'y a pas de territoire qui échappe à la République ! renchérit Sébastien.

- Voyons messieurs, il n'est pas utile de nous disputer. Nous avons sujet plus important à traiter. Pat…

- Nous faisons face à un problème de taille en ce moment. Et je ne parle pas de la *Fusion*. Maëve est morte. L'échéance qui lui a été allouée est venue. Nous avons trouvé un moyen de la ramener à la vie, mais cela risque d'être très dangereux. Comme vous le savez, Maëve est indispensable. Elle seule sait maîtriser la *Grande Incantation* depuis le départ de l'équipe d'Eric'h. Hélas, les amis de Maëve sont captifs de Gwenc'Phel. Nous n'avons personne à envoyer pour les libérer. Ils devront se débrouiller seuls. Je sens aussi que nous sommes en train de perdre Matt. Son âme se noircit actuellement, depuis la mort de Maëve. Et si elle ne revient pas très vite, il sera trop tard. Votre aide nous sera utile sur le terrain. Il faut protéger les mortels et s'occuper des réfugiés qui se massent à nos portes.

- Nous pouvons le faire. Nous enverrons des militaires libérer votre équipe, proposa le Ministre de l'Occulte.

- Je ne crois pas que…

- Sébastien ! Tu enverras des hommes en renfort. Je t'assure que les actions de l'équipe de Maëve sont indispensables.

- Bien. Je vais vous envoyer une centaine de soldats. Mais si je dois en perdre ne serait-ce qu'une dizaine, je les rapatrierai.

- Cela est déjà bien utile Monsieur le Ministre, concéda Pat.

Université de Brest,
11 h 40.

Bann et Gwenc'Ron étaient tendus. Il était temps de mettre leur plan en œuvre. Zita, diseuse de bonne aventure et fille unique de la Matriarche, devait prendre contact avec sa mère afin de lui tendre un piège.

- Contente-toi de l'inviter au Sanctuaire. Dis-lui…
- Je sais ce que je dois faire. Elle me croira.
- Que les Créateurs t'entendent, chuchota Bann, anxieux.

Zita ferma les yeux et se concentra. Elle n'avait pas parlé à sa mère depuis des années et n'avait pas utilisé son pouvoir télépathique depuis autant de temps.

- *Mère, je sais que tu peux m'entendre. J'ai besoin de te parler de toute urgence*, dit-elle dans son esprit. De longues minutes suivirent sans réponse. Zita réitéra son appel sans plus de succès.

- Je suis peut-être trop loin, se risqua-t-elle à penser.

- *Non ma fille… C'est juste que je me demande pourquoi maintenant ?* Zita écarquilla les yeux de surprise. Mais elle se reprit aussitôt, consciente que sa mère pouvait lire dans son esprit et découvrir ainsi qu'elle cherchait à la piéger.

- *Je… Je suis au Sanctuaire des druides, Mère. Tu avais raison sur les Hommes. On ne peut leur faire confiance. J'ai été trahie et je n'avais personne pour me réconforter. J'ai alors pensé à toi. Et comme je sais que tu aimes les cadeaux, j'ai cru bon de m'introduire chez les druides. Grâce à mes pouvoirs, que j'ai fini par entraîner, là encore tu avais raison Mère, tu pourras me tracer et venir me rejoindre. Dans une heure, je serais près de leur fameux cromlec'h. Attends cet instant pour agir. Cependant, il y a des Sentinelles partout. Viens seule pour ne pas être repérée. Une fois à l'intérieur, tu ne craindras rien et les druides seront finis.*

- *Par tous les dieux ma fille ! Il ne s'agit pas d'un rêve ! Une fois au Sanctuaire, mes pouvoirs me permettront de faire venir les troupes. Par tous les dieux ! Ma fille ! Tu m'apportes-là le plus merveilleux des cadeaux ! Nous n'avons jamais pu pénétrer leur Sanctuaire. Gwenc'Phel et ses aides oui, ils sont druides, mais nous, jamais ! Je serai prête. Ravie de te revoir ma fille. J'ai hâte,* le contact psychique prit fin et Zita fut soulagée.

- J'ai eu très peur qu'elle essaye de lire en moi.

- Tu as été à l'essentiel. Elle n'a pas eu le temps de réfléchir. Je t'avais dit que son désir de nous exterminer était plus fort que sa réflexion. Nous avons basé ce piège là-dessus. Maintenant, il reste une seule étape un peu délicate à passer.

- Je ne sais pas si j'en suis capable. La tromper en face est bien plus ardu.

Parc public de Tréfaven,
6 novembre 2010,
6 samonios 4578,
11 h 57.

Ben et Matt souffraient depuis près de quatre heures. Le Néphilim était sur le point de faire exploser leurs crânes mais Gwenc'Phel agit à temps.

- Non ! Espèce de vermine ! Ils sont à Eningann ! hurla le chef des traîtres en propulsant le Néphilim dans les airs. Il se ramassa, plus loin, recroquevillé et pétrifié. Pas un mot ! Tu as failli les tuer, sombre insecte !

- Insecte ? Je ne vous permets pas ! Le Néphilim était déjà debout avec une agilité peu commune. Mais Gwenc'Phel fut plus rapide et le métamorphe tomba en poussière en un instant. Sa vie fut éphémère, et celle de ses captifs risquait de l'être aussi. Matt et Ben furent soulagés de sentir la pression à l'intérieur de leur crâne disparaître. Mais ils n'étaient désormais plus en état de se battre. Elodie et Cillisia furent terrifiées lorsqu'elles virent les corps de Matt et Ben se débattre à trois mètres du sol. Gwenc'Phel avait déjà commencé à leur extirper le peu d'énergie vitale qu'il leur restait.

- Arrêtez ! hurla Elodie sachant leur fin proche. Mais le visage des deux hommes devint bleu. Cillisia s'énerva mais ne pouvait rien, les liens magiques qui entravaient tous mouvements étaient trop puissants. Il s'agissait de la Magie d'Eningann. Les cœurs des deux jeunes hommes se mirent à ralentir. La vie les quittant peu à peu, ils finirent par admettre l'évidence, ils allaient mourir. Alors que tout espoir semblait s'éloigner, une vive lueur blanche apparut tout près. Aveuglé un instant, Gwenc'Phel se protégea les yeux et recula de deux pas. Sur le point de menacer la lueur, lorsqu'elle prit forme, le traître se tut.

- Silence, infâme *treitour* ! Il n'est pas l'heure pour eux de rendre l'âme ! Je t'interdis de tuer ces hommes ! Je vous rends vos pouvoirs et vos forces vitales, et je guéris ton pied, Matt ! Je dois vous dire… HAAAAA… NON !!! finit Tara en hurlant de douleur. La vive lueur blanche s'éloigna mais la jeune fille avait malgré tout eut le temps de sauver l'équipe d'un sort funeste.

- Que lui est-il arrivé ? demanda Elodie abasourdie, se tenant le bras à la main manquante.

- Je ne sais pas, mais ce que je sais, c'est qu'il est temps de châtier ce *treitour* ! termina Cillisia.

225

Espoirs

Lorient,
Ministère de l'Occulte, Secteur 48,
6 novembre 2010,
6 samonios 4578,
12 h 40.

La zone sous-marine du *Secteur 48* abritait les spécimens les plus bestiaux capturés par l'armée. A plusieurs mètres de profondeur, un homme aussi beau que dangereux était étroitement surveillé. Bron en personne l'avait enfermé dans une cage gigantesque autour de laquelle quatre sceptres de druides avaient été positionnés, aux quatre coins cardinaux, associés aux quatre éléments. Car il s'agissait d'une personne particulièrement belliqueuse : Yann, son propre frère. Il y a près de deux ans, il avait assassiné les huit immortels chinois avec la seule arme au monde capable de les tuer. Cette même arme aurait pu lui donner le pouvoir de dominer les dieux celtes, voire même les Créateurs. Bron avait donc dû, malgré lui, l'emprisonner à vie en un lieu sûr. Mais la *Fusion* des Mondes eut de multiples conséquences qui s'avérèrent terribles.

Yann avait pour habitude de s'assoir en position du lotus au centre de sa cage. Tête baissée, il ne prêtait que peu d'attention au monde qui l'entourait et ruminait sa rage. Deux années durant, il repensa à l'échec de son plan. Mis en déroute par son propre frère, Bron avait atteint le sommet de la hiérarchie. Il était tout-puissant. Ce dont Yann avait toujours rêvé. Sa colère n'était que plus grande encore. Alors, lorsqu'il entendit l'un des sceptres vibrer jusqu'à finir par se briser en deux, un large sourire illumina son visage barbu. Il passa une main devant sa face et sa barbe se réduisit jusqu'à totalement disparaître. Yann se concentra et utilisa la Magie Noire pour briser les autres sceptres, mais Bron l'avait privé d'utiliser toute forme de Magie. Cependant, lorsque deux autres bâtons druidiques cédèrent à leur tour, un flot continu de pouvoirs ténébreux se déversèrent sur le dernier sceptre. Une petite minute plus tard, la barrière tomba et la cage devint, pour la première fois, vulnérable. Yann n'eut aucune difficulté à détruire les barreaux, derniers remparts à sa liberté. Les soldats en faction perdirent la vie avant même de s'en rendre compte et l'abominable assassin s'empressa de quitter le *Secteur 48*.

Irlande.

Le Sanctuaire du pays était en ruine. A la fois vaincu par Mandragoria, Hélène et les *treitours*, les druides s'attelaient désormais à le reconstruire, malgré le tumulte mondial. Goff étant parti, la nouvelle de sa capture et de son emprisonnement dans un « Cercueil de Glace » avait fait grand bruit. Ce sortilège était tristement célèbre pour sa capacité à garder, pour l'éternité, son captif. Aucune Magie n'était capable de briser ce sort. Sauf peut-être... Mais cette pensée était loin d'être réalisable. Pour un petit druide en bas de l'échelle comme lui... le jeune homme assis au pied d'un arbre, surpris par son Superviseur à rêvasser, dût se lever à la hâte et reprendre le travail. Les bâtiments se dressèrent rapidement. En une demi-journée à lancer des sorts en tous sens, le Sanctuaire d'Irlande reprit de sa superbe. Mais cela avait épuisé tous les druides encore présents et une autre attaque des *treitours* leur serait fatale. Ils avaient donc pris soin de doter les nouvelles Gargouilles et Sentinelles de pouvoirs étendus afin de mieux les protéger, le temps de reprendre des forces. Tapis dans le bosquet, Liam finit par se rendre et demanda pardon au nouveau Superviseur. Mais ce dernier lui enjoint de retrouver l'équipe de Maëve et de l'aider, à condition que celle-ci l'accepte dans ses rangs. Et cela était loin d'être gagné.

Parc public de Tréfaven,
6 novembre 2010,
6 samonios 4578,
12 h 00.

Cillisia profita de la confusion pour attaquer la première. Gwenc'Phel fut grandement déstabilisé par la surprise. Le retour de Tara fit son petit effet, mais lui avait coûté cher. Matt, Ben et Elodie se ruèrent sur leurs ennemis à leur tour. La défection sembla de mise. Les *treitours* prirent la fuite, les frères Tùathas vaincus, Gwenc'Phel avait perdu ses meilleures cartes et se retrouva vite seul. Gaël se changea en aigle et se jeta sur les yeux de Matt. Cette action faillit lui coûter ses pattes. Car, non seulement il manqua sa cible, mais en plus, Matt la lui brisa. Redevenu humain, Gaël se mit à boiter en hurlant de douleur et de rage. Conscient d'être en infériorité numérique, Gwenc'Phel rechigna malgré tout avant de soigner Gaël par Magie. Tous deux prirent vite la fuite dans un tonnerre qui mit toute l'équipe à terre.

Matt mit un moment avant de reprendre ses esprits et son calme. Mais il était conscient que quelque chose avait changé. Sa saie s'assombrit, passant du gris au noir. Elodie, Ben et Cillisia le regardèrent avec frayeur.

- Matt ! Que se passe-t-il ? Pourquoi nous regardes-tu comme ça ?
- Je ne sais pas. Je dois partir. Ils m'attendent.
- Qui ? demanda encore Elodie, pétrifiée.
- Les Mages. Elle l'avait prédit. La Dame Endormie de Malte. « ***Tout comme leur Premier, les Mages vont sombrer*** ». Je suis le Premier.
- Non, Matt. Attends une minute ! Prenons le temps d'en discuter ! Je t'en prie ! Nous avons déjà perdu Maëve. Ne fais pas ça ! Elle m'a dit qu'elle t'aimait. C'est dur pour elle de montrer ses sentiments. Des proches l'ont trop souvent trahi pour qu'elle redonne sa confiance.
- Je suis désolé. Je ne suis déjà plus des vôtres. Je le sens. J'entends l'appel d'Ed. C'est très puissant. Je n'ai pas la force de le rejeter.

Matt tourna les talons. Il jeta un dernier regard derrière lui, regardant ses amis l'implorant de rester avec eux, mais il s'évanouit comme un fantôme. Ben, Elodie et Cillisia savaient que c'était la dernière fois qu'ils voyaient leur ami. C'était comme une évidence, pourtant cela ne venait que d'une intuition. La prochaine fois qu'ils le verraient, ils deviendraient probablement ennemis. A cet instant, Liam arriva sur la pointe des pieds, hésitant.

- *Treitour* ! cria Cillisia, elle seule ayant encore la force de se battre.
- Non ! Attends !
- Pourquoi le devrai-je ?
- Je me suis rendu à mon Superviseur. Il m'a ordonné de vous aider. Votre équipe se réduit comme peau de chagrin. Vous avez besoin de moi.
- Je ne crois pas, non, précisa Ben en le pointant du doigt, l'envie de lui sauter à la gorge mais n'en ayant pas la moindre force.
- Je vous en prie. Gwenc'Phel profite de la misère et de la colère des druides pour les recruter. Je suis né d'un bulbe de Mandragoria, c'est vrai, mais mon père était druide ! Je suis de votre côté. Je suis désolé pour…
- Avoir assassiné des hommes, des femmes, des enfants et j'en passe ?
- Non, je n'ai tué personne. Je n'ai pas pu. Gaël a bien essayé de… Mais peu importe. L'important c'est, que je sois ici avec vous et, de vous demander pardon.
- Qui nous dit que ce n'est pas une ruse ? Tu retourneras ta veste, jugea Elodie.
- Je vous garantis que non. Mon Superviseur est astucieux. J'ai combiné mes pouvoirs aux siens. Je suis lié par un serment. Je ne pourrai utiliser mes pouvoirs que contre des *treitours*.
- Bonne nouvelle. Je t'aurai à l'œil Liam, commença Elodie.
- Quoi ! Tu ne vas tout de même pas…
- Nous n'avons pas le choix Ben ! Nous avons besoin de lui.

Le cercueil de glace dans lequel était emprisonné Goff fut transféré au Sanctuaire. L'arrivée du convoi fut un moment très émouvant durant lequel une haie d'honneur l'accompagna de l'entrée, au Temple. Des pleurs, des révérences, des fleurs, remercièrent celui qui fut un symbole pour le Sanctuaire de Brest et de Lorient. Tous savaient qu'il était impossible pour les druides de le libérer. C'est pour cela que cette cérémonie sonnait comme un enterrement.

Tarnos,
Parc de Castillon.

Eric'h s'arrêta devant le chêne situé à proximité du château. Cet arbre était pluri-centenaire. Le Créateur passa devant le « Chemin des Dames ». Cette promenade s'alignait parfaitement dans la perspective reliant le château au belvédère. Eric'h entra dans la bâtisse en ruine et dès qu'il fut à l'intérieur, l'écho du passé devint celui du présent. Le couloir était majestueux, tapissé de papier d'une beauté exceptionnelle. Il menait dans un salon très fréquenté. Une fête semblait être organisée. Il y croisa des dames à la richesse ostentatoire. Son attention fut attirée par un oiseau perché sur le rebord d'une fenêtre. Il connaissait cette colombe. Celle-ci vola vers un coin de la salle, derrière un rideau, et c'est une jeune femme qui sortit du tissu.

- Lana ! C'est toi ? Pourquoi je te reconnais et que je ne me souviens de rien d'autre ?

- J'ai eu du mal à te trouver. C'est bien. Je savais qu'un petit voyage dans le Passé pouvait provoquer un retour de ta mémoire. Tout ce que je sais, c'est que les dieux pensent que les Éternels t'ont envoyé sur Terre sans tes pouvoirs et ton immortalité.

- Non. C'est Gwyon'Bach qui a... Qu'est-ce qu'il a fait ? Qui est-il ?

- Continue de faire fonctionner ce cerveau humain. Il s'y trouve toute la vérité. Tu dis que Gwyon'Bach t'as fait ça ? Ça ne lui ressemble pas. Il faut nous hâter, la *Fusion* a mal tourné. Les autres Créateurs ont besoin de toi. Les Grandes Familles profitent déjà de la situation et négocient des territoires en ce moment même.

- C'est difficile. Tout est embrumé.

- D'accord, je crois qu'il te faut un autre électrochoc, parce qu'on n'a pas de temps à perdre. Passe un peu de temps parmi les convives de ce château, tu as ici quelque chose à apprendre, mais il te faut découvrir cela tout seul. Ta mémoire devrait te revenir complètement.

Lorient,
Sanctuaire.

Tim et Othon profitèrent de l'heure du déjeuner pour converser sur la situation. Tim observait le contenu de sa cuiller gouttant dans son écuelle avant de la porter à sa bouche et ainsi la vider. Othon avait le regard perdu sur le paysage avant de féliciter son élève pour son travail. A la fin du repas, lorsque les pieds d'Othon touchèrent le sol, le monde se mit à vaciller autour de lui en une valse de tables et de chaises. Il perdit rapidement connaissance devant Tim, paniqué.

Parc public de Tréfaven,
6 novembre 2010,
6 samonios 4578,
12 h 14.

Roc'h était obsédé par Ness. Il se souvenait encore comment tous ses sens étaient emplis d'elle, de son odeur, de sa force, du goût de ses baisers. Il fouilla dans sa mémoire pour retrouver la sensation qu'il avait ressentie lorsqu'elle s'était cabrée sous la sensation de ses caresses, ôtant sa tunique avec plaisir.

- Encore elle ?

- Oui, répondit Roc'h à son ami, gêné. Il rougit sous la remarque.

Paris,
Nouvelle position de Caër Sidi.

Eningann était enfin arrivé à destination. Quelques druides qui avaient essayé de s'interposer l'avait ralenti, mais ils ne firent pas le poids et furent très vite pulvérisés, rejoignant la longue liste de ses victimes. A la Capitale, l'ancien Créateur s'apprêtait à détruire les portes de la prison. Il entra par la Porte Est déjà fragilisée au moment où Gaël arrivait à son tour. Il assista alors à une scène qu'il ne pensait pas voir un jour. Comme une intuition, une multitude de druides se pressaient vers Caër Sidi, répondant au même appel instinctif. La forme gigantesque d'Elor'a apparut dans le ciel. Ses yeux brillèrent intensément avant que la Porte Est se mette à se reconstituer par Magie. Dès lors, les prisonniers furent attirés vers la prison et réintégrèrent leurs cellules, sans qu'ils puissent avoir la force d'y résister. Même la créature la plus terrible, le Métanéphilim, fut piégé à son tour. Mais l'évènement le plus prodigieux, le plus attendu, le plus criant par l'intéressé, se produisit enfin après des années de luttes, de chagrins et de pertes. Eningann fut piégé par Elor'a à l'intérieur de la prison. La Magie de l'ancien Créateur fut instantanément bridée, puis consumée. Une porte invisible jusqu'alors s'ouvrit enfin, laissant traverser Mew et Oiwn, les deux autres anciens Créateurs de la célèbre Triade. Venus chercher leur frère, Eningann ne put se soustraire à la Magie d'Avalon où il passerait désormais le reste de l'éternité, loin la Terre et de l'Autre Monde. La planète toute entière trembla, les forces magiques en présence ayant fondamentalement changé. Une page se tourna ce jour-là. La justice avait enfin été accomplie.

***

226

Retour
Et
Désillusions

Sanctuaire,
6 novembre 2010,
6 samonios 4578,
12 h 45.

Le piège de Zita fut installé. Bien que prête, l'appréhension grandissante envahit son cœur. Sa Mère, la Matriarche des Grandes Familles était sur le point d'arriver. Le signal envoyé, elle pouvait surgir à tout instant. Et lorsque les pierres dressées du cromlec'h se mirent à vibrer, Gwenc'Ron et Bann savaient que le moment était venu. Le cadavre de Maëve, déposé au sol, non loin, attendait l'accomplissement du plan. Une forme se dessina au centre du cercle de pierres. Selma, la nouvelle Matriarche des Grandes Familles, apparut devant sa fille, qui se tenait un peu à l'écart.

- Enfin ! Les druides sont perdus ! Je viens en ce jour inoubliable mettre un terme à l'existence de ces insectes ! Ma fille ? Que font-ils à tes côtés ? Ce sont tes prisonniers n'est-ce pas ?

- Non, Mère. Il est grand temps pour toi de cesser de nuire.

- Mais enfin Zita, ma pauvre fille ! Qu'as-tu encore fait ?

- Les boules de cristal installées tout autour de toi ont été fabriquées par Bron lui-même. Tu es prisonnière désormais, et j'ai une petite surprise pour toi, dit-elle avant de poser une dernière boule de cristal au sol. Les pierres du cromlec'h vibrèrent à nouveau et les dix boules de cristal brillèrent. Un dôme se dessina au-dessus de la scène. Selma déchaîna ses pouvoirs pour se libérer, mais ils furent captés et absorbées par les boules de verre.

- Mais qu'est-ce donc ? balbutia-t-elle, surprise.

- Pour une fois dans ta vie, tu vas faire un bel acte. Ces boules vont transférer une grande partie de tes pouvoirs dans le corps de Maëve afin de la ressusciter. Au fur et à mesure de ses explications, le corps livide de Maëve rosit avant de reprendre vie. Une fois la druidesses debout et vivante, Zita retira l'une des boules de cristal, mettant fin au sortilège. Selma tenta vainement de se venger.

- Mes pouvoirs ? C'est impossible !

- Tu as raison mère. Tu es immortelle et il n'est pas possible de te priver de tous tes pouvoirs. Mais j'ai réussi à en ponctionner une partie, suffisamment en tout cas pour rendre la vie à Maëve, l'équivalent d'une vie humaine. Repars Mère, et au lieu de ruminer une vengeance, essaye de réparer tes actes malveillants.

- Tu peux toujours rêver ma fille ! Et si tu crois que je ne suis pas capable de te tuer pour ce que tu as fait aujourd'hui ! Tu te trompes lourdement ! Dans un tonnerre et une violente bourrasque, Selma quitta le Sanctuaire.

- Merci Zita. Je ne sais pas qui tu es, mais je te remercie. Je ne savais pas que la Matriarche avait une fille. Merci encore.

- Comment te sens-tu ? demanda Bann inquiet.

- Vivante, souffla-t-elle ravie.

Maëve apprit une heure plus tard que Matt voulait trouver les Mages. Inquiète, la druidesse partit à sa recherche et finit par retrouver sa trace. Avant de partir en quête, Matt se rendit à leur endroit secret, celui où Maëve et lui se rendaient depuis tout petit, lorsqu'ils voulaient se retrouver dans les moments difficiles pour réfléchir et être ensemble. Il se souvint du nombre de fois où Goff les cherchait partout lors de leurs fugues. Il n'avait jamais su où ils allaient. Mais ni lui, ni Maëve n'avaient oublié ce lieu enchanté : le tertre des fées. Maëve avait vu juste, elle l'y retrouva, les larmes aux yeux. Ils se jetèrent dans les bras l'un de l'autre, Maëve ayant enfin accepté de lui révéler ses sentiments. Après avoir fait l'amour, elle jeta un regard circonspect à la ronde. La forêt était calme et l'air lourd, chargé du parfum des pins et d'odeurs indéfinissables, sucrées et musquées. Des oiseaux passèrent non loin d'eux en rase motte. C'est le cri de l'un d'eux qui le tira de son rêve. Pas le cri strident d'un volatile mais les sons joyeux qui emplissaient la forêt. Elle glissa sa main dans la sienne et demeura ainsi un long moment, allongée à ses côtés, immobile, respirant les odeurs mêlées de sexe et de pin. Pour la première fois depuis des années, elle était heureuse. Elle ferma les yeux et s'apprêta à se laisser de nouveau glisser dans les brumes du rêve. Mais elle avait senti que quelque chose avait changé.

- Matt ? Que se passe-t-il ?

- Je ne suis plus un druide. Ils m'appellent. Je sais que tu l'as senti quand on a fait l'amour. C'était… différent. Je sais que je t'ai rendue heureuse un moment. Mais moi… Je voulais savoir, avant de partir, si je pouvais encore ressentir le bonheur. Mon cœur se noircit au fil du temps, je le sais. Et je n'ai pas la force de combattre cela.

- Tu te trompes Matt. Je t'aime ! Je t'en supplie, résiste.

Le jeune homme se leva et ferma les yeux un instant. Il venait de faire ses adieux à ses amis et à sa bien-aimée pour laquelle il venait de ne ressentir que les plaisirs du sexe, sans l'amour. Cela vint frapper Maëve de plein fouet et un instant, elle regretta que Zita lui ait rendu la vie. A ce moment, lorsque Matt allait partir, Gaël révéla sa présence.

- Tu es vivante, toi ! Que c'est touchant ! Des adieux émouvants.

- Gaël ! *Treitour* ! Maëve se jeta sur son sceptre posé au sol et attaqua tandis que Matt se contenta de les observer. Cillisia arriva leur porter assistance. Gaël lança un sort de « délocalisation » qui consistait à transporter des personnes en un autre lieu, estimant plus raisonnable de les emmener sur son terrain. A l'intérieur d'un château, Gaël continua de lancer à son ennemie les pires imprécations tandis que les murs vibraient dangereusement. C'est au Château de Castillon, à Tarnos, où se trouvait Eric'h, que les quatre druides se retrouvèrent. Gaël était né dans ce château, qui appartenait à sa famille depuis des générations. Il venait de faire exploser une partie de la bâtisse, mettant un terme au sort qui permettait à Eric'h de voyager dans le temps, à l'époque où le château était encore resplendissant de beauté. Gaël se fraya un chemin parmi les gravats, sous une pluie de poussière et de petits cailloux qui se détachaient, de plus en plus nombreux, de la voûte fragilisée. Il fit un pas vers Maëve et elle se jeta sur lui toutes griffes en avant, pensant sans doute possible de lui arracher les yeux. Il leva un bras pour se protéger, mais elle revint à la charge, arrachant des lambeaux de peau. Son attaque soudaine le prit par surprise et elle parvint à le jeter à terre et à le maintenir dans une position de défense passive, le forçant tantôt à esquiver ses attaques, tantôt à plonger au sol. Le sang coulait de ses nombreuses blessures tandis qu'il levait les bras pour se protéger des attaques incessantes. Profitant d'un instant de répit, Gaël parvint à se dégager et attaqua Cillisia, pensant avoir plus de chance avec elle. La druidesse sentit son sac commencer à se détacher de sa ceinture et fit rempart de son corps pour protéger le globe de cristal de Bron. Elle subit ainsi longuement ses assauts, endurant la souffrance, attendant la faille, le moment propice où elle pourrait riposter efficacement. Il lui fournit à son tour une ouverture en lui offrant un instant de répit lorsqu'il reprit son souffle et elle profita de l'occasion. Elle se jeta sur lui avec toute la force dont elle était capable, envoyant Gaël percuter un mur proche. Il tomba au sol, assommé, et secoua la tête pour reprendre ses esprits au moment où Matt le saisit à la gorge. Il se débattit en tous sens, essayant de toutes ses forces de dégager suffisamment sa tête de l'étau dans lequel il le maintenait pour l'attaquer à son tour. Il lui lacera les bras, mais Matt tint bon, ses puissants bras musclés ne fléchissant pas et accentua la pression autour de sa gorge à mesure qu'il ruait. Les efforts de Gaël furent vains.

- Non ! Matt ! Ne le tue pas ! Il doit être jugé ! lui cria Maëve. L'appel des Mages reprit et Matt lâcha prise.

- Ne cherchez pas à me suivre, lança-t-il aux deux femmes en lançant une petite bourrasque qui les envoya voler à cinq mètres. Gaël profita de l'occasion pour fuir.

- Oh non, lâcha Maëve lorsqu'elle s'aperçut que ni Matt, ni Gaël n'étaient présents.

- Dire qu'on le tenait ! enragea Cillisia.

Centre-ville de Lorient,
14 h 24.

Maëve se tenait sur les ruines fumantes, les yeux brillants, les larmes ruisselant sur son visage. Cillisia était juste derrière elle, silencieuse. Le sentiment de vertige s'était accentué. Elle se sentait vidée de toute substance tandis que son regard balayait le champ de ruines, sans totalement parvenir à comprendre ce qu'elle voyait. Les habitations noircies se détachaient comme des squelettes sur le ciel chargé de nuages de fumée, au milieu des tourbillons de cendres scintillantes. Un épais liquide nauséabond sourdait des profondeurs de la terre, de l'écorce des arbres calcinés et de l'extrémité de leurs branches, tandis qu'une poignée d'elfes courageux continuait de fouiller les décombres à la recherche d'éventuels survivants. C'est ici que la concentration de Trolls avait été la plus grande. Comme partout dans le Monde, les Trolls avaient fait des ravages. C'est sans doute l'ennemi le plus dangereux de l'Autre Monde, celui qui avait été le plus dévastateur.

Au Sud de la ville, Ben combattait aussi les Trolls, à la tête des Traqueurs. Un militaire passa à proximité de la scène et s'arrêta pour observer le jeune homme. Dégoûté par la Magie et des conséquences actuelles qu'elle avait sur les hommes, arme à la main, il tira de nombreuses fois sur la créature qui battit en retraite. Sur le point de le remercier, Ben fut assommé par le militaire. L'homme d'une vingtaine d'années observa les alentour et vit qu'ils étaient seuls et isolés. Il commença alors à le tabasser en toute impunité dans la ruelle sombre.

Un homme donna des ordres d'une voix sans réplique et on lui répondit sur le même ton militaire. Les voix lointaines tirèrent Ben de son hébétude. Il ouvrit les yeux et vit une botte plantée devant lui à quelques centimètres de son visage. Il prit une profonde inspiration et tenta de se relever, mais une douleur aigüe explosa à l'arrière de son crâne et il s'effondra avec un grognement. Des mains le saisirent, le retournèrent et une gourde fut collée contre sa bouche. Le soleil était aveuglant. Quelqu'un lui parla d'une voix rauque, mais il ne comprit pas un traître mot de ce qui avait été dit, puis un visage mal rasé vint occuper son champ de vision. La gorgée d'eau qu'il venait d'avaler donna suffisamment de forces à Ben pour qu'il puisse retracer le fil des évènements. Furieux, Ben se leva d'un bond, frappa le militaire qui l'avait assommé et se rappela soudain ce qui s'était passé. Ben entra en communication avec l'esprit du militaire par télépathie et prononça une formule de « déphasage ».

« En ce temps et en cette heure,
En moi la Grande Incantation demeure.
Que vagabonde ton esprit,
A la recherche de la Magie.
Que ta cruauté soit punie,
Par ce sort et cette magie. »

Dès lors, le militaire perdit la tête. Des frères d'armes arrivèrent et mirent cet homme aux arrêts. Désormais en sécurité, il révéla à la police militaire que son sort n'agirait que vingt-quatre heures. Le temps pour lui de payer son crime.

Eric'h, témoin du violant combat durant lequel se mesuraient Matt, Maëve, Cillisia et Gaël, vit sa mémoire revenir. Le corps physique dans lequel il avait été enfermé le laissa libre et le Créateur retrouva ses pouvoirs. Après un éclair qui foudroya un Troll, le visage d'Eric'h apparut dans le ciel, visible dans le Monde entier. Tous les autres Trolls comprirent à cet instant que les Créateurs pouvaient intervenir sur Terre à tout instant.

- Entendez ma voix ! Humains et créatures magiques ! Je mets fin à la *Fusion*, maintenant ! Je suis un Créateur. Je gouverne tous les dieux et promets la sécurité de tous, sous peu. Je sais qu'il vous faudra un moment pour vous habituer aux changements actuels et à venir. Deux Mondes viennent de fusionner. Les dieux et les créatures de vos mythologies existent. Comme chez les humains, certains d'entre eux sont malfaisants. Je suis conscient que vous ne pouvez pas lutter contre les armes magiques. C'est pour cela que je demande à tous les druides de jouer pleinement leur rôle d'intermédiaire entre les humains et les dieux. Ils feront remonter vos informations et vos demandes. Une « Police du Surnaturel » va être créée. Les Elfes la constitueront et auront en charge la sécurité des humains et des créatures surnaturelles. Que les choses soient claires ! Que ce soient des créatures responsables de crimes sur les humains ou l'inverse, la réponse de la « Police du Surnaturel » sera la même ! Tous devront répondre de leurs actes. Ne doutez pas de ma bonne volonté. Vous avez durant des siècles vécu loin de la Magie et son retour ne se fera pas sans heurts. Mais vous pourrez compter sur mon soutien et celui de mes dieux, termina Eric'h en observant les visages levés vers le ciel, contemplé par des milliards d'individus.

***

227

Cicatrices Du Temps

Irlande,
Forêt du Connemara,
Territoire des Mages,
7 novembre 2010,
7 samonios 4578,
16 h 18.

Matt s'était arrêté dans un pub avant de rejoindre la forêt et avait sauvagement massacré des fées en chemin, sa colère devenue une haine. Les druides du secteur ne s'étaient pas aventurés à l'arrêter. Sur les ordres du Gorsedd, nul ne devait l'approcher. Il parvint ainsi à rejoindre les Mages sans résistance. Il y fut accueilli en héros. Attendu depuis des siècles, le Premier Mage devait prendre le pouvoir sur son peuple et les mener dans les ténèbres. La prophétie de la Dame Endormie de Malte s'était réalisée.

France,
Sanctuaire de Lorient.

Les druides faisaient la fête depuis l'annonce d'Eric'h. La *Fusion* était terminée et ils avaient obtenu l'assurance que leur statut d'intermédiaire, entre dieux et humains, restait inchangé. Après avoir longtemps lutté, pleuré leurs morts, les druides pouvaient enfin souffler. Du moins, c'est ce qu'ils croyaient. Eningann vaincu, les traîtres allaient se rassembler autour de Gwenc'Phel. Mais pour le moment, seule la fête comptait. De plus, tous savaient qu'à l'approche de la *Fête de Samain*, moment de l'année où la Magie atteignait sa totale puissance, les *treitours* ne se gêneraient pas pour profiter de l'occasion pour se ressourcer et attaquer de nouveau. Mais la « Police du Surnaturel » nouvellement instaurée allait certainement entraver leurs actions. Réunie au Temple, l'équipe de Maëve ne se réjouissaient que peu de leur victoire. Othon et Tim entrèrent à leur tour et avancèrent vers l'autel.

- Nous avons perdu Matt, Vénéré Superviseur.
- J'ai appris cela ce matin. Le Gorsedd étant très occupé, il m'a chargé d'organiser cette réunion. Depuis le départ de Matt, vous manquez d'un membre dans votre équipe. Nous avons proposé à Zita de vous rejoindre…
- La fille de Selma ! De la Matriarche ! Avez-vous perdu la raison ! s'emporta Ben.
- Elle m'a rendu la vie, Ben ! Elle n'est pas comme sa mère. Ne la juge pas trop vite.

- Bien. Vous voulez qu'elle remplace Matt ?

- Dans l'équipe, oui, dans vos cœur non. Vous trouverez en vous une autre place pour elle. Vous pouvez aimer plusieurs âmes à la fois. Il est évident qu'il vous faudra du temps pour cicatriser cette blessure. Mais je connais votre force et votre courage. Comme Eric'h, Bron, Elor'a et Tao, que j'ai connus depuis le premier jour de la composition de cette équipe, ils ont vécu des drames similaires. Bron n'a jamais remplacé Kéra. Ils ont su lui trouver une autre place dans leur cœur. Vous saurez accueillir Zita en vous.

- Dis-moi Tim, tu as bien changé ! Tu parles comme un Superviseur.

- Parce qu'il l'est devenu ! répondit Othon.

- Depuis que je suis revenu du Monde des Gnomes, le Gorsedd cherchait un moyen de me récompenser pour avoir dirigé pendant plusieurs années la Compagnie des Courageux Gnomes, et avoir participé à la *Grande Bataille*. C'est naturellement que leur est venue l'idée de faire de moi un Superviseur, se vanta-t-il.

- Si j'ai bien compris, nous avons désormais au Sanctuaire deux Superviseurs et donc, Tim devient notre Supérieur ? questionna Elodie.

- C'est exact. Je deviens un Vénéré (formule d'obédience utilisée pour remplacer « Monsieur » ou « Madame », grade supérieur à celui de druide et inférieur à Grand-Druide). Ce n'est pas tout. Pour renforcer l'équipe, vous devez intégrer Liam. Je sais que vous ne lui faites pas confiance et vous avez raison. Mais Liam n'a pas été totalement converti et le Gorsedd pense que ses pouvoirs vous seront utiles autant que sa présence. Je vous garantis qu'il ne représente plus aucun danger et des mesures ont été prises pour éviter de le perdre à nouveau. Je dois maintenant vous affecter une nouvelle mission. Chic ! C'est la première fois que je peux dire ça, dit-il provocant un rire collectif. Maëve, Ben, Elodie, Zita et Liam formerez la nouvelle équipe. Cillisia restera ici au Temple et Liam vous aidera ponctuellement dans un premier temps. Nous avons installé le Livre des Eléments sur l'autel. D'ici, Cillisia pourra contacter l'équipe, où qu'elle se trouve dans le monde, grâce à l'une des boules de cristal de Zita. Ce n'est pas tout. Un nouveau druide a été formé en secret par Pat en personne afin qu'il rejoigne votre équipe. Elle sera ainsi, complète.

- De qui s'agit-il ? demanda Maëve, surprise.

- Nathan, le militaire qui vous a aidé à traquer Yann, le frère de Bron. Ben sourit à cette idée, le jeune officier l'ayant toujours attiré.

- Les Ministères de l'Occulte et de la Défense exigent qu'un gradé fasse partie de l'équipe. Méfiez-vous, il sera chargé de faire un rapport détaillé de toutes vos activités. Mais j'ai confiance en lui. Il a prouvé sa valeur lors de la « traque » et ne vous a pas trahi lorsqu'il aurait pu le faire. Il saura trouver les mots pour remplir ses rapports tout en vous protégeant de la curiosité malsaine du Ministère de la Défense. N'hésitez pas à demander des renseignements à Cillisia sur les créatures que vous croiserez durant vos missions. Le Livre des Eléments vous sera d'un précieux secours. Vous vous chargerez des missions que la « Police du Surnaturel » aura du mal à accomplir. Ne froissez pas les Elfes qui se sentent toujours très forts et qui pourraient vous en vouloir d'empiéter sur leurs prérogatives. Mais vos deux groupes doivent être complémentaires, informa Othon avant de quitter la pièce pour répondre à un appel du Gorsedd.

- Bien, Cillisia vous alertera dès que nous aurons besoin de vous. Nathan vous attend à la Porte Sud. Un groupe de Trolls semble ignorer volontairement l'avertissement d'Eric'h. Montrez-leur qui gouverne sur Terre. Les Créateurs tiennent à faire un exemple. Alors, ne les loupez pas.
- Compte sur nous Tim, répondit Maëve.

Cythraul,
Royaume d'Ed,
Entrailles de la Terre.

Sur son lit de feu, Ed sommeillait depuis des heures. C'était un dieu et en cela il ne ressentait nul besoin de dormir. Mais c'était comme un rituel qu'il s'imposait, pour ne pas oublier qu'il y a peu, il était encore un être humain avec ses forces et ses faiblesses. Il pensa à Kéra, la seule femme qu'il avait toujours aimée. Il ignorait comment accéder à Avalon, lieu où elle résidait. Même si l'île avait trouvé refuge dans la rade de Lorient, en apparence, elle restait inaccessible, même pour les dieux. Soudain, furieux qu'une telle information lui échappe, il déchaîna sa haine sur ses sbires.

Paris,
Prison Caër Sidi.

Un jeune homme aux formes athlétiques, vêtu élégamment, s'approcha avec prudence de l'entrée Est de la prison qui semblait attirer tous les curieux du coin. Yann se souvint de l'idée de son frère Bron : « *Pas dans cette prison, mais au Secteur 48 des militaires* » avait-il suggéré. Tandis que sa curiosité le poussait à connaître un peu mieux cet endroit afin de le comparer à sa cage du Secteur 48, une ombre se découpa derrière lui. Yann ne put apercevoir l'individu qui venait de lui trancher la tête avec une rapidité affolante. Cependant, lorsque son assassin ramassa son trophée et qu'il le porta face à son visage, il ne le reconnut pas avant de sombrer dans le noir de la mort.

- Voit ce que tu me pousse à faire, Mère ! Pour attirer ton attention ! Je viens de tuer le frère de Bron ! Sa colère te poussera-t-elle enfin à réagir ? Mais Ronan n'obtint pas de réponse. Ce qui rajouta à sa haine.

Sanctuaire,
Tour d'Or.

Le Gorsedd s'était réuni à la Tour d'or, au sommet de laquelle avait été installé le « Cercueil de Glace ». Depuis des heures, les Grands Druides observaient l'objet emprisonnant Goff sans savoir par où commencer.

- Il n'y a qu'un seul moyen. Cette prison de glace a sa propre volonté. Elle ne libérera Goff qui si elle obtient autre chose en échange, commença Pat.

- Et que peut-on lui donner alors ? questionna Bann.

- Gwenc'Phel. Il nous faut décider ici, par avance, du châtiment qu'il lui sera infligé une fois arrêté, proposa Pat.

- C'est impossible voyons ! Et la justice dans tout ça ? Qu'en fais-tu ? s'emporta Ness.

- Je vois ce que tu veux faire mon ami. Mais c'est risqué et les Créateurs refuseront peut-être…

- Mais de quoi parles-tu Gwenc'Ron ?

- Une formule magique libèrera Goff à la condition de l'échanger contre Gwenc'Phel. Une fois l'échange effectué, cela ne sera pas sans conséquences pour nous. Cette décision prise en dehors d'un tribunal est immorale. Si c'est le Gorsedd qui bafoue ainsi la justice, nous perdrons notre statut et serons punis par les Créateurs. Est-ce là le prix qu'il nous faut payer pour nous assurer que Gwenc'Phel sera éternellement mis hors d'état de nuire ? Là est la question. L'échange ne peut se faire qu'une seule fois. Nous aurons l'assurance que ce *treitour* ne sera jamais libéré, pas même par un dieu ou un Créateur.

- Il faut donc nous sacrifier… Je pense que cela est possible. Après tout, c'est de notre faute s'il a pu commettre tous ces crimes depuis des années. Il était l'un des nôtres et nous n'avons pas vu ce qui se tramait dans notre dos. Notre négligence a coûté cher à deux Mondes. Il n'est pire crime que le nôtre. Si sacrifier nos âmes peut permettre de nous débarrasser définitivement de lui…

- Mais Bann, qui nous dit que les Créateurs ne trouveront pas une solution pour le punir, demanda Ness.

- Tu les connais. Nous les avons élevés. Ils n'ont pas encore acquis la froideur d'un dieu et encore moins celle d'un Créateur. C'est trop récent. Ils n'ont pas d'expérience et la morale, ainsi que l'humanité, résident toujours en eux. Ils ne les ont pas perdues. C'est ce qui les empêchera de tuer Gwenc'Phel. Ils décideront de l'envoyer à Caër Sidi. Or, depuis que la Porte Est a cédé lors de la *Fusion*, rien ne nous garantit qu'un tel drame ne se reproduise pas. Nous ne pouvons prendre le risque que le *treitour* s'échappe dans l'avenir. Je suis pour, conclut Bann.

- Je suis pour, continua Pat.

- Je suis pour, approuva Ness.

- Je… Gwenc'Ron fit les cent pas, ne pouvant prendre une décision. Sans l'unanimité, le Gorsedd ne pouvait agir.

- Je comprends que ce soit difficile. Mais nous devons agir avant les Créateurs. Ils feront une erreur s'ils mettent Gwenc'Phel en prison. Le « Cercueil de Glace » garantit…

- Je sais. J'ai bien compris votre point de vue et votre crainte. Mais la justice ne sera pas rendue de cette manière.

- Nous allons nous sacrifier. Peut-être finirons-nous à Caër Sidi à sa place mais le savoir moisir dans cette boîte me réjouit déjà.

- Pat ! Notre sagesse est-elle ébranlée à ce point ?

- Nous devenons effectivement durs ! Mais les circonstances l'exigent !

- De là à te réjouir !

- Je suis désolé. J'ai beaucoup souffert ces derniers temps. Plus que vous. Assurer la stabilité et la sécurité des monuments mondiaux durant la *Fusion* n'a pas été une mince mission. Plusieurs Magies Noires se sont déchaînées contre moi. J'ai dû réciter une « formule de courage » pour surmonter les difficultés et ma visite à Caër Sidi a laissé des traces.

- D'ailleurs, comment as-tu fait pour…, commença Ness.

- Je suis pour, craqua Gwenc'Ron la peine à l'âme. Les quatre Grands Druides se placèrent autour de Goff et prononcèrent une formule qui les lia au bloc de glace par ce serment.

« Libère notre frère par ce charme,
Nous te promettons une autre âme.
Par ce serment sacré,
Que Goff retrouve la liberté.
Si nous ne respectons pas cette promesse,
Profite alors de notre détresse.
Enfermés pour l'éternité,
Prive-nous alors de notre liberté. »

La glace se mit à fondre lentement puis très vite, Goff revint à la vie. Reprenant bruyamment son souffle, il mit un moment avant de comprendre où il se trouvait. Mais leur pardonnera-t-il de l'avoir libéré, au futur prix à payer ?

Rade de Lorient,
7 novembre 2010,
7 samonios 4578,
17 h 58.

L'équipe de Maëve avait été alertée par Cillisia. Gwenc'Phel et Gaël avaient été repérés dans le secteur. Sur place, Maëve tomba sur le Maître-Druide Rak-Kêr. Il avait été laissé en pâture à l'équipe peu avant la fuite de son chef. Elodie brandit son sceptre et transperça le torse du *treitour* jusqu'à l'avant-bras en hurlant. Rak-Kêr cracha une gerbe de sang avant de rendre un dernier souffle, ou plutôt, un gargouillis. Pendant que la jeune femme récupérait son sceptre, le reste du groupe courut après Gwenc'Phel et Gaël qui n'étaient pas très loin. Le face à face vint très vite, la Rade de Lorient en arrière-plan.

- J'en ai assez de toi Gwenc'Phel ! Il est grand temps d'en finir ! lança Maëve avec acrimonie. Le chef des *treitours* ne dit mot mais lança un premier sort sur Zita. Elle commençait à ne plus sentir ses membres, tant ils lui semblèrent devenir évanescents. Des gouttes de sueur coulaient sur son front et le long de son dos. Elle ne pouvait plus bouger. Ben reçut à son tour un autre sort de plein fouet. Cette fois lancé par Gaël, Ben fit en sorte d'ignorer la douleur et les larmes qui coulaient le long de sa joue sans discontinuer. Les deux traîtres étaient prêts à s'emparer de leurs pouvoirs, ils s'en nourriraient comme les Trolls le font de la chair humaine. Ils sentirent la puissante Magie qui leur mettait déjà la salive à la bouche.

- J'ai l'habitude de parler sans ambages. C'en est fini de vous, dit Gwenc'Phel à ses ennemis. Des rafales d'énergies traversèrent Ben qui perdit l'équilibre. Il roula sur lui-même, vacilla sur le sol incertain avant de reprendre pied et de se jeter sur Gaël. Ce dernier saisit facilement la main tendue vers lui et commença à la tordre sans efforts, se gorgeant ensuite de puissances magiques qui coulaient au fur et à mesure dans ses veines. Il vit les yeux de Ben s'agrandir de surprise et Gaël eut une expression de plaisir en sentant les os de sa victime craquer. Tout était allé si vite que Maëve réalisa à peine qu'elle serait la suivante. Elle agit juste à temps, coupant le lien magique qui unissait Ben à Gaël. Dès lors, libre, Ben inversa le flux et s'abreuva des pouvoirs de Gaël, s'arrêtant avant d'absorber trop de Magie Noire, son but étant seulement de l'affaiblir, ce qui fut chose faite avec succès. Gwenc'Phel sentit s'inverser le rapport de force et décida de leur fausser compagnie. Il agrippa très vite Gaël et l'emporta loin de l'équipe, qui ne put les suivre à cause d'un usage trop massif de Magie Noire.

- C'est pas vrai ! Encore ! Combien de fois vont-ils encore nous échapper ? pesta Maëve.

Sanctuaire,
Tour d'Or.

Ness ne pouvait plus passer de l'état humain à celui de Sirène à volonté. Ni le cacher à ses amis. Allongée aux pieds de Goff, en proie à une forte fièvre, secouée de frissons, enfermée au plus profond d'elle-même, Ness était hors de portée de qui que ce soit. Goff, comme ses pairs, avaient bien tenté de l'aider, mais ne comprirent pas de quoi l'ancienne princesse souffrait. Par deux fois les druidesses des soins avaient tenté d'entrer en contact psychique avec elle, et par deux fois elles avaient déclaré forfait. Une immense queue remplaça ses jambes et un éclair de compréhension jaillit dans l'esprit de ses pairs. Ness était devenue une Sirène et manquait d'eau pour survivre. Pat agit rapidement mais lorsqu'il la toucha, une plaie béante barra son torse. Il s'écroula dans une mare de sang et Bann hurla des ordres pour lui porter secours. Gwenc'Ron jeta une poudre verte sur la queue de poisson de Ness et cette dernière retrouva des jambes humaine mais resta malgré tout dans un état critique.

***

228

Soulèvement Des Grandes Familles

Elysée,
Bureau présidentiel,
8 novembre 2010,
8 samonios 4578,
05 h 29.

Le Président de la République constata que la cohabitation était déjà difficile. Des rapports venaient de toutes parts lui démontrer que ses forces étaient totalement inefficaces face aux Créatures venant de l'Autre Monde. Il devait prendre une décision d'urgence et ses collaborateurs étaient tous réticents à laisser plus de marge aux druides, pourtant seuls capables de gérer la situation.

- Je veux rencontrer leur chef, avait demandé le Président au Ministre de l'Occulte.
- Cela risque d'être compliqué. Ils sont très occupés comme vous devez vous en douter. Depuis des siècles, ils surveillaient les allées et venues de ces Créatures qui pouvaient venir sur Terre sous certaines conditions. Et la plupart d'entre elles tentaient d'y rester ou complotaient pour préparer le retour des dieux. Mais maintenant, les druides ne peuvent plus se contenter de surveiller quelques rebelles. Ils doivent affronter en permanence des conflits, déjouer des complots et le tout en assurant la sécurité de nos concitoyens. Dans de telles conditions, une absence fut-elle brève, comporte des risques. Dès que la situation sera sous contrôle ou calmée, je les convoquerai pour vous si vous m'y autorisez.
- Je n'aime pas laisser le pouvoir à des personnes que je ne connais pas. Ils devront trouver le temps de venir me voir.
- Mais Monsieur le Président…
- Ils trouveront le temps Marc, appuya-t-il, ne laissant aucune objection possible.

Irlande,
Forêt du Connemara.

Le Conseil des Mages se réunit autour de Matt. Ici, il avait l'impression d'être important, indispensable et protégé. Et surtout, il se sentait moins seul. Dans l'équipe de Maëve, il n'avait pas une minute à lui. Au sein de la communauté druidique, quand il n'était pas en mission, il devait rendre service aux siens. Il observa son nouveau peuple et élargit les bras. Ses yeux se noircirent et avant que le moindre Mage ne s'en rende compte, tous étaient infectés par ses pouvoirs convertis au Mal. Sur la poitrine de chaque Mage, gravé dans la chair, le symbole représentant le pouvoir d'Ed, un dragon aux ailes déployées, apparut. Seul Matt avait gardé ses pectoraux intacts. Les Mages quittèrent la forêt du Connemara, en marche vers la prise du pouvoir sur Terre.

Etats-Unis,
Baie de San Francisco.

L'Ordre chinois avait envoyé ses soldats d'argile sur les terres des druides pour colmater des brèches, qu'il avait repérées dans le bouclier retenant les Tùathas prisonniers de leur île. Dans le but de s'attirer les faveurs des nouveaux Créateurs, espérant une place de choix au sein du Panthéon, cette action n'avait donc pour but que de se garantir des intérêts. Arrivés près de Meath, la 5ème île de l'Archipel de l'Autre Monde, qui venait d'élire domicile dans la baie de San Francisco, l'armée d'argile constata les dégâts. Plusieurs sceptres druidiques étaient fissurés, menaçant de rompre le sortilège. Il était donc temps de les remplacer. Mais les chinois n'avaient pas accès à cette Magie et n'étaient détenteurs d'aucun sceptre. Cependant, l'armée avait détroussé quelques druides de leurs biens. Parmi les effets personnels, quelques bâtons attirèrent l'attention des soldats. Mais ils ignoraient qu'il existait plusieurs type de sceptres et que chacun avait ses propres pouvoirs, divers et variés selon leur origine. Or, ceux qui généraient la barrière infranchissable étaient étroitement liés aux quatre éléments. Et ils avaient été choisis par les Créateurs eux-mêmes. Nul ne pouvait donc les remplacer par d'autres sceptres aux pouvoirs bien inférieurs. Certes, ils pouvaient faire illusion, mais le moindre choc sur le bouclier le désintégrerait instantanément. La déroute attendait donc les membres de l'Ordre. Car à vouloir bien agir, c'est dans le secret qu'ils avaient décidé d'intervenir. Et cela risquait de leur être reproché plus tard.

Avalon,
Salle du Conseil des Éternels.

Un hurlement se fit entendre, ne provoquant aucun sentiment de compassion à ses pairs. Au contraire, un large sourire se dessinait sur leur visage à mesure que Taliesin faisait son retour. En effet, Gwyon'Bach et lui partageaient le même corps. Taliesin représentait la face adulte et Gwyon'Bach adolescente d'un même dieu. Or, les autres Éternels étaient parvenus à mettre Taliesin de leur côté, Gwyon'Bach étant, comme à son habitude, indépendant et insaisissable. Pour sauver Eric'h, Gwyon avait dû se sacrifier, laissant place à son alter ego adulte. Il savait que ce jour viendrait et avait mis en place un « plan » pour être sauvé. Tout comme il avait fait kidnapper Eric'h et Elor'a bébés, dans le but qu'ils soient élevés par les druides, et pour qu'ils sauvent, avec le renfort de Tao et Bron, l'humanité en devenant ensuite Créateur ; Gwyon avait donc élaboré un autre « grand plan » pour être sauvé du sort de Ronan.

Il attendit que Taliesin prenne le dessus avant d'envoyer in extrémis le « sort d'appel » qu'il avait préparé. Dès qu'il fut émis, l'image des quatre Créateurs apparut au milieu de la Salle du Conseil, sans savoir pourquoi.

- Que se passe-t-il ? réagit Bron.
- Avec moi ! ordonna Eric'h sans plus d'explication. Il récita une formule et les trois autres répétèrent en chœur.

Séparez ces deux êtres sur ordre des Créateurs,
Libérez notre allié, punissant les Éternels.
Que Gwyon soit des nôtres et pas des leurs,
Par notre Magie il redevient un Éternel !

Un fracas assourdissant retentit. Taliesin hurla à déchirer les tympans. Les deux individus furent séparés et devinrent indépendants l'un de l'autre après des milliers d'années de cohabitation. Ils avaient vécu tout ce temps comme des frères siamois. Être séparé devenait une épreuve à surmonter. Tous deux n'étaient pas ennemis mais avaient choisi des camps opposés. Le rapport de force au sein du Conseil avait changé et Eric'h n'avait pas apprécié son petit voyage à Tarnos.

- Désormais, tous les deux seront des Éternels. Ronan m'a envoyé ici en sachant que je ne pourrais pas revenir d'Avalon, même si c'est sa mère qui était visé. Gwyon a dû se sacrifier pour me permettre de partir d'ici, car nul ne peut quitter Avalon. Je lui devais donc de le sauver.
- Tu n'as pas d'ordres à nous donner ! Nous sommes tes supérieurs ! cria presque Nanta.
- C'est juste. Mais vous alliez profiter du décès de Gwyon. L'un des vôtres !
- Les pouvoirs de Ronan sont inquiétants. Il a réussi à envoyer un Créateur jusqu'ici. L'endroit choisi en Avalon n'est pas anodin. Il aurait pu t'envoyer n'importe où sur l'île. Mais c'est dans notre Salle du Conseil que tu es apparu. Nous pensons donc qu'un message nous était également adressé. Après toi Elor'a, il comptait sûrement s'en prendre à nous. Nous sommes hors du Temps et de l'Espace, loin de toute influence magique. Nous sommes garant de l'équilibre des pouvoirs. Et Ronan est devenu une menace.
- Mon fils est perdu ! La Magie qui l'a engendré est aussi celle de son père ! Un *treitour* ! Nous ignorions jusqu'à ce jour à quel point il tenait de son père et l'origine de son héritage génétique. Je n'ai jamais voulu tuer Gaël pour épargner mon fils d'une telle perte. Dois-je le regretter aujourd'hui ? Que voulez-vous faire de mon fils ? Je vous empêcherai de lui faire le moindre mal !
- Pour l'instant, c'est ton fils qui fait du mal ! Pas nous ! s'emporta Bitom.
- Nous nous engageons à résoudre la menace. Laissez Gwyon régner avec vous, proposa Bron.
- Je suis d'accord. Eloignez de nous la menace et nous intégrons à nouveau Gwyon. Nous ne ferons rien contre Ronan tant que vous vous engagez à vous occuper

de lui, conclut H'Coma qui quitta la pièce. L'image des Créateurs se flouta avant de disparaître.

- Nous devons discuter d'un certain nombre de choses… commença Gwyon'Bach, exaspérant déjà les autres Éternels.

A l'abri du Palais Divin, Elor'a s'inquiéta des mesures à prendre pour empêcher son fils de nuire.

- Je peux le raisonner.
- Je veux bien, mais jusque-là nous n'avons pas réussi, répondit Bron.
- Qu'allez-vous faire ?
- Strictement rien sans ton appui. Tu agiras seule ou avec notre soutien. Sois certaine Elor'a, que nous n'irons pas tuer ton fils. Quoi qu'en disent les Éternels.
- Merci Tao. Mais il va bien falloir que je fasse quelque chose. J'ai trop attendu, isolée dans ce Palais. Je vais devoir affronter Ronan, pleura la Créatrice.

Baie de San Francisco,
Archipel de l'Autre Monde,
8 novembre 2010,
8 samonios 4578,
13 h 24.

Selma, la Matriarche des Grandes Familles, prit la tête de son peuple et dirigea celles que l'on nomme « les cinq » vers Meath, pour libérer leur armée, les Tùathas Dé Danann. Selma avait perdu une partie de ses pouvoirs, volés pour ramener Maëve à la vie. Mais il lui restait suffisamment de force pour abattre les sceptres qui les retenaient prisonniers. Elle entendait déjà les suppliques de Danann, la Mère de tous les Tùathas. La rage de la géante avait décuplé, comptant bien faire payer aux Créateurs sa récente défaite. L'armée d'argile qui patrouillait encore et surveillait l'archipel entra en conflit avec Selma. Hélas, elle ne fit qu'une bouchée d'eux, pulvérisant l'armée qui redevint de la boue. Plus rien ne pouvait dès lors arrêter la Matriarche. Les Créateurs, occupés à trouver un moyen d'éloigner la menace de Ronan, les druides et l'équipe de Maëve, qui devait veiller à la sécurité des Hommes, le Gorsedd en proie à sa crise, personne ne voyait le danger surgir. Et lorsque les sceptres tombèrent les uns après les autres, il fut trop tard pour intervenir. Danann mit un pied hors de Meath et hurla sa joie quand elle vit qu'aucune conséquence néfaste n'intervenait. Dès lors, les Tùathas, les Fir Bolg et les Fomoirés retrouvèrent la liberté. Une *4ème Bataille de Mag Tured* semblait poindre à l'horizon. Et celle-ci risquait bien de faire des victimes… sur Terre.

***

229

Le Début De La Fin (1)

**Désert du Sahara,
Tadrart Acacus,
8 novembre 2010,
8 samonios 4578,
18 h 14.**

A l'Ouest de la Libye, au Palais Divin, une réunion de crise fut organisée par le Thésauriseur. Les Créateurs, venant tout juste de récupérer Eric'h et Gwyon'Bach, devaient déjà s'occuper de la menace des Tùathas.

- Quelle plaie ! Ces Tùathas sont vraiment des sangsues. Pas moyen de s'en débarrasser, s'emporta Eric'h.
- Selma a déployé ses pouvoirs autour des îles pour masquer ce qui s'y passe.
- Mais voyons Créateurs ! Ouvrez votre « œil » ! s'empressa de répondre le Thésauriseur. Dès que ce fut fait, Bron remarqua le drame qui se jouait à San Francisco.
- Elle est en train de les libérer ! Tous les sceptres de protection sont brisés ! Une armée d'argile a semble-t-il été décimée. Je peux la tuer d'ici et restaurer les sceptres.
- NON ! Ne faites pas cela, je vous en prie !
- Je ne comprends pas. Je suis Créateur. Je suis censé régner sur toute vie, sur toute chose. Mais chaque fois que je veux agir en tant que dieu, vous m'en empêchez !
- Ce n'est hélas pas si simple. Selma dirige les Grandes Familles. Les « cinq » sont puissantes et très influentes.
- Je sais. Ce sont elles qui ont déclenché les *Batailles* à *Mag Tured*. Les trois, si je ne m'abuse. Et pour ce crime, elles n'ont jamais été punies ! cria presque Tao en colère.
- C'est exact. Elle tenait une grande partie des dieux au chantage. Et ceux qui étaient libre de son influence malsaine ne pouvaient agir sans devoir se battre avec les autres dieux. L'ancien roi des dieux avait ordonné à ses sujets de cesser querelle. Du pain béni pour les Grandes Familles. Au Panthéon, les Matriarches ont toujours eu un pouvoir immense. Elles savent manipuler le jeu politique mieux que personne.

- Nul ne s'est opposé à elles jusqu'à aujourd'hui? demanda Elor'a très surprise.

- Personne. Même si vous avez changé tous les dieux pour ne garder que ceux de confiance, cela ne suffira pas. Elles représentent beaucoup trop de peuples qui de fait, les immunisent.

- L'immunité diplomatique c'est ça ?

- L'équivalent, oui. Je suis désolé mais, être Créateur ne veut pas dire pouvoir faire tout ce que vous voulez. Vous risqueriez de passer pour des dictateurs.

- Génial. Pourquoi Gwyon a-t-il tant manipulé les Éternels pour que l'on prenne la place des anciens Créateurs si c'est pour, aujourd'hui, avoir les mains liées. On ne peut rien entreprendre sans marcher sur des œufs, pesta Tao.

- Je comprends votre frustration. Dans quelques temps, lorsque vous aurez le pouvoir absolu sur Terre, peut-être…

- Parce qu'on ne l'a pas déjà ? s'étonna Elor'a.

- C'est de la fumisterie ! On ne sert à rien si nous ne pouvons prendre des décisions seuls. Il grand temps de donner un coup de pied dans la fourmilière gangrénée. A compter de ce jour, nous serons les Créateurs que nous avons toujours pensé être. Et ce, dans le respect, la justice et l'équité.

- Bien dit Eric'h ! s'exclama Tao.

Lorient,
Sanctuaire.

L'équipe de Maëve et le Gorsedd se retrouvèrent au complet. En vingt-quatre heures, Pat avait repris des couleurs et la plaie qui barrait son torse avait laissé place à une vilaine cicatrice. Une formule d'invisibilité rendit à ses pectoraux son esthétique. Ness avait retrouvé ses jambes et la fièvre était tombée. Mais mystérieusement, elle avait conservé le pouvoir d'attraction des Sirènes. Le Sanctuaire venait de subir une attaque surprise de sorcières envoyées par Selma, afin de maîtriser les druides en les cantonnant sur leur sol sacré, lui laissant ainsi le temps de libérer tous les Tùathas. Le Marchand de Sable (alias le Maire T-Rex) était semble-t-il également leur cible. Des sortilèges furent lancés en tous sens. Depuis que le Sanctuaire était sorti de sa protection du Plan Astral, il était devenu plus vulnérable et Selma voulait faire payer aux druides le piège dans lequel ils l'avaient fait tomber. Les druides parvinrent à se défendre efficacement, le plus lourd des forces de Selma était auprès d'elle. Ils n'avaient donc qu'à s'occuper des sorcières de basse classe. Mais cela les occupa suffisamment pour les empêcher de quitter le sol sacré. Tout s'accéléra cependant. De nombreuses autres surprises les attendaient.

Baie de San Francisco,
Archipel de l'Autre Monde,
Île Sud.

Les Fir Bolg (espèce de Géants faisant partie des trois races composées des Tùathas, des Fomoirés et des Fir Bolg) quittèrent eux aussi leur île, retrouvant la liberté. Ils avaient accepté de se sacrifier en étant isolés comme leurs cousins. Mais laisser les Tùathas libres était inadmissible. Le roi des Fir Bolg, Eochai, ordonnait déjà à ses troupes de les poursuivre. Mais il fallait d'abord affronter les Grandes Familles qui leur barraient la route.

- Que les dieux m'entendent ! Je ne laisserais pas cette vermine régner sur le Monde ! Si une *4ème Bataille de Mag Tured* doit commencer, je porterai cette fois le premier coup ! Par les Créateurs, qu'ils soient maudits ! Dans ce dernier hurlement, les Fir Bolg accompagnèrent leur roi vers une guerre impitoyable. Cet évènement déclencha d'autres conséquences. En Egypte, la terre trembla au pied des pyramides. A l'Est de celle de Gizeh, le sol de *Mag Tured* sortit du sable.

A Lorient, Matt, qui avait pris la tête des Mages, retrouva la trace de Gaël qui venait de se rendre à la Rade de Lorient, escorté de *treitours*. Matt lui envoya des Famulus, profitant d'un Gaël aux pouvoirs réduit suite au face à face avec l'équipe de Maëve. Les Famulus étaient les serviteurs des Mages depuis six milliers d'années. Prenant la forme de n'importe quel animal terrestre ou aquatique, le Famulus était un esprit de magie sacré. Insaisissables et très puissants, leurs pouvoirs étaient immenses. Après les dieux, seul un Mage pouvait les domestiquer. De nombreux druides avaient perdu la vie en essayant.

Au Palais Divin, Nanshe, déesse des prophéties, pulvérisa la porte du bureau d'Eric'h en entrant.

- Nanshe ! La porte !
- Créateur ! Deux funestes prophéties viennent de m'apparaître. Une *4ème Bataille* se profile à *Mag Tured.* Le sol souillé de sang est déjà sorti du sable d'Egypte. Ce sera la dernière et l'autre vision m'a montré la Fin du Monde Celte.
- La Fin ! Est-ce possible ? Je viens juste de devenir Créateur. De nouveaux dieux ont été nommés et tu m'annonces la Fin de Monde ?
- Créateur, il n'y a plus d'avenir. Les Parques ont déjà prévu de couper tous les fils de leur métier à tisser.
- Toutes les vies ?
- Pas une seule créature survivra.
- Et les humains ?
- C'est le mystère, Créateur. Les Hommes survivront, je ne sais comment.
- Tout cela est bien curieux. Laisse-moi. Je dois m'entretenir avec les autres.

Après une longue conversation avec les autres Créateurs, Eric'h accepta la proposition du Thésauriseur : se rendre dans l'Akasha. Cette Salle du Savoir se trouvant dans le Plan Astral, donnait accès aux archives akachiques (collection de moments dans le Temps, enregistrés dans l'éther du Plan Astral). Eric'h devait y rechercher un moyen d'éviter qu'une *4ème Bataille* ne se produise.

***

230

Le Début De La Fin (2)

Sanctuaire de Lorient,
21 décembre 2010,
21 dumaannios 4578,
18 h 27.

La *Fusion* des Mondes était achevée et pourtant la course du Temps fit de nouveau un bond. L'arrivée du sol de *Mag Tured* avait sans doute déclenché cette anomalie. Mais ce changement n'affecta que le calendrier, car toute vie sur Terre continua d'évoluer comme si cet évènement n'avait pas eu lieu. Yule, fête du solstice d'hiver, arriva sans prévenir. Trop occupés à se battre, les druides ne pouvaient pas célébrer cette longue nuit annonciatrice du début d'une nouvelle vie.

Pendant que les druides se battaient à l'extérieur, Tim tenta de retenir ses élèves à l'abri en dispensant son cours. Il leur parla des « auras », même si les plus curieux regardaient par la fenêtre. Tim parvint à retenir leur attention : il fit un geste de la main et un mur remplaça la fenêtre.

- Une amie à moi vous dirait que vous avez eu de la chance car, il n'y a pas si longtemps, je ratais tous mes sorts. J'aurais pu emmurer votre tête en même temps que la fenêtre, dit-il en ayant une petite pensée pour Tara, cette fameuse amie. Je disais donc que les personnes que vous appréciez le plus ont la même aura que vous. La puissance d'une aura est liée aux pouvoirs de son hôte. Cela veut dire que lorsque vos pouvoirs sont faibles, la puissance de votre aura diminue. L'un des symptômes lié à cet état est une grande fatigue.

A cet instant, une boule de feu atterrit sur le toit, très vite réduite en boule d'eau par Othon, qui savait les élèves à l'intérieur. L'instant d'après, la porte vola en éclat, laissant entrer de vieux amis. La Compagnie des Courageux Gnomes venait lui rendre visite.

- Vous avez choisi votre moment vous !
- C'est ce que je vois ! répondit Pouf en lui sautant dans les bras.

- Viens ici mon grand ! lui lança Seamus qui se moquait de sa taille.

- Luna ! Que je suis content de vous voir. Que faites-vous ici ?

- Grâce au Trésor de Myrddin que tu nous as aidé à trouver, Brug Na Boïnne a été restauré, commença Raphy.

- Mais, quand nous avons inspecté tout le Trésor, nous avons trouvé une lettre inquiétante. Elle parlait de la venue d'un être plus puissant que les Créateurs et qui fera trembler les Éternels. Tim, nous croyons qu'un effroyable danger arrive.

- Un seul ? Et celui qui est dehors ? Vous en faites quoi ?

- Tim, beaucoup plus terrifiant, insista Luna les larmes aux yeux. Myrddin disait que les celtes ne survivraient pas à la *Fusion*. « *Lorsque les terres ne feront qu'une, un immense chaos sera engendré. De la Bataille qui sera la dernière, naîtra l'arrivée de celui qui éteindra nos rêves.* »

- Qu'est-ce que ça veut dire ?

- Qu'aucune créature celte ne survivra. J'ai envoyé une colombe avertir le Palais Divin. A son époque, Myrddin savait déjà que ce jour viendrait. Il savait que quelqu'un trouverait son trésor et savait aussi que nous lirions sa lettre. « *Aux nains qui au nombre de quatre deviendront cinq* » Cette phrase indique que la lettre nous était adressée. Nous quatre et toi, Tim, qui es devenu le cinquième, fondant ainsi la Compagnie des Courageux Gnomes.

- Merlin nous a écrit une lettre ? On est si célèbre ? Que doit-on faire ?

- Tu vas avertir les autres druides de ce qui va arriver. Si on ne peut empêcher la guerre, nous pouvons au moins finir en beauté. Nous venons te chercher, la Compagnie a une nouvelle mission ! s'exclama Raphy.

- Botter le cul des *treitours* ! finit Pouf en trébuchant, simulant le coup de pied. Les élèves se mirent à rire, rappelant à Tim leur présence.

- Oui Pouf, je dois d'abord finir mon cours. Les Gnomes sortirent se battre et Tim reprit son discours.

- Après les auras, votre manuel indique que le prochain chapitre parle des Vampires et des loups-garous. Lors de la *3ème Bataille de Mag Tured*, ils ont été exterminés jusqu'au dernier. Mais vous avez appris que des créatures de l'Autre Monde savent dupliquer des monstres disparus. En connaissant l'histoire des Vampires par exemple, vous saurez mieux affronter leur réplique si vous en rencontrez une un jour. Un vampire est un humain décédé et enterré qui revient à la vie. Ils sèment la mort et transforment parfois leurs victimes, à leur tour, en vampire. Pour les tuer, il faut les empaler avec un pieu, leur couper la tête ou les immoler. Ils ne se contentent pas de libations de sang, ils violent, battent et jouent avec leurs victimes. La lycanthropie cependant, est la mutation provisoire d'un homme en animal, le plus souvent en un loup difforme. La transformation a lieu à la pleine lune et dure trois nuits par mois. Tim poursuivit ses explications durant deux heures aux termes desquelles, à l'extérieur, les druides prirent la main sur les sorcières, mais le nombre prolongea l'affrontement durant de nombreuses autres heures.

Prison Caër Sidi.

Une forme humaine fine apparut au-dessus de la prison. Pris d'une panique incohérente, les Diwaller (gardiens de la prison) fuirent leur poste. Les créatures prisonnières du bâtiment hurlèrent à leur tour. Les druides présents sur place reculèrent et alertèrent le Sanctuaire. Quelques dieux se risquèrent à intervenir mais prirent eux aussi de la distance. La fillette volait littéralement sans bouger. Tara ouvrit alors les yeux et hurla, usant du « Pouvoir Ultime » que lui conférait le Graal. Son cri fut entendu sur toute la planète. Le dôme de la prison vola en éclat. Les prisonniers et les Diwaller furent pulvérisés. Ceux qui avaient fui subirent le même sort. Caër Sidi n'existe plus depuis ce jour-là. Tara devint lumineuse et des formes éthérées l'entourèrent.

- *C'est le début de la fin prochaine des dieux celtes et des créatures de l'Autre Monde ! La Terre ne vous est pas destinée ! Le dieu Unique arrive avec sa cohorte de Saints. Tremblez, Etres Supérieurs ! Votre fin est annoncée !* lança une voix inconnue dont la silhouette flottait à la droite de Tara.

***

231

RESTAURATIONS

Etats-Unis,
Baie de San Francisco,
21 décembre 2010,
21 dumaannios 4578,
20 h 16.

Avant de disparaître, Tara éleva un mur indestructible autour de l'archipel. Même si les Géants avaient retrouvé la liberté, ils ne purent franchir cette barrière les séparant des Grandes Familles et de l'extérieur. Selma pesta et chercha un moyen de contourner l'obstacle sans succès. Le déchaînement de Magie qui déstabilisa la Terre et le cours du Temps depuis la *Fusion* des Mondes, ne prit pas fin. L'intervention de Tara provoqua un autre bond temporel de plusieurs mois cette fois.

26 septembre 2011,
26 aedrinis 4578.

Habituellement, le troisième week-end de juin, ont lieu les joutes de Kernevel. Mais cette année, la *Fusion* des Mondes avait bousculé le calendrier. A Kernevel, près de Rosporden, dans le Finistère, les meilleurs sonneurs de Bretagne s'étaient réunis pour se mesurer dans un concours traditionnel. Roc'h assura la sécurité de l'évènement que les autorités pensaient utiles pour distraire les habitants, perturbés par la cohabitation difficile avec les créatures. Les ports de Lorient et Kernevel, au cœur d'une agglomération de cent quatre-vingt mille habitants, étaient en fête. Le port était situé face à la citadelle de Port Louis, à deux kilomètres de Larmor. L'hôpital militaire de la citadelle avait repris sa place après la *Fusion*. Ouvert en 1706 et composé de huit lits seulement, il avait été fermé et remplacé par un parc à boulet en 1730. Le bâtiment couvert de tuiles avait traversé le temps. Le tumulus de Kerroc'h, cairn recouvert d'un tertre, avait été épargné par la *Fusion*.

Carnac.

Les Créateurs se rendirent à Carnac qu'ils n'avaient pas revu depuis des années.

- Ca fait si longtemps, commença Bron.
- Je sais. L'intervention surprenante de Tara a suspendu la menace des Géants. Le Thésauriseur veut réactiver le réseau de pierres dressées. Les druides pourront

ainsi utiliser les pierres pour envoyer les créatures coupables de crimes dans le Plan Astral, la nouvelle prison. Depuis la destruction de Caër Sidi, j'ai décidé que le Plan Astral servirait de prison, continua Eric'h.

Les alignements de Carnac s'étendaient sous leurs yeux. Le long de la route départementale cent quatre-vingt-seize, au Nord de la ville, les célèbres menhirs se dressaient sur trois sites.

En ce temps et en cette heure,
En moi la Grande incantation demeure,
En ce lieu j'invoque les dieux,
Que ces pierres sacrées ouvrent le réseau sous nos pieds !

Les Créateurs venaient de prononcer la Grande Incantation, seule capable de restaurer le réseau de pierres dressées, qui permettait de relier entre eux les cromlec'h du Monde entier.

- C'est fait. Les druides et les Elfes enquêteront sur tous les phénomènes étranges signalés par les autorités. La police conventionnelle s'effacera devant la Police du Surnaturel qu'elle épaulera au besoin, informa Tao.

Ile de Groix.

Depuis la destruction de l'île par Eningann, elle avait retrouvé son apparence mais resta inhabitée. Au sommet de la colline, au centre de l'île, s'ouvrait une porte lumineuse par laquelle Dieu arriverait sur Terre. Devenue une île hors du Temps et de l'Espace, Groix trônait toujours au large des côtes bretonnes. Les Créateurs sentaient poindre le grand changement et leur fin. L'ouverture de la porte avait fait trembler le Palais Divin et sema la panique sur tous les dieux. Comment allaient-ils y faire face ? En proie au doute et à la peur, les Créateurs fermèrent les portes du Palais, provoquant la rupture de la communication avec l'extérieur. Les druides et certains dieux furent livrés à eux-mêmes. Le Gorsedd fut très inquiet de ne pouvoir les contacter. Les Éternel, depuis Avalon, sentirent leur contrôle sur les dieux leur échapper. Un profond malaise les habita.

Au sommet de la colline, Tara et Gwyon'Bach regardaient la porte s'élargir lentement.

- C'est magnifique, commença Tara.
- Sans doute, mais ce qui va se produire l'est moins.
- C'est écrit. Les Parques ont fini leur travail. Elles ne décideront plus quand naître et quand mourir.
- Mais Tara, quel est ton lien avec lui ?
- C'est une grande question. Depuis que j'ai bu le contenu du Graal, tout a changé pour moi. Tu sais que tu ne peux pas rester Gwyon.

- Oui. J'avais espoir de te raisonner et que peut-être tu pourrais refermer cette porte tant que c'est encore possible.

- Les Celtes se déchirent depuis toujours. Ça n'a pas changé. Un nouvel ordre va se mettre en place. Et vous n'y avez pas votre place. J'ai seulement pu ralentir la fuite des Géants en érigeant un mur inviolable.

- Tu n'es pas une *treitour*, Tara. Comment peux-tu laisser faire une chose pareille ?

- Je n'y peux rien. Je suis spectatrice, comme toi. Ils arrivent Gwyon, tu dois partir.

- Qui ?

- Les Saints, l'armée de Dieu.

- Ce n'est pas notre dieu.

- Ce n'est pas non plus votre Monde.

- Mais la *Fusion*… je l'ai longuement préparée.

- Je sais tout ce que tu as fait. Tu as bien œuvré pour sauver les tiens. Mais ce n'était semble-t-il pas suffisant. Vous vous êtes exclus du cœur des Hommes. Vous ne vous y installerez pas de force. Les Saints approchèrent, menaçants.

- Une dernière question Tara. Es-tu prisonnière ? Dois-tu être sauvée ?

- Non, Gwyon. Je suis une messagère sinon une spectatrice, comme toi. Sur ces derniers mots, Gwyon'Bach dut fuir l'île.

- « Mon Grand Plan ! Tout est perdu. C'est trop tôt ! Sa venue est prématurée. » Ainsi donc, Gwyon savait. Depuis le début de la *Légende Des Maîtres*, Gwyon savait.

***

« Je prends rarement la plume. J'ai appris la nouvelle. La fin du Monde Celte est proche. Dire que mon prédécesseur le savait à l'époque. Oui j'y pense, Myrddin (Merlin) était membre du Gorsedd en son temps. Qu'allons-nous devenir ? Nous avions l'Autre Monde comme refuge lorsque les humains ont rejeté la Magie, dans l'antiquité. Mais aujourd'hui, l'Autre Monde n'est plus. Plus de refuge. Plus d'alternative. L'avenir reste toujours si sombre. Et les druides, cette fois, quelle place auront-ils ? Quelle place aurons-nous ? »

Bann,
Membre du Gorsedd.

A SUIVRE…

SAISON 7
EPISODE 1

LE GARGIEN

25

« La famine amène la peste. »

Souvenez-Vous...

Dans les épisodes précédents de la collection « La Légende Des Maîtres » :

Pour protéger les *Sanctuaires du Monde*, le Gorsedd les a déplacés dans le *Plan Astral*. Mais le bouclier servant à protéger les druides du *Monde Astral* les prive de leurs pouvoirs…

Cillisia est parvenue à emprisonner *Cernunnos* et *Abarta* dans la boule de cristal de Bron… Ness et les autres Grands Druides du Gorsedd détruisent les deux dieux pour se servir de leurs pouvoirs, afin de maintenir les *Sanctuaires* stables…

Ed parvient à vaincre *Diafwl* en Enfer pour lui prendre le trône, non sans faire deux découvertes de taille : celui qui dirige *Cythraul* voit son sang changer en *Feu Sacré*, seule arme capable de tuer un *Créateur* et ce pouvoir est un cadeau offert par *l'Éternelle Nanta,* qui a fait de *Diafwl* sa carte secrète dans son jeu de manipulation. Les *Éternels* n'interviennent jamais directement dans le cours des évènements, mais ce que tous ignorent, c'est qu'elle ne se gêne pas pour manipuler les peuples à son compte...

Sur Terre, Gwenc'Phel, Gaël et Rak-Kêr attaquent le *Sanctuaire*. Lorsque Maëve est victime de l'explosion du cromlec'h, les choses s'aggravent : elle subit un vieillissement prématuré… Maëve reprend sa forme originelle après un long périple à travers le Monde, mais les conséquences de l'explosion de la *Chambre Souterraine* sont dramatiques. Et comme prédit par la *Dame Endormie* à Malte, elle se retrouve avec une seule année à vivre…

Cillisia reprend le poste d'Eric'h, professeur d'Histoires Anciennes… Le Président de la République apprend l'existence du Programme « *Sanctuaire* », mené par une branche secrète du Ministère de la Défense et dirigée par un Ministre dont il ignore l'existence : le *Ministre de l'Occulte*. Il demande des explications et suit de près les évènements sans toutefois mettre fin au Programme…

Bron est pris d'une violente vision lui montrant l'avènement de la *Fusion* de la Terre avec l'Autre Monde, provoquant la déstabilisation du système solaire…

Ben se découvre un nouveau pouvoir de télépathie, confié par Bron qui veille sur lui… Autour de l'île de Groix, le tsunami créé par *Eningann* provoque la destruction de plusieurs navires…

Les *Traqueurs Elfes* travaillent activement à la protection des Hommes… Les *Créateurs* décident de transformer le *Maire T-Rex* en *Marchand de Sable*. Son action entrave efficacement l'invasion des créatures surnaturelles sur Terre jusqu'à ce que Gwenc'Phel s'en mêle…

La *Fusion* change considérablement la carte du Monde : dans un premier temps, le *Palais Divin* se retrouve au Sahara avant de s'installer en Sibérie ; la prison *Caër Sidi* remplace la *Tour Eiffel* à Paris avant d'être pulvérisée par Tara, obligeant Eric'h à faire du Plan Astral la nouvelle prison, et les *5 îles* se retrouvent à San Francisco, aux Etats-Unis…

Ronan défie sa mère et attaque Eric'h par erreur (sa mère étant visée). Le *Créateur* se retrouve dans la *Salle du Conseil des Eternels* où Gwyon'Bach le libère en se sacrifiant. Mais, une fois sur Terre, Eric'h perd pouvoirs et mémoire… *Taliesin* prend la place de Gwyon'Bach et Ronan est banni du Palais…

L'Ordre Chinois envoi son armée de soldats d'argile sécuriser Meath. Un acte non dénué d'arrières pensés… Le Président de la République veut que les armes du *Secteur 48* soient utilisées…

L'équipe affronte Ronan, Gaël et Gwenc'Phel avant d'être faits prisonniers… Goff est emprisonné dans un *Cercueil de Glace* avant d'en être libéré sous certaines conditions…

Suite...

232

Désastres

« Quelle joie d'écrire mes premières lignes dans les Chroniques des Druides ! Othon m'a assuré que les Superviseurs sont autorisés à compléter les Chroniques en dehors du Gorsedd et de l'équipe de Maëve. Ces dernières semaines, mes amis ont eu du fil à retordre. Les créatures de l'Autre Monde qui se sont installées sur Terre se croient tout permis. Les Traqueurs Elfes et la nouvelle Police du Surnaturel travaillent d'arrachepied pour remettre de l'ordre. Mais leurs efforts semblent insuffisants face à l'énormité de la situation. Je ne peux que prier les dieux pour venir en aide aux mortels. Mais même ceux-ci se sont retranchés au sein de leur Palais, loin du tumulte et de nos malheurs. A ma plus grande surprise, mes jeunes protégés évoluent bien. Il y a quelques années encore, j'étais le pire druide que le Sanctuaire ait abrité. Je ratais tous mes sorts, je mettais en danger les autres et, croyez-le ou non, cela n'a pas changé ! A mon dernier cours sur le sort d'immobilisation, j'ai demandé à l'un de mes novices de servir d'exemple. Mon cobaye s'est retrouvé figé dans une enveloppe de pierre. Othon a dit que son état changerait au retour des dieux. Le pauvre, et s'ils ne revenaient jamais ? Je frémis à cette idée. En dehors de cet incident, il s'en est produit tant d'autres que je ne pourrais tous les retranscrire ici. J'ai croisé Gwyon'Bach il y a trois jours et il semblait très inquiet. Vous me direz qu'il l'est toujours. Mais cette fois, ce fut plus remarquable que d'habitude. J'ignore ce qui va prochainement se produire mais… je crois que quelque chose de terrible s'ourdit encore en secret. Voilà, pour cette première, je crois que je n'ai plus rien à ajouter. Ah oui, Othon me rappelle que c'est l'heure de dîner. Mais… pourquoi j'écris ça, moi ? Je sais pas s'il y a une formule de fin à écrire, mais… a plus ! »

TIM,
SUPERVISEUR.

Stonehenge,
Comté de Wiltshire,
8 novembre 2011,
8 samonios 4578.

Au Royaume-Unis, un ensemble monumental de pierres suspendues, Stonehenge, fut construit entre le IIIème et le IInd millénaire avant J.-C. Une aire sacrée de quatre-vingt-dix mètres de diamètre, délimitée par un gigantesque fossé, bordée d'un talus, était en place avant que ne soit édifié un double cercle de pierres et un monument circulaire à linteaux. Stonehenge était le centre d'un territoire funéraire qui regroupait plusieurs milliers d'individus. Commencé par un fossé circulaire de cent mètres de diamètre qui fut creusé au chalcolithique (fin du IIIème siècle avant notre ère) des constructions en pierres massives de plusieurs dizaines de tonnes chacune furent ajoutées. Certaines de celles-ci supportaient des pierres horizontales soigneusement ajustées et formaient des « portes ». Le monument comportait une allée orientée par rapport au solstice d'été. Il n'était pas isolé mais faisait partie d'un vaste complexe rituel regroupant tertres et enclos circulaires. Cet immense cromlec'h a dû former un grand cercle de trente monolithes (pierres seules) et couronner d'autres blocs horizontaux. A l'intérieur se trouvait un second cercle composé de quarante pierres plus petites. Cinq trilithes (colonnes grossières) se dressaient dans ce second cercle.

La lune s'élevait bien haut, cachée par un ciel couvert. La douceur automnale permettait encore de sortir en soirée sans être trop frigorifié. Le site abritait un être dont les humains ignoraient l'existence. Cette entité était parfois oubliée des dieux eux-mêmes. Nommé le « Gardien », cet être devait protéger un objet d'une grande valeur. Le Gardien apparut et hurla. Cette forme de sept mètres de haut déchaîna sa colère. Les pierres de Stonehenge vibrèrent et des nuages d'un noir profond s'accumulèrent au-dessus du site. Des éclairs illuminèrent la nuit et le tonnerre, assourdissant, repoussa les quelques créatures magiques habituées à occuper ce lieu. Une alerte ne tarda pas à parvenir jusqu'aux druides. Dès lors, le Sanctuaire fut averti et Cillisia envoya Maëve et son équipe sur les terres anglaises.

4 h 28.

Lorsque la voiture freina, elle laissa une traînée de terre battue dessinée par ses pneus. Nathan se pencha sur son volant et scruta une forme à travers le pare-brise. Ben, sur le siège passager, comprit vite que l'attention du militaire était fixée sur autre chose que le chemin qui menait aux pierres. Les portières s'ouvrirent et l'équipe descendit de voiture.

- C'est énorme ! s'exclama Nathan, ahuri.
- Tu t'y feras au bout de quelques années en notre compagnie, lui répondit Ben en souriant.
- Je me demande ce que c'est ? continua Elodie, dont la main avait été restaurée par Magie quelques jours plus tôt.
- Cillisia m'a juste dit qu'une alerte nous avait été transmise. J'avoue que je n'ai pas écouté la suite, pressée de me défouler un peu. Ces derniers jours, je suis très énervée.
- On avait remarqué !
- Très drôle, Nathan. Avançons un peu pour voir cette chose de plus près.

La taille de la créature était telle qu'elle aurait caché le ciel étoilé si les nuages ne les avaient pas déjà camouflée. La créature semblait nerveuse. Approcher était risqué, mais il fallait impérativement en savoir plus sur la situation et l'équipe n'avait d'autre choix que de calmer le géant.

- Eh l'ami ! cria Nathan pour attirer son attention. Le monstre baissa la tête et observa le sol, avant de fixer ce qu'il prenait pour des insectes.

- Il nous regarde bizarrement, commença Elodie.

- Les créatures nous regardent toujours curieusement !

- Je t'assure que je n'aime pas ça.

- *Boest* (boîte) *!* hurla une voix grave.

- Boîte ? Qu'est-ce qu'il veut dire ? se demanda Maëve. *Drouiz* (druide) ! cria-t-elle à son intention.

- *Drouiz ? Gouarner* (Gardien) *!*

- Bon, cette chose existe probablement depuis la nuit des Temps. Je dirais qu'elle est aussi vieille que l'était Mandragoria. Elle nous parle en Breton mais son véritable dialecte doit être si vieux que nous ne le comprendrions pas.

- Tu veux dire qu'elle ne peut pas nous parler ? s'interrogea Nathan.

- Je veux dire qu'elle fait déjà des efforts pour se faire comprendre. Elle se traduit maladroitement. Laissez-moi une minute.

Elodie s'écarta du groupe et avança prudemment.

Que s'illuminent les mots !
Que se révèlent tes pensées !
Pour te comprendre,
Que ta voix se fasse entendre !

Une fois la formule achevée, Elodie reçu la foudre et s'écroula. La créature se redressa avant de parler en français.

- Druides ! Vous m'avez fait cela ! Vous…

- Eh ! Qui êtes-vous ? hurla Maëve pendant que les garçons se ruaient sur Elodie, inconsciente.

- Je suis le Gardien. En des Temps immémoriaux, les druides ont jugé prudent de me confier la Boîte de Pandore et de m'emprisonner dans un Monde inaccessible. Seules ces pierres me reliaient à la Terre. Je ne sais pas comment, mais un druide m'a invoqué et subtilisé la boîte. Ce drame aura de lourdes conséquences si elle venait à s'ouvrir.

- C'est une catastrophe ! C'est certainement un *treitour* (traître) qui est responsable du vol. Gardien ! Nous allons rechercher la Boîte et vous la ramener.

- Qui vous dit que j'ai la moindre envie de passer des millénaires à retourner sur un Monde lointain ? Pourquoi ne profiterai-je pas de la liberté ?

- Parce que les druides qui t'ont relié aux pierres de Stonehenge ont fait en sorte que nul ne puisse briser le lien qui vous unit. Tu ne peux pas t'en éloigner. Ce sont comme des chaînes magiques qui t'entravent.

- Je peux sauver votre amie. Libérez-moi et je lui rendrais la vie.

- Elle n'est pas morte, Maëve ! Elle est secouée mais s'en sortira ! lui cria Ben à quelques mètres d'eux.

- Gardien ! Lorsque la boîte sera de nouveau entre tes mains, tu retourneras d'où tu viens !
- Nous verrons bien.

Trois foudres fendirent l'air et frappèrent le Gardien. La créature se changea en vapeur avant de se disperser.

- Elodie ! Tu vas bien ?
- Oui Maëve. Que s'est-il passé ?
- Tu as récité une formule pour que le Gardien puisse nous parler et la foudre…
- Oui… la foudre, je me souviens. Et…
- Nous devons retrouver la Boîte de Pandore.
- Rien que ça ! finit-elle en soulevant les sourcils.

Désert du Sahara,
Tadrart Acacus,
Ouest de la Libye.
8 novembre 2011,
8 samonios 4578,
9 h 14.

Les grandes portes en ivoire du Palais demeuraient désespérément closes. Une multitude d'ambassadeurs tentaient depuis des jours de communiquer avec les dieux, qui restaient sourds à leurs suppliques. Le représentant des lutins conversait avec celui des Elfes. Une atmosphère tendue régnait à l'entrée du Palais. Tandis que l'attente se faisait longue à l'extérieur, il régnait un calme Olympien dans l'Akasha. Eric'h ressortit d'une immense salle aux murs de glace. Des écrans étaient sculptés sur toute la largeur où défilaient des images issues du Passé, du Présent et de l'Avenir. Archives du cosmos, l'Akasha n'était accessible que d'Eric'h.

Les Créateurs et le Thésauriseur s'étaient isolés dans les appartements de Tao, dans l'aile Ouest du Palais. Les dieux restaient plantés devant les portes, attendant que l'un d'eux sorte. Ils attendirent des heures avant que leur patience ne soit récompensée. Eric'h poussa la porte et une foule de dieux respira enfin, comme rassurée. Mais le visage fermé de leur roi les refroidit aussitôt.

- Une porte sur l'île de Groix s'est ouverte. Elle permettra, sous peu, le retour du Dieu Unique. Les Saints qui l'accompagnent sont déjà sur Terre pour préparer sa venue. Dès que j'ai senti le danger, et sur le conseil de notre Thésauriseur, nous avons décidé de fermer le Palais et d'isoler les dieux. Nous sommes à l'abri ici… pour l'instant. Je reviens de l'Akasha. Les nouvelles ne sont pas bonnes. L'avenir est sombre. Nous avons élaboré un plan qui devrait nous tirer d'affaire. Mais vous allez tous devoir exécuter nos ordres à la lettre. Vous ne rejetterez aucune des missions qui vous seront dictées. Nous ne tolérerons la moindre résistance. Sachez que notre existence est menacée. C'est pourquoi nous serons intransigeants. Les écarts de conduite sur Terre seront durement sanctionnés. Nous irons jusqu'à vous retirer l'immortalité au besoin. Le Thésauriseur va maintenant détailler ce que nous attendons de vous.

A la fin du discours, les Créateurs retournèrent dans leurs appartements. Les dieux lancèrent des invectives et l'un d'eux insulta Eric'h. La dureté de ses ordres l'avait révolté. Nouveaux venus, les Créateurs se permettaient déjà de fouler du pied les accords acquis avec les peuples. Mais la situation imposait une attitude ferme pour contrôler tous les actes des dieux, afin que son plan réussisse. Bron se retourna violemment et lança un *Feu Sacré* sur le rebelle. Un cercle s'enflamma autour du dieu et la couleur du feu vira au bleu. Tous les dieux reculèrent avec effroi. Le Thésauriseur lui-même était choqué de voir un tel acte s'accomplir. Le dieu se tortilla en tous sens et fini par tomber à genoux.

- Pitié ! Créateurs !

- Assez ! Libérez-le ! hurla Dagda, ancien roi des dieux.

- Toute résistance sera sanctionnée ! La situation est dramatique ! Notre devoir est de tous vous protéger. Pour cela, toute désobéissance ne peut être tolérée. Lug, jusqu'à nouvel ordre, tu es suspendu de tes fonctions. Nous ne pouvons pas admettre que tu modifies nos ordres. Si nous t'avons laissé faire jusqu'alors, les récents évènements nous poussent à agir durement. Roc'h a été nommé roi des dieux. A lui seul devez obéissance. Soyez cependant rassurés, tout ceci n'est que temporaire. Dès que le Dieu Unique ne pourra plus venir sur Terre, nous rétablirons la hiérarchie.

- Je comprends que la menace est grande, mais vous allez trop loin. Les Grandes Familles ne laisseront…

- Nul ne sera entendu ! Est-ce clair ?

- Bron, tu es sûr de ce que l'on fait ? chuchota Tao, peu convaincu.

- Laisse-le faire. Il faut maîtriser nos dieux, sinon tout est foutu. Ils ne comprennent que la manière forte de toute façon. Tu crois qu'Eningann faisait dans la dentelle à l'époque ? Il était bien plus dur que nous, répondit Elor'a sur le même ton.

Groix, 10 h 02.

La silhouette de Tara était toujours lumineuse. Elle se tenait bien droite face à la porte, au sommet de la colline. Les Saints formaient un cercle autour d'elle et de l'ouverture. Ils priaient et leurs mots frappèrent la fillette de plein fouet. Elle semblait plutôt bien résister. Ce fut la force qui émanait de la porte qui l'ébranla. Depuis un mois et demi, Tara faisait obstacle en ralentissant la force qui voulait traverser la porte. Elle l'entendait lui parler, tentant de la convaincre que son retour serait bénéfique pour l'humanité.

- Il y a déjà des dieux ici ! Vous ne pouvez venir. Je ne vous laisserais pas faire !

- Le Pouvoir qui est en toi vient d'une relique que j'ai créée. Tu as bu le contenu du Graal mon enfant. Il t'était destiné. Mon retour est logique Tara. Les dieux que tu défends n'ont que trop fait souffrir les Hommes. Laisse-moi passer et je te promets une place à mes côtés. Il y a de la place pour des milliers de dieux dans le cœur des Hommes. Mais aucune pour ceux qui veulent se l'approprier de force.

- Vos paroles sont sages mais…

- Ne l'écoute pas Tara !

- Gwyon ? Que fais-tu ici ? Je t'avais dit de partir !

- Tout va se jouer ici. Tara, j'ai élaboré un Plan complexe pour permettre à un nouvel ordre divin de s'installer. Les anciens Créateurs n'avaient plus le droit de gouverner. Mes protégés doivent avoir une chance d'essayer. Dit au Dieu Unique de leur laisser du Temps.

- Il t'entend Gwyon, mais je ne suis pas sûre qu'il apprécie ta présence. Je t'avais averti de ne pas rester ! Ne lui faites pas de mal !

- Quoi ? Qu'est-ce qu'il veut me faire ?

- La même chose que moi ! Te botter l'arrière-train !

Sanctuaire,
Clairière du Livre des Eléments,
10 h 08.

Ness était excédée, depuis des années, par les agissements de Gwenc'Phel. Avec le reste du Gorsedd, elle organisa son procès. Le Concile, composé du Gorsedd et d'un représentant de chaque Sanctuaire du Monde, se réunit en secret. La matinée était glaciale. Le thermomètre était passé sous zéro degré depuis plusieurs jours. Le Gorsedd avait dû réunir les preuves de la culpabilité du *treitour*. Des milliers de druides étaient présents. Toutes les nationalités étaient représentées. Ness était fière de voir que malgré des années de guerre, tous les Sanctuaires (même ceux qui avaient été littéralement rasés) résistaient encore.

Centre-ville de Lorient.

Dans le parc municipal, les quelques promeneurs furent effrayés par de jeunes femmes habillées en guerrières. A leur tête, le plus connu des *treitours*, Gwenc'Phel, aboya ses ordres.

- *Morganezed* (équivalent des Amazones grecques) ! Faites trembler cette ville ! Tuez tous les humains que vous croiserez ! Ah ! Ah ! Ah ! Les premières tueries commencèrent. Les Créateurs, isolés, l'équipe de Maëve à la recherche de la Boîte de Pandore, la Police du Surnaturel débordée, les Traqueurs Elfes pris en embuscade par des Gobelins affamés, Gwenc'Phel était ravi de pouvoir agir en toute quiétude.

***

233

Résistances

Lorient Est,
9 novembre 2011,
9 samonios 4578,
12 h 24.

Un druide accéléra le pas en entendant un bruit venant d'une rue parallèle. Ses deux poursuivants ne cessaient de le harceler depuis des heures. Ils les avaient semé à de nombreuses reprises, mais ils semblaient tenaces. La ruelle donnait sur une rue bien plus grande, mais Ben entravait déjà ce passage. Derrière lui, ce fut Nathan qui bloquait toute fuite. Le druide aperçut alors une entrée dans un bâtiment en travaux. Il entra en hâte, les deux hommes à sa suite.

- Olwen ! Tu ne peux pas nous échapper ! Donnes-nous… Ben ne termina pas sa phrase. Le traître nommé Olwen sortit du bâtiment et usa de magie sur une grue toute proche. L'engin s'effondra instantanément sur l'immeuble, Ben et Nathan piégés à l'intérieur. Un grand fracas assourdit toute la rue. Olwen ricana et les deux hommes restèrent introuvables.

Sanctuaire de Lorient,
12 h 39.

Tim avait repris le chemin de l'école. Ses élèves attendaient dans une salle, à l'abri du froid et de l'humidité. A plusieurs reprises déjà, il avait réprimandé un jeune druide en entrant, pour avoir jeté des sorts, fort désagréables, à un autre étudiant qu'il prenait pour un souffre-douleur. Le silence obtenu, Tim commença la leçon.

- Nous allons étudier les Oghams. Il s'agit de l'écriture la plus ancienne connue des celtes. Elle se caractérise par une succession d'encoches plus ou moins écartées les unes des autres et obéissant à des orientations variables en fonction des lettres. De nombreux indices sembleraient indiquer que la pierre ne fut pas le seul support. Des tablettes en bois sur lesquelles était matérialisée une ligne verticale, permettaient aux autochtones d'écrire. Ce que nous savons des relations qu'entretenait le peuple Celte entre la connaissance et les arbres le confirme. Certains spécialistes supposent que les oghams seraient à classifier en quatre familles dont les origines seraient différentes, entre autres, depuis l'âge du renne (dont les cornes en bois servaient de support), de la baguette à encoches qui servait à calculer. Un peu moins terre à terre, une version attribue l'origine des Oghams à une divinité du Panthéon Irlandais. Cela remonte au temps de Brès, fils d'Elatha, Roi d'Irlande. Ogma, fils d'Elatha et de Delbaeth, était un homme très savant en langues. Il avait créé cet alphabet. Le terme d'Ogham viendrait d'Ogma. L'inscription des Oghams a été étudiée par de grands chercheurs. On se souvient que Lug (le dieu polytechnicien) apprit l'enlèvement de sa femme par la lecture d'un ogham gravé sur du bouleau. Cuchulainn coupa des branches de chênes sur lesquelles il grava le nom des oghams avant de les lancer loin en arrière de son char et de stopper net par magie l'armée ennemie sur les rives de la rivière. Ces entailles s'alignaient le plus fréquemment de part et d'autre d'une arête naturelle d'une pierre levée et se lisaient de bas en haut. Lorsqu'il s'agissait d'un support horizontal, la lecture se faisait de gauche à droite.

- Tu m'en diras tant, ricana un élève.

- Silence ! J'en connais qui me serviront de cobayes prochainement, la menace avait toujours son petit effet et le calme revenait toujours.

- Je reprends : le support peu adapté ne permettait pas de rapporter de longs textes et il s'agissait là surtout d'indiquer des noms, des dates. Son alphabet est composé de quinze consonnes suivis de cinq voyelles. C'est le seul alphabet fonctionnant de cette manière, termina Tim, laissant ses érudits digérer ses nouvelles connaissances avec difficulté.

Plan Astral,
9 novembre 2011,
9 samonios 4578,
12 h 54.

Les Créateurs venaient de terminer la construction de la nouvelle prison remplaçant Caër Sidi qui avait été détruite, dans le Plan Astral. Eric'h s'était engagé à protéger Avalon (désormais situé au cœur de la Rade de Lorient). D'étranges créatures volaient autour de la nouvelle prison.

Cythraul.

Ed ruminait sa rage contre Elor'a qui avait trouvé un moyen de l'enfermer dans l'Enfer Celte (Cythraul). Mais quelque chose avait changé depuis qu'il avait vaincu son prédécesseur Diafwl, régnant ainsi désormais sur le trône. Il se sentait plus fort. Il avait découvert que du *Feu Sacré* coulait dans ses veines. Ce *Feu Sacré* était une arme redoutable pour les dieux et les Créateurs. Elle seule pouvait priver les dieux de leurs pouvoirs et surtout, de l'immortalité. Après cela, ils étaient aussi vulnérables à la mort que les mortels. Et c'était l'Éternelle Nanta qui en avait fait cadeau au roi des Enfers avant qu'Ed n'en hérite. Une idée folle lui vint. Il prit une lame et se trancha une veine. Une gerbe de *Feu Sacré* s'en échappa et il dirigea cette flamme vers la barrière qu'Elor'a avait érigé. Ed hurla de douleur avant que la plaie ne se referme seule, puis il rit à gorge déployée, enfin victorieux.

- Tremble Elor'a ! Tu vas payer pour cela !

Mais Ed commit une erreur irréversible. Dans sa précipitation, il se dirigea directement vers l'endroit d'où émanait énormément de Magie. Et ce n'était pas le Palais Divin, mais Avalon. Or, quiconque passe les portes de l'île en est retenu prisonnier pour l'éternité. Cette faute lui coûta cher, car sa vengeance lui échappa et il y perdit tous ses pouvoirs. Cet endroit, réservé aux anciens Créateurs et roi des dieux, était un lieu de retraite paisible. Un vrai Paradis Celte.

Sanctuaire,
Entrée Principale
13 h 01.

Ness avait été avertie de la nouvelle attaque de Gwenc'Phel. Elle laissa ses pairs organiser le Concile et se rendit près du Temple que déjà les Morganezed violaient le Sol Sacré. Les Sentinelles tombèrent une à une. Gwenc'Phel immobilisa les Gargouilles d'un simple geste de la main avant que Tim organise la défense. Ness usa de ses nouveaux pouvoirs de Sirène pour attirer les ennemies et les corriger comme il se devait.

Pat était sur le point de parler aux druides du Concile mais avant cela, il souhaita se donner du courage. Comme par le passé, il abusa une nouvelle fois d'une formule qui devenait une drogue à mesure qu'il l'utilisait. La *formule de courage* avait des effets pervers, dont une dépendance accrue et un effacement progressif de la mémoire.

Ce liquide me purifie,
Ma dépression s'enfuit.
Je me sens léger,
Je me sens libéré.
Par ces paroles sacrées,
Que se vident mes pensées.

Une fumée enveloppa le liquide avant de s'échapper du bol qu'il tenait dans ses mains. Elle entra par une narine et Pat se sentit léger, comme libéré d'un poids. Mais l'espace d'une minute, il ne savait plus où il était, qui il était et que le Concile l'attendait.

***

234

Manipulations

Lorient Est,
9 novembre 2011,
9 samonios 4578,
15 h 29.

Lorsque le vacarme métallique de la grue se fit entendre, Nathan poussa Ben dans un ascenseur tout proche. Les portes à peine refermées, tout le rez-de-chaussée fut englouti de gravas. Le calme ne revint que plusieurs minutes plus tard. Il fut alors impossible d'ouvrir les portes de l'ascenseur ou d'appeler de l'aide. Ben tenta de vider son esprit pour communiquer par télépathie avec Ness. Une méthode que lui avait appris l'ancienne princesse. Rien ne fut possible. Tous les druides étaient déjà occupés à d'autres tâches vitales. Seuls, à moitié dans le noir, les deux hommes ne pouvaient qu'attendre, ou trouver une autre idée.

Ben se concentra et parvint à faire appel à sa magie. Les portes bougèrent un peu, ce qui permit à Nathan, musclé par un entraînement militaire intensif, de séparer les deux portes. Mais un amoncellement de roches avait obstrué la sortie. Aucun passage ne permit une fuite. Une heure de silence passa sans que l'un des deux hommes parle. Ben se décida finalement de lui adresser la parole.

- Nathan, je… Ça fait longtemps que l'on ne s'est pas retrouvé au calme tous les deux. Je voulais te dire que…

- Quoi ? Que tu te sens bien avec moi et que tu veux aller plus loin ? Tu penses toujours à lui. Je sens bien qu'il est encore entre nous. Ca fait presque trois ans que nous sommes ensemble et tu ne parviens pas à te détacher de Bron. Tu dois le considérer comme mort mais…

- Je sais et je te demande pardon. C'est très dur de tourner la page. Mais c'est fait. J'ai toujours peur de te perdre comme j'ai perdu Bron. Notre boulot est tellement dangereux ! Et puis, tu es militaire, ça n'arrange rien !

- Et tu es druide, ce qui, de nos jours, n'a rien de paisible non plus ! Le danger est partout Ben. Il faut faire avec.

- Tu as raison. Excuse-moi. Ils profitèrent d'un instant rien qu'à eux. Mais la sournoiserie des *treitours* n'était pas loin. Olwen, à bonne distance, voulut s'assurer que ses ennemis n'étaient plus à sa poursuite. Il saisit une branche et grava une formule magique en ogham.

Que se séparent les cœurs,
Que l'amour meurt.
Que leurs âmes soient perverties,

Et qu'à la fin, ils perdent la vie.

Une lueur sombre brilla dans les yeux de Ben et Nathan. Leur comportement changea alors, d'une seconde à l'autre.

9 novembre 2011,
9 samonios 4578,
16 h 17.

Au Palais Divin, les grandes portes d'ivoire s'ouvrirent exceptionnellement pour laisser entrer un cortège d'étranges individus. Une fois la dernière silhouette à l'intérieur, les entrées du Palais furent de nouveau scellées. A l'extérieur, les ambassadeurs des peuples de l'Autre Monde étaient très inquiets, observant l'évènement de loin.

Salle du Panthéon.

- C'est un scandale ! Vous devez nous ouvrir les portes ! Eric'h, vous êtes reconnu de tous aujourd'hui. Vous devez protéger…
- Vos fesses ! Parce que vous croyez que vous pouvez abandonner vos peuples, vos fidèles ! s'emporta Elor'a.
- C'est pourtant le cas de Zeus ! Vous l'avez laissé entrer, lui !

Les dieux de toutes les mythologies s'étaient rendus au Palais pour rencontrer les Créateurs (égyptiens, africains, mayas, incas, germano-scandinaves, mésopotamiens et une multitude d'autres cultures réputées disparues). Ils avaient une demande très particulière à formuler. Tous souhaitaient se rendre à Avalon pour être en sécurité, à l'abri de la menace qui rôdait.

- Vous êtes allé dans l'Akasha, Eric'h. Vous y avez vu l'avenir des dieux. Nous ne pouvons voir le futur aussi clairement que vous, mais nous savons que notre fin est proche. Vous avez décidé de fusionner l'Autre Monde avec la Terre. Mais aujourd'hui, nous devons trouver un nouvel abri. L'Autre Monde n'existe plus, nous ne pouvons pas nous y retrancher.
- J'entends votre inquiétude Odin (roi des dieux du Nord). Mais Avalon ne peut tous vous accueillir. L'heure n'est pas de passer notre temps à trouver une grotte où nous terrer mais à chercher la parade la plus efficace ! Le Dieu Unique qui vous effraie tant n'est pas encore sur Terre. Pour une raison que même nous ignorons, une jeune fille du nom de Tara possède le pouvoir de le repousser et s'emploie, en ce moment, à utiliser tous les dons qu'elle possède pour l'empêcher de passer la porte qui mène à la Terre. Sur l'île de Groix, Tara fait tout ce qu'elle peut pour gagner du temps. Elle sait que nous cherchons une solution et elle nous rend un grand service. Je propose d'unir tous nos pouvoirs comme cela n'a jamais été fait dans notre Histoire commune. Unissons notre force à celle de Tara et la porte sera scellée.

- Qui vous dit qu'il n'existe pas d'autres portes ? demandèrent Vishnou, Brahma et Shiva (dieux de la trimourti qui incarnent le cycle de manifestation, conservation et dissolution de l'Univers dont Brahma est le créateur, Vishnou le protecteur et Shiva le destructeur), d'une même voix.

- Ayez l'assurance qu'aucune autre porte n'existe, réconforta Tao.

- Nous sentons nos pouvoirs nous quitter. De moins en moins d'humains nous vénèrent et nous prient. Comme vous le savez, nos pouvoirs sont liés aux prières. En leur absence, nous les perdons. Notre seule garantie est notre immortalité. Mais nous refusons que le Dieu Unique gouverne ce Monde seul.

- Odin, la désaffection de vos Temples n'est que de votre seul fait. Vous avez provoqué ce drame il y a déjà plusieurs siècles. Notre absence auprès des humains a permis au Dieu Unique de percevoir des prières qui l'ont attiré ici. Nous, Créateurs, ne souhaitons pas tourner le dos aux Hommes. Nous protègerons notre règne et le vôtre. Sur ces paroles Eric'h quitta la salle, suivi de ses trois amis.

Avalon,
Rade de Lorient.

Ed avait pénétré l'île pour une raison bien personnelle. Libéré de sa prison, le dieu de Cythraul était venu rejoindre son ancienne compagne. Tandis qu'une jeune femme dansait dans le jardin avec des amies, Ed posa une main sur son épaule.

- Ed ! C'est… impossible !

- Je t'ai attendu si longtemps. En bas, la notion du Temps est bien différente. Oh Kéra, mon aimée.

- Ed, que fais-tu ici ? Qui t'as laissé entrer ? Zeus ! Un intrus !

- Chut. Il ne peut rien contre moi de toute façon. J'ai appris quelque chose de très intéressant en bas.

- Ed ! Comment est-ce possible ? hurla Zeus.

- Kéra, je suis venu pour toi.

- Non, tu ne comprends pas Ed. Toi et moi, c'est impossible. Nous vivons dans des endroits totalement opposés. Je suis au Paradis, toi en Enfer. C'est fini depuis longtemps nous deux.

- NON ! Tu ne peux pas me repousser !

- Ed, je ne sais pas comment tu es entré, mais…

- Tais-toi papi !

- Comment oses-tu t'adresser à Zeus en ces termes ?

- J'ai dit la FERME ! Ed pointa du doigt l'ancien roi des dieux grec et celui-ci fut propulsé dans les airs à des kilomètres d'altitude avant de retomber. Attirés par le bruit, Mew et Eningann, les anciens Créateurs, intervinrent.

- J'ai une surprise pour vous. Ed se trancha une veine du poignet et dirigea la substance qui coula vers eux. Le Feu Sacré arrosa ainsi les trois anciens Créateurs. Ils s'écroulèrent, perdirent leurs pouvoirs et leur âme commença à se consumer très lentement. J'ai découvert ce secret très récemment. En tuant mon prédécesseur de Cythraul, j'ai hérité du pouvoir spécial qu'un Éternel en personne lui avait confié.

J'ignore lequel, mais le Feu Sacré coule désormais dans mes veines grâce à lui. Ce Pouvoir est le seul capable de tuer un Créateur. C'est un dérivé du Cercle de Feu Sacré qui peut vaincre un dieu. Normalement, cela est impossible puisque les Éternels ont juré de ne pas intervenir dans le cours de l'Histoire quel qu'en soit le prix. Mais j'ai constaté que depuis que Gwenc'Phel a trahi les siens, le poison de la trahison s'est répandu à tous les niveaux. Elor'a aussi s'est retournée contre moi.

- Ça suffit ! hurlèrent Zeus et quelques autres dieux en retraite sur Avalon. Unis, ils repoussèrent Ed près de la porte. Mais le roi de Cythraul avait un autre atout en main. Il sortit un poignard et posa la lame sur sa veine. Il attaqua ensuite Zeus qu'il laissa derrière lui à terre, Kéra stupéfaite, et s'employa ensuite à détruire Avallon de l'intérieur.

Sanctuaire,
9 novembre 2011,
9 samonios 4578,
16 h 17

Roc'h, le nouveau roi des dieux, était toujours attiré par le chant de Sirène qu'émettait Ness en continu, sans le savoir. Il semblait être le seul sensible à ce charme antique. Aux portes du chemin principal, l'elfe passa les Sentinelles qu'il trouva paniquées. Les Gargouilles, immobiles, semblaient ignorer le drame qui se nouait pourtant sous leurs yeux. En y regardant de plus près, Roc'h perçut à peine une aura magique qui les entravaient. Des Morganezed par centaines courraient en tous sens à la recherche d'un druide à tuer. Mais lorsqu'il s'apprêta à défendre le Sol Sacré, un chant mélodieux persistant envahit son crâne, le figeant sur place. Il remonta à la source et trouva Ness, aux prises avec un Elvène. Les Elfes Noirs étaient venus en renforts et Roc'h vit sa Sirène en danger.

- Roc'h ! Les Traqueurs sont ici ?
- Non ma Sirène. Je suis là pour vous.
- C'est pas vrai ! Ce n'est pas le moment ! Roc'h, écoute moi :

Le Sanctuaire est en danger,
Je te libère de ce Chant Sacré.

L'Elfe repoussa ses pensées excitées et embrocha un Elvène sur sa lame. Ness hurla des ordres et les druides renforcèrent leurs défenses.

Bosquet du Livre des Eléments.

Le Concile tenta de faire abstraction du bruit qui les entourait, mais très vite la rumeur d'une attaque se répandit. Le procès avait à peine commencé qu'à l'abri d'un arbre proche, Gaël avait osé les défier en les espionnant. Il était parvenu à semer le Famulus que Matt s'était amusé à envoyer à sa poursuite plutôt que de le tuer lui-même. La chasse avait duré plusieurs jours, mais Gaël était rusé et avait trouvé un moyen de le distraire le temps de disparaître.

- Gwenc'Ron ! Ce bruit… avait commencé un représentant d'Afrique.

- Ce n'est rien, Ness s'en occupe en personne. Je disais donc que nous n'avons pu organiser ce procès avant aujourd'hui en raison des attaques répétées du *treitour*. Il a un grand nombre de fois détruit des Sanctuaires. Nous ne pouvons protéger nos Sols Sacrés contre l'un des nôtres qui connait toutes nos tactiques. Je prouverais que Gwenc'Phel est coupable de crimes abominables et qu'il a permis à des ennemis aux pouvoirs titanesques de venir sur Terre. Le Gorsedd a longtemps réfléchi et sur les ordres directs des Créateurs, il nous revient la responsabilité de le juger et de le punir. Nous vous demandons de prononcer la sentence capitale. Les druides ne donnent pas la mort. L'alternative proposée est cependant appropriée.

***

235

DÉCHIREMENTS

Lorient Est,
9 novembre 2011,
9 samonios 4578,
17 h18.

Toujours prisonniers de l'ascenseur, le niveau du bâtiment tout entier était condamné. Assis l'un à côté de l'autre, Nathan dans les bras de Ben, les deux hommes avaient entamé une longue conversation.

- On devrait prendre des vacances, loin de tout ça. Seuls, tous les deux.
- Oui et... C'est à cet instant que le militaire ressentit un picotement effleurer sa nuque. D'après le regard de son copain, la même chose sembla s'être produite. Tout d'abord troublés, puis en colère, les deux hommes échangèrent des mots violents avant de se battre. Au loin, à plusieurs kilomètres, Olwen chantait toujours sa formule, ravi de vaincre ses adversaires.

Que se séparent les cœurs,
Que l'amour meurt.
Que leurs âmes soient perverties,
Et qu'à la fin, ils perdent leurs vies.

Désert du Sahara,
9 novembre 2011,
9 samonios 4578,
19 h24.

Au Palais Divin, sous la pression, une réunion de tous les dieux originaires de toutes les mythologies fut finalement organisée.

- Si le Dieu Unique passe la porte, que deviendrons-nous ? Vous, les dieux Celtes, êtes actuellement les plus puissants et commandez ce Monde. Nous l'avons accepté il y des siècles de cela, mais si vous tombez, ce nouveau dieu prendra votre place, commença Râ (roi des dieux Egyptiens).
- C'est juste, si les Celtes tombent, nous tombons aussi ! renchérit Odin (roi des dieux scandinaves).
- Calmez-vous ! Je vous rappelle que pour l'instant, la porte est sous contrôle.
- C'est une fillette qui en tient la clé, Eric'h ! Une enfant ! s'emporta Vishnu (dieu hindou).

- Tara est bien plus que cela ! Je ne sais pas comment, mais elle possède le Pouvoir Ultime !

- Balivernes ! Tu es un des Créateurs ! Il est impossible que la moindre information t'échappe ! Tu sais donc comment Tara est devenue l'Être le plus redouté sur Terre. Même les dieux refusent de s'y frotter, intervint Arès (dieu de la guerre grec).

- C'est un accident qui est à l'origine de cette ascension divine. Lorsque la *Fusion* a été ordonnée, nous savions que des évènements pouvaient nous échapper. Cette expérience, nécessaire, n'avait jamais été tentée auparavant. Il était donc attendu que des erreurs allaient être commises. Mais nous avons essayé de faire ressortir de bonnes choses de ces drames. Et Tara est notre plus belle réussite.

- Tu fais comme si on en était à l'origine ? chuchota Tao à l'oreille d'Eric'h.

- Peut-elle le repousser encore longtemps ? demanda Hathor (déesse Egyptienne).

- Je l'ignore mais pendant ce répit, nous cherchons une solution.

- Vous cherchez ! Mais par nous tous ! Nous sommes perdus ! Même en unissant nous pouvoirs affaiblis nous n'égalons pas l'Ultime Pouvoir ! Je suggère de revenir en arrière, à savoir, de retourner dans l'Autre Monde. Ainsi à l'écart, nous serons en sécurité.

- Vous n'y pensez pas sérieusement, Aphrodite ! Le cœur de l'Autre Monde et celui de la Terre ont fusionné et sont désormais indissociable. Nous sommes des Créateurs, mais nous ne pouvons plus faire marche arrière. La Terre a subi un profond traumatisme et une séparation violente et imprévue la désintégrerait. Ce n'est pas une solution. Nous comprenons votre angoisse, mais sachez que nous œuvrons en secret pour résoudre ce problème. Tara est notre arme et nous l'utiliserons jusqu'à la fermeture de cette porte, conclut Elor'a avant de se retirer.

Avalon,
Rade le Lorient.

Ed faisait face à Oiwn qui avait rejoint Zeus après le vacarme qui perturbait Avalon. Un conflit de pouvoirs terrible fit rage. Le Paradis qu'était Avalon devint un champ de bataille. Des plaies béantes parcouraient le sol meurtri. Ed ne parvint pas à prendre l'avantage, mais son arme secrète tua l'ancien Créateur. Zeus ne put le sauver.

- C'est impossible de posséder un tel pouvoir ! A l'intérieur d'Avalon qui plus est ! A moins que… Fou de colère, Zeus et Mew parvinrent à renvoyer Ed sur Terre. Il ne put être expulsé que parce qu'il avait forcé l'entrée. Et cela n'était jamais arrivé. Ed jeta un dernier regard à Kéra au moment de son expulsion. Il faudra du temps pour qu'Avalon et ses habitants guérissent de cette intrusion. Loin de là, dans une contrée isolée, les Éternels observaient des évènements inattendus.

- Comment cela a-t-il pu se produire ! L'un de nous est intervenu sur Terre, c'est la seule explication ! hurla Bitom.

- Un *treitour* (traître) au sein de notre groupe ! C'est inconcevable ! Ou bien… Gwyon'Bach ! Tu as osé ? continua H'Coma.

- Non ! Je n'ai rien fait en la matière. J'ai avoué avoir organisé le parcours d'Eric'h et de son équipe. Je suis intervenu pour protéger le Sanctuaire et les druides. Et le tout, avant de devenir l'un des vôtres. Mais vous savez tout cela !

- Oui, mais nous nous connaissons depuis la Nuit des Temps. Pas toi, conclut Bitom.

- C'est juste, mais posez-vous une question. La seule qui vous révèlera la vérité. Qui n'a pas encore pris la parole ? Tous les regards se posèrent alors sur Nanta.

- Jeune abruti ! Je savais qu'un jour tu me démasquerais. Je ne pensais pas que ce serait si tôt.

- Nanta, dis-moi que c'est faux ! Tu n'as pas donné ce pouvoir de tuer un Créateur à Ed ? Nous sommes seuls détenteurs d'un tel don ! hurla plus fort H'Coma. Une fureur immense envahit les Éternels. Un tel évènement ne s'était jamais produit. Cela les perturba, mais à cet instant, une guerre fut déclarée.

- Tu ne peux plus être l'une des nôtres !

- Si j'ai fait cela, c'est pour nous protéger.

- Mensonges !

- Ces nouveaux Créateurs sont dangereux pour nous ! Nous n'aurions jamais dû accepter de laisser le Plan de Gwyon en place.

- Je suis profondément meurtri de te perdre, Nanta. L'Éternelle prit la fuite, préférant ne pas affronter ses pairs.

- La gangrène de la traîtrise est parvenue jusqu'à nous. Mes frères, Gwenc'Phel a semé une graine de destruction au Sanctuaire et sa récolte a fait tomber la toute-puissance du Gorsedd, celle des anciens Créateurs et leurs dieux, et finalement, divisé les Éternels. Il ne faut pas que le dernier maillon de la chaîne cède. Si ce drame devait arriver, alors nous perdrons notre statut. C'est le dernier rempart avant l'arrivée du Dieu Unique ! Ne comprenez-vous pas que son Grand Plan est mis en œuvre ?

- Tu as raison Gwyon, mais le dernier maillon dont tu parles est déjà tombé. Nous l'avons perdu le jour où Nanta nous a trahis. Il est trop tard mon frère. Va sur Terre et préviens les Créateurs que nous arrivons. Finalement, une *4ème Bataille à Mag Tured* se profile, je le crains. Et ce sera la dernière. Car tous les niveaux du pouvoir vont s'affronter. Et nous y serons.

- Non Bitom ! Je t'en supplie ! Un tel déchaînement de pouvoirs ! La Terre ne le supportera pas.

- Oui. Tu viens de comprendre ce qui va se produire.

- Alors, tout est perdu ? Je ne peux l'empêcher ?

- Les cœurs se sont déchirés Gwyon. Toi et tes Créateurs avez encore un peu de temps. Ce sera long de rassembler nos troupes, de former des armées. Tu disposes uniquement de ce laps de temps, perdu dans les méandres de l'espace depuis longtemps, pour intervenir et soigner les plaies. Mais attention mon frère ! Je te préviens que tes chances de succès se réduisent à mesure que le sablier se vide.

- Alors c'est possible ! Il y a un espoir ?

- Il y a toujours de l'espoir Gwyon. Mais il est aussi souvent déçu. A toi de trouver comment. Je regrette de te laisser seul gouverner la destinée du Monde. Mais

H'Coma et moi ne pouvons pas supporter cette attaque. Nous allons réagir sévèrement, au péril de la Terre s'il le faut. Le Futur vient de s'écrire et tu es désormais le seul Éternel à gouverner. La prochaine fois que nous nous verrons, ce sera à Mag Tured. Et si cela arrive, alors tout sera fini.

- Vous me laissez seul pour affronter le Dieu Unique ?

- Comme sur une pièce à deux faces. Nous ignorons ce qu'il y a de l'autre côté. Et toi seul peut empêcher cet intrus de venir sur Terre.

- Comment ? Tara ?

- Non, cette enfant n'est qu'une partie de la solution. C'est à toi de découvrir le reste. Courage Gwyon. Courage. Les deux Éternels quittèrent leur Palais non sans appréhension. Seul dans cette gigantesque demeure, Gwyon senti le pouvoir des Éternels l'envahir. Désormais seul à la tête de la hiérarchie divine, Gwyon n'en ressentit aucune satisfaction.

Au Sanctuaire, une jeune femme avançait sur un sentier de terre battue, conduisant une roulotte qui ne manqua d'attirer l'attention. Garée devant de la grande grille de l'Entrée Nord, la roulotte fut encerclée par des Sentinelles et des militaires.

- Super accueil, marmonna-t-elle pour elle-même. Tandis que des druides montraient leur méfiance, Zita entra sous bonne escorte. Les réfugiés de la *Fusion* étaient toujours plus nombreux. Les français avaient fini par comprendre que les druides étaient en mesure de les protéger efficacement. Et demeurer proche du Sanctuaire garantissait une sécurité toute relative. Dispersés vers des centres d'accueil mis en place par les militaires, les réfugiés affluaient de toutes les régions. La Bretagne fut envahie en quelques heures. Et tous se tenaient à bonne distance des Créatures magiques.

Près du Bosquet, le procès de Gwenc'Phel continuait. Pat expliqua au Concile le sacrifice consenti par le Gorsedd quelques temps plus tôt.

- Très Vénérés Frères, je dois vous informer d'un sacrifice admis par le Gorsedd. Nous nous étions réunis à la Tour d'Or… A cet instant, une boule de cristal s'éleva au-dessus du dolmen et tous les yeux observèrent l'objet avec une attention toute particulière. Des images défilèrent à l'intérieur de la boule et montrèrent ce qui s'était produit plus tôt. Nous avons prononcé une formule qui nous a liés au bloc de glace, par un serment qu'il répéta pour leur faire comprendre.

- Qu'avez-vous donc fait ? lâcha un druide de l'Assemblée, atterré.

***

236

Punitions

Lorient Est,
9 novembre 2011,
9 samonios 4578,
20 h19.

Ben avait gravement blessé Nathan en usant de la Magie. Le déchaînement de rage avait duré trois heures. Les deux hommes n'avaient pu prendre l'avantage l'un sur l'autre. Nathan, avec son entraînement de militaire, ne parvenait pas à vaincre Ben, se défendant avec la magie. Mais au final, le druide avait eu recours à une formule d'asphyxie.

Que l'air quitte tes poumons,
Que se révèle mon don.

Malgré le mal qu'il avait éprouvé à réciter l'incantation entre deux coups de poings, Ben parvint à terrasser le militaire. Suffocant au sol, le visage bleu, les larmes aux yeux, l'emprise des runes prit fin. Lorsque Ben retrouva ses esprits, Nathan avait perdu connaissance.

- Nathan ! Nat ! Je t'en prie, reviens !

Que la Magie te réveille,
Maintenant, sors du sommeil éternel !

Le jeune homme revint de loin. Au seuil de la mort, ne l'ayant toutefois pas franchi, le militaire revint de justesse à la vie.

- Il était moins une ! lâcha-t-il en toussant, la respiration encore difficile, les poumons brûlants.
- Je suis désolé. Nat, je suis désolé.
- Je sais. Tu as senti le picotement ?
- Oui, je n'étais plus moi-même après…
- Olwen. C'est lui le responsable !
- Il va le payer très cher, je te le garantis. Furieux, Ben rassembla toute l'énergie qu'il put trouver et pulvérisa les débris qui empêchaient les deux hommes de sortir depuis des heures. Enfin éloigné du bâtiment ébranlé par la chute de la grue, ils retrouvèrent la trace d'Olwen, une longue heure plus tard. Mais au moment de lui faire face, un drame irréparable survint. Le *treitour* venait d'ouvrir la Boîte de Pandore.

- ***Doue dindan e askell*** (que les dieux nous protègent), dit Ben en fuyant avec le militaire devant les maux de la Terre relâchés.

Désert du Sahara,
Tadrart Acacus,
Ouest de la Libye.
10 novembre 2011,
10 samonios 4578,
12 h39.

Le Palais Divin était en ébullition. La réunion des dieux s'était éternisée après la sortie des Créateurs. Les égyptiens étaient les plus craintifs, les africains se révoltant ouvertement. Désavoués, les Créateurs envoyèrent le Thésauriseur pour les calmer. Ce dernier tapa du poing sur la table, surprenant tous les dieux qui n'étaient pas habitués à un tel comportement de sa part.

- Il suffit ! lança une voix désincarnée avant de prendre corps.

Tous levèrent les yeux vers le plafond et les Créateurs accoururent, sentant le danger. Gwyon'Bach apparut parmi eux.

- Gwyon ? Que…
- Bonjour Elor'a. Ecoutez-moi tous ! Un… changement de taille vient de se produire. L'Éternelle Nanta vient de trahir les siens. Bitom et H'Coma sont descendus sur Terre à leur tour. Une effroyable *Bataille* se prépare. Chacun d'eux va lever une armée et partir en guerre contre elle. Vous savez sûrement qu'il en va de même pour les Grandes Familles et les Tùathas qui cherchent à fuir leur isolement. Les Éternels ont abandonné leur mission de veiller sur la destinée de tous et sur l'équilibre du Monde. Ils m'ont laissé seul en charge de cette tâche. Je demande à tous de la retenue. Ne partez pas en guerre ! Refusez l'ordre de mes pairs. Ne paniquez pas !

Hélas, il était trop tard. Tous les dieux présents partirent et les portes du Palais s'ouvrirent. L'isolement des dieux prit fin ce jour-là. Et la Fin du Monde Celte approcha.

- Je vais refermer les portes derrière eux. Il faut persuader les dieux de notre Panthéon de rester unis contre le Dieu Unique. C'est notre seule chance.
- Dépêchez-vous, ordonna alors Gwyon.

Sur Terre, les effets d'un tel déchaînement de colère se firent ressentir de multiples façons. Il fallait désormais se faire à l'idée, qu'outre les Créateurs et les dieux, les Éternels allaient maintenant intervenir.

Dans la cour centrale du Sanctuaire, Zita avait quitté sa roulotte dès qu'elle s'aperçut que quelque chose clochait. Si à l'extérieur du Sol Sacré tout semblait calme, il n'en fut rien lorsqu'elle passa l'entrée. Une guerre faisait rage. Les élèves de Tim défendaient les lieux avec courage et bravoure. Gwenc'Phel avait envoyé ses Morganezed pour attaquer une nouvelle fois le Sanctuaire. Il savait que tant qu'il ne parviendrait pas à le prendre, il ne ferait pas tomber les druides. Le sol trembla au point de faire chuter tout le monde au sol. Une silhouette élégante et imposante s'éleva au-dessus du *treitour*.

- Nanta ! Comment est-ce possible ?

- Les choses ont… évolué. Tu t'es fait remarqué par tes actions et tes alliances pour le moins surprenantes, druide !

- Dans le bon sens j'espère ?

- Pas de témérité je te prie ! J'ai besoin de toi. Tu me serviras aussi bien que tes autres alliés.

- Servir une Éternelle n'est même pas un honneur, c'est bien plus que cela. C'est une…

- Assez ! Je ne suis pas là pour écouter tes amabilités. Bien qu'agréables à entendre. Nous avons fort à faire. Si j'use de mes pouvoirs ici, H'Coma et Bitom rappliqueront aussitôt. Je dois me faire discrète tant que mon armée ne sera pas prête.

- Une armée ? Cela suppose une guerre ?

- C'est juste.

- Excuse-moi, mais des Éternels se faisant la guerre sur Terre, c'est…

- La Fin du Monde, oui. En tout cas, la Terre ne s'en remettra pas. Désolations et massacres resteront. Je vais te donner la puissance nécessaire pour vaincre ces… insectes.

- Oui Très Vénérée. Dès lors, Gwenc'Phel sentit une puissance monter en lui comme jamais il ne l'avait obtenu. Les druides se figèrent face à cette nouvelle alliance. Tim devint blême lorsque Gwenc'Phel choisit un enfant de douze ans et le pulvérisa rien qu'en le regardant. Ness intervint pour protéger ses druides, mais elle évita de justesse un tir d'énergie qui l'aurait instantanément tuée. Le Temple brûla, la Tour d'Or s'affaissa et écrasa cinquante druides. Les Morganezed (équivalent des Amazones grecques) profitèrent du trouble pour égorger des enfants et des adultes par dizaines. Zita ne put sauver que trois jeunes garçons de six ans avant d'être sévèrement brûlée dans le dos. Ness se releva et fit face à Nanta.

- Si je dois mourir aujourd'hui ce sera de ta main *treitour* ! Tu ne fouleras plus jamais mon sol, j'en fais le serment ! Gwyon ! Tu m'entends ?

- Oh que oui ma belle ! C'est tout ce que je peux faire pour toi. L'Éternel Gwyon'Bach apparut et protégea les druides. Il décida d'immuniser l'équipe de Maëve et le Gorsedd des pouvoirs de Nanta.

- Merci, Éternel. Merci. Ness fut prise d'une colère intense et profonde. Elle usa de tous ses pouvoirs en même temps et extermina les Morganezed une à une.

- NON ! Mes protégées ! Tu le paieras, Ness ! Très cher ! hurla Gwenc'Phel avant de fuir.

237

Inconsolable

Lorient Centre,
10 novembre 2011,
10 samonios 4578,
15 h 27.

La Boîte de Pandore fut ouverte par Olwen. Les premiers maux s'abattirent sur les humains et les drames s'enchaînèrent. Dans les magasins et les foyers, les champs et les entrepôts, les aliments moisirent au point de ne plus être consommables. La famine s'installa en l'espace d'une journée seulement. L'Organisation Mondiale de la Santé prit des mesures mais la situation les dépassait.

Paris,
Plateau du journal.

- L'eau n'est plus potable. L'Elysée recommande de ne plus boire ni manger quoi que ce soit le temps de trouver des réserves qui n'auraient pas été atteintes par ce fléau. Les nappes phréatiques ont été contrôlées et le constat est inquiétant. Elles sont toutes vides. Nous conseillons la plus grande vigilance et de la patience. Le gouvernement met tout en œuvre pour trouver une solution, disait le journaliste en direct d'un flash spécial.

Lorient Centre,
10 novembre 2011,
10 samonios 4578,
15 h 38.

- Olwen a bien œuvré. Mais cet imbécile ne nous a rien laissé à boire ou à manger. Les informations me viennent de tous les continents. La situation est identique. Les peuples vont périr sous peu.

- C'est bien, mon fidèle. Ces informations étaient importantes à me transmettre. Ne t'en fais pas. Nanta peut moduler les effets de la Boîte. Nous ne pouvions pas l'ouvrir nous-même. Mais désormais, nous en avons le contrôle. Dans une heure, l'alimentation redeviendra saine, mais ce sont les corps qui deviendront malades. Nous ferons plier les gouvernements de cette manière. Les militaires nous aideront à traquer les druides. Ce plan vicieux est le mien et j'en suis fier, se pavanait Gwenc'Phel, satisfait des évènements récents.

Sanctuaire,
Bosquet.

Le Concile devait se tenir à tous prix, afin de condamner officiellement Gwenc'Phel et demander ensuite l'aide des Créateurs pour appliquer la sentence. Pat avait repris son aplomb et s'apprêta à prendre la parole devant ses pairs.

- Mes Très Vénérés Frères, nous devons prendre une décision qui nous engagera autant que le sacrifice consenti par le Gorsedd. Gwenc'Phel a… Pat n'eut guère le temps de terminer sa phrase. Ces yeux s'écarquillèrent de surprise. Une larme coula alors le long de sa joue droite et ses genoux fléchirent sans qu'il leur en ait donné l'ordre. Dans un bruit sourd, Pat s'écroula à terre, figé. Son corps devint froid et un dernier souffle s'échappa de sa bouche gercée. Dans l'ombre d'un arbre centenaire, Gaël dessina un sourire de victoire sur son visage. Il venait de vaincre l'un de ses plus puissants ennemis. Et Gwenc'Phel allait certainement le récompenser pour une telle prouesse. Les druides prirent du temps pour réagir, secoués par la perte soudaine d'un frère irremplaçable. Bann et Gwenc'Ron brandirent leurs sceptres bien trop tard. Gaël avait déjà filé dans les airs dans un claquement d'ailes à faire frémir. Transformé en aigle royal, le traître vola en direction de son Maître, le Famulus toujours à sa poursuite. Un hurlement comme jamais un être humain en avait entendu, une complainte mêlée à celle d'une Sirène dont Ness avait hérité le pouvoir, la Princesse du Passé pleura Pat qu'elle connaissait depuis trois siècles. Le corps sans vie se consuma et se changea en un petit tas de cristaux de glace, il fut donc irrécupérable.

- Voilà un nouveau crime dont nous sommes tous témoins. Gwenc'Phel et les siens sont déclarés coupables de toutes les charges retenues contre eux. Ayez notre soutien dans cette épreuve mes Frères. Et que les Créateurs accomplissent la sentence décidée : l'emprisonnement éternel dans un Cercueil de Glace ! lança le représentant des Etats-Unis, parlant pour tous les autres.

Ile de Groix.

Une fillette vêtue d'une robe en soie blanche avait le teint anormalement pâle, blanc comme neige et sa chevelure de glace était admirablement sculptée. Autour d'elle, en cercle, immobiles, les Saints prisonniers dans de la glace firent craquer leurs articulations dans une pluie de cristaux, se libérant d'un sort lancé par la jeune fille. Tara jeta un regard vers la porte qui s'élargissait avec le Temps et reconnut qu'elle avait envie de se retrouver ailleurs qu'ici, à lutter contre la venue d'un étranger. La silhouette de Tara se mit à luire, et l'éclat qu'elle dégageait emplit bientôt toute l'île. C'était une lumière douloureuse et puissante, qui faisait vibrer l'air pour en disloquer les molécules. Elle sentit ses épaules se contracter sous la tension presque palpable. Puis, dans un dernier effort, elle poussa la porte à se fermer. Elle ne se contentait plus de la maintenir stable, elle osait défier l'assaillant. Le vent frais fit alors onduler les boucles soyeuses qui encadraient son visage. Elle repoussa quelques mèches folles d'un geste doux. La main d'un Saint parvint alors à lui saisir le poignet. Il comprit son erreur lorsque celui-ci se détacha de sa main droite.

Paris,
Elysée,
11 novembre 2011,
11 samonios 4578,
09 h 28.

Le Président de la République accueillit le Gorsedd encore meurtri, répondant à une convocation d'urgence.

- A quoi bon continuer, lâcha Bann après un long et affreux silence.
- Les français ont besoin de vous.
- Les sacrifices sont déjà trop nombreux. Nous avons perdu des frères et des sœurs. Nous ne laisserons plus la moindre vie partir.
- Je vous comprends, Bann. Mais la situation requiert une connaissance, une expertise en matière de Magie que mes soldats n'ont pas. Les Parlementaires réprouvent le recours à vos services, mais c'est moi le Président et vous avez tout mon soutien. Ness, je…
- Non. Ne lui parlez pas, Monsieur le Président. Elle est… Un chagrin tel que celui-ci peut vite se changer en colère et ses pouvoirs risquent à tout moment de sombrer dans la Magie Noire. Elle déploie des efforts colossaux pour ne pas céder. Je crois qu'elle est la plus forte et la plus courageuse d'entre nous. Il ne faut pas la déconcentrer.
- Et cela va durer ?
- Non, Ness se fera un devoir de s'assurer que Gwenc'Phel et Gaël paient pour leurs crimes. Plus encore aujourd'hui qu'hier.

Centre-ville de Lorient

Gaël se posa aux pieds de son Maître, ses ailes se changeant en bras et son corps redevint très vite humain.

- Fidèle parmi les fidèles ! Tu me reviens ! Sois le bienvenu.
- Gwenc'Phel, j'ai une nouvelle qui va te réjouir au plus haut point. Tu me combleras de cadeaux, de pouvoirs, de trésors !
- Du calme mon garçon ! Je viens de subir une honteuse défaite au Sanctuaire. Ta nouvelle n'a aucune chance de me faire plaisir.
- Non, Très Vénéré.
- Comment oses-tu me contredire ?
- J'ai tué Pat ! J'ai tué Pat ! J'ai TUE PAT !!!
- Quoi ? Pat ? Mort ? Par tous les dieux, Gaël ! Cette douce musique m'emplit d'un tel plaisir ! Tu auras tout ce que tu veux ! Nanta peut tout te donner ! Demande-lui et elle te l'offrira, sur ma demande. Enfin, les druides vont tomber. Le Gorsedd

est affaibli et la prochaine attaque sera la dernière. La victoire sera mienne ! Un rire tonitruant sortit de sa bouche, faisant frémir les rares disciples de sa garde rapprochée.

- Au sujet du Famulus à ma poursuite, se serait bien si…

- Sans aucun problème, la créature punitive ne fit pas de vieux os. Elle fut pulvérisée par la seule volonté de l'esprit du chef de la rébellion.

Ronan renonça à attaquer les Éternels maintenant qu'ils étaient sur le point de s'exterminer entre eux. Malgré de longues conversations avec Bron, qu'il aimait beaucoup sans trop savoir pourquoi, il en voulait toujours à sa mère. Bron était comme un oncle pour lui et il était plus facile de lui confier ses émotions qu'a Elor'a ou son père. Ronan n'avait qu'une idée en tête, tuer sa propre mère. Et même Bron était incapable de l'en dissuader.

Irlande,
Terres du Sud.

Matt, à dos de dragon, créature de mort, souriait comme un dément à mesure que son nouvel animal de compagnie crachait du feu. Avant même qu'il atterrisse près du Temple d'Eri, déesse souveraine d'Irlande, l'alarme des druides se déclencha. Le son d'un cor retentit. Les druides qui veillaient sur la sécurité des lieux se mirent tous à hurler. Malgré la capacité des druides à maîtriser leurs peurs les plus profondes, leur sagesse légendaire, ils cédèrent à une panique instinctive. La moitié des pensionnaires sortit des huttes entourant le Temple, la saie à moitié passée à la hâte par-dessus leur pyjama. Le dragon se posa au beau milieu de la pelouse, les Sentinelles ne pouvant le contrôler. Les archers abaissèrent leurs arcs à contrecœur. Les Sentinelles reculèrent de quelques pas mais gardèrent leurs sceptres en main, en évidence. Ils formèrent un large cercle autour du dragon. Puis, le battement d'ailes de centaines d'autres, virevoltant en cercle concentrique au-dessus du Temple, menaçait l'édifice. Eri comprenait la méfiance et la peur de ses fidèles. Le dragon trônait sous les rayons du soleil comme une sculpture vivante. Quinze mètres de long, des griffes impressionnantes, des crocs démesurés, des yeux rouge rubis, l'animal obéissait à Matt, sans rechigner. Il avait des ailes de chauvesouris deux fois plus longues que son corps, déployées comme des voiles.

- Quelle merveille ! s'exclama un jeune druide impétueux.

- Répète-le quand il nous cramera, répondit une Sentinelle sur le point de fuir, le regardant comme s'il avait perdu la raison. Le dragon bascula la tête en arrière et sur un ordre de Matt, projeta une colonne de flammes dans le ciel. Les autres dragons s'écartèrent par réflexe. Matt se laissa glisser lentement à terre, brandissant un sceptre de 1er Mage.

- L'heure est venue Eri ! Tu es le dernier obstacle qui m'empêche de quitter l'Irlande.

- Il y a une raison à cela, Matt. Tu n'es qu'un Mage ! Tu n'as aucune chance contre moi.

- Ne sois pas si présomptueuse, déesse. J'ai le pouvoir de te tuer et je vais l'utiliser aujourd'hui. Matt se coupa une veine et un flot de Feu Sacré embrasa le corps d'Eri. Dès lors, elle fut perdue. Le pouvoir que Nanta lui avait confié, comme pour Ed, servit à assassiner la première déesse du nouveau Panthéon. Les Créateurs n'intervinrent pas, soucieux de rester en sécurité, et occupés à protéger les autres dieux. Avant de mourir, Eri fit jaillir des flèches du sable, qui se plantèrent directement dans le cœur du dragon. Les Gargouilles du Temple s'envolèrent alors et leurs cris tuèrent les autres dragons un à un. Ce fut le premier crime du Premier des Mages, celui qui lui fit perdre son âme pour toujours. Après cet acte abominable, plus rien ne fut pareil. Il assassina ensuite tous les druides et Sentinelles d'Irlande, Goff échappant au massacre grâce à son retour en France. Désormais, Matt et les Mages pouvaient quitter les terres irlandaises et se rendre là où tous les Mages du Monde convergeaient : à *Mag Tured.*

***

238

Ronan
Frappe Fort

11 novembre 2011,
11 samonios 4578,
10 h 01.

Les hôpitaux du Monde entier se remplirent. La Boîte de Pandore avait libéré un autre mal terrifiant sur les Hommes. Une maladie venue du Passé, foudroyante et incurable. La Peste avait fait son retour. L'incubation tombée à zéro, la maladie se déclarait dès la contamination. Et lorsque les médecins eux-mêmes commencèrent à tomber comme des mouches, plus personne ne put enrayer la maladie infernale. De grande ampleur, la Peste, sous forme magique et organique, inquiétait le Gorsedd au plus haut point. D'origine magique, selon Gwenc'Ron, la seule façon de l'arrêter serait de retrouver la Boîte et de la refermer. Elle avalerait aussitôt tous les maux qu'elle avait libérés. Nathan et Ben avait été informés par Liam que retrouver Olwen devenait la première priorité des druides. Il fallait lui dérober la Boîte le plus tôt possible. Le druide irlandais, tenu jusqu'alors à l'écart, se lança aussi à sa poursuite. Il ne fallut pas longtemps pour retrouver sa trace. Le Maître Druide les attendait de pied ferme. Il brandit son sceptre et foudroya Nathan et Liam. Ben profita de l'occasion pour lui sauter dessus par derrière et agrippa la Boîte. Mais Ben ne parvenait pas à la refermer. L'opération ne risquait pas d'être aussi simple.

Désert du Sahara,
Tadrart Acacus,
Ouest de la Libye.

Près du Palais Divin, Ronan vint affronter sa mère. Sur les conseils d'Eric'h, elle ne daigna pas quitter la sécurité du Palais. Son fils chercha alors un moyen de l'atteindre et son regard se porta sur un arbre non loin. Les dieux portaient une attention extrême à la sécurité et aux soins apportés à cet arbre. Car la Cabale était « l'arbre de vie ». S'il était détruit, les humains mourraient jusqu'aux dernier.

- Mère ! Mère ! Je n'hésiterai pas ! Sors de ton trou !

Le Thésauriseur (gardien du Palais Divin et conseiller des Créateurs) était dans tous ses états. Lorsque Ronan embrasa le pied de la Cabale, il faillit perdre tout contrôle. Mais Ronan prit son temps. Il finirait bien par faire sortir sa mère du Palais.

Ile de Groix.

Tara avait besoin d'aide, ayant de plus en plus de mal à repousser le Dieu Unique. La Porte de Lumière était désormais totalement ouverte malgré ses efforts. Elle se souvint d'un cours de Goff sur le Maître Druide du Temps. Il disait qu'il était insaisissable et que seuls des Êtres Supérieurs pouvaient le contacter. Selon elle, il devait s'agir des Éternels, car même les Créateurs ne pouvaient le contrôler. Tara ferma donc les yeux et se concentra pour l'invoquer. Après tout, elle était au-dessus de tous : des druides, du Gorsedd, des dieux et même des Créateurs.

- Tara, ma belle ! J'ai entendu ton appel et cela signifie beaucoup. Sais-tu qui tu es ?

- Non, Erwan. Je sais juste que j'ai reçu le Pouvoir Ultime par accident. Il ne m'était pas destiné.

- Tu te trompes ma belle. Rien n'arrive par hasard. Tu es bien placée pour le savoir. Bron t'as sauvée des griffes de ton père et les druides t'ont instruite. La dernière *Bataille de Mag Tured* à laquelle tu as participé a failli te tuer. Tim et les Gnomes ont dû te sauver en te faisant boire le contenu de la Coupe du Graal. Son contenu était là pour toi, Tara. Le Grand Plan de Gwyon'Bach est merveilleux. Il a sauvé bien des vies. Il avait prévu depuis ton sauvetage par Bron, que plus tard (aujourd'hui), tu deviendrais plus grande que tous. Une Éternelle.

- Je suis une Éternelle ?

- Maintenant oui. Gwyon est parvenu à s'introduire dans le Conseil et à se faire nommer Éternel. Tout comme lui, tu en deviens une par la force de tes pouvoirs. Tara, les Éternels se déchirent aujourd'hui et je suis allé dans l'avenir pour savoir où tout ce fatras allait mener le Monde. Et je peux te dire que tu es une Éternelle et qu'avec Gwyon, vous serez bienveillant sur le Monde, répondit le Maître Druide du Temps.

- C'est… Mais le Dieu Unique arrive. Je le sens. Et le Monde Celte va très mal. Une nouvelle *Bataille* se profile.

- Ce sera la dernière. De tous les évènements de l'Histoire, celui-ci est inévitable.

- Alors tout est perdu. Si des Éternels dirigent cette guerre, imagine les dégâts causés par leurs pouvoirs infinis. La Terre elle-même ne le supportera pas.

- Espoir, Tara. Espoir, termina Erwan avant de disparaître.

Baie de San Francisco,
Archipel de l'Autre Monde,
Tir Na Nog.

La Compagnie des Courageux Gnomes se mit en quête d'une relique rare. Tim reçut leur appel à l'aide et quitta le Sanctuaire pour permettre à la Compagnie de se recomposer. A son arrivée, Seamus lut la lettre de Myrddin à l'adolescent.

« Au Nains qui au nombre de quatre deviendront cinq.

Lorsque les terres ne feront qu'une,

- La Fusion de l'Autre Monde et de la Terre a eu lieu. Cette partie de la lettre s'est accomplie, commenta Tim.

Un immense chaos sera engendré.

- Nous sommes aujourd'hui en plein désordre.

De la Bataille qui sera la dernière,

- Alors c'est donc vrai. Une *4ème Bataille* se prépare à *Mag Tured* ?

- Oui Tim. Après la *Fusion*, les terres de *Mag Tured* se sont retrouvées en Egypte, à l'Est de la pyramide de Gizeh. Des mouvements et des rassemblements se font déjà sur place, l'informa Luna, la mine grave.

***Naîtra l'arrivée de celui qui éteindra nos rêves*.**

- Là, je sèche. Je ne sais pas de qui il peut s'agir, réagit Pouf.

- C'est sûrement le Dieu Unique que Tara combat.

- La petite Tara ? Par tous les dieux, la pauvre. Un tel fardeau ! pleura presque Luna, aussitôt réconfortée dans les bras de Tim.

- Elle s'en sortira. Nous avons tous survécu à la *3ème Bataille* après tout !

- Ce sera très différent Tim, j'ai appris que Toutatis (dieu de la guerre) se trouve déjà là-bas. Il a reçu l'Éternelle Nanta pour préparer son armée. Des rumeurs prétendent que les corbeaux d'Ankou (la Mort) volent au-dessus des pyramides. Il faudra du temps pour que tout soit prêt pour une *4ème Cath Maighe Tuireadh* (*Bataille de Mag Tured* en celte), mais dès qu'elle commencera, rien ne pourra l'arrêter, répondit Raphy, l'air sévère.

- Et la Fin du Monde Celte pointe son nez, termina Tim qui comprenait la complexité et la gravité de la situation.

***

239

LA RUNE PRIMORDIALE

Lorient,
Centre-ville,
11 novembre 2011,
11 samonios 4578,
15 h 18.

Maëve et son équipe parvinrent difficilement à rejoindre Nathan, Ben et Liam à cause des petits affrontements entre les créatures magiques et la police. Olwen sentit la maîtrise de la situation lui échapper. Maëve avait besoin de se défouler et Elodie voulait aussi en découdre avec l'ennemi. Le traître tenta une fuite, sans succès. Elodie sortit de sa poche une clé que lui avait confiée Cillisia après de longues recherches sur la Boîte de Pandore. Elle avait découvert que la Boîte ne pouvait se refermer qu'à l'aide d'une clé forgée par Zeus lui-même. Bravant l'interdit, Cillisia s'était rendue à Avalon pour demander aux gardiennes de contacter Zeus pour elle. A contrecœur, mais soucieuses du bien-être de l'humanité, elles portèrent le message et revinrent avec une petite clé. Zeus n'avait pas tardé à la fabriquer, la précédente ayant été perdue en refermant la Boîte une première fois. A usage unique, la clé avait été détruite.

Elodie saisit la Boîte et introduisit la clé dans la serrure. Une fois tournée, le couvercle tomba après que les maux libérés furent de nouveaux à l'intérieur. Dans le Monde entier, la Peste disparut aussi rapidement qu'elle était arrivée. Les hôpitaux se vidèrent, tous les malades furent guéris et les dommages, même les plus terribles, infligés aux corps furent réparés. Les médecins ne purent rien expliquer.

Angleterre,
Stonehenge.

Le Gardien fut ravi de récupérer la Boîte. Les pierres vibrèrent avant qu'il ne disparaisse. De longs remerciements furent échangés et le soulagement était perceptible. Mais comme toujours, lorsqu'une mission était accomplie, une autre venait la remplacer. Maëve, Ben, Nathan, Liam et Elodie se rendirent ensuite au Sanctuaire où les attendait une Cillisia très inquiète.

Tandis que les druides tentaient de nouveau de réparer les dégâts causés par les traîtres sur le Temple et la Tour d'Or en ruine, Ben entra dans le Bosquet délaissé après la fin du Concile.

- Que se passe-t-il ?

- Les pages du Livre n'arrêtent pas de tourner. Il tremble depuis plus d'une heure.

- Tu sais ce que ça veut dire ? demanda Elodie tout aussi inquiète.

- Non, je…

- Nous voulions vous demander d'intervenir avant qu'une alliance ne se forme entre Nanta et Gwenc'Phel, mais… visiblement il est trop tard.

- Bann ! Vous savez ce qu'il se passe ? questionna Ben.

- Oui. Si le Livre des Éléments réagit ainsi, ce n'est pas sans raison. Il est lié à la Terre. Et celle-ci souffre depuis la *Fusion*. Les immenses pouvoirs qui vont se déchaîner aggraveront la situation. Il est donc trop tard pour arrêter leur complicité. Eningann était un ennemi redoutable, Nanta est bien plus puissante qu'il ne l'était. Et elle n'est pas affaiblie après une *Bataille*, contrairement à lui.

- Que doit-on faire maintenant ? Aller en Egypte pour empêcher la guerre ?

- Non, Nathan. Aucun de vous n'a le pouvoir de s'opposer aux forces qui menacent le Monde. Une autre personne se charge de cette mission.

- Qui ?

- Vous ne pouvez pas le savoir pour l'instant. Le Gorsedd vous charge de maintenir l'ordre en ville.

- C'est tout ?

- Pour le moment, oui. Quelque chose va bientôt se produire et vous devez être dans les parages quand cela arrivera, trancha Bann.

Baie de San Francisco,
Archipel de l'Autre Monde.

Selma (la Matriarche) et les cinq Grandes Familles ne pouvaient toujours pas passer la barrière de Tara qui rendait les cinq îles de l'Archipel inaccessibles et leurs habitants (Tùathas, Fomoirés, Fir Bolg) prisonniers. Le champion guerrier de Selma avait échoué et la Matriarche cherchait une nouvelle idée. Après l'avoir fait chercher et venir près d'elle, le Maître Druide des Runes approcha, craintif.

- Il parait que tu peux faire tomber cette barrière, druide ?

- C'est possible. Peut-être.

- Oui ou non ?

- Ce n'est pas si simple ! Celle qui l'a créé possède des pouvoirs anciens et seule une Magie équivalente peut l'emporter. Peut-être… Pour cela, il me faut la Rune Primordiale. Sa Magie est aussi vieille que celle de Tara, mais j'ignore si elle est plus puissante.

- Dans ton intérêt, il vaut mieux que tes Runes le soient. Où sont-elles ?

- C'est un problème. Je l'ignore. Ce sont des reliques d'un temps passé et nul ne sait où les trouver. Je sais juste que je suis le seul capable de les contrôler. J'ai subi un entraînement spécifique pour cela.

- Alors je mets des moyens surpuissants à ta disposition et je te donne une semaine pour les trouver. Ensuite, si tu reviens bredouille, je te tuerai de mes propres mains.

- Oui, Selma.

- Sais-tu que c'est un honneur de mourir de ma main ?

- Vous m'excuserai si je préfère vivre.

- Il ne tient qu'à toi d'y parvenir, termina-t-elle d'un ton sec.

Ecosse,
11 novembre 2011,
11 samonios 4578,
18 h 13.

La Compagnie des Courageux Gnomes se rendit dans les Highlands. Les Nains des hautes terres d'Ecosse les attendaient. Pouf avait trouvé une carte accompagnant la lettre de Myrddin et celle-ci indiquait l'emplacement d'une cachette oubliée de tous depuis des générations. A l'abri, les Runes Primordiales étaient inaccessibles. Les Nains des Highlands ouvrirent la marche. Quatre petits hommes veillèrent à la sécurité de la Compagnie. Ils savaient qu'il était urgent de les trouver car ils n'étaient pas les seuls à les chercher. Les Gnomes des Glaces avaient pris connaissance de la réunion entre Selma et le Maître Druide des Runes. De plus, le Livre des Éléments, relié magiquement aux Runes, s'était emballé. Avec une belle longueur d'avance, les Gnomes avaient toutes les chances de les trouver les premiers. Mais les garder à l'abri était une autre histoire.

C'est dans une plaine très étendue qu'ils trouvèrent une pierre dressée installée à l'emplacement réservée à la cachette. Mais de prime abord, aucune trace visible des Runes n'attira leur attention. Pourtant, sous leurs pieds, les petites pierres gravées attendaient leur propriétaire. Tim, agacé par de longues heures de marches n'avait plus de patience.

- J'en ai marre !

Que les Runes tant convoitée se révèlent par mon souhait !

A peine une seconde plus tard, un trou se creusa sous l'adolescent. Il tomba de deux mètres, atterrissant sur une masse d'excréments peu agréable.

- Je crois que j'ai trouvé la cachette !

- Tout va bien Tim ? demanda Luna alors que tous les autres éclataient de rire.

- Oui, oui ! Ça va ! Vous pouvez descendre ! Une fois en bas, ils se posèrent une question.

- Vu la taille de la boulette dans laquelle tu es tombée, la créature qui s'est lâchée doit être énorme, réfléchit Seamus.

- Je dirai un Gargwa ! pensa Luna.

- Oh non ! Pas ça ! cria Tim qui se cacha derrière une colonne de la caverne qu'ils exploraient.

- Ne t'en fais pas, il est mort depuis longtemps. Ce chien de Cythraul avait sûrement la garde de cet endroit. Mais il y a des siècles que cette caverne a été scellée. Il n'était probablement pas prévu que les Runes restent cachées ici aussi longtemps.

A deux mètres sur leur gauche, ils trouvèrent un autel sur lequel était posé un petit sac soigneusement fermé. Lorsque Tim l'ouvrit, il failli tomber à la renverse. Il sentit la puissance des pierres et un ogham se dessina sur son torse, comme au fer rouge. Il hurla de douleur. Luna reconnu le symbole des Éternels. La surprise frappa tous les visages. Cet abruti, cet adolescent devenu Superviseur du Sanctuaire on ne sait comment, venait de découvrir une vérité sur lui qu'il ignorait. Après Tara, Tim comprit que son destin était plus important qu'il ne l'avait imaginé. Les Runes s'élevèrent au-dessus de sa tête et la caverne s'écroula autour d'eux. Ils se retrouvèrent sur la plaine, auprès de Tim, devenu bien différent.

Sanctuaire,
20 h 55.

Après les récentes attaques, des créatures de moindre puissance avaient profité de l'occasion pour s'infiltrer sur le Sol Sacré des druides. Ce fut le cas des Grimalkins, créatures se servant de la calomnie, de pouvoirs négatifs comme le « mauvais œil », qui avaient le pouvoir de donner corps aux superstitions. Le Marchand de Sable et Zita, qui venait juste de guérir de ses brûlures au dos, étaient la cible d'un Grimalkin depuis quelques heures. Les objets de malédiction furent chargés à leur maximum et Zita fit les frais de cette intrusion. Lorsque le Marchand de Sable passa sous une échelle par inadvertance, un pot de peinture lui tomba sur la tête. Puis le Grimalkin concentra son pouvoir pour faire épaissir et durcir la peinture. Figé sur place, Zita ne put lui porter secours, elle-même coincée, les pieds collés au sol. La créature magique ricana avant de se faire repérer par Ness, très énervée.

***

240

LA PROPHETIE DU LIVRE

Ecosse,
11 novembre 2011,
11 samonios 4578,
20 h 59.

Le Maître Druide des Runes, Killyan, arriva sur les lieux plus vite que prévu. Un Gnome des Glace avait trahi les siens en révélant au druide la quête de la Compagnie. Aussitôt puni, le mal était cependant déjà fait. L'affrontement fut impressionnant. A la surprise générale, Tim parvint à le repousser à de nombreuses reprises.

- Mais qui es-tu petit ? Il est impossible que tu puisses détenir une telle puissance !

- La preuve que si ! Il parait que je suis un Éternel. Un Grand Plan ou je ne sais quoi a prévu que je te botte le train aujourd'hui.

- Ne fais pas le fier, petit. Tu vas amèrement regretter de m'avoir rencontré.

- C'est toi qui vas subir le courroux d'un Superviseur en colère ! Mon Frère, tu as trahi les druides ! Comment oses-tu te tenir devant moi et me menacer ? Tremble Killyan ! Tremble devant un Éternel froissé !

Mais Tim ne put réagir lorsqu'une lame transperça le cœur de Pouf. Tué sans usage de la Magie, Tim ne put rien faire. Pouf s'effondra, livide. Son âme quitta le corps inerte pour se rendre dans le Plan Astral avant de s'éloigner. Luna, Seamus et Raphy assistèrent impuissants au drame. Et lorsqu'un Nain tenta d'égorger le *treitour*, il ne put que lui infliger une profonde plaie avant sa fuite. Les larmes coulèrent à flot ce jour-là et rien ne semblait pouvoir arrêter une telle tristesse.

Sanctuaire.

Après être parvenue à se libérer du piège du Grimalkin, Cillisia fit des recherches dans le Livre des Éléments une fois celui-ci calmé, pour trouver comment contrer cette créature.

Gwenc'Ron parvint à restaurer le Temple mais pas la Tour d'Or, qui resta irrécupérable. Il fonda une division secrète du Secteur 48, sous les fondations du Temple, permettant ainsi de conserver les créatures prisonnières, au Sanctuaire.

Cillisia trouva une page sur les Grimalkins, mais elle découvrit l'existence d'une nouvelle page et surtout, la prophétie qu'elle contenait. Elle convia le Gorsedd et l'équipe à lire le texte avec elle.

- A toi l'honneur Cillisia. C'est toi qui l'a trouvée, insista Gwenc'Ron.
- Bien, alors écoutez :

Le 1er nous fera tomber.
Dans le feu, Ed s'épanouira et les cadavres des Elfes il foulera.
Maëve sauvera Tara ou le Monde sombrera.
Par la Porte viendra la Fin des Celtes,
Prélude à celle des autres dieux.
Seul l'amour repoussera le danger,
Par celui de deux être opposés viendra la paix.

- C'est moi ou j'ai l'impression que nous ne sommes pas arrivés au bout de nos surprises ? demanda Ben inquiet.

- Hélas, le pire est devant nous. La Sorcière de l'Apocalypse, Méduse, Mandragoria, Eningann, n'étaient rien à côté du nouvel ennemi. Je crains le pire, conclut Bann.

« Je prends la plume pour la première fois et il est peu de dire que c'est un effort pour moi, militaire, soldat des druides, peu coutumier de l'écriture. Mais Ben m'a cédé la place, estimant que je fais désormais pleinement partie de l'équipe de Maëve. Alors je m'exécute. C'est peut-être plus facile de l'écrire que de le dire, mais j'aime Ben et j'adore cette équipe. Au moins, il y a toujours de l'action. On peut accuser les druides de dramatiser les situations, mais il se trouve que, désormais, je vis avec eux et je trouve qu'ils estiment bien l'importance du danger. Ils ignorent que le Ministère de la Défense compte sur moi pour les surveiller. S'ils ont le Ministre de l'Occulte dans leur poche, les druides ont des généraux comme ennemis. Il a été question de bombarder le Sanctuaire pour se débarrasser de toute menace, mais je leur ai fait comprendre qu'ils se trompaient de cible. Le Sanctuaire nous protège et soigne ceux qui en ont besoin. Il est encerclé de gens cherchant une protection, de personnes perdues qui ne souhaitent que trouver un foyer procurant la sécurité. Ce lieu sacré est le seul endroit qu'ils ont trouvé. Ben m'a fait comprendre que la Magie ne se combat pas avec un flingue. Mais au corps à corps, une fois un ennemi affaibli, je peux intervenir. Et les moyens de communication de l'armée sont bien utiles. J'ai trouvé ma place dans ce Monde qui a changé. Et il n'est pas facile de trouver un refuge et de se sentir aimé. Je crois que l'armée reste indispensable pour protéger les populations, mais les druides apportent l'arme nécessaire pour nous défendre, la Magie. »

NATHAN,
CAPITAINE DE LA MARINE NATIONALE,
CROIX DE LA VALEUR MILITAIRE AVEC ETOILE DE BRONZE.

A SUIVRE…

SAISON 7
EPISODE 2

LE PROPHÈTE

26

« C’est être fou que d’être sage, selon raison contre l’usage. »

Souvenez-Vous...

Dans les épisodes précédents de la collection « **La Légende Des Maîtres** » :

Tim devient *un Éternel*… Les *Traqueurs Elfes* et la *Police du Surnaturel* tentent de rétablir l'ordre dans les rues…

L'équipe de Maëve a œuvré pour retrouver la *Boîte de Pandore*, dérobée au *Gardien*, à *Stonehenge*…

Les *Créateurs* s'inquiètent de l'arrivée du *Dieu Unique* sur *Terre*… Tara continue de protéger la *Porte de Groix* et apprend qu'elle est une *Éternelle*…

Le *Concile* se réunit pour commencer le procès de Gwenc'Phel. La décision de suivre le sacrifice du Gorsedd est actée… Gwenc'Phel sera prisonnier du *Cercueil de Glace* après son arrestation… Ce dernier envoie les *Morganezed* saccager *Lorient* avant de s'en prendre une nouvelle fois au *Sanctuaire*…

Les *Runes Primordiales* sur lesquelles leur propriétaire grave les *oghams* sont recherchées et trouvées par la *Compagnie des Courageux Gnomes*…

Ed use de son pouvoir donné par *Nanta* à son prédécesseur (roi de *Cythraul*) sur les anciens *Créateurs* qu'il tue avant d'être chassé d'*Avalon* par Zeus…

Une réunion de tous les représentants des dieux du Monde se tient au *Palais Divin*. Ils ont peur que si les *Celtes* tombent, les autres suivent…

Tara est redoutée de tous… *Nanta* a trahis les siens en donnant à Ed le pouvoir de tuer un *Créateur*. Les autres, furieux, partent en guerre. *Bitom* et *H'Coma* lèvent une armée et préparent une *4ème Bataille à Mag Tured*…

Gwyon se retrouve seul à la tête du pouvoir… Zita et le *Marchand de Sable* (ex *Doyen T-Rex*) sont attaqués par un *Grimalkin*…

Gwenc'Phel fait alliance avec *Nanta*… Gaël assassine Pat et Gwenc'Phel le récompense… Matt tue *Eri* (déesse d'Irlande). Les *Mages* peuvent alors quitter l'île pour se rendre à *Mag Tured*… Ronan trouve un moyen de faire sortir sa mère du *Palais* en menaçant de bruler la *Cabale* : *l'arbre de vie*…

Selma demande au *Maître Druide des Runes*, *Kylian*, de faire tomber la barrière de *Meath*. Sans les *Runes Primordiales*, il ne peut pas. C'est Tim qui les trouve…

Kylian tue Pouf et déstabilise ainsi la *Compagnie des Courageux Gnomes*. Même étant un *Éternel*, Tim n'y peut rien, ce que les autres lui reprocheront…

Gwenc'Ron fonde une section secrète du *Secteur 48* sous le *Temple* du *Sanctuaire…*

Cillisia trouve une prophétie dans le *Livre des Eléments* :

Le 1er nous fera tomber.
Dans le feu Ed s'épanouira et les cadavres des Elfes il foulera.
Maëve sauvera Tara ou le Monde sombrera.
Par la Porte viendra la Fin des Celtes,
Prélude à celle des autres dieux.
Seul l'amour repoussera le danger,
Par celui de deux être opposés viendra la paix.

Cillisia reprend le poste d'Eric'h, professeur d'Histoires Anciennes…

Ben se découvre un nouveau pouvoir, la télépathie, confié par Bron qui veille sur lui…

L'Ordre Chinois envoi son armée de soldats d'argile sécuriser *Meath* (la 5ème île). Un acte non dénué d'arrières pensés…

Suite...

241

ÉZECHIEL

(1)

11 novembre 2011,
11 samonios 4578,
20 h 59.

Tandis qu'il pleuvait abondamment et que les gouttes flagellaient les vitres de la salle des archives de la bibliothèque, Ness noircit une page des Chroniques des Druides, une saie noire sur le dos.

« Un ami m'a dit un jour de me méfier des sorts faciles. Un ami m'a proposé un jour de garder mon fils le temps d'une soirée. Un ami m'a dit un jour que l'élégance portait mon nom. Un ami m'a dit un jour que l'on vaincrait l'ennemi. Il ne savait pas quand, il ne savait pas où, mais une chose était certaine, Gwenc'Phel perdrait. Un ami m'a dit un jour que sa vie et la mienne étaient liées. Je l'ai hélas rejeté. Cet ami a aujourd'hui disparu et mon cœur s'en est allé avec lui. Plus nous terrassons d'ennemis, plus il en arrive de nouveaux. Malgré leur aide et leur efficacité, nos alliés n'arrivent pas à prendre le dessus. Sans Pat, les choses seront très différentes. Je n'imagine pas la prochaine réunion du Gorsedd sans lui. Quand tout cela s'arrêtera-t-il enfin ? Y-a-t-il seulement encore une petite place pour l'espoir ? »

NESS,
GRANDE DRUIDESSES,
MEMBRE DU GORSEDD DE LORIENT.

« Quitter les terres d'Irlande pour me racheter auprès de mes frères de Lorient fut difficile. Ness m'a autorisé à rédiger cet article dans les très célèbres Chroniques des Druides. Elle m'a convaincu de me confier à ce journal pour libérer mon esprit tourmenté. Un apaisement n'est possible que si j'arrive à comprendre ce qui m'est arrivé, pourquoi je me suis laissé emporter par la colère, la facilité, au lieu de chasser ma peine et de laisser guérir mon cœur. Etre le fils de Mandragoria est terrible. Comment ne pas associer les crimes de la mère à mon existence ? Je n'en veux pas aux druides d'y penser. Goff m'a sauvé en insérant dans ma mémoire un enseignement druidique complet. Je n'ai eu ni enfance, ni adolescence, ni éducation. Alors il fallait bien m'apprendre les bases. J'ai intégré l'équipe de Maëve après le départ de Matt. Ils sont sympas et m'ont vite accepté. Il faut dire qu'ils ont besoin de moi. Mais je me sens surveillé, entouré afin d'éviter tout écart. Et cela ne me déplaît pas. Au contraire, j'ai trop peur de ce que je pourrai devenir sans entourage, alors merci. Merci mes frères.

LIAM,
DRUIDE D'IRLANDE.

Palais Divin,
11 novembre 2011,
11 samonios 4578,
23 h 59.

Le Thésauriseur, les traits tirés, visiblement malmené depuis des heures, trouva enfin Elor'a au détour d'un couloir.

- Ma Dame, la situation ne saurait perdurer. Votre fils va cramer la Cabale s'il continue ainsi !
- Il va se calmer. Il se calme toujours.
- Quand ? Lorsque le Monde se sera écroulé ? Vous vous leurrez, Ma Dame. Il ne sera apaisé que si sa Mère parvient à le raisonner.
- Tu ne saurais mieux que moi ce que mon fils veut, Théso ! Tu…
- Toutes mes excuses, Ma Dame. Je ne sais ce qui m'a pris de vous parler ainsi, coupa-t-il.
- Ca va, lâcha-t-elle dans un souffle. Tout le monde est à cran en ce moment. Eric'h passe beaucoup de temps dans l'Akasha. Je ne le vois presque plus, si ce n'est en réunion. Je sens qu'un évènement majeur se prépare et si je ne mets pas le doigt dessus… C'est la volonté d'Eric'h, pourtant une Créatrice doit tout savoir. Ce n'est pas logique. Théso, tu m'as dit un jour que sous le Palais…
- Ma Dame ! NON !
- Il le faut. Oh fait, c'est la seconde fois que tu me coupes la parole.
- Je regrette, mais ce que vous vous apprêtez à faire est inconscient, même pour une Créatrice !
- Il me faut connaître l'avenir. Je dois le consulter.
- Et votre fils ? C'est plus urgent !
- Ronan… Elor'a jeta un regard vers le balcon, une larme perlant sur la joue, une émotion humaine dont elle ne parvenait parfois à se défaire. Je ne peux l'affronter. Pas maintenant. Laisse-moi ! La Créatrice se lança dans les escaliers et franchit la porte du sous-sol.

Un bruit métallique résonna. Un grincement agaçant, suivi d'un gémissement. La pièce était gigantesque, pour une si petite cage qui trônait en son centre.

- Prophète ! Il faut qu'on cause !
- Ezéchiel n'a reçu de visite depuis des siècles. Que me vaut une telle surprise ?

Palais Divin,
2ème étage,
12 novembre 2011,
12 samonios 4578,
02 h 18.

La salle des trophées avait été réservée pour la soirée. Une réunion d'importance se prolongea dans la nuit. Les cinq Grandes Familles complotèrent une nouvelle fois pour faire tomber le pouvoir des Créateurs. Rares furent les occasions de les voir se rassembler en un même endroit. Ce fut la Famille Brychan de Brycheiniog qui avait lancé l'invitation. Brychan de Brycheiniog était un roi gallois qui régna en l'an 500. Cette famille fêtait traditionnellement leur ancêtre fondateur le 6 cutios (avril). Ce roi dut s'exiler en Cornouailles. Cette famille comptait douze frères et sœurs : Dingad, Dyfnan, Endelion, Issey, Kew, Nectan, Minver, Pabai, Mabène, Marwenne, Ninnioc et Thèthe. Les quatre autres Grandes Familles avaient accepté de se rendre au Palais : la famille Fragan, La famille Gwenn (composée de trois fils Jacut, Clervie, Guéthénoc et une fille Guénolé de Landévennec), la famille Gibrien (dix frères et sœurs) et la famille Kylonna (22 frères).

En marge de ce rassemblement peu commun, une silhouette bien étrange attira le regard du Thésauriseur occupé à lire les derniers rapports lui étant parvenus. Un parchemin tomba au sol en voletant, la chaise fut renversée et le bureau explosa. Il ne restait plus de trace de la présence du Thésauriseur. Il ne s'était même pas débattu. Connaissant le sort que réservait son agresseur aux personnes qui lui résistaient, il avait préféré se laisser emporter.

Sanctuaire,
13 novembre 2011,
13 samonios 4578,
18 h 01.

Les enfants du Sanctuaire avaient cessé de jouer, préférant se mettre à l'abri de la neige qui tombait abondamment. Un adolescent discutait avec une amie qui, à mesure de son discours, passait de l'hébétude à la terreur.

- La prophétie parle de la vengeance des Géants. Il est question d'une armée.
- Est-ce que tu sais autre chose sur ces Géants ?
- J'ai entendu Tim parler de Danann, la Mère et Reine des Tùathas. Elle est devant la barrière de Tara et tente de la faire tomber. Elle s'est alliée à Selma.
- La Matriarche des Grandes Familles ?
- Elles vont peut-être y arriver, termina-t-il la voix tremblante. Sur un banc, un druide venait de se réveiller. Il avait eu l'impression d'avoir dormi quelques secondes mais quand il se réveilla, le jour tombait. Il frotta ses yeux pleins de sommeil avant de sentir une présence toute proche.

- Eric'h ! Ne t'ai-je pas appris la politesse pendant toutes ces années ? Faire peur à un vieil homme comme moi est indigne d'un druide !

- Mais je n'en suis plus un Gwenc'Ron.

- Ah ! Ah ! Que je suis heureux de te revoir. Ça fait longtemps.

- Je sais. Mes obligations…

- Eric'h, je ne peux même pas imaginer la charge qui pèse sur tes épaules. Je m'en veux souvent tu sais ?

- Pourquoi ?

- Je vous ai Bron, Elor'a, Tao et toi, envoyés en guerre. Vous étiez si jeunes. Je vous ai privés de vos jeunes années, puis de votre adolescence. Une fois adulte, vous êtes devenu des dieux, puis des Créateurs bien trop vite.

- C'était nécessaire et nous comprenons, je t'assure. L'avenir dépendait de nous. Nous sacrifier était indispensable. Et si ça peut te rassurer, le Gorsedd et Gwyon'Bach étaient dans le coup aussi. Quand on parle du loup.

Ness et Bann arrivèrent à cet instant. Le Gorsedd avait été convoqué par le Créateur.

- Eric'h ! Que je suis heureuse de te voir.

- Moi aussi Ness. Quand j'ai su pour Pat…

- Non, tu ne pouvais rien faire mon garçon. Cette tragédie nous a meurtris mais nous sommes là. Nous devons faire justice.

- Oui Bann. C'est dur vous savez. Être un Créateur c'est génial mais je suis sans cesse interrompu dans mes élans. « Non tu ne peux pas faire ceci, non tu ne peux pas faire cela ! Tu vas froisser un tel ! » J'en ai marre ! A quoi ça sert d'être…

- Eric'h, nous t'avons mis dans une situation difficile. Se plaindre ne vas pas faire avancer les choses. Gwenc'Phel et Gaël doivent payer pour leurs crimes. Les druides ont achevé le procès. Ils seront condamnés dès leur capture, le coupa Gwenc'Ron.

- Pourquoi nous as-tu convoqués mon petit ?

- Ness, j'ai besoin de vous trois au Palais. Votre transfert a été organisé.

- Une minute ! Nous sommes les représentants des druides, nous les guidons. Cela ne peut pas se faire depuis le Palais. Je regrette, mais notre place a toujours été au Sanctuaire.

- Je suis d'accord avec Gwenc'Ron, enchaîna Bann, mais Ness semblait ne pas les suivre lorsque les regards se tournèrent vers elle.

- Les garçons, imaginez notre influence si nous entrons au Palais. La puissance…

- Nous avons toujours vécu simplement. La richesse à outrance du Palais ne pourrait que nous détourner de notre objectif. Je suis désolé Eric'h, mais nous devons rester ici.

- Je comprends. Ness, est-ce la décision de tout le Gorsedd ?

- Oui Créateur. Tu me manques.

- Vous tous aussi. Elor'a, Bron et Tao vous embrassent. La silhouette d'Eric'h s'effaça alors, laissant le Gorsedd près du banc où il y avait, quelques minutes avant, un druide endormi.

Rade de Lorient,
Sous-sol de la caserne,
13 novembre 2011,
13 samonios 4578,
10 h 24.

Si Maëve ne tenait pas à avoir le monopole des rebondissements périlleux et terrifiants, c'est Elodie qui allait faire face à son destin.

- Avec leur règlement, leurs interdits en tous genres, leur hantise perpétuelle de voir quelqu'un sortir des rangs, les druides du Sanctuaire ne sont que… Qu'elle surprise ! Elodie qui vient me voir de son plein grès ! dit-il à la jeune femme enchaînée, trainée par Gaël.

- Je l'ai trouvé en centre-ville aux prises avec un Troll.

- Bien.

- *Treitour* ! Monstre ! Tu as assassiné les militaires de cette caserne. J'ai vu les cadavres par dizaines dans les couloirs.

- Oui, les anciens résidents me gênaient. J'ai installé mon nouveau repère ici. Qu'en dis-tu ?

Elodie observa la pièce avec attention, sentant sa nervosité et sa peur croître. Près d'un mur, deux canapés écossais et une chaise longue en cuir autour d'une table basse en bois faisaient grise mine. Le tissu été élimé, le cuir usé, le bois tâché, mais il émanait de ce mobilier un sentiment de confort. Sur le sol bétonné, un vaste tapis laissait apparaître sa trame. Aux pieds de Gwenc'Phel, un chien de race incertaine posa sur elle des yeux mordorés parfaitement indifférents.

- *Serr da veg sac'h kaoc'h* (ferme ta gueule sac à merde) ! cracha-t-elle le regard en feu.

- Elodie, j'ai une surprise pour toi. Tu vas enfin revenir à moi.

- Jamais !

Gwenc'Phel posa ses mains de chaque côtés de sa tête. La pression sur ses tympans s'intensifia et les mains de la jeune femme crépitèrent sous l'afflux massif de Magie Noire. Elle se souvint alors que dix ans plus tôt elle appartenait à ce *treitour*. C'est grâce à l'intervention d'Eric'h et son équipe qu'elle avait pu quitter les services de ce monstre. Elodie sentit ses souvenirs se brouiller, se mélanger avant de s'effacer. Irrémédiablement, la jeune femme tomba dans le piège de l'attirance. La Magie Noire l'enveloppa toute entière. Elle tendit ses mains, enfermant l'énergie dans une cage invisible et puissante. A côté d'elle, le chien bailla, puis referma sa gueule, la langue pendante entre ses babines. Ce n'est qu'un instant plus tard, les yeux embrumés, qu'elle constata qu'elle venait de brûler le cerveau de l'animal. Sans le moindre effort, sans la moindre trace, sa victime proprement exécutée. Une onde électrique parcourue sa nuque. Son expression changea alors. La marque des *trei-tours* se dessina sur son cou et un large sourire sur le visage de son Maître.

Depuis deux jours, Ronan s'acharnait à détruire la Cabale, l'Arbre de Vie. Il espérait provoquer une réaction de sa Mère. Mais Elor'a ne sortait toujours pas de Palais. Tandis que la situation dégénérait encore, Bron décida de l'approcher.

- Ronan ! C'est oncle Bron ! Les racines de la Cabale étaient carbonisées et Ronan était furieux.

- Pourquoi ne vient-elle pas ? C'est ma Mère que je voir, pas toi oncle Bron. Ne le prends pas mal, mais c'est elle que j'attends.

- Elle ne viendra pas, Ronan. Il faut que tu arrêtes avant que l'Arbre de Vie ne brûle. S'il te plaît, les peuples ne t'ont rien fait. Ils ne doivent pas disparaître. Ronan laissa alors s'éteindre toute magie et la Cabale retrouva ses couleurs. Le jeune homme s'assit près du tronc et enveloppa ses genoux. Bron l'imita en s'installant à côté de lui. Il ne savait pas pourquoi son oncle avait cet effet sur lui. En sa présence, il se calmait et ne pouvait plus puiser dans sa colère les pouvoirs néfastes nécessaire pour détruire tout ce qu'il touchait.

- Je sais que c'est dur pour toi. Tu ne veux pas l'entendre pour l'instant mais ta Mère t'aime. Tu ne dois pas en douter. Je ne veux pas accabler ton père mais, il n'est pas honnête avec toi. As-tu déjà essayé de sonder ton cœur pour y trouver la vérité ou es-tu trop fatigué, en colère, pour y trouver l'amour d'Elor'a ? Ronan, les mots me manquent pour te prouver la vérité. Toi seul peux trouver le repos et la lumière. J'ignore ce que Gaël a pu te dire. Je veux seulement que tu saches que tu n'es pas seul. Lorsque tu es en colère contre ta Mère, que tu doutes de ton père, viens me voir. Je serais toujours là pour toi.

- Je sais oncle Bron. Elle… Je veux la voir. Elle m'a abandonné aux fées !

- La Magie dont tu as hérité était dangereuse à l'époque. Tu étais plus puissant que ta Mère et il fallait impérativement que tu apprennes à contrôler tes pouvoirs. Ce fut un déchirement de te confier aux fées. Ensuite, ton père et Gwenc'Phel sont parvenus à te kidnapper. Ils ont tenté de t'influencer. Lorsque seule la colère a envahie ton cœur, l'amour de ta Mère ne suffisait plus pour te faire revenir à nous. Elle ne veut pas se battre contre toi. Elle t'aime trop pour te faire du mal. Ronan, comprend que te Mère n'a pas eu le choix.

- Tu la défends toujours ! Qui pense à moi ?

- Je suis là. Qui d'autre te parle ainsi à cœur ouvert ?

- J'ai mal Bron. Mes pouvoirs me font mal.

- Alors permets à ta Mère de venir te voir en paix. Elle saura te guérir et t'apaiser.

- Tu le fais déjà mieux qu'elle.

***

242

ÉZECHIEL

(2)

Baie de San Francisco,
Etats Unis,
13 novembre 2011,
13 samonios 4578,
11 h 28.

Les îles Falias, Gorias, Murias et Findias étaient quatre terres appartenant originellement aux *Fomoirés,* et aux *Firbolgs* avant eux. Meath, la 5ème île, fut créée par Eric'h à partir de morceaux des quatre territoires afin d'y enfermer les Tùathas pour une durée de sept ans. Aujourd'hui, trois ans plus tard, Kylian (le Maître Druide des Runes) revint voir Selma, la Matriarche des Grandes Familles. Sa plaie purulente à la gorge saignait toujours. Le nain ne l'avait pas raté.

- Où sont-elles ? Les Runes Primordiales…
- Sont perdues.
- Tu oses revenir me voir en ayant échoué ? A peine eut-elle fini d'hurler qu'elle finit le travail. La tête du Maître Druide roula aux pieds d'un champion qui accompagnait Selma. Au loin, les cinq îles étaient inaccessibles malgré les appels répétés des Géants qui cherchaient en vain à fuir.

Brug Na Boïnne,
Cité des Gnomes,
Berlin,
Allemagne.

A la suite des caprices de la *Fusion* des Mondes, les Gnomes, petit peuple autrefois oublié des Royaumes, trouvèrent refuge en Allemagne où la Compagnie rendit hommage à Pouf, assassiné par Kylian, dans une cérémonie digne des plus grands ancêtres du petit peuple. Un immense bûcher fut organisé. Les flammes s'élevaient si haut dans le ciel qu'elles pouvaient presque toucher les nuages. Tous les gnomes présents pleuraient. Ce peuple fier ne put retenir ses émotions. La fumée commença à piquer les yeux. Le nouvel Éternel Tim balaya ce désagrément d'un geste de la main. Ces pouvoirs étaient devenus considérables. Luna déposa un bouquet près d'un autel tout proche et s'éloigna de la cérémonie avec Seamus, Tim et Raphy. La mine sinistre, la Gnome essuya une larme.

- C'est fini Tim. Je ne peux plus.
- De quoi tu parles ?

- La Compagnie des Courageux Gnomes est dissoute.

- Non ! Tu n'es pas sérieuse !

- Pouf est mort, Tim !

- Cela ne m'a pas échappé.

- Tu es devenu un Éternel. Nous ne sommes plus que trois Gnomes sans pouvoirs.

- Arrête ! Vous êtes les plus influents Gnomes de tous les Temps ! Tous les peuples connaissent vos exploits et votre courage. Vous êtes les seuls qui aient réussi à unifier les Gnomes. Oui, nous avons évolué et oui les druides ont encore besoin de nous. Une effroyable *4ème Bataille à Mag Tured* se prépare. Ce sera la dernière et nul n'en connait l'issue. Mais ce qui est certain, c'est que pendant que les grandes puissances s'affronteront, il faudra bien que quelqu'un protège les mortels et organise les défenses. Je sais que les Créateurs ont prévu de nous intégrer à leur équipe. Et en tant qu'Éternel, j'aurai aussi besoin de vous. Pouf est mort mais pas la Compagnie. Je le connais suffisamment pour savoir qu'il refuserait de quitter la Compagnie.

- Tu as raison Tim. Mais c'est dur ! Notre courage est de nouveau mis à l'épreuve mais cette fois, c'est trop. Nous avons trop subi. Notre Cité a été détruite et il a fallu des trésors insoupçonnés pour la reconstruire. Nous sommes épuisés Tim.

- Vous n'êtes pas les seuls Seamus ! En tant qu'ambassadeur au Palais Divin, tu as vu dans quel état se trouvent les peuples.

- Oui et je sais aussi qu'une nouvelle guerre nous détruira tous ! Nous avons à peine le temps de faire notre deuil que…

- Seamus, je vous en demande beaucoup, je le sais. Mais si la Compagnie des Courageux Gnome est dissoute, nous effaçons l'espoir qui s'est ancré dans les cœurs.

- Une chose est sûre, Tim. Tu as évolué. Tu as bien changé. Tu parles avec sagesse. Je t'ai toujours connu insouciant, téméraire. Aujourd'hui, tu es devenu un vrai chef. Je te félicite grand homme. Luna, Seamus et Raphy, nous vous accordons quatre lunes pour vous remettre de ce chagrin. Ensuite, vous partirez pour Mag Tured, le lieu où se rassemblent actuellement tous les peuples. La reine des fées m'a envoyé un message codé. Vous êtes attendus au Sud des pyramides pour plus ample information. Le temps presse hélas, conclut le Chef du Clan des Gnomes de Sable.

- On se rejoint là-bas dans cinq lunes. Je dois partir pour Avalon, dans la Salle du Conseil des Éternels. Gwyon'Bach a besoin de moi.

- On t'aime Tim.

- Moi aussi Luna.

Dans un sous-sol du Palais Divin, Elor'a décida d'ouvrir la cage. Dans un grincement assourdissant, les gonds cédèrent. Les barreaux se plièrent et un ancien sort fut levé. Ezéchiel, le prophète des précédents Créateurs, étira ses membres un à un. Dans un craquement d'os improbable, Elor'a fit la grimace.

- Libre ! Enfin…

- Ne t'emballe pas trop vite. J'ai besoin de savoir ce qu'il va se passer pour pouvoir ensuite décider que faire. Eric'h me tient à l'écart. Il reste enfermé dans l'Akasha (archives du passé, présent et futur).

- Bien, mais sais-tu que si j'ai été emprisonné ainsi, c'était pour une raison bien précise ?

- Je t'écoute prophète.

- Bien. ***Une jeune femme par deux fois perdue va provoquer une discorde attendue. Les Tùathas, les Fomoirés et les Fir Bolg…***

- Fir Bolg ? Leur roi Sengann m'a certifié que son peuple ne s'aventurerait pas sur ce terrain glissant.

- ***…entreront en querelle. Elodie de son nom, la jeune femme scellera les destins.***

- Non ! Pas Elodie ! Elle fait partie des élus que j'ai choisi.

- Mes paroles sont précises, Créatrice. Que tu les prennes au sérieux ou non ne dépend que de toi.

- Le traité d'Alliance est en péril.

- Aussitôt né, aussitôt perdu, je le crains.

- Les rois Gann (Fomoiré) et Sengann (Fir Bolg) ne s'entendent pas. Nous avons arrêté une guerre entre deux peuples de Géants mais trois…

- Cette Bataille sera la dernière, c'est écrit depuis la nuit des Temps. L'erreur était de croire que la *3ème Bataille* achèverait les hostilités. Créatrice, deux Mondes se sont unis pour devenir le théâtre de leur fin.

- Non ! Ce n'est pas comme cela que…

- Tu as cru autre chose Créatrice ? Tu es surprise ? J'assisterai avec émoi au spectacle.

- Ça suffit ! Si j'ai fait une erreur, tu en as fait une aussi. Elor'a releva le sort de la cage et y enferma de nouveau Ezéchiel. Le prophète hurla à mesure que la Créatrice montait les escaliers en s'éloignant, le laissant dans l'obscurité et le froid.

- Menteuse ! Non ! Je n'oublierai pas cet affront !

- Pour un prophète, tu ne l'as pas vu arriver celle-là, pensa Elor'a en fermant l'immense porte.

Gwenc'Ron utilisa le secteur 48 où il réunit les Traqueurs elfes et Ben, leur chef, en vue de réaffecter leur positions. Gwenc'Phel fut surpris par une annonce qu'il n'attendait pas. Un homme d'une quarantaine d'années se présenta non sans audace.

- *Pezh a vad ?* (plaît-il ?)

- Derc'hen, Très Vénéré. Je vous propose mes services.

- Et en quoi me seraient-ils utiles selon toi ?

- Je suis un Maître Phœnix. Ces derniers jours, mon bel oiseau a vidé des druides et des mortels de leur « essence » afin d'attirer l'attention de l'équipe de Maëve. Il ne fait nul doute qu'en ce moment même, Cillisia transmette la nouvelle et ces minables viendront jusqu'à moi. Ils n'ont pas les moyens de détruire un Phœnix.

- Bien d'autres ont essayé avant toi.

- Mais encore moins le pouvoir de décimer une armée de Phœnix.

- Tu dis une armée d'oiseaux de feu ? réagit Gwenc'Phel les sourcils relevés de surprise.

- Oui, Très Vénéré.

- Dans ce cas, il me semble que tu ferais mieux de te mettre en chemin avant qu'ils ne viennent jusqu'à moi. Je ne suis pas prêt à les affronter. Je leur prépare une surprise de mon cru qu'il ne faudrait pas gâcher par trop d'empressement.

Sanctuaire.

Le froid s'était accentué. Le gel avait tout glacé. Des immenses fenêtres garnies de rideaux et un parquet neuf étaient couverts de givre. Cillisia avait failli glisser à plusieurs reprises. Elle était harcelée par un *Grimalkin* (également appelé un greymalkin), un vieux chat femelle d'aspect néfaste. Le terme provient du « gris » et de « malkin » un terme archaïque désignant un chat. Une légende écossaise fait référence au Grimalkin comme un chat issu de l'Autre Monde vivant dans les hautes terres d'Ecosse. Au fil du temps, les Grimalkins furent associés au diable et à la sorcellerie. Des femmes jugées comme sorcières pendant les 16ème et 17ème siècles furent souvent accusées d'avoir un Familier, en réalité il s'agissait d'un Grimalkin. Cette teigne avait pris soin d'ouvrir toutes les fenêtres du Temple afin de congeler les lieux. Au fond, un escalier menait à une antichambre imposante, donnant sur plusieurs couloirs. Le tapis craquela sous ses pieds, une fine couche de glace recouvrait aussi tous les meubles. Le plafond était parsemé de stalactites et l'escalier était devenu impraticable, un piège mortel.

- Depuis quand les Grimalkins pratiquent-ils la Magie ? se demanda la jeune femme, remarquant que refroidir la demeure à ce point était naturellement impossible, mais avec un peu de Magie… La boule de cristal posée sur l'autel se mit à briller et Cillisia, pourtant à l'étage, comprit que quelque chose d'important se passait. Elle se concentra sur les escaliers et la fine couche de glace s'effaça aussitôt. Elle descendit en trombe, tandis que la créature semblait se calmer. Dès qu'elle effleura la boule de cristal de sa main, une image presque parfaite lui montra ce qu'elle redoutait. En ville, des druides avaient retrouvé des corps sans vie, vidés de leur énergie vitale, sans la moindre trace visible d'agression.

- Cillisia ! Que se passe-t-il ? J'ai entendu des bruits venant d'ici ? questionna Liam, inquiet.

- J'ai un Grimalkin sur le dos depuis des heures et je viens de voir que des meurtres ont été commis en centre-ville.

- Il faut prévenir le reste de l'équipe.

- Je compte sur toi. J'ai un Familier farceur à traquer.

***

243

LE PHOENIX

Centre-ville de Lorient,
13 novembre 2011,
13 samonios 4578,
16 h 33.

La neige avait cessé de tomber, mais le froid était saisissant. Pour se réchauffer, rien de mieux pour un Traqueur Elfe que de chasser. Un groupe de dix elfes passa devant le Centre Pénitentiaire de la ville avant d'être attiré par un bruit venant du cimetière de Cornouaille. Un mangequeue (esprit solitaire et indiscret) était occupé à dévorer salement la queue pointue d'un Trow (esprit capricieux) qui gémissait, l'extrémité du corps en sang. Tandis que la victime recevait une flèche elfe en plein cœur pour abréger ses souffrances, une autre manquait le mangequeue devenu soudain très nerveux. Il tenta vainement de charger ses assaillants, mais les elfes parvinrent assez rapidement à le maîtriser en fixant sa queue au sol à l'aide d'un pieu bien aiguisé. Après des hurlements de surprise, puis de douleur, il passa à la *jainerezh* (torture).

- Ton espèce tombe bien bas en t'en prenant à un très jeune Trow ! Je vous ai connu bien plus retors ! Alors dis-moi pourquoi un mangequeue de ton envergure se retrouve à manger à l'écart. D'habitude vous partagez vos prises !
- *Elvène* (elfe noir) ! cracha-t-il comme une insulte.
- Qu'as-tu à nous dire ? Ben souffla alors une poudre au nez de la créature. En tant que chef des Traqueurs, le druide avait reçu le privilège d'interroger le prisonnier. Après plusieurs éternuements, le mangequeue s'énerva et lâcha bien des informations sous le sortilège.
- Les « cinq » ont kidnappé le Thésauriseur et comptent l'assassiner pour montrer aux Créateurs leur puissance.
- Traqueurs ! Emmenez-le au cromlec'h du Sanctuaire avec les autres prisonniers. Demandez aux Sentinelles d'ouvrir le passage sur le Plan Astral où ils demeureront éternellement.
- Non ! Pas Caër Sidi !
- Je vois que la nouvelle s'est répandue. C'est parfait.
- La prison a été détruite *penn* (chef), rappela un Traqueur.
- Le Plan Astral sert désormais de prison. Mais les créatures de l'Autre Monde l'appellent encore Caër Sidi car cet endroit leur fait aussi peur que l'ancienne prison.
- Je vois. Je ne sais pas ce qui s'y cache, mais j'ai remarqué que tous les prisonniers sont terrifiés à l'idée d'y être enfermé.

- Moi ça me va. Ce n'est pas non plus une île idyllique. Ce n'est pas le but. Qu'y-a-t-il ?.. Traqueurs ! En position de défense ! Une multitude de Kérions se déployèrent autour du cimetière et refermèrent le piège. Encerclés, les Traqueurs ne pouvaient plus attaquer.

- Je crois que les Grandes Familles ne veulent pas voir leur plan échouer. Elles ne veulent pas que nous quittions ce cimetière. Il doit y en avoir plusieurs centaines.

- Sales bêtes ! ronchonna un elfe irrité.

- Il faut gagner du temps, j'ai une idée ! Ben sortit un « *œuf de serpent* » de sa poche confié plus tôt par Gwenc'Ron en secret, sachant qu'il pouvait faciliter une situation devenue difficile. Cet objet décoré d'oghams symbolisait la sagesse magique et l'écoulement du Temps. Chez les égyptiens, il s'agissait d'une clepsydre, chez nous, un sablier. Ben savait qu'en utilisant la bonne incantation, il parviendrait à ralentir le temps sur une petite zone.

Au Temple du Sanctuaire, Liam s'acharnait à occuper les Grimalkins pendant que Cillisia réfléchissait à la prophétie du Livre des Éléments. Des nuages dansaient sur les pages au-dessus du texte.

Le 1er nous fera tomber.
Dans le feu Ed s'épanouira et le cadavre des elfes il foulera.
Maëve sauvera Tara ou le Monde sombrera.
Par la Porte viendra la Fin des Celtes,
Prélude à celle des autres dieux.
Seul l'amour repoussera le danger,
Par celui de deux êtres opposés viendra la paix.

La boule de cristal se mit à briller à nouveau et un visage apparut. Cillisia tourna les pages du Livre et tomba sur son portrait. Peu de formules semblaient efficaces face à un Maître dans l'art de contrôler un Phœnix, lui conférant une protection dont même les autres Maîtres ne bénéficiaient pas. Elle chercha un autre moyen d'obtenir des informations susceptibles d'aider Maëve et son équipe afin de le neutraliser. La jeune femme lança donc un sort assez particulier.

Que tes pensées me soient révélées,
Que ton esprit partage ses secrets.

Cillisia vacilla avant de s'appuyer contre l'autel pour maintenir son équilibre. Tout sembla ensuite normal jusqu'à ce qu'elle crut que son crâne allait exploser. Des pensées qui n'étaient pas les siennes vinrent la perturber. Puis elle sentit que sa victime s'était rendu compte de sa présence. Elle s'empressa de fouiller dans la mémoire de Derc'hen avant de perdre le contact. Elle « entendit » le druide réciter plusieurs formules pour se débarrasser d'elle. Après plusieurs échecs, Cillisia comprit qu'il venait de trouver l'incantation qui pouvait annuler le sort. La migraine se changea en douleur intense et puis, plus rien. Tel un bug, son cerveau ne répondait plus. Après plusieurs minutes de brouillard, lorsqu'elle ouvrit les yeux, Cillisia fut choquée.

L'endroit où elle se trouvait à présent n'était pas le Temple et encore moins le Sanctuaire. Elle venait d'investir le corps du Maître Druide. Le croisement de leurs pouvoirs eut un effet des plus inattendus. La jeune femme pensa que si son esprit était dans le corps de Derc'hen, où se trouvait alors celui du *treitour* ? En toute logique, il devrait être… à sa place, en plein cœur du Sanctuaire. A cette idée, elle frémit.

Quelque part à l'Est de *Mag Tured*, l'Éternelle Nanta demanda l'aide des sorcières et envoya Gwenc'Phel les rassembler. L'ultime bataille se préparait dans chaque camp. Cette fois, elle espérait remporter la victoire, n'étant plus une spectatrice, mais prenant pleinement part aux combats.

Avebury,
Nord de Stonehenge,
Angleterre,
14 novembre 2011,
14 samonios 4578.

Sur le site le plus ancien et le plus large de menhirs non taillés, une petite silhouette volante traversait le lieu sacré prestement. La petite fée semblait terrifiée. Nonna en avait pourtant vu bien d'autres, notamment en remportant de petites victoires lors de la *3ème Bataille à Mag Tured*. Pourtant, il en était aujourd'hui autrement. La néréide (fée de l'Air aux ailes de papillon) trouva la gravure qu'elle cherchait sur l'une des pierres dressées. Elle récita une formule bien connue des fées, qui avait pour effet d'appeler les druides au secours. Mais pourquoi les fées auraient-elles besoin des druides ?

- *Druis* ! (druides) Derc'hen est à Avebury. Il veut me capturer. Gwenc'Phel l'a envoyé vous attaquer mais le Maître Druide ne veut pas se contenter de vous mettre hors-jeu. Obtenir mon « essence » lui procurerait le pouvoir de contrôler les Fées. Elles deviendraient alors des ennemies lors de *Bataille* à venir. Le *Kon Koret* (val des fées) est en danger.

Derc'hen profita de sa petite visite au Sanctuaire pour consulter le Livre des Éléments et les notes de Cillisia avant de récupérer son corps. Il neutralisa un temps Liam qui était sur le point de vaincre le Grimalkin, avant le retour de Cillisia. Très inquiète, elle se demanda ce qu'avait pu bien faire son ennemi lorsqu'elle reçut le message de Nonna sur la boule de cristal.

- Liam ! Les fées sont en danger ! Maëve, Ben, Elodie et toi devez aller sur place. Vous ne pouvez pas utiliser le réseau de cromlech, il est instable depuis les bouleversements récents. Prenez le jet de Ness et méfiez-vous en vol. Toutes sortes de créatures avec des ailes y jouent les trouble fêtes. Zita restera ici pour aider à sécuriser le Sanctuaire.

***

244

<u>EZECHIEL</u>

(3)

Sanctuaire,
14 novembre 2011,
14 samonios 4578.

Assise sur son siège de cérémonie, Ness était rongée par la tristesse. Du haut de la nouvelle Tour d'Or restaurée, le Gorsedd s'était réuni dans le but de résoudre un problème.

- Le temps passe trop vite. Pat est mort il y a seulement quatre jours et il faut déjà le remplacer.
- Je sais Ness, mais nous avons tant à faire et nous sommes débordés. Nos pouvoirs associés ne sont plus suffisants pour repousser nos ennemis. Gwenc'Phel le sait et nous ne pouvons pas nous permettre de le laisser profiter de la situation.
- Gwenc'Phel ! J'en ai assez ! Je suis épuisée ! Je n'ai plus la force de…
- Au contraire ! Il nous faut retrouver nos forces, Ness ! coupa Gwenc'Ron.
- Si seulement Finégas était à nos côtés, souffla Ness.
- Tu n'envisages tout de même pas de le libérer ! réagit Bann, réticent.
- Je crains que ce ne soit la seule solution envisageable. Il a éduqué bien des Maîtres Druides et il est passé par toutes les castes. Je n'omets en rien la raison pour laquelle il a été puni mais…
- Tu es pour cette décision, Gwenc'Ron ? demanda Bann.
- Oui, à contrecœur.
- Je ne peux que m'y soumettre dans ce cas.
- Je te comprends Bann, mais nous n'avons pas d'autre solution, acheva Ness, une larme coulant sur les joues. Elle regarda par la fenêtre et se souvint du jour où Bron était arrivé au Sanctuaire et celui où le nouveau Créateur avait commencé à apprendre ses leçons, ici même, dans la Tour d'Or.
- Elle est loin l'époque de la quiétude, dit Ness en se levant. Le Gorsedd se rendit alors au mausolée pour libérer le plus célèbre druide instructeur.

Loin de ces considérations, happé par une situation encore plus grave, l'Éternel Bitom réunit les Fianas, une bande de guerriers dont le chef Finn accepta de rejoindre son camp. Aucune négociation ne fut nécessaire, car Finn se souvenait de la bienveillance de l'Éternel et se sentait redevable en ces temps bien torturés. Le chef des Fianas serait donc prêt pour la *4ème Bataille* qui se profilait depuis déjà des mois.

Palais Divin,
Désert du Sahara.

Elor'a, occupée à rassurer les peuples indépendants et tentant de leur faire rejoindre l'Alliance, fut perturbée par un évènement qui ne s'était jamais produit chez un Créateur. Le Prophète Ézéchiel était parvenu à pénétrer l'esprit d'Elor'a.

- *Cet affront ne sera pas oublié ! Libères-moi ou subis ma vengeance !*
- Jamais ! Sors de ma tête !
- *Ton fils ne te pardonnera jamais de l'avoir abandonné aux mains des fées étant petit.*
- C'était pour son bien !
- *Va le lui expliquer alors !*
- Ça suffit ! Tu as été emprisonné pour tes manipulations qui ont fait tomber des rois et meurtri des peuples. Ce n'est pas moi qui lèverai cette sentence. Fais-toi à l'idée que tu resteras éternellement dans cette cage !
- *Infâme Créatrice ! Nous avions un accord ! Tu bafoues ta parole ! Jamais je ne cesserai de...*
- En tous cas, tu cesses immédiatement de me parler ! Elor'a secoua la tête et le contact psychique fut rompu, définitivement.

Dunes du Sahara,
A l'Est du Palais Divin.

De loin, de petites dunes jaunes noircirent les unes après les autres. Une scène des plus horribles se déroula au milieu de ce sombre tableau. Un acte d'une extrême gravité fut commis ce jour-là. Il changea à jamais le rôle des Créateurs. Kidnappé quelques heures plus tôt, le Thésauriseur était aux mains des « cinq » (les Grandes Familles). Une ancienne Magie Noire se déchaîna sur le guide des Créateurs. La torture qu'il subissait déjà depuis sa disparition s'aggrava. Les Grandes Familles ne cherchaient aucun renseignement. Elles souhaitaient seulement atteindre leurs ennemis au cœur. Tout à coup, le Palais Divin tout entier se mit à vibrer. Si les Créateurs avaient gardé leur corps physiques, ils en auraient eu la chair de poule. Une peur instinctive emporta les Ambassadeurs présents. Quelque chose d'inattendu et de pétrifiant venait de se produire. Les vibrations s'accentuèrent, accompagnées d'un hurlement que tous les peuples de la Terre entendirent. Puis un silence pesant s'installa et tous comprirent qu'ils ne verraient plus jamais le Thésauriseur. L'assassinat précipita le début de *la 4ème Bataille*. Les Créateurs perdaient leur guide et devaient désormais se débrouiller seuls. Le visage d'Eric'h apparut dans le ciel du désert et hurla que justice serait faite. Il condamna officiellement ce jour-là les membres des « cinq » à mort. Il ne souhaitait pas les emprisonner dans le Plan Astral d'où ils pourraient éventuellement s'échapper, mais mettre un terme aux actions néfastes de ces individus indignes de rester en vie. Aussitôt prononcées, Eric'h regretta ses paroles. Ce n'était pas lui. Une condamnation à mort ! Il ne se reconnaissait plus. Il ne savait plus qui il était. Un enfant devenu un druide depuis son plus jeune âge. Choisi parmi ses milliers de frères pour devenir le plus puissant Maître Druide, élevé au rang de dieu, il ne fallait pas longtemps pour faire tomber un Créateur et prendre sa place. Tout s'était enchaîné trop vite. Il n'avait pas eu le temps d'assimiler tous ces changements. Et voilà venu le jour maudit où il perdait son guide. Le Thésauriseur avait pris une place importante dans son cœur. Plus grande qu'il ne l'avait cru. Ce ne fut qu'en le perdant qu'il se rendit compte qu'un « père bienveillant» venait de le quitter. Comme Gwenc'Ron, il l'avait guidé, pris sous son aile. Les Grandes Familles l'avaient arraché à lui et il ne laisserait pas un tel crime impuni. Pas sous son règne, se l'était-il juré. Les dunes du Sahara restèrent définitivement noires.

Sur le camp de Gwenc'Phel, une autre personne fut perdue le même jour. Le chef des *treitours* installa dans la tête d'Elodie une infime partie du pouvoir qu'Eningann lui avait laissé pour mérite et loyauté. Elle devint ainsi la première Créatrice de Démons.

- Bon retour au bercail ma belle, s'était-il réjoui, refermant le piège sur la pauvre jeune femme qui rejoignit son camp.

Les portes du Palais Divin s'ouvrirent et dans la Salle du Panthéon, les dieux restèrent figés et glacés d'effroi. Eric'h, Tao et Elor'a accoururent pour assurer leur sécurité.

- Maman, je te pardonne, dit Ronan avant de tomber à genoux, Bron à ses côtés. Toute l'assemblée en resta stupéfaite. Que s'était-il passé pour que le fils de leur Créatrice change ainsi de comportement ?

- Elor'a, j'ai trouvé ton fils près de la Cabale, sur le point de détruire l'Arbre de Vie. Je suis parvenu à le raisonner et à parler avec lui.

- Tu as voulu me protéger. C'est mon père qui m'a fait du mal. Lorsque le Thésauriseur est mort, dans son dernier souffle, il a prononcé une incantation. Une thérapie de choc selon lui, lâcha-t-il dans un sourire. A cet instant, toute ma courte vie a défilé sous mes yeux. Le viol, ma naissance, votre dispute avec mon père biologique. Eric'h, c'est toi mon vrai père. Celui qui était présent quand j'étais en difficulté, celui qui a conseillé ma mère lorsque ce fut un déchirement pour elle de m'abandonner aux fées. Celui qui m'a réconforté lorsque j'ai percé mes premières dents. Toi, oncle Bron, tu as su me parler, atteindre mon cœur. Et toi oncle Tao, qui a cherché à me retrouver lorsque je me suis perdu. Le Thésauriseur a utilisé le pouvoir de l'amour que vous me portez tous pour rompre la haine que Gaël et Gwenc'Phel ont instillé en moi. C'est étrange, un sentiment nouveau, une paix, une plénitude que je ressens. Le Thésauriseur a voulu nous faire ce cadeau avant de partir.

- Mon fils ? Ronan ! Tu me pardonnes ?

- Je n'ai rien à te pardonner maman. J'ai seulement enfin réussi à retrouver ma famille.

***

245

<u>Drames En Serie</u>

(1)

Baie de San Francisco,
15 novembre 2011,
15 samonios 4578.

Devant la barrière élevée par Tara, la Matriarche des Grandes Familles, Selma, reçut l'Éternelle Nanta.

- Pourquoi devrai-je m'allier avec une sorcière ? dit une voix désincarnée tout droit sortie d'un nuage pourpre vaporeux.
- Peut-être parce que je suis votre seul recours. Je suis surpuissante et mon carnet d'adresse est bien garni. Nanta, nous avons besoin l'une de l'autre, même si cela me coûte de le dire.
- Je n'ai besoin de personne, Matriarche ! Ne m'insulte pas Selma !
- Pardonnez-moi Éternelle. Cette barrière nous empêche d'avancer. Si vous pouviez…
- Impossible, pour plusieurs raisons. Tout d'abord, si j'use de mes pouvoirs ici, j'attirerai l'attention de Bitom et H'Coma bien trop tôt. Ensuite, Cette petite peste de Tara est pleine de ressources et des plus insoupçonnées qui plus est. Cette barrière tombera juste avant que tout ce petit monde ne s'écroule. Sois juste prête à m'obéir lorsque le temps sera venu. Poursuis tes attaques afin d'affaiblir ce bouclier. Cela contribuera à le faire tomber au moment opportun.
- Bien Éternelle. Dois-je comprendre que notre… association m'apportera quelque intérêt au moment… opportun ? demanda la sorcière en choisissant précautionneusement ses mots.
- C'est possible. Nous en reparlerons tantôt, sourit l'Éternelle avant de disparaître derrière son nuage pourpre.

Sanctuaire.

Tim était attendu avec une haie d'honneur. Qui aurait pu croire quelques années seulement auparavant que ce petit bonhomme gaffeur et cancre allait devenir l'être le plus puissant de deux Mondes, un Éternel ? C'était pourtant pour honorer ses exploits qu'il fut invité à donner son dernier cours avant de rendre à Othon son poste de Superviseur. Le bienveillant druide observa avec tendresse, fierté et amusement, son ancien disciple commencer la leçon du jour.

- Les îles tant disputées dans l'Histoire ont connu bien des habitants. Avant l'installation des Gaëls, les îles ont été occupées par le peuple des Césairs, les Fomoirés et les Partholoniens. Dans la mythologie celtique irlandaise, Partholon était lié à la disparition et la renaissance de l'humanité. Il est le fils de Sera et de Baath (l'Océan). Il avait été précédé sur les îles par les Césairs et les Fomoirés. Premier occupant de l'Irlande 278 ans après le cataclysme, il débarqua avec sa femme, ses trois fils et leurs épouses respectives (vingt-quatre hommes et vingt-quatre femmes) le jour de Beltaine (1er mai). La population crut et Partholon créa les sept lacs et les quatre plaines. Il instaura le druidisme en Irlande et sur les quatre îles, en transmettant son Savoir et entraîna les hommes à la guerre qu'ils devaient livrer aux Fomoirés quelques temps plus tard. Ces derniers se réfugièrent sur l'île de Man. 5000 ans plus tard, une épidémie éradiqua les Partholoniens en une semaine. Les Némédiens aussi régnèrent sur les îles dont l'occupation se situait entre celle des Partholoniens et celle des Fir Bolgs. Dans la tradition insulaire, Nemed signifiait Sanctuaire, un lieu consacré et inviolable, jusqu'à peu. Après une courte période de paix, ils durent résister aux Fomoirés qui tentaient de reconquérir les îles. Battus, les Némédiens payèrent chaque année un tribut. Comprenez alors que les quatre îles de l'Autre Monde furent convoitées par plusieurs peuples au fil du Temps. Et que le nom du peuple originel s'est perdu. Comme vous le savez, les Tùathas De Danann se sont approprié les îles à leur tour mais nul ne parvint à les faire tomber.

- Sauf les Milésiens ! lança un élève attentif.

- Exact. On leur doit la victoire et ainsi, les nouveaux Créateurs sont parvenus à créer une nouvelle île : la 5ème, afin de les contenir et partager les îles avec les quatre autres peuples : les Fir Bolgs, les Fomoirés, les Némédiens et les Césairs. Sur ces derniers mots de Tim, les eubages et les druides du Sanctuaire applaudirent à l'unisson.

Centre-ville de Lorient,
15 novembre 2011,
15 samonios 4578,
9 h 33.

Pris en embuscade depuis deux jours et demi, les Traqueurs elfes ne vinrent pas à bout des Kérions venus par milliers. Ben avait sorti « l'œuf de Serpent » la veille, mais une de ces malicieuses créatures le lui avait dérobé avant de le briser au sol. L'échappatoire venait alors de leur glisser entre les doigts. Ben tomba à la renverse lorsqu'un Kérion le poignarda au mollet à l'aide d'un épais éclat de bois. Se cognant la tête contre un rocher, le chef des Traqueurs perdit connaissance. Un elfe brandit alors le sceptre du druide et le recouvrit de son sang après s'être ouvert une veine. Sur le point de mourir, il cria une incantation en langage elfe et les deux hommes furent transportés directement au cromlec'h du Sanctuaire. Les autres elfes furent massacrés un à un ce jour maudit. Goff accourut, mais il était trop tard pour sauver l'elfe. En revanche, Zita se précipita vers sa roulotte et ramena des remèdes afin de commencer les soins. Hélas, Ben se retrouva très vite dans le coma, les druides se retrouvant impuissants pour l'en sortir.

Temple du Sanctuaire.

Cillisia avait passé plusieurs jours à chercher le Grimalkin dans l'immense Temple. Elle trouva enfin le farceur qui était parvenu à monter sur l'autel de la salle principale malgré les protections de la druidesse. Elle écarquilla les yeux en comprenant qu'un évènement dramatique se nouait sous son nez. Le Grimalkin saisit le *Livre des Eléments* et prit la fuite en sortant du Temple. Il leva un bouclier pour isoler le Sanctuaire sachant que les druides mettraient du temps à le briser. Cependant, c'était justement ce laps de temps dont il avait besoin pour atteindre le cromlec'h et prendre le risque de traverser la porte. Il savait que sans utiliser la célèbre *Grande Incantation*, les énergies telluriques seraient instables et il risquait de se désintégrer durant le voyage. Le Grimalkin ferma les yeux et fut englouti par les arcs électriques. Se retrouvant l'instant d'après à Avebury, en Angleterre, il sut alors qu'il venait de réaliser un exploit qui rendrait fier toute sa lignée. Cillisia s'approcha du cromlec'h en balbutiant.

- Il… Il…
- Qu'y a-t-il très chère ? demanda Othon, inquiet.
- Le Grimalkin ! Il vient de voler le Livre !
- Par tous les dieux ! S'il parvient à le remettre à Gwenc'Phel…
- …alors tout sera perdu.

Avebury,
Nord de l'Angleterre.

Le Maître Druide Phœnix, Derc'hen, approcha d'un tertre isolé. Cachée derrière une feuille, la petite fée Nonna sentit sa fin arriver. Elle ne comprit cependant qu'au dernier moment que son ennemi venait de lui couper les ailes avant de s'approprier son « essence » sous les yeux effarés de l'équipe réduite de Maëve qui venait à peine d'arriver. Nathan et Liam virent ensuite le val des fées (ensemble de tertres, ou de petits villages) partir en fumée grâce aux pouvoirs de phœnix du *treitour*. Il s'était transformé en oiseau de feu et il venait d'incendier le Val des Fées, assassinant chacune d'entre elles au passage. Maëve savait qu'il pouvait rester sous cette forme durant trois à quarante-huit heures. Et en cas de décès, il pouvait renaître de ses cendres. Elle se souvint que durant ses études au Sanctuaire, elle l'avait vu réduit en tas de cendres et à peine une minute plus tard, un oisillon en sortait. Il ne fallait que vingt-quatre heures pour qu'il devienne de nouveau adulte et reprenne sa forme humaine. Mais dès que Derc'hen prenait sa forme de Phœnix, aucune magie ne pouvait l'atteindre. Comble de l'horreur, l'oiseau tenait fermement entre ses griffes le Livre des Eléments et le Grimalkin qui ricanait en s'éloignant.

- Ils vont retourner à Lorient. Derc'hen lui rapportera le Livre et « l'essence » de la pauvre Nonna, dit Nathan d'un ton grave.
- On ne peut rien faire, acheva Maëve dépitée.

Gwenc'Phel irradiait de plaisir. Sa joie communicative fit retentir les hurlements de satisfaction de Gaël. Tous deux se précipitèrent vers *Mag Tured* pour rejoindre les sorcières.

Au Sanctuaire, Finégas (le nouveau membre du Gorsedd) lançait des ordres à tour de bras pour faire tomber le bouclier du Grimalkin. Se sentant honteuse d'avoir laissé une si petite créature dérober leur précieux grimoire et fuir le Sol Sacré, Cillisia se réfugia dans les bras de sa mère. Finégas, furieux, relégua Othon au poste de professeur, assumant lui-même la charge de Superviseur. Les suppliques du pauvre druide ne servirent à rien car les autres gouvernants validèrent sa décision. Il était inacceptable d'avoir laissé un Grimalkin s'échapper. Les Sentinelles en prirent pour leur grade.

- Ça promet. Tu te souviens pourquoi Finégas a été puni ? demanda un adolescent.

- Oui, et crois-moi, il vaut bien mieux rester loin de lui, répondit son ami dont le visage sortit de l'ombre d'un porche, celui de Gwyon'Bach.

***

246

Drames En Serie

(2)

Palais Divin,
Désert du Sahara.

C'est avec fracas que la porte de la cellule souterraine s'ouvrit. Ézéchiel se leva, recroquevillé dans sa cage, pour accueillir la Créatrice. Elor'a s'approcha avec prudence et le toisa de toute sa hauteur.

- Il me semble que tu t'es trompé, Prophète. Bron est bien meilleur que toi.
- Prends garde ma reine, Le Présent et l'Avenir sont éloignés l'un de l'autre. Si ce n'est pour l'éducation de ton fils, ce sera une autre raison qui le poussera à causer ta perte.
- Je me lasse de tes mots venimeux, Ézéchiel.
- Merci ma reine, de m'avoir permis de fuir.
- Que veux-tu dire ?
- Tu viens de me donner la solution. Tu ne connais semble-t-il pas tous mes talents. Tu es trop jeune pour maîtriser tous tes pouvoirs. Une fumée bleue sortit de la main du Prophète et s'enroula autour des poignets de la Créatrice. Incapable de l'en empêcher, elle le vit glisser de sa cage et sortir par la porte encore ouverte. Elor'a avait commis une erreur. Le Thésauriseur l'avait pourtant avertie de son vivant, de ne jamais laisser la porte d'entrée ouverte en approchant de la cage. Le Prophète possédait aussi le don d'ubiquité (la faculté de se trouver en deux endroits à la fois). Or, une porte ouverte sur l'extérieur lui permettait de passer à un autre endroit depuis lequel il venait d'ouvrir la porte de sa propre cage. L'avertissement visait à faire comprendre à Elor'a que l'enfermer dans un endroit clos, sans porte, le privait de ce pouvoir.
- Tu n'iras pas loin ! Mais cette menace fut veine. Le Prophète pulvérisa les portes du Palais et s'éloigna, laissant la Créatrice les bras ballant.

Eric'h ne décolérait pas. La mort du Thésauriseur l'avait affecté bien plus qu'il ne voulait le montrer. Tous savaient que les « cinq » étaient dans le coup. Mais une attaque aussi directe de leur part était une première, et un bien mauvais présage. Le Créateur déboula dans un couloir du Palais et croisa celui qu'il cherchait, un ambassadeur représentant les intérêts des Grandes Familles.

- DEHORS ! Vous êtes relevé de vos fonctions ! Je ne veux plus jamais vous voir dans mon Palais !
- Mais Créateur, vous n'êtes pas sérieux ? A cet instant, Elor'a, Bron et Tao accoururent.

- Voulez-vous vraiment que je vous montre à quel point un Créateur en colère est toujours sérieux ? Elles ont assassiné le Thésauriseur sur mon territoire ! Sous mon nez ! Dites-leur mot pour mot que cet acte ne restera pas impuni ! Elles veulent la guerre ? Elles vont l'avoir ! Une dernière *Bataille à Mag Tured* est finalement inéluctable. Elles nous y verront ! Préparez-vous à affronter ma justice, car elle sera impitoyable !

- Créateur, Créateur, vous croyez-vous à ce point expérimenté ? Combattre les Grandes Familles au cœur d'une guerre ? Voyons, soyez sérieux.

- Mais nous le sommes. Maintenant, dehors ! répondit Tao qui le jeta par la fenêtre d'un geste de la main. L'Ambassadeur mordit la poussière et le sable avant de se relever rouge de rage.

- Ça te démangeait c'est ça ?

- Depuis longtemps Bron, vraiment longtemps, répondit-il dans un sourire complice.

- Je dois vous avouer quelque chose mes amis. Avant de le jeter à la porte, je suis allé dans l'Akasha (pièce du Palais d'où il peut contempler les évènements de l'Histoire passé, présent et futur) et il n'y avait vraiment aucun moyen de faire revenir le Thésauriseur à la vie.

- Je trouve que tu passes trop de temps là-bas, réagit Bron.

- Je n'ai pas le choix ! C'est notre seul pouvoir permettant de connaître le Futur. C'est fantastique, il suffit de penser à quelque chose et les images sur les murs changent en prenant en compte ce que je viens de penser. Ainsi, l'avenir change sous mes yeux. Mais lorsque j'ai demandé le retour du Thésauriseur, les images se sont brouillées et lorsqu'elles sont redevenues claires, il était toujours mort.

- Donc, son retour est impossible ?

- C'est malheureusement sûr, Tao. Les Familles vont déclencher la guerre, on le sait depuis longtemps. Mais ce meurtre a changé quelque chose.

- Je sais. Elles viennent de forcer les peuples à choisir leur camp. Ce qui vient de se passer n'est pas anodin. Il existe une multitude de peuples neutres qui n'ont jamais pris part au jeu politique du Palais. Mais la guerre est maintenant à nos portes et nul ne pourra y échapper. A partir d'aujourd'hui, je crains que le Palais ne se vide de ses ambassadeurs. Ils vont tous rapporter la nouvelle à leurs gouvernements, à leurs rois et prendront position. Lorsque tous se retrouveront à *Mag Tured*, les alliances seront connues plusieurs jours avant le drame. Nous ne sommes plus que spectateurs maintenant, lâcha Elor'a une larme perlant sur ses joues.

- Non, ma belle. Nous pouvons encore convaincre certains de venir à nos côtés, acheva Tao optimiste.

Lorient,
Centre-ville.

Tandis que la silhouette d'une jeune femme avançait dans la rue, accompagnée d'ombres menaçantes, les habitants et les policiers fuyaient en tous sens. Elodie ricana. Ce n'était pas un rire rassurant, au contraire, il faisait frémir. La jeune druidesse venait de lâcher des dizaines de démons qui n'hésitaient déjà pas à détruire des vies.

Le reste de l'équipe étant trop occupée à courir après Derc'hen, nul d'assez puissant n'était disponible pour l'affronter. Cependant, contre toute attente, une petite foule de jeunes garçons et filles à peine âgés d'une douzaine d'années se précipitèrent, précédés d'Othon, au comble de la colère.

- Elodie ! Un instant ! J'ai très mal commencé cette journée. Finégas est horripilant, et je n'ai pas l'intention d'aggraver cette matinée en te perdant.

- Il est trop tard pour cela Maître Othon. Gwenc'Phel n'a jamais supporté que je le quitte. Alors il a préparé un sale coup avec Eningann. C'est fini, je ne suis plus celle que tu aimais. Ah ! Ça non ! Elle attrapa une pauvre femme et lui brisa la nuque, Othon effaré.

- Tu… Tu as…

- Oui, je suis différente. J'ai une demande à formuler de la part de Gwenc'Phel et c'est uniquement pour cela que je vais vous laisser vivre et partir. Il veut que soit organisé un procès pour déchoir Elor'a de ses privilèges et de son statut.

- Il ferait mieux auparavant de s'inquiéter de la décision prise lors du sien ! Il n'a aucune autorité pour demander la tenue d'un quelconque procès.

- Dans ce cas, devant un tel manque de considération…

- Oh, je t'en prie, les politesses te vont mal Elodie. Tu es redevenue une *treitour* alors ?

- Oui, je crois que oui.

- Je ne voie que de l'obscurité dans ton âme aujourd'hui. Je suis triste de constater que nous t'avons de nouveau perdu. Je vais dire à Maëve, Ben, Nathan et Liam que tu n'es plus des leurs.

- Toi, oui. Eux, non. Dans un fracas assourdissant, des démons par centaines apparurent près d'elle et se jetèrent sur les enfants. Ce fut avec une remarquable bravoure qu'ils se défendirent avant d'être débordés par le nombre. Un à un, les petits corps tombèrent dans les flaques d'eau. Le rue devint rouge écarlate, le sang coulant et collant aux semelles par litres. Othon tomba à genoux devant le massacre. Il déchaîna ses forces et ses pouvoirs mais avant de pouvoir frapper, une massue s'écrasa sur son torse. Tandis qu'Elodie s'éloignait en direction de Meath, le pauvre druide se releva avec difficulté après avoir fait un vol plané de plusieurs mètres.

- Je te tuerai de mes mains Elodie, je t'en fais le serment aujourd'hui ! Tu ne quitteras jamais les terres maudites sans avoir affronté ma justice !

- Pauvre homme, lâcha-t-elle avant de disparaître.

Etats-Unis,
Baie de San Francisco.

Sur l'île des Fir Bolg, Elodie demanda audience au roi du peuple de Géants. D'abord méfiants, puis ensuite rassurés de la savoir amie des druides, les Fir Bolg tombèrent dans son piège. Prétendant que les Fomoirés s'étaient finalement ralliés aux Tùathas, ce fut un choc pour eux d'apprendre cette nouvelle. Cette trahison fut une déchirure. Leurs cris s'entendirent à des kilomètres à la ronde, faisant sourire

Selma et ses sbires, non loin de là. Le traité d'Alliance vola en éclat et les îles des Géants devinrent une vraie cocotte-minute sur le point d'exploser.

Sanctuaire.

Triste, assis sur un banc et invisible de tous, Tim observait une flaque d'eau à ses pieds. Une forme se dessina alors à la surface et le visage de Bron lui sourit.

- Mon ami, tu m'as demandé ?
- Oui. Je crois que c'est la dernière fois avant longtemps que je mets les pieds ici. Je viens de voir ce qui va se produire.
- Je sais. Tu es devenu un Éternel et cela te donne accès à des informations que les druides, et même les dieux, n'ont pas. C'est effrayant de savoir que l'on ne peut pas faire grand-chose.
- Il faut laisser les événements se dérouler sans agir ?
- Moi aussi au début, je me suis senti inutile.
- Tu te souviens de ta première mission, Bron ?
- Oui. La ville d'Is. J'ai dû traquer le fantôme de Dana, fille du roi Gradlon. Quand j'y pense, j'ai l'impression que c'était il y a une éternité.
- Depuis, tu as changé. Tu es devenu tellement plus que ce tu pouvais espérer. Je ne sais pas quoi faire Bron. Je suis perdu. Le grand plan de Gwyon'Bach s'est accompli et c'est maintenant à nous d'élaborer le nôtre.
- Oui, je comprends ce que tu ressens. Tu ne t'es pas encore défait de tes émotions humaines. Tu n'es plus un homme Tim, ni un druide. Mais Gwyon nous a choisi pour notre incapacité à nous défaire d'émotions qui nous rendent différent des autres dieux. Selon lui, nous sommes en mesure de prendre des décisions qu'ils ne prendront jamais. Ils sont trop enfermés dans leurs traditions. Tu dois chérir ces émotions, les garder en toi et écouter ton cœur. Le pouvoir de l'amour est le plus puissant de tous les pouvoirs.
- Merci Bron. C'est dur de quitter le Sanctuaire.
- Pour moi aussi c'est difficile. Mais tout change et a une fin. Au revoir mon ami. Le visage du Créateur s'effaça et Tim se leva lentement, avançant sur le chemin principal du Sanctuaire, passant devant le Temple, la Tour d'Or, le Bosquet et jeta un regard sur les Gargouilles. Il contempla les Sentinelles qui veillaient sur la sécurité des druides et traversa les grilles en disparaissant, le cœur serré, un sentiment de solitude pesant.

16 novembre 2011,
16 samonios 4578,
11 h 24.

Le remède de Zita avait mis du temps avant de sortir Ben du coma, mais la diseuse de bonne aventure craignait que l'effet ne soit que temporaire. Tandis qu'elle prenait un gant pour éponger son front, Othon vint aux nouvelles.

- J'ai besoin de lui confier une mission.

- Peut-être, mais il n'est pas en état de se battre. Sa fièvre est montée cette nuit et il commence à tenir des propos incohérents. Je m'inquiète pour lui.

- Et moi c'est pour l'humanité que je me fais du souci. Nous avons perdu Elodie hier. Ben doit rejoindre son équipe au plus vite. Ils vont bientôt retrouver la trace de Derc'hen et celui-ci les mènera à Gwenc'Phel. Je sais que c'est un énième affrontement qui les attend, mais aussi l'un des derniers.

- Il faudra qu'il se remette avant de se lever. Mais dès que les Sentinelles me ramèneront la plante que je leur ai demandé de chercher, Ben sera sur pied en deux heures, prêt à se battre.

- Je l'espère, dans l'intérêt de tous Zita, je l'espère.

***

247

La Police Du Surnaturel

Est de San Francisco.

Maëve, Liam et Nathan retrouvèrent la trace du Phœnix aux Etats-Unis. Persuadés qu'il les mènerait à son Maître Gwenc'Phel, ils comprirent que celui-ci était déjà en route pour les terres de *Mag Tured.* Arrivé à Alcatraz, Derc'hen se posa sur la colline. Après avoir utilisé un cromlec'h tout proche pour le rejoindre, Liam constata que le Livre des Eléments n'était plus entre ses griffes, ce qui l'inquiéta et l'angoissa. Nathan était excédé par ces maudits Grimalkins. De nouveau face à face, l'ancien militaire profita de leur arrivée surprise pour embrocher la créature à l'aide du sceptre de Maëve.

- Tu permets ? demanda-t-il en le lui arrachant des mains.
- Mais je t'en prie, fais-toi plaisir. Après avoir réussi à soulever le sceptre au-dessus de sa tête, tous muscles bandés, il envoya le Grimalkin geignard dans la gueule grande ouverte du Phœnix en colère. Avalé d'un coup de bec instinctif, il failli s'étrangler. Derc'hen observa ses ennemis fuir par le cromlec'h. Lorsqu'il entendit des voix provenant de la côte, non loin, il comprit trop tard que son destin était scellé. La colline toute entière scintilla avant d'exploser dans un fracas audible depuis l'autre bout de la ville. Un pan de mur détaché et propulsé par le souffle le décapita avant que les flammes ne l'atteignent. La formule de l'Air que l'équipe entonna ensuite permit de disperser les cendres de l'oiseau pour l'empêcher de se reconstituer et de renaître.

Devant toute l'île embrasée, Maëve ressentit une migraine avant d'entendre une voix dans sa tête. Malgré la fièvre, Ben usait de son pouvoir de télépathie pour la contacter.

- *Elodie nous a trahis. Elle fait route pour Mag Tured avec des milliers de démons qu'elle contrôle désormais. Elle a assassiné les trois quarts des élèves du Sanctuaire. Othon a fait le serment de rendre justice. Je suis en route pour vous rejoindre. Je serais utile dès mon arrivée. Zita a fait le nécessaire. D'après Cillisia, sa boule lui a montré que Gwenc'Phel est en possession du Livre des Eléments, et qu'il arrivera à Mag Tured dans quelques heures. Vous avez de l'avance en étant sur place, alors il faut leur tendre une embuscade pour les empêcher d'arriver à destination. Si nous échouons, il sera trop tard et ils participeront à la Bataille. Eliminer des ennemis avant la Lune Noire ne sera pas un luxe.*
- Alors ça y est ? Nous y sommes ?
- *Oui Maëve. Il ne reste plus beaucoup de temps.* La jeune femme sentit de la tristesse dans ces derniers mots.

- On peut savoir à qui tu causes ? demanda Liam qui s'inquiétait pour sa santé mentale.

- C'est Ben. Il m'a fait le coup de la télépathie.

- Alors dis-lui de sortir de ta tête parce qu'on a besoin de toi. Et qu'il ramène ses miches !

L'équipe se rendit à quelques kilomètres seulement de Meath afin d'intercepter Elodie. De loin, les druides observèrent les deux lignes de front attendant le signal pour en découdre. Les peuples étaient déchaînés et les armes comme les engins surnaturels utilisés à la guerre trônaient en bonne place, chacun désireux de montrer et prouver sa puissance. Ils blêmirent à l'idée d'entrer dans la mêlée. Ils eurent du mal à détacher leur regard mais parvinrent à se concentrer pour repérer rapidement la position d'Elodie.

- Sur la route, là-bas ! Je l'ai attiré jusqu'ici ! Je vous préviens, elle est furax. Elle n'a pas dû apprécier ce que je lui ai dit ! cria Ben qui venait d'arriver. Sur ses talons, une demi-douzaine de démons à six bras déboula. Pensant encercler leur ancienne amie, la situation se retourna et les druides furent piégés.

- Je crois que c'est enfin fini. Je serai donc celle qui mettra un terme à votre existence misérable. A moins que tu ne me rejoignes Maëve.

- Je ne comprends pas. Comment as-tu pu céder à…

- Je ne pouvais pas. J'étais seulement une bombe à retardement, pas une amie.

- Je vais devoir te faire payer ce que tu as fait aux enfants ? Tu le sais ?

- Chacune doit faire son job ma belle.

- Tu ne me laisses pas le choix. Tuez-les tous ! Elodie est à moi ! L'acharnement qui s'en suivit fut héroïque. Malgré tout, Maëve se défendit plus qu'elle n'attaqua, craignant de faire du mal à celle qui était, encore il y a peu, une amie. Pourtant, il fallait l'arrêter à tout prix. L'image des enfants massacrés envahit son esprit. Elle sentit alors une vague d'émotions et de puissance s'adjoindre à ses pouvoirs. La magie des enfants du Sanctuaire vint la renforcer. Elodie trébucha sous les coups effroyablement violents. Lorsque sa chair fut transpercée et brûlée par le sceptre encore fumant de Maëve, elle ne put sortir le moindre souffle. Avant de s'effondrer au sol, un bras puissant la souleva et celle-ci flotta en l'air un instant avant de se redresser, toute blessure ayant disparu.

- Dois-je vraiment tout faire moi-même ?

- Gwenc'Phel ! hurla Nathan, la rage au ventre.

Salle du Conseil des Éternels.

Une lumière douce et bienveillante éclairait le lieu mythique d'où des êtres supérieurs en tous points posaient un regard neutre sur le monde. Gwyon'Bach, Tim et Tara étaient les nouveaux Éternels. Le plan subtil et royalement mené de Gwyon, visant à remplacer les dieux du Panthéon jusqu'aux étages supérieurs de la hiérarchie, était accompli.

- Tu vois Tim, lorsque j'étais petit, il y a de cela d'innombrables millénaires, je vivais en Pays de Galle, sur le Snowdon, au bord d'un lac appelé Bala. J'adorais y pêcher. C'était mon jeu favori en dehors de mettre la pagaille chez les dieux bien sûr. Sous peu, ce lac sera l'un des premiers à disparaître, asséché. Cela me rend triste. Je me suis tellement rapproché des mortels que j'en viens à ressentir des émotions qui m'étaient étrangères. J'étais et reste convaincu que les dieux devraient mieux connaître ceux qu'ils président au risque de se perdre.

- Gwyon, je ne t'ai jamais entendu parler comme ça. Tu es plutôt du genre insouciant, à bousculer les habitudes. Là, je te sens… perdu.

- Parce que c'est le cas. Ce que je voulais s'est concrétisé. Pas exactement comme je le désirais évidemment mais, je trône ici. Tout va s'achever Tim.

- Je ne crois pas. Nous sommes des Éternels et pourtant l'avenir reste obscurci. Certainement parce que nous avons l'opportunité de l'écrire nous-même. La neutralité, c'est fini. Nos prédécesseurs sont partis et finiront de toute façon à Avalon. Nous sommes différents et cela fait notre force.

- Ça alors ! Tu m'étonneras toujours petit Tim ! Tu parles avec une sagesse qui t'était étrangère. Tu as raison. Observons l'avenir s'écrire sous notre plume.

Lorient,
16 novembre 2011,
16 samonios 4578,
13 h 28.

Les Traqueurs Elfes ne purent se défendre contre les kérions lâchés en masse. La puanteur des cadavres envahissait les rues. Même si l'armée et les Elfes terrassaient les créatures par centaines, des milliers d'autres surgissaient. Les militaires reculaient d'heure en heure. Lorsque le dernier soldat fut expulsé de la ville, Lorient fut perdue. Le ministre fit encercler la ville, privant les kérions de fuite. Mais les facétieuses créatures venaient de gagner le combat et elles en profitèrent pour assassiner les habitants qui n'avaient pu sortir ou se réfugier au Sanctuaire. Un soldat se retourna pour observer la ville de loin pendant l'exode des survivants. Il vit avec effroi la ville et le parc enneigé parsemés de fleurs se mettre à brûler. La Police arriva sur le Sol Sacré avec les deniers réfugiés. Le Gorsedd accueillit des hommes et des femmes mutilés, mourants ou grièvement blessés. Deux gargouilles s'échappèrent de leur socle, s'envolant sur les ordres de Finégas vers le centre-ville, partant en chasse du dernier dragon resté sur place. Tandis qu'il prenait un plaisir indicible, la créature s'immobilisa en plein vol, battant des ailes sur place, dardant les serres et poussant un grognement sonore. Il s'apprêta à cracher du feu sur l'ennemi invisible qui venait de franchir son espace de vol, mais les gargouilles, plus rapides, étaient aussi immunisées contre les attaques de panique du dragon. Elles s'immobilisèrent à leur tour en planant devant la bête.

Finégas, Othon, Gwenc'Ron, Ness et Bann organisèrent la réception des nouveaux venus. Toujours plus nombreux à trouver refuge près des plus puissants druides, le Sanctuaire et la forêt qui l'entourait approchaient dangereusement de la saturation. En marge des évènements, Finégas ne supportait plus Othon et ce dernier le lui rendait bien. Le Gorsedd se réunit en urgence alors qu'il avait d'autres chats à fouetter, et releva Finégas de ses fonctions. Renvoyé au sous-sol, maudissant ses geôliers, le Maître Druide fut contraint au silence. Othon redevint Superviseur du Sanctuaire et Ness ne cacha pas son soulagement de le voir si bien s'en tirer, malgré la difficulté de sa tâche.

Etats-Unis,
Près de San Francisco.

L'équipe de Maëve était en face de Gwenc'Phel, Gaël et Elodie. Le chef de tous les *treitours* de la Terre tenait fermement le Livre des Eléments d'une main et l'essence magique de la fée Nonna dans l'autre.

- Je n'ai pas le temps de m'occuper de vous tout de suite. Mais ne vous en faites pas, la dernière *Bataille* annoncée par tous et prédite par les prophéties approche. Je règlerai votre compte à ce moment-là. En route vous autres !
- Il ne faut pas les laisser partir ! s'inquiéta Maëve. Mais il était impossible de faire le poids, surtout après avoir nettement été affaiblis par tous les combats précédents. Gwenc'Phel l'avait bien compris. C'est pour cela qu'il évita l'affrontement. Le groupe démoniaque s'éloigna alors sous leurs yeux, en direction de *Mag Tured*, mais leur colère n'en fut que plus renforcée.

***

248

TOUT COMMENCE

Terres de Mag Tured,
16 novembre 2011,
16 samonios 4578,
13 h 28.

Gwenc'Phel se tenait devant un dolmen à taille humaine, sous la neige qui tombait à gros flocons. Il caressa la surface de la roche et s'éloigna ensuite, brandissant son sceptre. Il commença à prononcer une longue litanie et au cours d'un instant fugace, la forme d'un visage apparut. Près de douze ans plus tôt, Elor'a avait combattu et décapité la Sorcière de l'Apocalypse Gwémana. Mais ce que tous ignoraient, c'est que l'Apocalypse n'avait finalement pas eu lieu, le plan de Gwenc'Phel ayant échoué. Celui-ci avait pris soin de la remettre dans sa prison de pierre, châtiment habituellement réservé aux sorcières de son rang. Il y mit tous ses pouvoirs, persuadé que le rôle de l'enchanteresse ferait la différence.

Tous les évènements importants s'enchaînèrent alors très vite. Ezéchiel rejoignit Selma qui, très surprise, l'accueillit à bras ouverts. Un tel prophète pourrait l'avertir des tactiques ennemies avant qu'elles ne s'accomplissent. Un allié de choix donc. Afin de récupérer Lorient, l'armée, sur ordre du ministre de l'Occulte Marc, resserra l'étau sur les kérions sans parvenir à reprendre la ville.

Nanta apparut près du chef des rebelles. Elle ne pouvait l'aider à libérer la sorcière sans se faire repérer par les autres Éternels en guerre. Mais Gwenc'Phel n'en avait cure et poursuivit ses incantations.

Ronan s'invita à la fête et parvint à trouver son père, Gaël. Une explication s'imposait entre les deux hommes. A l'écart de ses sbires, Gaël s'était isolé avant la *Bataille*.

- Tu te prépares à la guerre ?
- Ca alors ! Mon fils.
- NON ! Je ne suis pas ton fils ! Eric'h et oncle Bron se sont occupés de moi à ta place ! Maman m'a tout expliqué. Je sais qu'après l'abomination que tu as fait à ma mère, elle a été obligé de me confier aux fées.
- Abomination dis-tu ? Parce que ce que tu as fait avec nous ne l'était pas ?
- J'étais perdu. Maintenant, tu vas payer. Tandis que père et fils s'apprêtaient à régler leurs comptes, Maëve trouva le moyen d'approcher le dolmen par l'arrière. Lorsque les fissures furent suffisamment larges, elle jeta une grenade prêtée pat Nathan pour l'occasion. Lorsque la Sorcière fut déchiquetée et le dolmen pulvérisé,

Gwenc'Phel s'effondra, le corps tremblant et mutilé. Avant que le drame ne s'aggrave et ayant besoin de lui, Nanta se chargea de sauver le *treitour* de la mort. Son plan mis en échec, il hurla à s'en déchirer la voix. L'équipe de Maëve tenta de profiter de sa faiblesse. Une telle opportunité ne s'était pas présentée depuis longtemps. Il fallait faire vite, car Gwenc'Phel semblait décidé à faire revenir les pires ennemis un an un dans l'ordre de leur perte. Ce fut donc une incantation bien plus difficile qu'il fallut prononcer et des ressources plus profondes à fournir. La silhouette de Méduse se dessina dans un nuage de fumée mauve. Ben et Nathan firent une percée pendant que Liam parvint à reprendre le Livre des Éléments, après que Gwenc'Phel l'eut lâché pendant le combat. Maëve fendit la brume de son sceptre plusieurs fois, dissipant ainsi le rassemblement des pouvoirs de Gwenc'Phel. Enragé par ce nouvel échec, il décida de fuir en promettant une surprise de taille à *Mag Tured*. C'est là-bas que tout se jouerait et ce ne serait seulement que dans quelques heures. Arrivés sur place, Matt et ses Mages prirent leurs positions pour la *Bataille*. Il y rencontra Ankou, le dieu de la mort, et passa un marché avec lui. Il lui fournirait toutes les âmes qu'il pourrait voler en échange de l'immortalité. Ed retourna en Enfer. Il tenait entre ses mains un réceptacle qu'il remplit de son sang spécial. Il créa ainsi un anti-graal. Une belle surprise de son cru qu'il pensait dévoiler lors de la *Bataille*. Après tout, représentant l'Enfer, il se devait d'y participer. Après un peu de répit, Tara retourna près de la porte, à Groix. Tandis qu'elle renforçait sa prise grâce à ses nouveaux pouvoirs d'Éternelle, un incident survint. L'archange Michael passa la porte et transperça la poitrine de l'enfant à la seule force de son bras musclé. Une main ensanglantée surgit de son dos. Les yeux écarquillés de surprise, Tara comprit qu'il venait de la forcer à prendre forme humaine afin de l'affaiblir et de la rendre vulnérable. Gwyon'Bach l'appela et la ramena à lui dans la Salle du Conseil.

- Tara ! Tu as fini de jouer ton rôle. Tu as fait tout ce que tu pouvais faire. Nous venons de perdre Groix. Je suis avec toi ma petite. Tim est là.

- Tara ! Tara ! Non ! Je suis là ma belle. Je… t'aime.

- Je le sais déjà… abruti, lâcha-t-elle avec un sourire. Sur l'île, les Saints entourèrent la porte. Une plaie béante déchira l'air, élargissant le passage.

« Nous y sommes. Tout a été préparé, organisé, pour nous mener à une colère sourde, une rage qui prend aux tripes. Les deux camps se renvoient dos à dos leurs responsabilités. Les Ambassadeurs ont œuvré pour rassembler les armées à *Mag Tured*. San Francisco sera le théâtre d'une guerre qui de toute façon mettra fin à l'hégémonie des Celtes. Le Panthéon tout entier tremble depuis sa base. Les anciens Éternels reproduisent le schéma des anciens Créateurs. La boucle va se boucler. Et j'ignore aujourd'hui s'il restera ne serait-ce qu'un druide pour achever la retranscription de notre Histoire dans ces Chroniques. »

GWENC'RON,
GRAND DRUIDE DU GORSEDD.

A SUIVRE…

SAISON 7
EPISODE 3

LA 4ème BATAILLE DE MAG TURED

(partie 1)

Guerre ouverte

27

Souvenez-Vous...

Dans les épisodes précédents de la collection « **La Légende Des Maîtres** » :

Le Thésauriseur, après avoir été kidnappé par les Grandes Familles, a été cruellement assassiné, provoquant un choc irrationnel, noircissant les dunes du Sahara et précipitant les préparatifs de la grande Bataille. Eric'h condamne les Cinq Grandes Familles à mort…

Elor'a rencontre le Prophète Ezéchiel qui a ensuite pris la fuite et rejoint Selma… Gaël a ôté la vie à Pat. Ness en est très affectée…

Elodie rejoint de nouveau le camp des traîtres après avoir été piégée par Eningann, devenant Créatrice de Démons. Elle a assassiné des dizaines d'enfants druides…

Ronan libère la Cabale (arbre de vie) grâce à l'intervention de Bron, qui parvient même à le rapprocher de sa Mère…

Pouf, assassiné par le Maître Druide Kilyan, a des funérailles grandioses… La Compagnie des Courageux Gnomes est attendue au Sud des Pyramides, près des fées…

Ezéchiel énonçe sa prophétie funeste : ***une jeune femme par deux fois perdue va provoquer une discorde attendue. Les Tùathas, les Fomoirés et les Fir Bolg entreront en querelle. Elodie de son nom, la jeune femme scellera les destins…***

Les rois Gann (Fomoirés) et Sengann (Fie Blog) ne s'entendent pas… Le Maître Druide Phœnix propose ses services à Gwenc'Phel et il est vaincu par l'équipe de Maëve…

Caër Sidi (le dôme prison) a été détruite, mais la créature qui y vit et effraie les plus ignobles créatures, s'est installé dans le Plan Astral devenant la nouvelle prison…

Cillisia trouve une prophétie dans le Livre des Eléments :

Le 1er nous fera tomber,
Dans le feu Ed s'épanouira et le cadavre des elfes il foulera.
Maëve sauvera Tara ou le Monde sombrera.
Par la Porte viendra la Fin des Celtes,
Prélude à celle des autres dieux.

Seul l'amour repoussera le danger,
Par celui de deux êtres opposés viendra la paix.

Nanta rassemble les sorcières à Mag Tured… Nonna (néréide ou fée de l'Air aux ailes de papillon) est tuée et son *essence magique* est confiée à Gwenc'Phel, lui donnant ainsi le pouvoir de contrôler les fées et peut alors les retourner contre leur camp lors de la *Bataille*.

Dans le souci de remplacer Pat qui a laissé sa place vacante au sein du Gorsedd, les Grands Druides décident de libérer Finégas avant de se raviser lorsque celui-ci a mets Othon en danger de mort à plusieurs reprises…

L'Éternel Bitom s'est adjoint les services des Fianas, dont le chef Finn lui était redevable, en vue de la *Bataille* à venir… Selma apprend de Nanta que la barrière érigée par Tara pour pallier à la destruction de celle des Créateurs, tombera à la Lune Noire, lorsque *la 4ème Bataille de Mag Tured* commencera et qu'une récompense l'attendra…

L'Œuf de serpent (sablier celte) est brisé lors d'une embuscade…. Cillisia, en lutte avec le Grimalkin pendant des jours, perd le Livre des Éléments qui arrive finalement une nouvelle fois entre les mains de Gwenc'Phel.

Sur l'île des Fir Bolg, Elodie prétend que les Fomoirés (pourtant alliés) se sont ralliés aux Tùathas, provoquant un déchirement… Gwenc'Phel tente de ramener d'anciens ennemis et Ronan trouve son père, s'apprêtant à s'expliquer avec lui…

L'équipe de Maëve tente d'empêcher les *treitours* de se rendre à *Mag Tured* en vain… Ed utilise son sang pour créer l'anti-Graal… Tara est mortellement blessée par l'Archange Michael qui arrive sur Terre par la porte de Groix. Gwyon la récupère pour la mettre à l'abri…

Les *Traqueurs Elfes* et la *Police du Surnaturel* perdent Lorient, laissée au Kérions… Le *Concile* décide que Gwenc'Phel sera prisonnier du *Cercueil de Glace* après son arrestation, tandis que Matt tue *Eri* (déesse d'Irlande). Les *Mages* peuvent alors quitter l'île pour se rendre à *Mag Tured…*

L'Ordre Chinois envoi son armée de soldats d'argile sécuriser *Meath* (la 5ème île). Un acte non dénué d'arrières pensés…

Suite...

249

LUNE NOIRE

Terres de Mag Tured,
Campement des Fées,
17 novembre 2011,
17 samonios 4578.

« Commence alors la plus longue journée de l'Histoire des druides. J'ai peine à croire que nous y sommes. Le Sanctuaire n'est pas un abri, car cette *Bataille* n'a pas de frontière. Tout ne se déroule pas seulement à *Mag Tured.* Et lorsque le soleil se couchera, il se relèvera devant une planète désolée, presque lunaire. Notre rôle s'achève peut-être aujourd'hui. Le lien que nous représentons s'étiole à mesure que les dieux prennent pleinement leur place sur Terre. L'hégémonie des Celtes s'arrêtera brusquement et pour le Monde pourra s'écrire une nouvelle Histoire. »

OTHON,
SUPERVISEUR.

La Compagnie des Courageux Gnomes avança vers le Sud. Les fées les attendaient depuis le milieu de la nuit et leur retard n'augurait rien de bon. S'organiser devenait alors bien plus difficile. Les pyramides semblaient bien petites face aux Géants qui trépignaient d'impatience. Tandis que les fées étaient sur le point de renoncer à les attendre, une voix enjouée les fit presque sursauter en plein vol.

- Alors les filles ! On ne se passe plus de nous ? lança Seamus.
- Vous voilà en fin ! Ce n'est pas trop tôt ! s'emporta la reine.

Dans le vacarme des derniers préparatifs, deux géants réglaient des comptes. Le roi des Fomoirés, Gann, connu pour sa force spectaculaire, se jeta sur le roi Sengann des Fir Bolg. Selon un espion Fomoiré, leurs alliés de toujours les auraient trahis en passant un accord secret avec Danann, la Mère des Tùathas. Des siècles d'amitiés furent réduits à néant en quelques heures seulement. Sengann nia ce complot, même s'il estimait que les forces opposées étaient très puissantes et que l'issue de cette *Bataille* était jouée d'avance. Seulement, tous deux ignoraient qu'Elodie avait habilement lancé cette rumeur dans le but de les séparer. Diviser pour mieux régner, une devise qui une nouvelle fois se vérifiait. Cette querelle emporta d'autres peuples et la panique s'étendit dans les campements de l'Alliance. Les Créateurs eurent bien du mal à mobiliser leurs troupes.

A l'Est, l'Éternel Bitom convoqua Finn (roi des Fianas) pour lui demander d'approcher Nanta en masse afin de la déborder. Celle-ci s'était éloignée du secteur des sorcières pour s'assurer que les Tùathas ne se désolidarisent des autres acolytes. Mais aller à la rencontre de l'Éternelle était suicidaire. Elle était en mesure de les écraser de sa simple volonté. Bitom leur confia plusieurs protections afin qu'ils accomplissent leur mission, ne fut-ce que pour cinq minutes. Cette diversion lui était indispensable.

- Finn, j'ai besoin que tu accomplisses cette tâche. Envoie tes meilleurs soldats.

- Mais Éternel, je vais les perdre à coup sûr !

- Obéi ! Ils auront au moins la force de l'occuper un instant.

Une Lune Noire apparut dans le ciel en pleine matinée. Un crissement assourdissant immobilisa un instant toutes les armées. Leur curiosité les poussa à observer la barrière qui isolait les Géants sur leurs cinq îles. Ce mur de pure Magie se fissura avant d'exploser. Dans des hurlements de joie, de rage, de soif de sang, les îles se vidèrent et coulèrent dans la baie de San Francisco. Des millions de Géants franchirent en un simple instant les kilomètres menant en Egypte, sur les Terres de *Mag Tured. La 4ème Bataille* commença alors.

Au même instant, sur l'île de Groix, la porte s'ouvrit totalement. Dans une lumière douce et apaisante, le Dieu Unique franchit le seuil et entra sur Terre. Les Saints et les Archanges présents, sur le point d'entrer en guerre à leur tour, furent arrêtés par leur Maître.

- Non, mes fidèles. Laissez les Celtes régler leurs comptes. N'agissons pas pour le moment. Bientôt viendra le moment de notre retour, ne nous précipitons pas.

Le Dieu Unique posa son regard sur la pyramide de Gizeh et observa avec calme un évènement des plus inquiétants. Un œuf de serpent en cristal apparut au-dessus du sommet. Il se brisa en mille morceaux et le sable qu'il contenait ensevelit la pyramide toute entière. Dès lors, le Temps échappa au contrôle des dieux et des Créateurs. Tout pouvait donc survenir, y compris la « Fin des Temps ».

Au Nord, malgré la densité de la foule de soldats, Ronan trouva son père biologique, Gaël. Le jeune homme ne laissa pas échapper l'occasion de se venger et se jeta sur lui.

- Enfin nous pouvons discuter… papa, cracha-t-il avec haine en lui lacérant de dos avec des griffes d'ours qui poussèrent à la place de ses ongles.

- Ronan ! Mon fils. Toujours du côté de ta Mère ? répondit le *treitour* avec amusement, le dos s'étant couvert d'écailles afin d'éviter de mortelles blessures.

- C'est le moment de me montrer à quel point tu m'aimes. Et de payer pour ce que tu as fait à ma mère.

- Tu as choisi le mauvais camp Ronan. Elle t'a abandonné aux fées et…

- Ne gaspille pas ta salive ! Le coup de l'abandon du pauvre bébé incontrôlable ne marche plus ! Je sais tout maintenant et j'ai pardonné à ma mère et comprit que c'était pour mon bien. J'étais trop dangereux à l'époque, à cause de toi, et Elor'a ne pouvait pas s'occuper de moi, mes pouvoirs la dépassaient elle aussi. Seules les fées étaient immunisées contre ma Magie et tu n'avais pas hésité à la noircir. Tu as laissé Gwenc'Phel me manipuler ! Ronan bondit et le frappa au crâne. A terre, Gaël tenta de se défendre. A une vitesse stupéfiante, il échappa à une boule de feu lancée par son fils. Face à face, les deux hommes se jaugèrent pour savoir à quel moment frapper. Ronan perçut un mouvement sur sa gauche plutôt qu'il ne le vit. Il plongea sur sa droite, ce réflexe lui épargnant un coup douloureux. Il fendit l'air avec un poignard qui venait d'apparaître dans sa main, épousant parfaitement sa paume et frappa son père qui poussa un cri de souffrance avant de sentir ses genoux céder sous lui à cause du choc inattendu. Un soutire se dessina malgré, tout sur ses lèvres gercées par le froid lorsque la plaie s'effaça toute seule sou l'effet de sa Magie à l'œuvre.

Salle des Éternels.

Tara souffrait et sentait la mort la guetter. Dans cet état, elle n'avait pas accès à ses pouvoirs d'Éternelle. Gwyon'Bach ne comprenait pas ce qui se passait. Ce n'était pas normal. Une Éternelle était invulnérable à toute arme, Magie ou attaque. Pourquoi donc, un Archange, avait-il pu à ce point l'atteindre ? Tim avait peut-être une explication. Cet ancien cancre de l'école des druides avait bien changé. Et son contact avec les Gnomes l'avait fait évoluer bien plus que ce que quiconque pouvait attendre. La faiblesse des Celtes était désormais prouvée. Tara était la preuve absolue que la Magie d'une autre religion était en train de les dépasser. Il n'y avait pas d'autre raison possible. Si Tara était vulnérable, alors tous échelons de la hiérarchie divine des Celtes l'étaient aussi. Trouver le moyen de sauver la jeune fille devenait alors très compliqué, même pour Gwyon.

A Lorient, la ville appartenait aux Kérions depuis le départ de l'armée qui avait fui. Mise à sac, nul ne put survivre au centre-ville et la Rade fut littéralement envahie par des millions de Kérions qui démolirent toutes les installations militaires et les navires qui n'avaient pas eu le temps de prendre le large. Malgré tout, afin d'éviter leur expansion, Lorient fut encerclée par les militaires et les Traqueurs Elfes.

Ben et Nathan quittèrent leur chambre d'hôtel du Caire où ils avaient peut-être passé leur dernière nuit, attendus par Maëve et Liam prêts en en découdre avec leurs ennemis. Déjà, au-dessus du désert, des dragons par milliers formaient de véritables nuages obscurcissant le ciel. Signe que les Mages venaient de quitter leur campement. Plus à l'Ouest, l'Ordre Chinois venait d'arriver avec son armée d'argile. Et d'autres représentants de religions diverses les accompagnaient pour défendre leur existence. Car si les Celtes disparaissaient, ils suivraient aussi, laissant la place au retour du Dieu Unique tant redouté. Selma, la Matriarche des cinq Grandes Familles, sourit devant les positions en train de bouger avant de s'exclamer : « Que la fête commence ! »

***

250

La Chute D'Un Createur

Le Président de la République attendait que Marc, le Ministre de l'Occulte lui fournisse des explications. Nul ne l'avait averti de la *Bataille* en cours et aux dernières nouvelles, les druides étaient chargés d'éviter une guerre aussi démente. Or, le Ministre ne tenait visiblement pas à évoquer le sujet, tentant même une diversion grossière. Le Président savait qu'il lui cachait quelque chose. La pièce empestait le cigare et la gêne, la tension, étaient palpable. Il trouva finalement le courage de lui adresser des excuses.

- Monsieur le Président, les druides ont fait preuve d'un courage plus qu'extraordinaire. La situation n'a hélas, fait que s'aggraver depuis des années.

- Le territoire national a perdu une ville, Marc !

- Oui, Lorient a été dévasté par Gwenc'Phel et les Kérions ont achevé le travail. L'armée a joué tout son rôle. Les druides ont même créé une Police du Surnaturel pour nous aider et nous protéger. Sans eux, c'est le pays tout entier que nous aurions perdu.

- D'après ce que j'en sais, c'est sur le point de se produire ! Sébastien m'a assuré qu'il pouvait…

- Rien faire du tout ! Le Ministre de la Défense fait du zèle, Monsieur ! Comment ses hommes peuvent-ils lutter contre la Magie selon lui ? La Lune Noire vient de se lever et la barrière de la petite Tara est tombée. La situation est hors de contrôle désormais ! Nous ne pouvons qu'aider les druides à protéger la population du mieux possible. Lorsque la *Bataille* s'achèvera, je crains qu'il n'y ait que très peu de survivants sur Terre. Il n'y a pas de frontières à cette guerre. Même si l'essentiel se joue en Egypte, à *Mag Tured*, les répercussions d'une telle concentration de Magie en un endroit sont impossibles à prévoir.

- Vous me suggérez d'attendre ? Combien de survivants puis-je envisager pour mon seul pays ?

- Monsieur…

- Combien ?

- Moins d'une centaine. Et ce seront principalement des druides car ils peuvent, en partie, se protéger.

- C'est insensé ! Fermez nos frontières ! Des réfugiés vont nous envahir par millions parce qu'ils savent que notre Sanctuaire est le plus à l'abri. Fermez l'espace aérien aux dragons ! Tirez à vue et usez de toutes les ressources utiles ! Si nous survivons Marc, je veux votre démission sur mon bureau.

- Oui Monsieur le Président.

Selma, affublée d'une affreuse robe-sac qu'elle affectionnait, brisa, avec Nanta, la roue du Destin qui était apparue au-dessus du champ de bataille. Ainsi libérés des contraintes divines, les Tùathas purent déverser leur haine et écraser leurs ennemis. Les pas des Géants creusèrent des cratères, rendant difficile l'avancée des lignes de front. S'engluant parfois dans la boue constituée de terre, de sable et de sang, les centaures et les elfes semblaient piétiner. Certains d'entre eux furent prisonniers et lorsque des enclos pour les parquer furent érigés, Nanta ordonna de les brûler vifs. A la peur de finir dans les flammes, les centaures ruèrent et parvinrent à briser l'enclos. Les Trolls autour d'eux émirent un son ressemblant à un rire, ou ce qui s'en rapprochait le plus et le poing d'un Tùathas vint écraser les fuyards.

De leur côté, les fées sentirent un changement s'opérer dans leur comportement et leurs corps. Leur reine aperçut de très loin Gwenc'Phel, brandissant une fiole et chantant une formule de haine. Il s'agissait de l'essence vitale de Nonna. C'est ainsi qu'il prit le contrôle de l'armée toute entière des fées.

- *Tuez les Gnomes. Terrassez la Compagnie !* chanta le chef des *treitours*.
- Non les filles ! C'est le pouvoir de Gwenc'Phel ! Il vous contrôle ! Résistez !
- Tu fais toujours la star depuis que tu es ambassadeur. Tu es toujours le centre d'attention et tu sous-estime continuellement les fées ! Tu es agaçant, tu ne prends jamais rien au sérieux ! cria la reine.
- Pour le coup, là oui ! gémit Seamus une baguette de fée sous le nez. Luna fut immobilisée et Raphy n'eut pas le temps de se cacher.
- Où es-tu Tim ? Nous avons besoin de toi, là !

Devant l'Ordre Chinois et son armée d'argile, une centaine de milliers de combattants enragés, galvanisés par la perspective d'en découdre avec ces intrus, se mêlèrent aux combats. C'est avec facilité que Matt transforma en un clin d'œil cette armée disparate en un formidable outil de destruction. Matt descendit de son dragon et frappa lorsqu'ils ne l'attendaient pas. Cette négligence leur fut fatale. Tai'Shan (Seigneur de l'Ordre) et Shiga (Maîtresse de l'Ordre) furent décapité par un sabre invisible, si rapide que même lorsqu'il fendit l'air, il n'y eut aucun bruit. A leur tour, Naja (Maîtresse de l'Ordre) et Gen (Seigneur de l'Ordre) tombèrent avec leur armée, un tronc d'arbre transperçant leur torse. Un dragon finit de faire le ménage en crachant une langue de feu, carbonisant les restes des corps sanguinolents. Tao se retrouva sans Maîtres, seul représentant d'une religion ayant perdu tous ses dieux. Nanta profita de la détresse du Créateur pour l'attaquer. Elle émit un rire à glacer les os.

Les Brownies, Glésines (mi femme, mi chèvre) et les Meuves (esprits aquatiques) rejoignirent l'Alliance d'Eric'h et partirent en guerre contre les lutins hargneux. Pourvus de lourds boucliers les faisant presque plier, ils étaient décidés à en découdre aussi. Les corps se mêlèrent et les membres arrachés ou déchiquetés partirent en tous sens. Piétinant leurs propres morts, les lutins hargneux mordaient jusqu'au sang, injectant un poison mortel instantané. Les rois et reines regardaient leurs soldats se battre avec l'énergie du désespoir contre les forces du Mal. Mais des couronnes aussi tombèrent.

Le Créateur profita de la confusion pour tracer un immense *Cercle de Feu Sacré* sur des kilomètres autour des Terres de *Mag Tured*, son plan consistant à priver tous ses ennemis et alliés, présents à l'intérieur du piège, de leurs pouvoirs. Rendant ainsi tout le monde inoffensif et surtout vulnérable, il cherchait à imposer sa volonté. Mais ce plan ambitieux échoua lorsque Ed détourna ce Feu et frappa Eric'h avec son anti-graal, une épée qui peut pourfendre les Créateurs, conçue par Nanta elle-même, seule Éternelle capable d'un tel prodige. Eric'h perdit la vie instantanément, le corps projeté ensuite au pied de son propre Palais, à des milliers de kilomètres. Gwyon'Bach en eut le cœur brisé. Ça ne devait pas se passer ainsi. Son cri déchirant fut audible sur toute la surface de la Terre. Tara et Eric'h étaient perdus pour les Celtes.

***

251

Les Collecteurs

Sur tous les continents, les druides avaient maintenant l'habitude d'affronter des créatures comme les gobelins, les Kérions et autres délicieuses méchancetés mais jamais ils n'avaient eu à croiser le chemin des Collecteurs. La *Police du Surnaturel* avait informé leur chef, Ben, de l'arrivée de ces monstres bizarres. Après avoir contacté Cillisia pour plus ample information, Ben appris que les Collecteurs étaient des héritiers et adeptes de Nanta. Mis au service de Matt, ils furent gratifiés de sa marque, un dragon dessiné sur le torse au fer rouge. Depuis plusieurs jours déjà, Ben avait remarqué des anomalies dans le compte des druides répartis à travers le Monde. Il savait maintenant pourquoi. Leur pouvoir consistait à collecter ceux des autres quel qu'en soit leur origine. Des druides étaient ainsi retrouvés dans le coma après avoir été « ponctionnés » (nommé ainsi dans leur jargon). Ce manque de pouvoir entraînait des dommages physiques intenses. Et comme toujours, le corps humain voulant se protéger d'une agression, plongeait le cerveau dans un coma. Ben demanda à ses *Traqueurs* d'en faire leur priorité pour le moment.

Avant de mourir, Pat avait demandé aux Diwallers (Gardiens de l'ancienne prison Caër Sidi) de parler à une créature céleste déchue dans l'espoir de faire alliance et mettre un terme à ce conflit qui n'avait que trop duré. Il s'agissait du Métanéphilim. Il ne pouvait pas savoir à ce moment-là qu'il était aussi dangereux que l'était Mandragoria. Cette erreur avait abouti à un drame. Le Métanéphilim était la très célèbre créature qui faisait même trembler les Tùathas, rien qu'à l'évocation de son nom. Dès que le dôme fut brisé, il s'était échappé et s'était fondu dans la nature afin d'échapper au Plan Astral, d'où il n'aurait jamais pu sortir. Mais le début de la *Bataille* avait ravivé son appétit pour la mort et le sang. Il ne se priva donc pas pour faire un tour à *Mag Tured* où tous s'écartèrent sur son passage, provoquant aussi une certaine crainte chez Bitom, H'Coma et Nanta. Les crânes fracassés et rongés s'amassèrent aux pieds de Nanta, baignant dans le sang. Il saisit un Tùathas juste au-dessus du coude droit et le happa d'une seule bouchée. Il semblait ne faire aucune différence entre les camps qui s'opposaient. Trois autres géants subirent le même sort et un rot tonitruant fit frémir les plus vaillants héros. Tous s'éloignèrent de lui ou tentèrent de se trouver hors de portée. Mais il n'était pas aisé de se mouvoir dans cette gadoue sanguinolente. L'odeur des cadavres prenait à la gorge et les estomacs se vidaient à flot. Tout cela ne semblait cependant pas déranger le moins du monde le Métanéphilim qui poursuivit son repas en toute quiétude, ne trouvant aucune résistance à sa hauteur. La créature ne lâcha pas sa prise lorsque H'Coma intervint. Son pouvoir, amoindri par ses autres occupations n'avait que peu d'effets sur le monstre.

Tim se ressaisit et s'éloigna de son amie Tara afin d'empêcher la situation de s'envenimer davantage. Il désintégra à distance le Métanéphilim d'une simple pensée. Dommage qu'il ne fut pas aussi aisé de mettre un terme à cette guerre avait-il pensé. Très vite les combats reprirent de l'ampleur, ignorant l'exploit que l'Éternel venait d'accomplir.

Au Sanctuaire, la prophétie de Matt s'accomplit. Les Collecteurs attaquèrent le Sol Sacré, provoquant la panique chez les réfugiés qui préféraient s'éloigner. Les protections tombaient au fur et à mesure de leur avancée, comme si leur simple présence absorbait la Magie alentour. Bien entendu, les Sentinelles réagirent et leur barrèrent la route. Elles furent exterminées jusqu'aux dernières. Ces années précédentes, les Sentinelles étaient devenues une véritable institution et des héros pour les druides. Les cœurs furent serrés à l'évocation de leur disparition et le Sanctuaire devint plus vulnérable que jamais. Ness, Bann, Gwenc'Ron et Othon, descendirent de la Tour d'Or et affrontèrent avec angoisse ce nouvel adversaire.

Ed retrouva de nouvelles forces en volant le Feu Sacré d'Eric'h. Il foula les cadavres des elfes en ricanant, tandis qu'Elor'a laissa le Mal prendre le dessus, préférant pleurer la mort de son bienaimé. Nanta réalisa que personne ne protégeait le trône du Palais. Elle y prit donc place mais Bitom et H'Coma vinrent lui rappeler que son royal postérieur allait être botté à l'instant même où les deux Éternels mettraient un terme à cette mascarade.

***

252

La Montagne Noire

L'euphorie ambiante amplifiait les combats. Ronan pouvait ressentir toute la colère qui électrisait l'air. Depuis des heures déjà la Lune Noire avait pris place dans le ciel, provoquant la curiosité de tous. S'en était suivit une multitude de massacres. Les corps gisaient et s'entassaient. L'odeur et la puanteur du sang rendaient difficile la respiration. Cela ne faisait que fatiguer davantage les corps. Ce fut d'autant plus vrai pour les druides. Ronan prit le dessus sur son père et l'étrangla à lui faire bleuir le visage. Il tenta à de nombreuses reprises de se concentrer pour se muer en animal. Maître Druide en métamorphose, sa capacité à se transformer en n'importe quel animal était connue de tous. Il en avait usé et abusé ces dernières années contre l'équipe d'Eric'h, puis celle de Maëve. Lorsqu'une puissante explosion qui mit à terre d'innombrables créatures, y compris des Géants, retentit à des kilomètres à la ronde, tous regardèrent en direction de l'Ouest où un évènement étrange se produisit. Gaël profita de cette confusion et du relâchement de son fils pour se transformer en aigle. Il eut alors beaucoup de chance d'échapper à l'étau qui l'enserrait une seconde plus tôt, car le cou fragile de l'oiseau qu'il était devenu aurait été brisé net si Ronan n'avait pas été déconcentré. En quelques battements d'ailes, il s'éloigna, mais déjà, le jeune homme prenait la forme d'un vautour afin de rattraper son père. Ils volèrent à grande vitesse entre les bannières des différents peules qui flottaient ou étaient piétinés. Arrachant des yeux au passage, évitant des flèches ou des langues de feu des dragons, les deux oiseaux se rattrapèrent vite.

Elodie était entourée de démons de toutes formes et puissances. Il était impossible de l'approcher. Lorsqu'elle se rendit compte que la situation tournait à l'avantage de son camp, la jeune femme redoubla d'effort et créa un millier de démons supplémentaires. Des formes ignobles dotées de tentacules visqueux et empoisonnées ou de pointes effilées en rasoirs s'élevèrent en silence avant de frapper. Tandis que la panique s'insinuait dans les centres de commandement adverse, l'ancienne amie de Maëve se mit à rire aux éclats. Cependant, elle s'arrêta bien vite quand elle se rendit compte qu'une masse inattendue se dessinait sur l'horizon. La silhouette du Marchand de Sable, ancien Doyen d'Université surnommé T-Rex par ses étudiants, puis par ses conseillers municipaux, se détacha, suivi par des milices humaines proches des druides, composées de centaines de milliers d'individus. Elodie insuffla alors sa rage dans les cœurs de ses démons et les Terres de *Mag Tured* se noircirent alors que des fleuves de sang se déversaient vers les pieds de Gwenc'Phel.

Celui-ci se servit de ces substances pour soulever la terre à ses pieds. Se dessina ensuite une montagne aussi noire que l'ébène, aussi puante que le cadavre d'un Gargwa, aux arêtes coupantes dont le pouvoir était attirant. A l'Ouest de *Mag Tured* venait de naître une Montagne Noire dont le cratère en son sommet fut creusé un peu plus afin d'y créer un Gouffre des Âmes. Tout ennemi qui venait y tomber perdait alors le peu d'énergie qu'il lui restait. Gwenc'Phel était parvenu à réaliser ce prodige grâce à l'*essence* de la fée Nonna.

Les Mages firent reculer les Fomoirés. Les dragons volaient en cercles concentriques au-dessus des Géants. Plusieurs d'entre eux avaient perdu un bras, une jambe, le visage, à la suite des brûlures causées par ces monstres volants. Bron s'en voulait déjà d'avoir accepté que se produise cette guerre. Ne valait-il pas mieux perdre quelques humains plutôt que de voir se produire cette *Bataille* qui marquerait à jamais l'Histoire ? Il se reprit alors car perdre un seul humain était intolérable. Le seul responsable qui avait amené cette guerre à commencer était Gwenc'Phel, le chef des *treitours*, celui qui avait soufflé sur les braises, avait monté les peuples les uns contre les autres. C'est avec talent qu'il avait su provoquer les évènements de ces dix dernières années. Les Mages venaient de prendre du terrain et Matt dessina une forme avec son index dans l'air. Une carte du territoire apparut et en rouge s'étalait son domaine. Il était aussi grand que la Russie.

Les fées parvinrent à ligoter les Gnomes de la Compagnie mais elles résistèrent au pouvoir de Gwenc'Phel, qui pourtant leur ordonnait de les tuer. Quant à Selma, elle poussa ses sorcières à s'occuper de Maëve et son équipe. Maëve se mit à trembler. La colère et la peur qui bouillonnaient en elle l'empêchaient presque de parler. Elle voulut reculer mais ses pieds étaient lourds. Elle se rendit compte que le sol l'aspirait, collant ses chaussures comme du sable mouvant. Des flammes rouges l'encerclèrent, projetant des ombres difformes sur les arbres. La fumée lui piquait les yeux et le sol devint si chaud que ses semelles fondirent. Il fallait se sortir d'une situation inextricable.

***

253

LA FIN DE DANANN

Le roi Gann tua le roi Sengann avant d'apprendre son erreur. Un espion lui révéla que les Fir Bolgs ne les avaient jamais trahis. Aucun pacte, accords ou traité n'avait été signé avec les Tùathas. Gann devint blême lorsque le nom d'Elodie fut évoqué. Les Fir Bolgs acceptèrent à contrecœur de marcher aux côté de Gann malgré le meurtre qu'il venait de commettre, afin de faire payer à Élodie sa manipulation. Dans un déchaînement de violence, les premiers démons en firent les frais.

L'Éternelle Nanta repoussa aisément les Fianas. Pas plus d'une centaine de ces Géants survécurent à l'attaque de Nanta. Les cadavres des Géants écrasèrent plusieurs peuples en tombant. Ces dégâts collatéraux devenaient de plus en plus fréquents. Ordre fut donné de prendre ses distances et de frapper les Géants de loin. Les Tùathas et leur Mère Danann continuèrent les massacres. Des demi-dieux par milliers tombèrent dans des pièges mortels. Les dieux reculèrent, pleurant la mort de leurs enfants, demandant le rapatriement au Palais, cherchant la sécurité. Mais Eric'h ne répondait pas. Il était mort et la nouvelle se répandit en peu de temps, ajoutant à la confusion des dieux qui ne savaient plus vers qui se tourner, ni à quel ordre obéir. Pour Gwenc'Phel, pas question de s'arrêter en si bon chemin.

Nüaga, la déesse de Tao, apparut dans un tourbillon de neige. Le jeune Créateur se sentit soulagé de la voir à ses côtés, mais il avait du mal à sourire. Toujours face à Nanta qui venait de l'attaquer, sa guide lui demanda de punir les assassins de l'Ordre et de faire justice aux chinois, qui ont perdu leurs dieux. Tao ressentit un malaise et une terrible notion de perte lorsque la tête de sa déesse se détacha du reste de son corps pour tomber, rouler au sol et brûler, disparaissant dans un petit tas de neige. Derrière elle se tenaient Selma et Danann. La Matriarche tenait encore dans sa main le sabre avec lequel elle venait de trancher la tête de son amie. Le flux de pouvoirs de Nüaga s'échappa du cadavre et fut perdu à jamais, dispersé dans la Magie ambiante. Tao eut bien du mal à reprendre ses esprits et la rage l'envahit. Il invoqua les anciens pouvoirs de Leï Kung, le dieu du tonnerre. Il leva les bras vers le ciel et des éclairs vinrent frapper ses mains. A ces arcs électriques virent s'ajouter les foudres de Zeus, le tout frappant avec violence la Mère des Tùathas. Danann fut foudroyée et la Géante périt dans une explosion qui renversa les adversaires alentours. L'onde de choc se propagea très loin, jusqu'à Gwenc'Phel, trônant au sommet de sa Montagne Noire. Le hurlement de Selma, folle de rage, déconcentra le chef des traîtres. Les Tùathas se déchaînèrent, paniqués et en colère.

Pris à son tour par surprise, Tao fut gravement blessé par l'épée (anti-graal) d'Ed qui ne parvint toutefois pas à le tuer. Le roi de Cythraul cherchait depuis des heures à atteindre un Créateur. Les foudres cessèrent de tomber et Tao calma ses pouvoirs, plaquant sa main contre une plaie béante. Cherchant avec peine sa respiration, il se rendit compte que des douleurs humaines tentaient de l'envahir. Il déploya des trésors de ressources pour éviter de sombrer dans l'inconscience. Il savait que perdre un autre Créateur serait terrible pour l'Alliance qui comptait de plus en plus de défections. A n'en pas douter, recourir à une protection lui était nécessaire. Il réagit très vite avant de perdre son statut de Créateur et se réfugia à Avalon dont il passa les portes. Commettant cet acte, Tao savait qu'il ne pourrait plus en ressortir, abandonnant de ce fait, ses sujets. Le cœur déchiré, la douleur insupportable de sentir ses pouvoirs s'échapper, c'est dans des bras familiers qu'il tomba presque inconscient.

***

254

Le Gorsedd En Échec

Au Sanctuaire, Cillisia sortit du Temple et blêmit face au décor. Des centaines de druides étaient couchés au sol ou affalés sur place, se retenant avec difficulté à un banc, une chaise ou contre un mur, essayant vainement de rester debout pour affronter l'ennemi. Des gémissements par milliers, des cris de peur, une sourde angoisse s'élevaient des corps vidés de leurs pouvoirs. Seules quatre silhouettes restaient debout, défiant les dizaines de Collecteurs présents. Cillisia observa avec angoisse les grilles de l'entrée à terre. Elles vibraient à l'approche d'une masse encore floue car trop éloignée, avant que la jeune femme ne se rende compte de ce dont il s'agissait. Pas moins de six cent *treitours* avançaient, achevant les Sentinelles et les druides au sol. Partout dans le Monde, les druides se faisaient massacrer de la sorte. Une larme perlant sur la joue, Cillisia savait que la Fin était venue. L'heure des druides avait sonné et avec eux, celle des Celtes. Un face à face redoutable commença entre les membres du Gorsedd et les Collecteurs. Jusque-là, ils étaient parvenus à repousser ce pouvoir qui absorbait tout. Mais cela impliquait une attention et une concentration de tous les instants. C'est justement de cette faiblesse qu'un *treitour* profita. Sans que qui que ce soit ne puisse l'en empêcher, il tourna autour de Ness en ricanant.

- Alors Très Vénérée ! Le moment est venu de te vaincre.

- Non, ne fais pas ça, je t'en prie ! Sans nos pouvoirs, les monuments et les Sanctuaires du Monde entier vont tomber ! Depuis que Gwenc'Phel nous a trahi, nous avons toujours protégé les éléments fondamentaux de l'Histoire, malgré la destruction du Sanctuaire de Brest, la *3ème Bataille* et les atrocités que vous avez commises partout sur Terre ! Nous avons mobilisé l'essentiel de nos pouvoirs pour les extraire de notre conflit. Laissez au moins cela intact !

- Te souviens-tu de Pompéi ? Même si la ville a été rasée, des vestiges ont été retrouvés. Nous allons laisser intact tes vestiges Très Vénérée, termina le traître avant de rire aux éclats avec les Collecteurs. Il leva un sceptre au-dessus de la tête de Ness et l'abattit avec toute la violence qu'il avait en lui, sous les yeux de sa fille affolée.

- Mère ! NON !

- Non ! crièrent en cœur Bann et Gwenc'Ron. Ness s'écroula au sol, inerte. Les genoux de Bann furent fracassés et il perdit ses pouvoirs, tandis que Gwenc'Ron qui semblait mieux résister, finit par mordre la poussière, impuissant. Les Collecteurs ne prirent cependant pas la peine de les achever, estimant suffisant de les avoir vaincus et de laisser un Sanctuaire dévasté derrière eux. Même si les bâtiments restaient debout, nulle vie ne subsista en dehors de Cillisia et le Gorsedd. Les *treitours*, eux, firent encore preuve de sadisme en écartelant Gwenc'Ron et arrachant un œil à Bann. Cillisia prit la fuite, se cachant dans l'ombre du bosquet.

A Groix, le Dieu Unique rassembla tous ses Saints. Selon lui, la Fin des Celtes était proche et, préparer les fidèles et rassurer les peuples était une priorité.

Dans le Monde entier, les effets de la *Bataille* se firent ressentir. Toutes sortes de créature dotées de crocs terribles et de griffes empoisonnées envahirent librement les villes. Certaines avaient l'apparence d'animaux en décomposition, d'autres s'apparentaient davantage à des humanoïdes. Dotées d'ailes ou de cornes, elles avaient le même objectif : tuer. Ces êtres habités par le Mal avaient une puissante musculature et manipulaient la Magie Noire avec aisance. Pourtant, chacune d'elles redoutait Gwenc'Phel. L'immense énergie générée par cette guerre ne pouvait que déstabiliser une nouvelle fois la Terre, pourtant déjà affaiblie. Des ouragans par dizaines, des tsunamis indescriptibles, des élections de mauvais présidents… je m'égare. Les peuples en subirent directement les effets.

Une jeune femme perdue semblait chercher quelqu'un, tournant la tête de gauche à droite à plusieurs reprises. Couverte de bleus et d'égratignures, Zita fouilla tout le Sanctuaire avant de voir Cillisia aux prises avec des Collecteurs. Mais sans le Livre des Éléments qui répertoriait toutes les créatures, les races, les peuples et les Magies, il était difficile de les affronter seules. Heureusement, Cillisia avait passé des mois à le feuilleter et profita de quelques trucs pour s'éclipser avec son amie. Elles se rendirent à l'abri du Bosquet et y trouvèrent la table de pierre. Cillisia y déposa la boule de cristal de Bron et quelques bougies.

- Es-tu prête ? Tu penses qu'on va survivre à ce que nous sommes sur le point de faire ? Il n'y a que Maëve qui puisse prononcer la formule sans danger.

- Je le sais, mais si nous ne faisons rien, ce sont les Collecteurs qui vont nous tuer. On n'a pas le choix, Zita !

- Très bien, allons-y avant que la trouille ne me terrasse. Les filles se concentrèrent sur le cromlec'h tout proche. Le but de cette *Grande Incantation* était de rassembler en un seul point, autour des pierres de granit, les énergies telluriques naturelles (courants magnétiques et magiques), ouvrant ainsi l'accès aux autres cercles de pierres dispersées à travers le Monde.

En ce temps et en cette heure,
En moi la Grande Incantation demeure.

Cillisia sentit un frisson la parcourir. La violence avec laquelle les énergies telluriques tournaient autour des deux druidesses était terrifiante. Avant d'être submergés par tant de pouvoirs, les Collecteurs préférèrent fuir, ceci étant un indice sur leur vulnérabilité, visiblement incapables d'absorber la Magie de la *Grande Incantation*. Mais la situation tourna vite au cauchemar pour Zita et Cillisia. Cette dernière ne pouvait pas prononcer le moindre mot, lâchant prise sur l'*Incantation*. Zita la soutint et lui recommanda de se concentrer. Après avoir balbutié quelques mots inaudibles, Cillisia poursuivit son chant.

En ce lieu, j'implore les dieux,
Que ces pierres sacrées ouvrent le réseau sous nos pieds.

Dès lors, de l'électricité statique et de pure Magie Blanche enveloppa les pierres et un phénomène extraordinaire se produisit en ouvrant un réseau de communication avec les autres cromlec'hs et dolmens du Monde. Instantanément, les druides habilités à l'utiliser pouvaient se retrouver à l'autre bout de la planète. Bien souvent, l'équipe d'Eric'h à l'époque, l'utilisait pour accéder rapidement sur les lieux d'un drame. Aujourd'hui, Cillisia essayait de manipuler cette Magie sans toutefois parvenir à la contrôler. Au grand étonnement de Zita, son amie avait survécu à l'expérience. Mieux, elle était parvenue au prodige de stabiliser le réseau, permettant ainsi de donner une arme à tous les druides. Ainsi, il suffisait d'envoyer une créature de Gwenc'Phel au contact des énergies telluriques pour la désintégrer. Le calme revint donc au Sanctuaire et le Gorsedd fut libéré, mais humilié par ses tortionnaires. Ness, Bann et Gwenc'Ron retrouvèrent les filles au Bosquet où ils profitèrent des pouvoirs de la Boule de Cristal pour observer à distance les évènements se produisant à *Mag Tured.*

***

255

En Perdition

Ronan et Gaël avaient changé de forme plusieurs fois. Leur querelle s'était développé jusqu'à l'envie de donner la mort. Mais face à ses contradictions, Gaël sembla changer d'attitude. Il n'attaquait pas, il se défendait. Cela n'avait pas échappé à son fils qui redoublait d'effort. Depuis le début, il était incapable de tuer son propre fils. La chauve-souris qu'il était devenu se changea en homme et Ronan adopta la même tactique, pensant qu'il s'agissait d'une ruse.

- Mon fils ! Arrête !

- Jamais ! Tu as détruit la vie de ma Mère et la mienne ! Tu es un monstre ! Un criminel ! Combien as-tu brisé de vies ? Tu ne peux même pas les compter.

- Je le sais Ronan. Je ne peux pas te tuer… Gaël regarda autour de lui, le sang séché sur ses mains et ses bras. Ses biceps tachés de sang coagulé et de boue étaient douloureux. Quelque chose se produisit en lui. Un changement profond auquel il ne s'attendait pas. Il ressentait de l'amour pour son fils, un sentiment qu'il n'avait jamais éprouvé pour qui que ce soit. Cela le troubla profondément. C'est à ce moment qu'il réalisa les meurtres dont il était coupable. Les esprits de ses victimes vinrent le hanter. Sa tête allait exploser. Ronan l'observa avec curiosité. Son père tomba à ses genoux en hurlant.

- Je ne peux plus tuer ! Je ne veux plus, Gwenc'Phel ! Ce dernier tourna la tête vers lui et réalisa qu'il venait de le perdre. A distance, il pointa un doigt vers lui et sa tête fut tranchée net. Elle roula aux pieds de son fils qui regarda ses yeux vitreux se fermer. Ronan ne ressentit aucune émotion à la perte de son père. Tout juste tourna-il les talons et se fraya-t-il un chemin vers le Palais Divin, l'envie de voir sa Mère devenant obsédante.

Les battements du cœur de Tara ralentirent au point d'inquiéter Gwyon'Bach. La blessure béante qui traversait son torse, de la poitrine au dos, ne se refermait pas malgré les pouvoirs de l'Éternel qui la maintenait en vie. Proche de la panique, Gwyon essuya une larme sur sa joue avant de se concentrer davantage.

Liam et Maëve, aux prises avec les sorcières, ne parvenaient pas à prendre l'avantage. Les sorts de mort se multiplièrent et furent trop dur à rejeter. Pendant quelques secondes, elle ne fut consciente de rien d'autre que de la douleur, si vive à ses oreilles, si insidieuse, que sa vision fut troublée. Elle regarda à ses pieds dès qu'elle put et son estomac se souleva. Ses orteils n'étaient pas censés pointer dans cette direction. Son pied s'était presque détaché de ses chevilles. Elle dut redoubler d'effort pour se maintenir en équilibre et poursuivre la lutte avec ses assaillants. Liam ne pouvait hélas pas l'aider, lui-même sur le point de succomber aux pieds de Selma.

Les Mages venaient de vaincre les Fomoirés dont les derniers représentants étaient devenus cendres. Dans le ciel de Paris, l'armée envoya ses avions de chasse à l'assaut des dragons qui envahissaient le ciel au point de l'obscurcir. Six d'entre eux descendirent en piqué et crachèrent du feu sur la Tour Eiffel. Sous les yeux ahuris de quelques passants téméraires, l'immense Tour fondit du sommet jusqu'au sol. Il ne restait qu'un tas de ferrailles en fusion qui empestait à des kilomètres à la ronde. Malgré les efforts des pilotes, quatre avions explosèrent en vol, laissant l'espace libre pour atteindre l'Elysée. Le Ministre de l'Occulte composa un numéro avant qu'un conseiller l'informe du décès du Président et de tout son gouvernement. Parlement et Sénat furent rasés. Marc était le seul membre du pouvoir exécutif encore en vie. La gouvernance de l'Etat lui échut, même si une telle charge en ces temps douloureux était insoutenable.

Le cadavre d'Eric'h fut emmené dans la salle du trône où des dizaines de dieux vinrent le pleurer. Elor'a vida les quelques larmes qu'il lui restait et ne pouvait se détacher du corps. Tandis qu'un conseiller la rappelait à sa charge, elle le rabroua avec violence.

- Que le Monde brûle, je m'en moque !

« Le Monde tel que nous le connaissions n'existe plus. Ce jour était attendu de tous. Et ce sera probablement le dernier pour l'humanité car je ne vois pas comment il pourrait y avoir des survivants demain. Cillisia a eu la bonté de me laisser rédiger ces quelques lignes sur les « *Chroniques des Druides* ». Nous ne sommes plus que spectateurs d'un Monde qui change. Et demain, nul ne sait si, ne serait-ce qu'un seul druide, pourra prendre une plume pour rédiger quelques phrases. LE cœur n'y est plus. L'abandon est facile mais sans espoir, que pouvons-nous faire ? A ma grande honte, moi aussi j'ai pensé à tout laisser tomber et à rester spectatrice de notre Fin. Comme Elor'a, j'ai pensé que nous ne pouvions plus rien pour les peuples de l'Alliance. Bron et Elor'a sont notre seul recours. Ils doivent nous venir en aide. Entendez ma prière. »

ZITA,
DRUIDESSE.

A SUIVRE…

SAISON 7
EPISODE 4

LA 4ème BATAILLE DE MAG TURED

(partie 2)

L'héritage de Gwenc'Phel

28

SOUVENEZ-VOUS...

Dans les épisodes précédents de la collection « **L**a **L**égende **D**es **M**aîtres » :

Alors que la *4ème Bataille* a commencé, la *Compagnie des Courageux Gnomes* se rend au Sud de Mag Tured, sur le campement des Fées, où elle est victime de leur assaut, manipulées par Gwenc'Phel… La Lune Noire fait tomber la barrière isolant les cinq îles qui coulent dans la Baie de San Francisco, libérant les Géants qui se rendent en Egypte…

A Groix, le Dieu Unique entre sur Terre. Il ne se mêle pas de la guerre des Celtes mais attend son heure avec patience… Ronan affronte son père qui finit assassiné par Gwenc'Phel. Tandis que Tara, sur le point de mourir, est maintenue en vie par Gwyon'Bach…

Les Kérions tiennent Lorient, tandis que Maëve et Liam sont prisonniers des Sorcières… L'Ordre Chinois est exterminé par les dragons de Matt et Tao est attaqué par Ed qui parvient à le blesser. Il trouve refuge à Avalon…

Ed tue aussi Eric'h avec l'anti-graal (une épée) et foule les cadavres des elfes… Les Collecteurs, dont le pouvoir consiste à absorber toute sorte de Magie, font des ravages jusqu'au Sanctuaire, où ils terrassent le Gorsedd, dont les membres sont gravement blessés… Cillisia et Zita parviennent toutefois à ouvrir le réseau de cromlec'h, ce qui fait fuir les Collecteurs…

Elodie passe son temps à créer toujours plus de démons. Le Marchand de Sable (ex Doyen T-Rex) arrive en renfort à la tête de milices humaines par milliers… Gwenc'Phel créé la Montagne Noire au sommet de laquelle est creusé un Gouffre des Ames servant à avaler les âmes des peuples vaincus, grâce à l'*essence* de la fée Nonna et du Livre des Eléments qu'il a volé…

Les Fianas sont décimés par Nanta… La déesse de Tao, Nüaga, demande qu'il venge l'Ordre mais elle est assassinée par Selma, la Matriarche des Grandes Familles. En représailles, le Créateur tue Danann, la Mère des Tùathas…Toute la planète est attaquée par les monstres de Gwenc'Phel…

Suite...

256

LE PLAN DE BRON

Egypte,
Terres de Mag Tured,
17 novembre 2011,
17 samonios 4578,
12 h 28.

« Observant le sol crasseux, jonché de cadavres et de morceaux de chairs putrides, de sang de couleurs différentes, j'en ai l'estomac retourné. Il est difficile de continuer de vivre dans un tel monde. Les occasions ne manquent pas de se dire : Et si demain ne devait pas exister ? A voir l'état dans lequel se trouve le Monde, il ne peut y a voir d'après. Même être parvenu à lutter contre Gwémana, Méduse, Mandragoria et Eningann, ce n'était rien face à cette guerre immonde. Nous l'attendions, nous savions qu'elle serait inévitable. Nous y sommes et je ne comprends pas comment tout cela est possible. Aurions-nous dû faire autre chose pour échapper à ce sort ? Avons-nous manqué à nos devoirs dans la gestion de cette crise ? Sommes-nous responsables de notre déclin ? Je ne peux mourir sans réponse à ces questions. »

BANN,
GRAND DRUIDE,
GORSEDD.

Brian, Iuchar et Iucharba, les trois fils de Danann et petits-fils de Dagda (ancien roi des dieux) pleurèrent leur Mère. La vengeance leur échappa car Tao était sur Avalon, donc inaccessible. Ils passèrent donc leur haine sur les peuples de l'Alliance qui lui étaient restés fidèle. La reine des fées elle-même pleura à la vue du massacre. Nul ne pouvait être préparé à ce point pour affronter de telles ignominies. Les règles élémentaires de la guerre n'étaient pas respectées. Les corps n'étaient jamais rendus et les âmes étaient perdues à jamais.

Avalon.

Tao se réveilla dans des bras qu'il reconnut instantanément pour les avoir côtoyés durant des années. Iguilt déposa un baiser sur son front et il se demanda s'il ne rêvait pas. Leur amour était resté intact malgré des années d'absence. Enfin réunis, blessé et sans pouvoirs, il profita de sa tendre aimée un long instant. Rien que pour eux, l'île d'Avalon créa un endroit où ils purent revêtir un corps physique et jouir d'une relation charnelle. Sur Terre, il ne restait donc plus que deux Créateurs sur quatre : Elor'a et Bron. Ce dernier ne pouvait approcher la Montagne Noire au risque de se perdre si Gwenc'Phel prenait d'une façon ou d'une autre l'avantage. Et le fait qu'il fut le seul Créateur disponible pour se battre lui rappela toute la lourdeur de sa charge. Il ne pouvait laisser tomber les peuples qui comptaient sur lui. Après une courte visite dans l'*Akasha* (salle dans laquelle il pouvait consulter les différents avenirs possibles) il constata qu'il était le seul général d'armée en vie. Il devait donc gérer seul les soldats au service du Palais. Le jeune Créateur évita soigneusement de croiser Ed et son arme diabolique. Il formula ses ordres aux armées de l'Alliance et une véritable organisation produisit ses effets. Il fit ainsi reculer les milliers de démons et força les Géants à se battre uniquement dans la zone qu'il avait choisie, tout près de la Montagne Noire afin de les pousser vers le Gouffre. Il songea un instant à faire intervenir les Milésiens, peuple de Géants, seuls capable de faire plier les Tùathas. Mais il fallait contourner deux problèmes auparavant : Nanta n'était pas neutralisée, pouvant les anéantir, et empêcher les Tùathas de fuir une nouvelle fois. Les Milésiens devaient se trouver en mesure de le débarrasser définitivement du problème. Lui vint alors une idée lumineuse. Il fallait contraindre les Tùathas à rejoindre la colline d'Avalon, dans le Royaume Souterrain, comme lors de la *1ère Bataille* de *Mag Tured*. A la différence que cette fois, ce serait les Milésiens qui les y enverraient, s'assurant ainsi que ces maudits Géants ne pourraient s'en extraire à l'avenir. Une prison et un sommeil éternel provoqué par la brume soporifique qui enveloppe la colline, les attendait patiemment.

La Compagnie des Courageux Gnomes était sur le point de succomber à l'attaque des fées. Les Leprechauns choisirent donc bien le moment pour intervenir et les sauver.

- Tu attendais quoi pour amener tes miches, minus ? lança Seamus à l'un d'eux, toujours aimable.

- Non mais tu as vu ta taille, Gnome ? Après tout, on peut aussi vous laisser moisir ici !

- Sans façon Leprechaun. Excuse mon ami, il a la langue trop pendue, réagit Luna avec un regard noir pour Seamus, sentant leurs sauveurs sur le point de partir.

***

257

Le Sacrifice Des Éternels

Egypte,
Sud des Terres de Mag Tured,
17 novembre 2011,
17 samonios 4578,
14 h 52.

La Compagnie des Courageux Gnomes fut sauvée à temps. Ennemis naturels, les Leprechauns parvinrent à tenir les fées à distance. Gwenc'Phel perdit son emprise sur les fées, l'*essence* de Nonna, devenue trop faible, s'étant éteinte. Il ne restait plus rien de la petite fée. Luna comprit au bout d'un instant pourquoi Gwenc'Phel avait perdu cette emprise. En effet, les fées devaient se trouver en situation de tuer des êtres chers pour consumer l'*essence* de leur sœur dans sa totalité. Demandant trop d'effort de volonté pour lutter contre cet ordre, elles s'étaient libérées. Le regard de Luna fut attiré vers la Montagne Noire où Bitom et H'Coma trouvèrent Nanta. Ils saisirent l'Éternelle et se rendirent au bord du Gouffre des Ames.

- Voyons, c'est une plaisanterie ! Vous ne pensez tout de même pas me vaincre ainsi ! Vous êtes tombés si bas les garçons.

- Tais-toi *treitour* ! C'est avec plaisir que nous avons décidé de nous sacrifier. A cet instant, Gwenc'Phel écarquilla les yeux. Il venait de comprendre ce qui allait se produire et tout son plan tombait à l'eau.

- NON ! hurla-t-il en voyant les trois Éternels sombrer dans le Gouffre. Nanta ricana jusqu'à ce qu'elle se rende compte que la main de Bitom la tenait fermement. Une infime portion de l'*essence* de Nonna atterrit dans la main d'H'Coma. Dès lors, les pouvoirs des trois Éternels fusionnèrent et une explosion fut aspirée par le Gouffre. Ils s'étaient sacrifiés pour être certains d'emmener avec eux Nanta, qui les avait trahis. Ainsi s'acheva le règne des anciens Éternels dont il ne resta rien si ce n'est un souvenir qui marquera les esprits.

Plus à l'Est, Maëve et Liam étaient en perdition. Un cromlec'h tout proche servait à faire venir les armées disséminées un peu partout sur Terre. Mais dès que la *Bataille* avait commencé, il avait été condamné. Selma pivota la tête en direction du cercle de pierres. Elle fut surprise de voir les énergies telluriques se concentrer autour du granit et réagit rapidement pour les disperser avant que le réseau ne s'éveille. Mais elle se rendit vite compte qu'elle ne parvenait pas à agir sur elles. La Magie qui les commandait était trop puissante.

- La *Grande Incantation* ! C'est impossible ! Tu es la seule capable de la contrôler et je t'ai à ma merci.

- Il semble qu'il y ait une erreur dans ton calcul Selma. ***En ce temps et cette heure…***

- NON ! Faites-la taire, vite ! Nous sommes foutues ! Silence !

- En moi la Grande Incantation…

- Imbéciles ! Tuez-la ! ordonna Selma paniquée. Maëve et Liam récitèrent la *Grande Incantation* plusieurs fois pour charger les pierres au-delà de leur capacité. Pour l'avoir vécu une fois, Maëve savait le résultat que cela engendrerait. L'explosion des pierres pulvériserait tout autour d'elles. Mais elle avait un autre plan en tête. Elle se concentra pour libérer le trop plein d'énergie sur les sorcières. Et Selma l'avait bien compris. Elle n'avait cependant pas les moyens de l'en empêcher. Les yeux de la druidesse devinrent aussi brillants que deux soleils. Il suffisait qu'elle regarde dans une direction pour que toutes les sorcières dans son champ de vision périssent par le feu tel un bûcher. Elles perdirent presque toute la vie et Selma fut considérablement affaiblie. Elle ne disposait plus de la protection de Nanta et toute fuite était impossible. Elle s'esquiva toutefois mais Maëve savait comment la trouver, n'importe quand.

***

258

Le Pouvoir De L'amour

Salle des Éternels,
17 novembre 2011,
17 samonios 4578,
15 h 33.

Tara gémissait et son sang recouvrait le sol de marbre. Gwyon'Bach ne savait plus quoi faire et la situation n'allait pas s'arranger. Maëve utilisa le cromlec'h chargé au maximum pour atteindre ses amis. Elle fut accueillie avec un regard d'une grande tristesse.

- Je ne peux plus rien pour elle. Je ne fais que retarder l'inévitable.
- J'en ai assez de la fatalité ! Ces dernières heures, tout le monde semble résigné, pas moi ! dit-elle un sourire aux lèvres en tendant une boule de cristal à Gwyon.
- Bron ?
- Je l'ai croisé avant de venir. Il prend les choses en main depuis qu'il est seul à gouverner. Elor'a est trop occupée à… Il m'a donné ça et m'a dit que son pouvoir de Créateur est à l'intérieur. En l'additionnant à celui de deux Éternels, il espère que cette Magie exceptionnelle sera suffisante pour sauver la petite à qui l'on doit tant. Elle a retardé cette *Bataille* suffisamment pour que nous nous y préparions. Bien sûr, nous n'aurions jamais été prêts pour ça mais, sans son aide, la précipitation des évènements nous aurai tous éradiqués. Brise la boule à côté de Tara et attendons. Gwyon s'exécuta et posa ses lèvres sur le verre pour le charger de tout son amour et brisa ensuite le globe. Une lumière s'en échappa et entra par la bouche de Tara. Sa poitrine se referma et la jeune fille retrouva tous ses pouvoirs et plus encore. Devenue lumineuse, elle flotta à quelques centimètres du sol avant de poser pied à terre, revenue de loin. Jamais une telle fusion de Magie n'avait été tentée et bien malin celui qui pouvait prédire les effets futurs d'une telle expérience.
- Maëve, depuis le début, c'est Matt qui fera la différence dans ce conflit. Je sais que nous l'avons perdu, mais je sais aussi que tu l'aimes encore. Je pense que tu devrais tenter une dernière fois de le raisonner et de raviver la flamme d'amour qui brûle en lui.
- Je ne sais pas si c'est possible.
- Moi je le sais. C'est à moi d'écrire l'avenir. Tant que la *Bataille* ne sera pas terminée, je ne pourrais rien faire. Tu dois réussir ! C'est l'une de nos seules chances de mettre un terme à cette guerre. Tu peux y arriver ma belle. Saches que je vous aime tous.
- Nous aussi on t'aime Gwyon.

Une pluie de cendres commença à tomber sur les terres d'Egypte. Très vite, il fallut les mettre à l'abri des boules de feu qui jaillissaient du camp adverse. Il fallait donc attaquer et esquiver en même temps. Ce qui pour certains, n'était pas aisé. Sur les ruines, le sang et l'odeur de la mort, Ankou (dieu de la mort) fit son œuvre. Sur un promontoire, Matt observait la scène.

- Elle a gagné non ? une voix familière dans son dos.
- Maëve ! Qui a gagné ?
- Selma.
- Je ne comprends pas. Que fais-tu là ? Je peux te tuer sur l'instant.
- Je n'en suis pas si sûre. Selma a gagné parce que tu contemples son apocalypse. La Terre n'est plus que ruine. L'air est chargé de cendres et de poussières. La température est presque invivable pour les humains. Regarde autour de toi, Matt ! Ils t'ont utilisé. Tu as été manipulé avec talent. Tu as fait exactement ce que Gwenc'Phel voulait que tu fasses. Il avait besoin de toi pour mettre les humains à genoux et tes dragons l'ont fait. Il avait besoin que tu terrasses les Géants de l'Alliance et…
- Je l'ai fait. Il avait besoin que j'ouvre la voie à Ed et… je l'ai fait. Par tous les dieux ! Gwenc'Phel va le payer sa vie !
- Matt. Tu peux, en partie, arrêter cette guerre. Gwenc'Phel est devenu fou. Il va laisser Ed s'approprier la Terre, sa vengeance sur les druides est accomplie.
- Non ! Je ne vais pas laisser Ed régner. Matt réfléchit et sentit des émotions l'envahir. Il regarda Maëve et se surprit lui-même à l'embrasser. Ses bras se refermèrent autour d'elle et il enserra sa nuque dans ses mains. C'était instinctif, son cœur prenait la pas sur la raison. Elle blottit sa tête contre son torse puissant si naturellement qu'il semblait avoir été sculpté pour elle. Maëve sentit ses yeux s'emplir de larmes tandis qu'une joie irrationnelle la submergeait. Un long baiser s'ensuivit et sembla durer une éternité. Il caressa son menton du bout des doigts et plongea son regard dans le sien. Il lâcha alors un silencieux « je t'aime » qui la combla plus qu'elle ne l'espérait. Apaisé, Matt laissa le contrôle de ses dragons lui échapper. Les autres Mages comprirent qu'il était temps de se retirer et de défier Ed.

Un homme accablé par la tristesse déposa un ourson en peluche mauve près du corps inerte d'Eric'h. Gwenc'Ron venait de franchir des kilomètres pour se recueillir près de celui qu'il avait toujours considéré comme un fils. Les souvenirs se bousculèrent dans sa tête et il ne pouvait y échapper. Cet ourson, il lui avait offert à l'âge de six ans, quand il fut décidé qu'il aurait sa propre équipe dans l'avenir. Il était fier de son parcours et ne regretta pas qu'il ait quitté le Sanctuaire. Elor'a se blottit dans ses bras familiers et éclata de nouveaux en sanglots.

***

259

La Fin
Du Cauchemar

Palais Divin,
17 novembre 2011,
17 samonios 4578,
20 h 21.

Ronan retrouva sa Mère et se fut un soulagement pour tous les deux de se voir en vie.

- Ronan ! Tu n'as rien ? J'ai eu tellement peur pour toi. Eric'h…
- Je sais maman. Ecoute-moi attentivement. J'ai perdu deux pères aujourd'hui. C'est trop pour moi. Dehors, c'est la folie !
- Je ne peux pas regarder.
- Pendant que tu te morfonds, la Terre s'écroule. Tu dois aider oncle Bron à arrêter le massacre. Des forces ont changé de position et il faut en profiter avant qu'il ne soit trop tard. Le corps est à l'abri ici.
- Tu as raison. Les choses vont changer. Il ne doit pas être… pour rien. Désolée, mais je ne peux pas le dire pour l'instant. C'est trop tôt.
- Je comprends. Allons-y maman.

Bron, en bon général, fit plier les Tùathas. Les Milésiens intervinrent pour les empêcher de fuir. Les trois frères tentèrent de charger Bron, mais ce dernier les vit arriver de loin. Après plusieurs coups de semonce, Bron n'eut d'autre choix que de les pulvériser un a un. Brian, Iuchar et Iucharba finirent dans le Gouffre des Ames. Eradiqués, les derniers Tùathas reculèrent jusqu'à la colline souterraine d'Avalon.

La *4ème Bataille de Mag Tured* s'acheva sur un spectacle de désolation. L'enfer sur Terre, voilà ce qui advint. Les dernières portions d'armées qui avaient survécu on ne sait par quel miracle observèrent la Montagne Noire, symbole de la puissance des forces du Mal. Gwenc'Phel hurla ses ordres face aux derniers changements qui l'avaient profondément irrité. Ses troupes, galvanisées, repartirent au front. Mais les Mages avaient changé de côté et les effets des attaques avaient grandement diminué. Tout changea lorsque les destins se lièrent, reconstituant par là-même la « ROTA ». La roue du destin se mit à tourner au-dessus de la pyramide de Gizeh et le sort du Monde fut scellé.

***

260

Le Cerceuil De Glace (1)

Montagne Noire,
17 novembre 2011,
17 samonios 4578,
21 h 21.

Bann et Gwenc'Ron piégèrent Gwenc'Phel sur sa propre montagne. Après une ascension des plus spectaculaire et dangereuse, au point d'avoir échappé à la mort à de nombreuses reprises, leur arrivé au sommet ne leur garantissait pas la moindre sécurité. Pourtant, avec tout le courage qui caractérise les druides, les deux membres du Gorsedd firent face à leur frère perdu.

- Insectes ! Vous pensez me vaincre ?
- Oui Gwenc'Phel ! Tout se termine aujourd'hui et ici ! hurla Gwenc'Ron pour couvrir le bruit du cri des âmes en perdition. Pendant ce temps, Bann arriva par l'arrière, se frayant un chemin malgré un œil en moins. Ulcéré par tout ce qu'il venait de vivre, le Grand Druide puisa dans ses dernières forces pour le pousser dans le vide. Les yeux exorbités de stupeur, Gwenc'Phel bascula lentement. Avant de comprendre comment il en était arrivé là, il était déjà en train de tomber dans son propre Gouffre. Il perdit ses pouvoirs et Gwenc'Ron arrêta sa chute, l'extirpant de justesse de la mort. Mais ce n'était pas un cadeau. Vulnérable, Bann et Gwenc'Ron en profitèrent pour prononcer la formule du *Cercueil de Glace*.

Enferme notre frère par ce charme.
Nous t'avons promis cette âme.
Par ce serment sacré,
Approuve notre volonté.
Nous respectons notre promesse.
Libère-nous de notre détresse.
Enfermé pour l'éternité,
Que Gwenc'Phel enfin perde sa liberté.

Après avoir fini de prononce cette formule, les deux hommes éclatèrent en sanglots. Le corps tout entier du *treitour* se couvrit de givre. Un cercueil constitué de glace se forma autour de lui et la justice fut enfin rendue après dix années de traques et d'affrontements. En suspension au-dessus du Gouffre, un film de neige recouvrit le cratère, bouchant ainsi l'accès au puits sans fond. *La 4ème Bataille* s'acheva, permettant à Bron d'ordonner aux armées de se retirer. Le soulagement était tel qu'il était impossible pour tous de retenir leurs émotions. Une heure plus tard, au Palais Divin, Gaïa (incarnation de la Terre elle-même) apparut près du trône. Elor'a, Bron et Ronan l'accueillirent.

- Créateurs ! Vous m'avez torturée. Vous avez payé le prix fort pour cela. Je me nourris en ce moment-même des corps et blessés restés à *Mag Tured*. Je vous demande de me laisser en paix. J'ai besoin de me ressourcer.

- Gaïa, tout ce qui s'est produit ces dernières années a été provoqué par des êtres qui ont payé pour cet affront. Sache que je m'engage à te protéger. Tu apportes tant aux peuples pour leur survie. Nous t'en sommes reconnaissants.

- Merci Elor'a. Tes prédécesseurs n'étaient pas aussi attentionnés.

- C'est pour cela qu'ils ne sont plus là pour t'importuner.

- Méfie-toi, Créatrice. Si vous êtes parvenus à stopper le chaos, il vous reste à restaurer l'Ordre. Or, je crains que tu ne sois seule à prétendre à la gouvernance sur Terre.

- Que veux-tu dire ?

- Celui qui a failli vaincre Tara a un Maître. C'est lui qui peut renverser les Celtes.

- Merci pour ton avertissement Gaïa et pars en paix.

A Mag Tured, au milieu de la cendre, du feu et du sang, une minuscule fleur trouva un chemin vers la lumière. Tandis qu'Elodie comprit que la vie allait renaître, ulcérée, elle se déchaîna en se révoltant aux ordres divins. La jeune femme vida tous ses pouvoirs de démon et créa une entité à côté de laquelle Mandragoria paraîtrait une enfant. Damona se développa en silence et s'éloigna dans l'ombre et les ténèbres. Les forces du Mal semblèrent la suivre, laissant Elodie à demi-morte, emportée par un Troll vers une destination inconnue mais empreinte d'une noirceur profonde.

***

261

Le Cerceuil De Glace (2)

Terres de Mag Tured,
17 novembre 2011,
17 samonios 4578,
22 h 00.

Au sommet de la Montagne Noire, après s'être calmé, Bann était bien embêté.

- On va le laisser moisir là, Gwenc'Ron ?
- Pourquoi pas. Ce serait un symbole puissant. Le lieu de son abomination devient sa prison.
- Oui, en effet… Bann fut interrompu par une voix. Était-ce possible que le traître puisse communiquer depuis l'intérieur du cercueil ?
- Profites-en Gwenc'Phel. La glace n'a pas achevé son emprise. Il te reste seulement quelques minutes avant de sombrer pour toujours. Quelles sont les dernières paroles du *treitours* qui seront rapportées aux druides du Monde entier ?
- Pauvre idiot. J'ai instillé des fragments de mes pouvoirs dans tous les *treitours* à mon service. Imaginez le nombre de disciples, d'élèves, puis de druides que j'ai supervisé avant de devenir Grand Druide du Gorsedd. Là fut toujours ma force. Je suis partout. Et même si je ne puis les guider, ils sauront me retrouver. Ecoutez cette prophétie !
- Oh non, encore une, se lamenta Bann.
- Un jour tous s'uniront et sous deux croissants de lunes ils me libèreront. Le Cercueil de Glace le dernier il emprisonnera. De mon héritage il explosera. Tremblez druides ! Mon retour vous détruira ! Ces paroles s'éteignirent sur un lourd silence, la gorge de Gwenc'Phel s'étant remplie de glace.

Selma fut également punie de son apocalypse sans le moindre procès. Bron décida de lui faire subir un sort similaire à celui de Gwenc'Phel mais plus proche de celui de la précédente Sorcière de l'Apocalypse. Elle fut enfermée dans un dolmen. Les veines de son visage ressortirent et durcirent avec le reste de son corps, jusqu'à ce qu'il devint immobile. La roche s'épaissit ensuite et elle disparut au cœur du granit.

Max, le fils de Ness et frère de Cillisia se rendit près de sa Mère, qui l'avait jusque-là mis à l'abri de cette guerre.

- Maman ! Tu es blessée à la tête ? Tout va bien ?

- Je… Je ne sais pas. Qui êtes-vous jeune homme ?

- Non ! Tu… Tu ne me reconnais pas ? Max ! Ton fils ! Ne me fais pas le coup de l'amnésié s'il te plaît.

- Je suis désolée. Vraiment. Mais je ne vous reconnais pas. Je fais des efforts, je vous assure !

- Max ! Elle doit se reposer.

- Gwenc'Ron. Qu'est-ce qui ne va pas ?

- Ta mère est surmenée en ce moment. Tout ce déchaînement de Magie est dangereux. Je prends soin d'elle. Va voir Othon, il va s'occuper de toi.

- Tu crois ?

- Ca va aller mon garçon.

- Oh fait, j'ai croisé des types bizarres en venant. Ils disent qu'un Dieu Unique arrive et tiennent un discours étrange.

- Oui. Je m'en suis rendu compte aussi. Depuis deux heures, ils sont de plus en plus nombreux. On s'en occupe. Va voir Othon je t'assure. Nous sommes à l'abri ici.

Au moment de partir, le jeune homme passa devant Matt qu'il salua. Le Mage, à l'invitation du Gorsedd, vint protéger le lieu sacré. Cillisia fit monter Ness à la Tour d'Or où elle resta enfermée plusieurs jours. Matt créa un Dôme au-dessus du Sanctuaire pour sauver ce qui restait de Magie. Druides et Mages s'y réfugièrent, ces derniers remplaçants les Sentinelles.

Bron retourna à l'emplacement dévasté où se tenait, la veille encore, l'Université de Brest. Comme dix ans plus tôt, il portait un carton dans ses bras. Il s'arrêta dans la Cour et ouvrit le colis. Il en sortit une boule de cristal à partir de laquelle, et avec l'aide des pouvoirs de Gaïa, il créa le Monde à l'identique et le repeupla d'humains. Durant la *Bataille*, deux milliards d'humains furent perdus. Afin de purger l'atmosphère irrespirable de son poison et de refroidir la surface, il fallut le fruit de l'addition de tous les pouvoirs restants : Éternels, deux Créateurs, Ronan, dieux et demi-dieux, y ajoutant, pour l'équilibre, ceux d'Ed avant de le contraindre à retourner en Enfer s'il voulait sauver le reste de ses pouvoirs. Son anti-graal ayant disparu avec Nanta. Zita se rendit à Mag Tured et trouva sa Mère enfermée dans un immense dolmen, gravé d'une inscription d'avertissement. Elle caressa la surface rugueuse et frémit lorsqu'une vision frappa son esprit. Elle y vit Damona au-dessus d'une montagne de cadavres humains, la tête d'Elor'a dans une main et celle de Ronan dans l'autre.

- Mais qu'avez-vous tous avec les montagnes ? se dit-elle avant de voir la suite. Elle reconnut la silhouette de Bron derrière les flammes d'un bûcher. Rien n'est donc fini. Ma vision s'accomplira. Comme toutes les autres.

La Légende des Maîtres en chiffres.

28 épisodes répartis en 7 saisons de 4 épisodes chacun.

Un total de 1087 pages.

261 chapitres.

1 année de recherches (2000) et 13 années d'écriture (2001/2013).

www.ingramcontent.com/pod-product-compliance
Lightning Source LLC
Chambersburg PA
CBHW080726020726
47503CB00010B/2801
* 9 7 8 2 3 5 2 0 9 7 3 5 8 *